四川大學「211工程」
重點建設學科項目

陳思廣　著

# 中國現代長篇小說編年

## （1922～1949）

第一手史料還原歷史本相，返歸「現場」，通過
對相關史料的排比，勾畫中國現代長篇小說的創作
風貌與衍變歷程。

# 序

　　記得將近十年前，陳思廣剛開始攻讀博士學位，為了讓他和同學們瞭解中國現代長篇小說創作的演進歷史，我給他們提供了一個我所掌握的 20 世紀 20－40 年代出版的長篇小說篇目，作為他們閱讀的線索。大概過了大半個學期，陳思廣卻把一個比我的更詳細的篇目拿到我面前，它所列出的作品，不僅大大超出我所掌握的範圍，也超出已出版的一些小說史所涉及的作品的範圍，而且出版年代、出版單位都標示得十分明確。我看了後確實十分驚訝：這位性格粗獷、行動看起來有點大大咧咧的博士生，對於做學問竟有如此的細緻和耐心？從這個時候開始，我知道陳思廣對中國現代長篇小說這個課題的研究開始進入「草創期」了。

　　畢竟，這是個浩大的工程，三年的攻博期間是難以完成的，所以他的博士論文另選了題目，但當他取得學位走上工作崗位、適應了繁重的教學任務以後，他這個課題的研究計畫終於全面鋪開了，《中國現代長篇小說編年（1922-1949）》（以下簡稱《編年》）就是他研究的第一階段成果。

　　從最原初的資料工作入手去開始一項巨大的工程，是需要有巨大的決心和毅力的，特別是歷經久遠歲月，即使當年的資料如汗牛充棟，也會不斷在流失、在缺損，或被封塵，或被湮滅。所以，今天重新去搜集、發掘，其難度可想而知。然而，若要真正感受、認識文學歷史的本來面貌，卻又離不開對最原初資料的把握，因為它

往往能把我們帶回到文學作品產生的「現場」，去發現一些在今天為人們所遺忘、所忽略的東西，同時，通過「現場」的誘發，也會讓我們省悟到判別某種文學現象的一些深層因素，當我認真讀了《編年》這部著作時，就更深刻地感受到這一點。

這裏僅以書中的《棘心》和《倪煥之》這兩項為例，從《編年》的記載，這兩部作品是 1929 年的 5 月和 8 月先後出版的。但實際上在後來的大半個世紀中，讀者們更熟悉的恐怕是葉紹鈞的《倪煥之》，而對蘇雪林的《棘心》卻十分陌生。原因其實很簡單，這是因為自上個世紀中葉以後的文學史、小說史幾乎都以《倪煥之》作為中國現代長篇小說創作的一個里程碑，一部「劃時代」的作品，而《棘心》在這些史作中不僅毫無位置，甚至連身影也未飄過。那麼《棘心》出版後只有沉寂麼？事實並非如此。《編年》用真實的史料告訴我們，這兩部小說問世後，同樣受到當時有影響的評論家的讚賞。《編年》在這兩部作品條目下所分別輯錄了當年發表的一些評論文字，讓我們看到當時文學界是從什麼角度來接受、讚賞這兩部不同的作品的。首先我們從《棘心》條目下所輯的錢杏村、趙景深等五位評論家的文字中看到，當年評論界對這部小說有過不少客觀、貼切的論說，大家除對蘇雪林「文辭的美妙」給予一致的讚賞外，對作品把一個漂泊在異邦的知識女性對母愛的眷戀，對故鄉與故國的懷念，對愛情、婚姻的苦悶與茫然這幾種複雜的情感，「描寫的精巧」，「表現的微妙」都有很高的評價。而且對這部小說的兩個特殊價值也有所觸及，一是它塑造了一個「剛從封建社會裏解放下來，才獲得資產階級的意識，封建勢力仍然相當的佔有著她的傷感主義的女性的姿態」；一是「她用她那畫家的筆」，「精細地描繪了自然，

描繪了最純潔的處女的心」。其文辭既「不像志摩那樣的濃，也不像冰心那樣的淡」，也就是肯定了蘇雪林以自己獨特的藝術個性和所表現的獨特命運而確定她的文學地位。今天我們重讀這部作品，實際上也獲得了同樣的感觸。現在再看《編年》的《倪煥之》條目，這裏也輯錄了茅盾為代表的幾位評論家當年的評論文字，我們看到他們首先肯定《倪煥之》的，是它塑造了一個負有革命性的小資產階級知識份子為「時代的壯闊所激盪，怎樣從鄉村到城市，從埋頭教育到群眾運動，從自由主義到集團主義」。這些評論文字使我們明白，很顯然，這些評論家這是從當時社會思潮的變化，即從「五四「啟蒙向紅色革命這種轉變的要求來肯定《倪煥之》的，當然，他們也指出了小說後半部的失敗使它無力承擔「扛」的重任，但畢竟茅盾等的肯定性評價就幾乎成了後來各家受意識形態影響的文學史推崇這部小說的重要依據。這些最原初性的材料告訴我們，正是一種意識形態取向，使本應具有一定文學地位的《棘心》淹沒在歷史風塵中。從這一例證我們可以體會到《編年》工作的意義，它所作的還原歷史的努力，能讓我們在跨越時空中，體味到一部作品誕生時在世間的真實反響，也有助於我們在審視某種文學創作的發生、發展過程時能將目光延伸到歷史的原初處。

　　這部《編年》對待資料所取的客觀、嚴謹態度也是很值得稱道的，作者對每部作品評論文字的選取，持客觀、公正態度，既有讚賞，也有批評，力求全面反映當年文壇的真實反響。同時，他所搜集的批評文字，更嚴格講求「第一手性」，正如作者所說明的，除極少數確實找不到原刊而採用相對可靠的版本外，其餘絕大部分都選自原刊。我們從書中每頁的頁尾開列的注釋中可以看到他所直接

接觸的大量時代久遠的刊物，而且所作的注釋都極為明確、準確。
這在浮躁之風彌漫學術界的今天，能保持這樣嚴謹的、對讀者負責
的學術態度，實屬難得。也使我們相信，《編年》確實是中國現代長
篇小說批評的一部難得的「信史」。所以，它在大陸出版兩年後，在
繼續豐富、補充有關材料的基礎上，又受到海峽對岸出版界的關注，
決定在臺灣出版，讓兩岸有著共同走過的文學歷程的讀者共用，是
意味深長的。

　　如果說對這部《編年》還有所期待，就是它還缺少了對每部作
品的內容簡介，這會使還未讀過原著的讀者對所輯錄的評論文字的
領會有所影響。我估計陳思廣是準備在他正在撰寫的《中國現代長
篇小說編年史》這部著作中來滿足我們的期待，讓我們預祝他這項
巨大工程早日勝利竣工！

陳美蘭

2010 年夏草就於珞珈山寓所

# 導 論

## 一

　　中國新文學肇始於 1915 年的新文化運動，肇始於 1919 年「五四」運動的爆發。「民主」與「科學」的張揚，反帝反封建的吶喊，使中國新文學以前所未有的姿態迅速邁向了與世界融合的步伐，中國現代文學也因之翻開了偉大而嶄新的一頁。

　　中國現代長篇小說與時代同脈，雖然 1922 年才開始出現新文學第一部白話長篇小說，但 28 年的發展實績證明，它毫不愧色地成為二十世紀最為顯赫的文學部門之一。不過，研究中國現代長篇小說，卻首先要面臨一個如何界定現代長篇小說的問題。也就是說，納入本課題研究範圍的是怎樣的長篇小說？對此，筆者採用目前通行的斷定方式予以取捨，即：以文體的形式與長度作為判斷長篇小說的核心標準。對於前者，本論著以現代白話長篇小說作討論的範圍，不包括長篇章回小說；對於後者，則需稍作說明。因為自新文化運動以來，新文學關於中篇小說與長篇小說並無明顯的界限，早期出版者常常將 6 萬字以上的小說均標注長篇小說出版，如秦心丁的《洄浪》（1924）、小雪的《超超》（1926）等。也有將超過 6 萬字的小說當做中篇小說來印行的，如芳草的《管他呢》。不過，在 1927

年創造社進行長篇小說徵文時，只要求「合格字數六萬字以上」。這一文體長度在今天看來顯然只是一個小中篇。當然，以今天的標準去要求歷史是不妥當的，但若將中長篇小說不加以區分而採取籠而統之的做法也不盡科學。為尊重歷史起見，也充分考慮新文學發展的實際情況，筆者將本論著所討論的長篇小說的長度統一限定為，20年代以創造社長篇小說徵文的約定字數為限，1936年以後以「文協」長篇小說徵文所約定的字數為據，中間的年份（1930—1935）取其中，即：1922—1929年：6萬字以上；1930—1935年：8萬字以上；1936—1949年：10萬字以上。當然，這並非絕對的一刀切，如果字數相差不大，或略少於規定字數，但只要具備長篇小說的審美特徵，也酌情納入本論著的討論範圍。這樣，依此標準，自1922年2月15日張資平出版《沖積期化石》至1949年9月30日王林出版《腹地》期間，新文學長篇小說近300部作品進入我們的視野。（需要說明的是，三部曲若合名出版則以一部計，如茅盾的《幻滅》、《動搖》、《追求》不作為三部長篇小說，而認作為一部，即：《蝕》）。雖然年均不足10部的數量在今天看來有些不可思議，而且它們中的大部還將最終走入歷史的深處，但作為一個時代的忠實記錄，自有其不可替代的文學價值，而其中的經典則彰顯出新文學偉大的歷史功績，矗立起一個時代、一個民族的文學豐碑。

編年體和紀傳體曾是中國傳統史書的兩種主要體裁，一段時間以來，紀傳體在文學史編撰中占主導地位，其勾輯文學發展歷史本相重點突出、點面輝映、詳略得當的優勢在此發揮得淋漓盡致。這也是紀傳體敘述仍為許多學者信奉的重要原因。不過，以紀傳體為主體，常常在具體敘述過程中因「重點」而捨去「非重點」，因詳主

幹而略去枝節，難以全面地反映史實的全貌，特別是對於文學的接受樣態更難以全面呈現。編年體的體例可以有效地解決這一問題，它通過相關文學史料的逐年排比，將豐富而多彩的文學流程全景而歷史地呈現在人們面前。對於敘述中國現代長篇小說的發展歷程而言，編年體有著同樣的功效。

但是，國內外關於中國現代長篇小說編年史的研究目前尚無人進行，目前雖僅有於可訓、葉立文主編由湖南人民出版社 2006 年出版的《中國文學編年史》（現代卷），但是，該書也只限於重要的歷史事件與文學史線索的整理，僅有少量文字涉及主要的長篇小說，沒有詳細地對現代長篇小說進行編年式的深度分析和研究報告，這不能不說是一個遺憾。

本論著以 1922 年 2 月 15 日至 1949 年 9 月 30 日間中國現代長篇小說的初版時間先後為序編年，多卷本或系列創作，以全部完成後的出版時間為準，若雖言多卷或系列但並未全部完成，但實際出版的初卷具備長篇小說的自然形態，則以所出版時間為準，從源頭上立體地展示現代長篇小說的演進歷程及其接受樣態，力求使中國現代長篇小說獲得新的闡述。

二

依中國現代長篇小說的出版數量與週期及發展軌跡，筆者將中國現代長篇小說的發展歷程劃分為 1922 年 2 月—1929 年 12 月；1930年 1 月—1937 年 8 月；1937 年 9 月—1942 年 12 月；1943 年 1 月—

1949 年 9 月四個階段。這既符合編年體的視野，也與中國現代長篇小說的創作實際相符合。

　　與中國短篇小說及中篇小說相比，中國現代長篇小說起步遲且增長緩慢，至 1929 年才出現了一個小的高潮，創下了年出版 23 部的最高記錄。之後的 1930—1937 年間，長篇小說的出版基本上保持在年均 10 部以上。1937 年 7 月，抗日戰爭爆發，時代的要求以及作家生活條件與創作條件的驟變，加之長篇小說這一體裁本身的特殊性，長篇小說的創作暫入低潮，年出版均在 10 部以下。1943 年，隨著抗日勝利的曙光來臨，重慶及桂林大後方文化生活的相對穩定，創作出版事業的逐步復興，長篇小說創作又重新得以振興，直至 1949 年 9 月 30 日，長篇小說出版數量長期保持在年均 15 部以上，呈現出興旺發展的態勢。

　　不僅創作數量呈現出這一趨勢，創作內容本身也顯出各自的階段性特徵與演變歷程。在 1922—1929 年間，長篇小說由最初的藝術探索迅速走上較為成熟的發展之路。如果說 1922—1925 年的張資平還熱衷於仿寫和改作的話，那麼到了 1927 年，張資平在《苔莉》、《最後的幸福》中對人性的描寫將現代長篇小說創作引領到一個新起點，並與孫夢雷的《英蘭的一生》一起，成為萌發期長篇小說創作的新亮點。而到了 1929 年，以汪錫鵬的《結局》、蘇雪林的《棘心》、葉聖陶的《倪煥之》、柔石的《二月》為代表，形成中國現代長篇小說創作第一潮，初步實現了現代長篇小說由古典向現代的歷史轉型。這主要表現在：一、形成了以人為中心，以人物命運為力點的謀篇佈局的創作觀念；二、湧現了一批如芷芳（《結局》）、醒秋（《棘心》）、倪煥之（《倪煥之》）、蕭澗秋（《二月》）等具有現代意義的典

型群像;三、擺脫了散漫隨意的藝術圖式,結構更趨完整,追求長篇小說的完整性成為自覺。之後的 7 年間(1930.1—1937.8),現代長篇小說平穩發展並不斷深化。1933 年,茅盾《子夜》的異軍突起,以宏大的史詩氣象反映時代的全景,成為現代長篇小說的美學新追求,儘管其本身還有一定的不足,但它提升了中國現代長篇小說的藝術水準,對後世長篇小說的發展產生了深遠的影響。巴金的《家》承續了《紅樓夢》的家族敘事傳統,首次以長篇小說的形式弘揚了「五四」反封建精神,開一代文風。而 1936 年謝冰瑩由《從軍日記》擴寫而成的《一個女兵的自傳》的出版,將個人傳記小說推向頂峰。從她的身上,讀者們看到了一個時代女性嚮往新生活的美好願望,看到了一個青年婦女為求解放毅然邁向革命征程的奮鬥之旅,看到了一個女兵與國家同命運,與時代共呼吸的崇高品質。也正因此,這部不以精雕細刻見長卻以昂揚的時代旋律,樸素真誠的藝術風格傳世的個人傳記,打動了無數時代青年的心扉,成為銘記那段歷史的一支豪邁的時代壯歌。同年 7 月,李劼人出版《死水微瀾》,至 1937 年 7 月,「大河三部曲」《暴風雨前》和《大波》出齊。這三部作品,以 140 萬字的鴻篇巨制書寫了以成都為中心的四川社會自甲午戰爭至辛亥革命這十餘年間的風雲際會、人間悲歡,堪稱 20 世紀初葉四川社會生活的編年史,尤其是《死水微瀾》,以蔡大嫂、袍哥首領羅歪嘴、教民顧天成三人構成的多角衝突為主線,通過對四川的風土人情、市民階層的心理狀態和生活方式維妙維肖的刻劃,充分展現了甲午戰爭到辛丑合約簽訂這一時段的歷史氛圍,深刻地揭示了教民和袍哥兩股勢力的相互激蕩和消長,透視出歐美資本主義文明侵入後,在如同「死水」一般的四川盆地內激起的微微波瀾。

小說以鄧麼姑——蔡大嫂——羅情婦——顧三奶奶的思想品行為中心，寫歷史轉捩與男女情愛中，寓政治風雲與鄉風民情裡，結構宏大而嚴謹，敘述客觀精細，人物栩栩如生，而濃郁的川腔不僅形象生動且頗具地方特色，將歷史中的人與人的歷史表現得淋漓盡致，堪稱時代的人性的史詩。小說出色地體現了中國現代長篇小說與外國文學的歷史聯結，推進了中國現代長篇小說向現代化與民族化邁進的歷史步伐，也成為第二階段的收束之作。

1937 年 7 月，抗日烽火在中華大地點燃，中國現代長篇小說也進入第三階段——低徊期。經過 8 個月的沉寂後，含沙的急就章《抗戰》一馬當先，它上承黃震遐的《大上海的毀滅》、崔萬秋的《新路》、李輝英的《萬寶山》、蕭軍的《八月的鄉村》，下啟程造之的《地下》、《沃野》、吳組緗的《鴨嘴澇》，再次揭起了抗戰小說的大旗。而對人性的拷問依然是老舍思考的重心，他的《駱駝祥子》就是這一思索的結晶。祥子的悲劇，既是對人性在金錢銹蝕下美質的泯滅與惡質的浮泛的深刻反映，也是對人性靈魂善惡本性的有力拷問。全書語言堪稱白話經典，結構嚴謹，典型形象祥子、虎妞的出現，堪稱這一時段最重要的收穫。《駱駝祥子》是這一時期長篇小說創作的重要收穫（也是中國現代文學的重要收穫）。在這裡，老舍將他精湛的長篇小說藝術發揮得淋漓盡致，也將康拉德的小說神髓發揮到了極致。在文體開拓方面，蕭紅的詩化小說《呼蘭河傳》傳承廢名的《橋》、艾蕪的《豐饒的原野》的抒情意脈，以童年的視角，將《呼蘭河傳》這幅 20 世紀東北小城的風俗畫，一首底層民眾深情淒婉的悲歌，再次抒寫成一篇詩的小說，一首小說的詩。中國現代抒情長篇小說也因之成為現代長篇小說百花園中一株豔麗的奇葩。如果說第三階段

的現代長篇小說就其整體而言呈現出明顯的急就章與過渡性特徵，那麼第四階段（1943.1—1949.9）則呈現出鮮明的復興與轉型特徵，作家的藝術駕馭力不斷提升，現實主義創作顯示了前所未有的實績。1943年5月，沙汀的《淘金記》出版，這是沙汀最出色的一部長篇小說，也是沙汀現實主義精神體現得最為深刻的一部諷刺小說。小說以川西北小鎮為背景，通過表現鄉鎮有權勢的代表人物豪紳、袍哥、地主等借開發金礦為名，勾心鬥角、沆瀣一氣，恃強淩弱，魚肉百姓的醜惡樣態，真實而深刻地揭示了在金錢與利益面前，人性逐惡的本來面目，也將國統區偏僻農村社會黑暗腐敗的反動本質暴露得淋漓盡致，辛辣而不露聲色。小說人物形象栩栩如生，特別是惡質人物形象白醬丹的成功刻畫，是40年代現代長篇小說創作的重要收穫。此外，作品情節單純集中又跌宕起伏，敘述精到而從容不迫，語言個性化而又充滿鄉土氣息，充分顯示了作者豐厚的生活積累和嫻熟的藝術技巧。隨後《困獸記》、《還鄉記》相繼問世，一個嚴謹的現實主義鄉土作家的名字鐫刻於現代文學史。1947年3月，巴金出版《寒夜》，這部以現實主義精神取勝的優秀作品，當之無愧地成為巴金小說藝術邁向新高的標杆之作。而1947年，既是中國現代史上轉折的一年，也是中國現代長篇小說轉型的一年。現實主義、現代主義、新古典主義[1]同時聚合又瞬間分離。1947年5月，錢鍾書的《圍城》出版發行。《圍城》是中國現代文學史上第一部以現代主義思想出色地傳遞現代人觀念的優秀長篇小說。小說意在表明：人生充滿不確定性，生活充滿無目的性，婚姻也與盲目與偶然

---

[1]　陳美蘭：《新古典主義的成熟與現代性的遺忘》，《學術研究》2002年5期。

相關聯，生存的危機也隨之而來，焦慮與不安、悲觀與失望、孤獨與寂寞、空虛與惆悵等思緒就上升為主導情緒，並迫使人們不得不思考存在的價值與意義。這一切都是因為人本身的意義與命運的必然性被無意義與偶然性所替代：存在與虛無。對過程、對結果、對手段、對目的的探尋，都失去了對意義本身的探尋，人生不是一個個有希望的聯結點，而是一個無意義的虛枉的再生點。這就是《圍城》對人的非理性的深入思考，也是對人生處境的荒誕性的哲學思考，即：對存在主義哲學的形象的詮釋與準確的表達。藝術上，作者存在主義觀念的寫作姿態令人稱道，即：在主體取向上，將反抗虛無與自我拯救相一統，以一種徹底的虛無主義的態度洞察人生，剝奪人們對意義本源的探尋，撕破人們對終極意義的關懷，將塵世間的荒涼、虛無與荒誕直面地坦示於人間，以反諷與悖論的形式傳遞人的現代荒謬感。這也是一部與世界意識同步構建的不朽名著，只可惜這一現代主義的範式剛剛起步就匆匆收束。7月，柳青的《種穀記》問世，8月，歐陽山的《高幹大》在華北刊行。這是延安文藝界響應毛澤東同志《在延安文藝座談會議上的講話》的實踐之作，也是柳青、歐陽山等延安作家的轉向之作。雖然毛澤東同志早在1942年5月就全面闡釋了他的文學主張，但真正落實到長篇小說創作上卻是1947年。之後，丁玲的《桑乾河上》、周立波的《暴風驟雨》等長篇小說相繼問世，文學轉型的風向標得以最終確立，中國現代長篇小說也由此宣告一個時代的結束和另一個時代的開始。

# 三

　　就出版生態而言，「五四」新文化運動後蜂起雲湧的文學社團、刊物流派，以及蓬勃興盛的出版事業，為新文學長篇小說創作提供了前所未有的寬鬆環境，促生了新文學長篇小說創作在短暫的沉寂後迅速崛起的發展態勢，為日後的繁榮奠定了發展的基礎。對此，秋翁（平襟亞）後來在《萬象》1944年9月號撰寫《三十年前之期刊》一文回憶說：「三十年前，那時正值國家鼎革之際，社會一切都呈著蓬勃的新氣象。尤其是文化領域中，隨時隨地在萌生新思潮，即定期刊物，也像雨後春筍般出版。因為在那時候，舉辦一種刊物，非常容易，一、不須登記；二、紙張印刷價廉；三、郵遞利便，全國暢通；四、徵稿不難，酬報菲薄；真可以說是出版界之黃金時代。」文學研究會、創造社等文學社團就在這樣的歷史環境下應運而生。

　　1921年1月4日，鄭振鐸在北京中央公園來今雨軒召開文學研究會成立大會，推舉周作人起草宣言書，並以周作人、朱希祖、蔣百里、鄭振鐸、沈雁冰、葉紹鈞、王統照等12人為發起人，同時推舉蔣百里為主席，鄭振鐸為書記幹事，借書記幹事寓所為接洽一切會務之處。1月10日，《文學研究會宣言》正式刊載於革新後的《小說月報》第12卷第1號，宣稱發起該會有三種意思：一、聯絡感情；二、增進知識；三、建立著作工會的基礎。認為：「將文藝當作高興時的遊戲或失意時的消遣的時候，現在已經過去了。我們相信文學是一種工作，而且又是於人生很切要的一種工作」。從此，新文學運動從一般的新文化運動中剝離出來，文學革命也由最初的破壞轉向新的建設，新文學創作也由之轟轟烈烈地開展起來。在革新號上，

沈雁冰發表《改革宣言》，從「第十二年之始，謀更新而擴充之，將於譯述西洋名家小說而外，兼介紹世界文學界潮流之趨向，討論中國文學革進之方法」，宣導為人生的藝術。年末，再以「記者」的身份於 12 卷 12 號刊載《一年來的感想與明年的計畫》，再改明年的體例，明確增加「長篇及短篇小說」欄，初定「此門中長篇小說一種預定三期登完一篇」。這一欄目的開設無疑為長篇小說的發展提供了生長的機緣，之後刊發的作品大多都超過這一篇幅更證明了長篇小說顯在的發展潛能。2 年後，沈雁冰不再編輯，由鄭振鐸、葉紹鈞等擔綱，儘管編輯方針也發生了少些改變，但文學研究會以《小說月報》為其主陣地，致力並推動長篇小說創作走向繁榮的宗旨卻一以貫之。他們或在《要目預告》中透露欲刊資訊，或在《最後一頁》中發佈新作廣告，傾力推出新人佳作，《旅途》、《老張的哲學》、《趙子曰》、《二馬》等，就是首刊於《小說月報》之後又由商務印書館印行單行本而影響廣泛。不僅如此，文學研究會還在其主辦的刊物如《文學週報》等刊發評論文章，探討長篇小說的創作得失，當之無愧地成為促進現代長篇小說發展的重要的生力軍。

做出驕人成績的還有創造社。與自有老牌刊物與大牌出版社的文學研究會不同，1921 年 6 月 8 日在日本東京成立的創造社[2]，只能將自己的新生和命運寄託在不起眼的泰東書局上。然而，他們的初次合作非常成功。借郭沫若的《女神》、郁達夫的《沉淪》之風、張資平的《沖積期化石》作為「創造社叢書之四」也隆重推出，雖沒有像前兩人那樣暴得大名，卻也引起了一定的注意。有了這一良

---

[2]　鄭延順：《創造社成立的準確時間》，《新文學史料》1995 年 3 期。

好的開端，本著內心的要求和年輕人特有的朝氣，創造社的才俊們相繼創辦了《創造季刊》、《創造月刊》、《洪水》等刊物，為長篇小說創作與評論鼓噪吶喊，特別是他們於 1927 年 9 月 16 日發起中國新文學史上首次長篇小說徵文活動，以「能表現時代精神者為合格」，並且評出二等獎、三等獎各一名給予獎勵，難能可貴。這是他們熱切盼望現代長篇小說異軍突起的最好明證。令人惋惜的是，由於出版社內部的人際關係以及經濟糾紛，泰東圖書局不久與創造社分手，創造社出版部亦因激進及出版進步書刊等於 1929 年 2 月 7 日被查封，但創造社為中國現代長篇小說的發展所做的貢獻卻載入青史。屬於創造社系統出版的長篇小說有：《沖積期化石》、《飛絮》、《苔莉》、《最後的幸福》、《結局》、《農夫李三麻子》等。

當然，20 年代長篇小說迅速走上繁榮除了作家的努力外，也是各出版社合力作用的結果。大的出版社如商務印書館、亞東圖書館等可以憑藉「資歷」擺出大牌資格，以不賺錢為由拒絕無名之輩的血汗之作——郭沫若、沈雁冰等就曾有被大書局冷遇而耿耿於懷的經歷。小的出版社又想借名家為自己開拓更大的市場——《小小十年》與《二月》等則需有魯迅的推薦。於是，如何使自己的稿件也能與名家一樣得到出版的機會，就成為眾多普通作者樸素而良好的願望。在當時出版條件極為寬鬆的環境下，上海作為現代文化的策源地與發展中心就成為眾多文人、書商實現夢想的大業場。出版業特別是同仁書業自由競爭，各顯身手，沒有形成某一個書店為主其它書店為輔的主次關係，除商務印書館、創造社出版部、現代書局、泰東圖書局、開明書店等在名氣與出版數量上稍稍占優外，其它書店包括許多名不見經傳的小店在長篇小說的市場上也都佔據一定的

份額，而且所印作品大多能在較短時間內再版，這既反映了書商的商業眼光，也在客觀上促進了現代長篇小說的繁盛。正是 20 年代這種寬鬆卻又充滿競爭的文化氛圍和文學家內心的湧動與天然的使命，造就了黃金一代的出版機遇，也造就了現代長篇小說的崛起與轉型。

1930 年 1 月—1937 年 8 月是國民黨南京政府由建立到相對穩定，同時又充滿著內憂外患、危機四伏的階段。自 1927 年 4 月 18 日國民政府在南京宣佈成立，至 9 月 3 日寧漢合流，再到 1928 年 10 月 10 日國民政府改組，12 月 29 日張學良在東北易幟，國民黨在完成全國初步統一的同時，也相應地穩定了其統治。為了進一步維護其在思想上的統治地位，1929 年 6 月 3 日到 7 日，國民黨中央宣傳部在宣傳部長葉楚傖的主持下召開了全國宣傳會議，決定今後要「創造三民主義的文學」，「取締違反三民主義之一切文藝作品」，明確規定扶植「三民主義文藝」為國民黨的「文藝政策」。但是，這一主張除葉楚傖本人和王平陵等幾個人應和外，並無更大的反響。相反，1930 年 3 月 2 日中國左翼作家聯盟成立大會在上海成立，左翼作家集結在統一的組織與綱領下，創辦《拓荒者》、《萌芽》等刊物，與國際左翼文學大潮相呼應。左翼文學思潮的興盛，引起國民黨政府的極大不滿。6 月 1 日，由國民黨出資、傅彥長、朱應鵬等主編的《前鋒週報》創刊發行，同時發表《民族主義文藝運動宣言》，掀起民族主義文藝運動。7 月，王平陵、鍾天心等在南京成立中國文藝社，再次呼籲「三民主義文學」。與此同時，國民黨對文藝的禁錮政策也同步實施，頒佈「出版法」，發佈「圖書雜誌審查辦法」，頒佈查禁密令，實施查禁行動，先後查禁各類圖書上千種，關閉書店

上百家。但是，國民黨雖然竭立扶植「三民主義文學」，但在長篇小說創作上卻沒有絲毫的起色，「民族主義文學」同樣也拿不出像樣的作品，根本無法與轟轟烈烈的左翼文學運動相「抗爭」。左翼文學雖然存在著「革命＋戀愛」的模式，整體藝術水準也並不太高，但作為一股創作思潮，無論是數量還是品質都令國民黨官方推行的文學運動相形見絀。可以說，在上世紀 30 年代，國民黨雖然在政治、軍事、經濟上佔有絕對優勢，但在文化戰線上卻有心無力，難以組織起有效的競爭力量，只能採取行政和強權的方式打壓左翼文學，其手段之專斷之無奈可見一斑。1936 年 2 月，「左聯」自行解散，但這並不是國民黨文化政策的勝利，而是民族矛盾的激化促成的自然消解。當然，這一時期的文壇並非都潑染著濃厚的政治色彩，或非左即右，同樣有一批保持著自身的獨立，不依附於任何黨派的自由主義知識份子，他們對嚴密的組織與紀律有一種天然的排斥，他們自覺地與政治保持著一定的距離，他們也不醉心於造就某種文學思潮或文學運動，往往更傾心於同仁間的往來和文學志向的相投，他們發文章，辦刊物，出叢書，大多本著同人的趣向與對文學本身的熱愛，他們是這個時代重要的文學力量，在文學創作、刊物出版等方面做出了卓越的貢獻。這些作家如巴金、老舍、王統照、廢名、施蟄存、沈從文等。這些刊物有：施蟄存主編的《現代》；傅東華、王統照主編的《文學》；朱光潛主編的《文學雜誌》；鄭振鐸、章靳以主編的《文學季刊》；沈從文、蕭乾主編的《大公報・文藝副刊》等。出版社則以良友圖書印刷公司、開明書店、文化生活出版社和生活書店為中流砥柱。這四大出版社在長篇小說出版上，彰顯出它們卓爾不群且中立的指導原則。可以說，國民黨官方文藝與左翼文

學不均衡的博弈與訴求和自由主義文學常態發展的局勢，以及三者間的爭鬥與競爭，使這一時段文學發展與出版呈現出與前明顯不同的生態格局。

1937 年 7 月 7 日「盧溝橋事變」揭開了全民抗戰的序幕，「短平快」的文學體裁迅速肩負起救亡圖存的歷史使命，而長篇小說創作則因體裁自身的因素迅速沉寂下來，直到 1938 年 3 月 15 日才出版了含沙的第一部長篇小說《抗戰》。又由於上海、武漢、廣州、香港等沿岸城市相繼淪陷，文化出版的重心被迫由沿岸大城市向內陸城市遷移，形成了隨戰事而遷變的以武漢、香港、桂林、昆明、重慶為集散地並最終以桂林與重慶二地為中心的新的文化出版格局。一些出版社由於受到戰事的重創，加之抗戰後物質條件的匱乏以及讀者興趣的轉移，已無力出版長篇小說，即便老牌出版社良友圖書出版公司雖然以「良友復興圖書印刷公司」恢復重建，也在這整整6 年的時間裡，沒有出版一部新的長篇小說，僅以重版名著的方式以度難關。由於戰事的影響，刊物的出版也受到衝擊，連續出版物一則少，二則雖偶有長篇小說的需求，約稿也多向名家，無形中也制約了現代長篇小說的發展。更為重要的是，由於戰火連綿，作家的生活條件與創作條件也發生了巨大的改變，以往那種從容不迫的創作長篇的心境已不復存在，取而代之的是急就章，進行曲，甚至是未竟稿，藝術上也就很難有所保證了。

1943 年至 1949 年是中國巨變與轉折的時代。抗戰由艱苦轉向勝利，國共由合作轉向分裂，社會再次進入大衝突大過渡的歷史時期。就出版而言，淪陷區的長篇小說出版雖然顯示了一點「成績」，但很快隨著國土的收復而自行瓦解。國統區的出版逐步恢復了元

氣，眾多的民辦中小出版社及老牌出版社與國有出版機構一起承擔起圖書復興的使命。國民黨還都南京後，隨著眾多政府機關、學校、科研單位、文化出版部門和社會團體等紛紛復員東下，上海重新成為經濟、文化出版中心。1945 年 9 月 12 日，國民黨中央宣傳部長吳國禎在外國記者招待會上宣佈，國民政府決定從 10 月 1 日起，廢止新聞檢查制度。23 日，中央社在重慶《中央日報》同時刊載〈中央社訊〉，宣佈「戰時書刊審查規則及戰時出版品檢查辦法及禁載標準，亦同時廢止」。國民黨對文化政策的調整以及一度放鬆的檢查制度，為圖書出版再次創造了良好的氛圍。只可惜時松時緊，隨著國民黨戰爭的失利，風雲突變，寬鬆的出版環境不復存在，老牌出版社如開明書店、晨光出版公司等也僅靠重版舊書名著維持生存，至 1949 年 5 月歇業。香港暫時成為新的出版中心。很快新華書店代之而起，成為最大的出版連鎖集團，之後成為國家圖書發行的唯一機構。至此，中國現代長篇出版轉入一個新的歷史時期。

## 四

以編年的體系立體地多方位地審視中國現代長篇小說演進的歷史進程，全面、真實、客觀，準確是筆者堅持的首要原則。論著中所涉及的接受史料，全部出自原刊且為筆者所親閱。對於極少數實有其文但卻難以尋覓的接受史料，如新加坡關於《濃煙》的批評等，暫不列入，待以後有幸查閱後再尋機會補入。版本的資訊除極

少數據可信資料錄入外，如書目文獻出版社 1992 年出版的《民國時期總書目（1911—1949）文學理論·世界文學·中國文學（上、下）》，其它均以所見作品版權頁上的資訊錄入。

　　總之，以第一手原始史料還原歷史本相，返歸「現場」，並通過對相關史料的排比勾畫中國現代長篇小說的創作風貌、衍變歷程，為廣大讀者與現代文學界還原一部獨立完整，可資信賴的中國現代長篇小說發展史景，是筆者的初步嘗試，也是筆者全力追求的目標。不當之處，懇請廣大讀者批評指正。

# 目次

# 凡例

一、本書收錄的是 1922 年 2 月至 1949 年 9 月期間正式公開出版的中國現代新體長篇小說，原則上不包括長篇章回小說。

二、全書輯錄內容亦為 1922 年 2 月至 1949 年 9 月間正式發表於各報刊的關於該作品的創作言論、有一得之見的評論文字、以及廣告、序跋、書信、日記等，除明顯錯別字外，均以原始面貌摘引，未做任何改動。文末均標注原始出處以備查考。個別可確定為 1949 年前所作的文字酌收。

三、條目按該長篇小說初版時間先後為序編年，年下轄月，作者關於該創作的言論置首，相應的評論文字按發表時間先後輯錄，廣告等文字置末。

四、長篇小說入選標準為：1922－1929 年：6 萬字以上；1930－1935 年：8 萬字以上；1936－1949 年：10 萬字以上。均以初版本為準。

# 1922 年

**2 月 15 日　張資平的《沖積期化石》由上海泰東書局出版（創造社叢書第四種）。**

　　朱自清在 1922 年 3 月 26 日致俞平伯的信中說：「《沖積期化石》結構散漫，敘次亦無深強的印象，似不足稱佳作。」[1]

　　冀野認為：「在南京要讀最新出版的書籍是一件很不容易底事，因為此間的書鋪，只知趕快販賣些禮拜六半月消閒月刊，……一流的小說書，若是要讀什麼《女神》、《沉淪》，一類的書，除非等報紙上的廣告登了幾星期之後。最近出版的《沖積期化石》，當然也逃不了這個例子。它是二月十五日出版，我到今天才看見。我現在將我看了這書的感想拉雜寫之如下。」「張資平君的作品，我在九年十一月就在《學藝》上讀過了。那篇《約檀河之水》我覺得同這長篇小說《沖積期化石》很有關係。那篇裏的『韋先生』或者就是這本書裏的『韋鶴鳴』。據我草草讀過一遍的經驗看來，兩篇主人翁同是這姓『韋』的。張君在書前說『為紀念而作』，那末張君之描寫自己，是已標明的了。至於『韋鶴鳴』是否就是他自己，據我看如此。此外還有這兩篇共同的語句，如『以後沒有再寫「父親大人膝下……」的資格了。』由這點還可以證明一件事：《沖積期化石》前面的詩裏有一句『你死了三年餘……』此書作於今年，那麼三年前

---

[1]　《朱自清全集》第 11 卷，江蘇教育出版社 1998 年 3 月版，第 120 頁。

就是民國九年了。《約檀河之水》作於九年，那時大約他的父親剛死沒多時。兩篇之同為紀念而作又是一樣了。」「若談到這本書，我覺得談宗教和社會的幾段最有精采。不過全書的科學氣味總覺得太濃厚了。到處就用化學或地質學……作比例，這一層我以為是全書的一小缺點。在結構上我以為尋第二次機會解決未完的事實，決非是一件令人滿意的事，譬如『陳女士』一段，後來一點照應沒有，只在篇後附告殊令人失望。本來長篇小說在中國還是創舉，若求完善很不容易，但是開長篇小說之先聲，張君的功勞不可埋沒哩！至於書裏描寫戀愛的幾段，讀了與《沉淪》受的同一印象，我可說是留日學生生活的寫真斷片。作者在篇後徵求批評，我這篇只是拉雜話，毫無批評的意味，自己很抱愧的。但是作批評該書的引導，那我是不辭的。」[2]

損（茅盾）說：「今年春看《沖積期化石》，覺得反差些，那中間原有幾段極能動人，但是那回憶太長，結構上似乎嫌散漫些，頗有人看得嫌膩煩。」[3]

成仿吾認為：「這篇小說，Composition 上有大毛病，首尾的顧應，因為中間的補敘太長，力量不足。並且尾部的悲哀情調，勉強得很。作者的議論也過多，內容也散漫得很。」[4]

沈從文認為，《沖積期化石》頭緒極亂。[5]

---

[2]　《讀〈沖積期化石〉之後》，1922 年 3 月 27 日《時事新報・學燈》。
[3]　《〈創造〉給我的印象》，1922 年 5 月 11 日《時事新報・文學旬刊》37 期。
[4]　《通信：致沫若》，1927 年 8 月 25 日《創造季刊》第 1 卷第 3 期。
[5]　《論中國創作小說》，1931 年 6 月 30 日《文藝月刊》第 2 卷第 5－6 期合刊。

### 10 月 王統照的《一葉》由上海商務印書館出版（文學研究會叢書）。

成仿吾認為：「在我們現在這種缺少創作力——尤其是缺少長篇的創作的文學界，除了資平的《沖積期化石》，王統照君的《一葉》要算是長篇大作了。」他還認為二者在結構上很相像，不過「《一葉》的內容，不是如《沖積期化石》那般不能任意宰割的。《沖積期化石》是一個整塊，《一葉》卻是由數個小塊結成的。」但《一葉》還是有其成功之處。「《一葉》成功的地方，在能利用那四個插話，表出在運命掌中輾轉的人類之無可奈何的悲哀，使誰看了，也要感到一種不知從何而來的悲哀的醺醉。它所以成功的原因，固由於那四個插話的哀婉，然而作者能到處維持那種美麗的情緒，確是一個重大的原因。」[6]

沈從文認為：「『解釋人生』，用男子觀念，在作品上，以男女關係為題材，寫戀愛，在中國新的創作中，王統照是第一位。同樣的在人生上看到糾紛，而照例這糾紛的悲劇，卻是由於制度與習慣所形成，作者卻在一種朦朧的觀察裏，作著否認一切那種詩人的夢。用繁麗的文字，寫幻夢的心情，同時卻結束在失望裏，使文字美麗而人物黯淡，王統照的作品，是同他那詩一樣，被人認為神秘的朦朧的。使語體文向富麗華美上努力，同時在文字中，不缺少新的傾向，這所謂『哲學的』象徵的抒情，在王統照的《黃昏》、《一葉》兩個作品上，那好處實為同時其他作家所不及。」[7]

---

[6] 《〈一葉〉的評論》，1923 年 5 月《創造季刊》第 2 卷第 1 期。
[7] 《論中國創作小說》，1931 年 4 月 30 日《文藝月刊》第 2 卷第 4 期。

　　茅盾認為，王統照的小說有一種「理想的」基礎，「從這理想的詩的境界走到《山雨》那樣的現實人生的認識，當然是長長的一條路。」「他的長篇《一葉》和《黃昏》大體上也是屬於他『路』的中段。」[8]

　　1928 年 5 月《芝蘭與茉莉》第 5 版的插頁廣告：「為何人生之弦音上，卻鳴出不和諧的調子？為何生命是永久地如一葉地飄墮地上？欲答此問，請讀此創作小說。」

**12 月　黃俊的《戀愛的悲慘》由上海新文化書社出版。**

---

[8]　《中國新文學大系小說一集·導言》，上海良友圖書印刷公司，1935 年 8 月版。

# 1924 年

**12 月** 秦心丁的《洄浪》由上海泰東圖書局出版。

# 1925 年

**12 月 張聞天的《旅途》由上海商務印書館出版。**

王哲甫認為，《旅途》「描寫美國的風景人情很自然而真實」。「作者流利的筆鋒，描寫的深刻，以及外國的人情風景，很能抓住讀者的心靈，確是一篇很可讀的長篇小說。」[1]

《小說月報》1924 年 4 月第 15 卷第 4 號《最後一頁》的預告：「五月號裏，有幾篇文字，值得預告的。創作有魯迅君的《在酒樓上》，廬隱女士的《舊稿》……還有張聞天君的一篇長篇創作《旅途》。《旅途》共有三部，所敘述的事實是很可感人的，所用的敘寫的方法也很好。近來長篇的小說作者極少，有一二部簡直是成了連續的演講錄而不成其為小說了。張君的這部創作至少是一部使我們注意的『小說』。」

1928 年 5 月《趙子曰》第 1 版的插頁廣告：「此為張君所著之長篇小說。書中主人翁鈞凱為一熱情的青年，因愛國而喪身，他又同時遭受許多戀愛的風波。文筆爽利，動人，結構嚴謹。」

---

[1] 《中國新文學運動史》，北平傑成印書局 1933 年 9 月版，第 149 頁。

# 1926 年

**6 月　超超的《小雪》由上海亞東圖書館出版。**

黎錦明認為,《小雪》是模仿《儒林外史》的寫法,只不過換了章回題名罷了。[1]

**6 月　張資平的《飛絮》由上海創造社出版部出版(落葉叢書第二種)。**

作者在《序》中交代了這篇小說(《飛絮》)的由來:

「暑期中讀日本《朝日新聞》所載『歸ル日』,覺得它這篇描寫得很好。暑中無事想把它逐日翻譯出來,弄點生活費。因為那時候學校無薪可領,生活甚苦。天氣太熱又全無創作興趣。每天就把這篇來譯,一連繼續了一星期。但到後來覺得有許多不能譯的地方,且讀至下面,描寫遠不及前半部了,因之大失所望,但寫了好些譯稿覺得把它燒毀有點可惜。於是把這譯稿改作了一下,成了《飛絮》這篇畸形的作品。後來因為種種原因及怕人非難,終沒有把這篇稿售去。本社出版部成立後,就叫它在本社出版物中妄占了一個位置,實在很慚愧的。」

「總之這篇《飛絮》不能說是純粹的創作。說是摹仿『歸ル日』而成作品也可,說是由『歸ル日』得了點暗示寫成的也可。」

---

[1]　《論體裁描寫與中國新文藝》,1927 年 8 月 21 日《文學週報》第 278 期。

「總之，我讀『歸ル日』至後半部時，覺得它和我這篇《飛絮》同樣的是篇笨作，這是我深引以為憾的。」

「又我還要說的一句是我此篇的完稿確在卒讀『歸ル日』之前。」

楊家駱說，張資平「初期的創作如《沖積期化石》、《愛之焦點》等出版後，一班青年尚對之平平，自本書出版後，方得到許多青年的熱烈歡迎，稱為現代戀愛小說的典型作家。」[2]

《創造月刊》第 1 卷第 1 期刊《飛絮》的廣告，該作是「女性第一稱，自敍體的長篇創作，是作者讀了一部日本小說，受著感興而寫成」。

《創造月刊》第 1 卷第 5 期刊《飛絮》廣告：「《飛絮》，『落葉叢書第二種』，張資平著，實價四角半，再版已出。本書系一篇自敍體的長篇創作。作者用了女性第一人稱寫出，十分深刻入微。作者的戀愛小說，文壇上早有定評，此作亦是傑出不凡。」

《現代》第 4 卷第 6 期廣告：「本書是著者成名時的第一部作，內容情節極盡委曲宛轉之能事，描寫刻畫之深，亦壓倒眾人的。自創造社初版迄今，已行銷數十版，而仍未見其減退，該作實為具有永久的價值之作。」

---

2　《民國以來出版新書總目提要》，辭典館出版 1936 年 5 月版，五—74 頁。

# 1927 年

**3月　張資平的《苔莉》由上海創造社出版部出版。**

　　錢杏邨認為：「張資平先生的戀愛小說，雖然沒有什麼戀愛哲學，而他的描寫的技巧是很成熟的。關於性戀的描寫，據我所看過的創作說，在現代的中國文壇上，還沒有誰個能超過他的。《苔莉》與《最後的幸福》寫得是尤其深刻。」「他不但注意到了性的覺醒的煩悶時代前後的心理與生理的狀態以及環境的影響，他也注意到兩性青年在春情發動期以及青年期前後的生理與性的心理的發展的過程與順序，有時他還注意到在與男性發生性的關係後的女性的生理的變化。以及兩性的變態的性的生活；性的臆想……他是如一個科學者一樣，很精細的從各方面去考察，去描寫──描寫得異常深刻。」「在他的戀愛小說之中，依我的主見，還是《公債委員》與《苔莉》兩篇比較的有意義，技巧當然是以《最後的幸福》為最好。因為是：《公債委員》一篇的後部，還可以使我們看到資本主義發展的結果影響於戀愛的關係究竟怎樣，《苔莉》裏的克歐是具體的代表了從封建思想裏解放出來的小資產階級智識分子的戀愛問題的內心的衝突；《最後的幸福》技巧的好處，尤其是在描寫從封建思想裏解放出來的女性的性的煩悶，以及生理心理雙方面發展的過程的深刻。」[1]

---

[1] 《張資平的戀愛小說》，《現代中國文學作家》第 2 卷，上海泰東圖書局 1930 年 3 月版，第 54－60 頁。

鄭學稼認為：「《苔莉》是張氏一串作品中，最好的小說，當娜拉走出丈夫家門徘徊於歧路時，《苔莉》為他指示一條出路。那就是戀愛的享受。同時，受舊社會教律長久壓迫的青年男女，也在《苔莉》中得到不少享受的暗示。」[2]

**7月　張資平的《最後的幸福》由上海現代書局出版。**

李誦鄴認為：「夏丏尊先生好像這樣說過：『他所描寫的女主人公，多是誘惑男性，自甘墮落的卑怯東西。』從作者處置女性的觀點上說，自然不錯的；但對於既經他所處置的女性的地位上說，我們實在不忍加以這樣殘酷的批評」。[3]

李長之認為：「張資平小說，總表明著女性追逐男性的故事，而在他卻並沒有侮辱女性的意思，恰是相反，倒痛罵了一般的男性。一般人往往以為張資平的小說有挑撥性，我看並不是。他描寫性慾滿足後的無聊，煩悶，痛苦，幾乎是否定了性慾似的。只是認定那是自然的欲求，彷彿是一種不可逃掉的壓迫。然而張資平卻並沒有進一步寫想打破這束縛的意思，這正如他的作品中也並沒有別的什麼正面的思想，他只是寫實，他只是報告病況，對病原他已經漠然，開藥方更沒有那麼回事。所以到底是自然主義派的作家呢。」他還認為「就藝術看，張資平的小說雖未完全成功，卻已經達到一種令人可以稱讚的階段。他成功的一部分，是他施展了自然主義派的藝術手腕的一部分。他失敗的一部分，是他放棄了自然主義派的藝術手腕的一部分。」「中國新文學中的小說，到了張資平，才慢慢脫離

---

2　《論張資平與郁達夫》，《由文學革命到革文學的命》，勝利出版社 1943 年 1 月版，第 30 頁。

3　《讀〈最後的幸福〉》，1928 年 7 月《文學週報》第 6 卷合訂本。

了雜感式的，片斷的印象式的，太富於個人情調的氛圍。」「我們承認，張資平是抓住藝術上的時代的，因為：像。我們讀他的作品時，我們絕不以為那時代是不曾有的。他表現的時代，是現代；現代的時代精神，也約略寫得出，那就是理想的禁錮的悲哀，和機械的人生之發覺了的苦痛。」最後他總結道：「關於張資平的著作，我以為頂可注意的是流利的白話，長篇的結構，自然主義的作風。」「他的作品中已經沒有個人情調的小說的初型。」[4]

《現代》第 4 卷第 6 期《最後的幸福》的廣告詞：「本書是張資平先生在創造社時期的名作，讀過這書的青年男女不知有多少，都沒有不為之流淚的。內容描寫一個可憐女子的一生，歷受男子們的玩弄與遺棄，而真心誠意愛她的那個人，卻始終不能同她美滿結合，臨死時的一吻是他們倆最後的幸福。」

**9 月　孫夢雷的《英蘭的一生》由上海開明書店出版。**

作者在《自序》中寫道：

「英蘭的故事，在我小時候就深深地印在腦中；我時常想將這個故事寫出來，不過總未曾得著機會。」

「去年我從北邊回到故鄉，在鄉間住了不到三個月，就感到像英蘭這般的女子，層出不窮地只和我的耳目接觸。因此，我就下了一個決心，要將這個故事寫出來。」

「現在我很自喜，這個故事竟寫成功了；同時我又很愧恨，我不能將這件故事寫成一篇從容體貼而富有濃厚感情的文意，不過我覺得我所寫的，尚沒大失真實。這也稍足以自慰的。」

---

[4] 《張資平戀愛小說的考察──〈最後的幸福〉之新評價》，1934 年 4 月 16 日《清華週刊》第 41 卷 3－4 期合刊。

「總之：這篇東西，是我很誠實地說我自己所要說的話。」

錢杏邨認為：「這一部書在具體所表現的意義方面是失敗了，在技巧方面是有了相當的成功。在意義方面的片斷說，有些地方很可取，如描寫婚姻的階級性，如描寫絲廠女工為經濟的壓迫不得不受工廠當局的侮辱，不得不把自己的肉體獻把人，換幾個錢來津貼自己每月收入的不足，都是些很可寶貴的材料。在技巧方面，最值得我們注意的就是第七章所描寫的絲廠女工人的廠內外的生活，是很好的第四階級的描寫。」他還認為，「這部小說，是談不上偉大的，是不足以代表時代的」。不過，他還是對作者的選材表示了肯定。[5]

競亞認為：「這本薄薄的書便把這種在封建制度下犧牲了的女性赤裸裸的表白出來了。」「富裕者的驕奢淫蕩的豬一般的生活也在這書中赤裸裸地描畫出來了。勢力支配著，一面這書在意識上技巧上是不夠正確和不夠熟練的，而在描畫一個封建殘餘，資本主義興直的時代中，社會的畸形發展，告訴我們兩種——貧的和富的——非人的生活，顯示我們對現社會的不合理的各方面，是值得一讀的。」[6]

《開明》第 1 卷第 3 號的廣告詞：「這部小說寫一個可憐女子英蘭的一生。她受盡了社會的虐待，做過僕婢，做過女工，做過賣笑生涯。終於為人所棄，尋死不得變成了瘋婆子。悲哀淒惻，極為動人。」

**11 月 汪靜之的《翠英及其夫的故事》由上海亞東圖書館出版。**

---

5　《英蘭的一生》，1928 年 1 月 1 日《太陽月刊》創刊號。

6　《讀〈英蘭的一生〉》，1933 年 10 月 30 日《清華週刊》第 40 卷第 2 期。

# 1928 年

**2 月　芳草的《管他呢》由上海北新書局出版。**

**2 月　江雨嵐的《離絕》由上海光華書局出版。**

**4 月　洪靈菲的《流亡》由上海現代書局出版。**

作者在《自敘》中寫道：

「在描寫的手腕，敘述的技巧，修辭的工夫各方面批判起來，我自己承認，《流亡》這篇幼稚的產物，可說完全是失敗的。但取材方面，和文章立場方面，總可以說是一種新的傾向，和一種新的努力！但無論如何，我承認這一篇總是失敗的！我但願把這個失敗的死屍給這新時代和我一樣年青的作家踐蹈著，踐蹈著，做他們到成功之路去的橋樑。我自己，當然亦願意這樣做。」

「末了，我在這兒感謝郁達夫先生把它熱烈的介紹，感謝我的愛人夢芳女士把它細心的抄寫和校正。」

錢杏邨認為：「《流亡》確實是一部代表去年三月而後的『小有產者的流亡者』的全生活的創作。」「假使作者把全力平均的用在流亡生活的敘述，和『小有產者的流亡者』遊疑心理的解剖兩方面，那這一部創作的成績決不止於此。可惜，作者的精神太側重於流亡生活的敘述了。雖然『小有產者的流亡者』的遊疑心理也曾被作者劃出了一部分，究竟僅只有一種輪廓。」作者雖對游疑心理有所批判，「但作者的表現，沒有多多的注意在這一點。『小有產者的流亡者』在這樣時代的心理是最複雜，最衝突，最矛盾，最滑稽，

而且具有神秘的色彩的。果真能把體驗洞察到的他們自己心裏的
衝突，排解，糾紛，自欺，……和其他種種掙扎，遊疑的情形，
善變的特性，不能決定路途的痛苦，精細的表現出來，替小有產者
畫一幅逼肖的寫真，那確是這時代的極需要的創作。也是革命的過
程中應有的一種普遍現象。作者下筆時，應該表現這一種的人生。」
「在技巧方面，是不如第二部曲《前線》第三部曲《轉變》的成熟，
雖然內容方面，《流亡》算是最充實的。」不足在於，第一，作者
在「做」小說；第二，作者不能純客觀的去表現，往往的滲入主
觀的感情。[1]

　　梁新橋認為：「他的作品也和蔣光慈的有同樣的優點，即意識
的鮮明與淺顯動人這兩點，所以容易走入大眾中間，而為讀者所歡
迎。還有我們所最最要注意的，他的作品，全從他的實際生活中所
產生，自比閉門造車式的真切一些。」但全書「未能充分描寫革命
的事件以及民眾的生活，而只表現著個人自起自落的情緒，使之成
為一個虛浮的作品，總之多感慨而少描寫工夫，浪漫的氣氛太重，
這是一個根本的缺點。」[2]

　　現代書局 1928 年廣告詞：「本書計十萬言，為革命文學上之巨
著。書中敘一革命青年失敗後，亡命四方，歷遭家庭和社會各方面
之冷眼，窮苦備嚐，境遇淒涼；而後來更能堅然決然，再上革命之
前線去；真足以代表現代青年之反抗精神也！書中材料，十分豐富；
南至南洋，北至北平，各地的社會情形，均有敘述，加以作者生動

---

[1]　《流亡》，1928 年 8 月 20 日《我們》月刊第 3 號。
[2]　《讀〈流亡〉〈歸家〉與〈轉變〉──作家批評之三》，1933 年 1 月 1 日《現
　　代出版界》第 8 期。

之筆法，客觀之描寫，既有趣味，又極深刻！關心社會者，不可不讀；關心文藝者，尤為不可不人手一篇也。」

**4 月　老舍的《老張的哲學》由上海商務印書館出版。**

老舍在《我怎樣寫〈老張的哲學〉》一文中寫道：

「那時候我還不知道世上有小說作法這類的書，怎辦呢？對中國的小說我讀過唐人小說和《儒林外史》什麼的，對外國小說我才念了不多，而且是東一本西一本，有的是名家的著作，有的是女招待嫁皇太子的夢話。後來居上，新讀過的自然有更大的勢力，我決定不取中國小說的形式，可是對外國小說我知道的並不多，想選擇也無從選擇起。好吧，隨便寫吧，管它像樣不像樣，反正我又不想發表。況且呢，我剛讀了 Nicholas Nickleby 和 PickWick Papers 等雜亂無章的作品，更足以使我大膽放野；寫就好，管它什麼。這就決定了那想起便使我害羞的《老張的哲學》的形式。」

「形式是這樣決定的；內容呢，在人物與事實上我想起什麼就寫什麼，簡直沒有個中心；這是初買來攝影機的辦法，到處照像，熱鬧就好，誰管它歪七扭八，哪叫作取光選景！浮在記憶上的那些有色彩的人與事都隨手取來，沒等把它們安置好，又去另拉一批，人擠著人，事挨著事，全喘不過氣來。這一本中的人與事，假如擱在今天寫，實在夠寫十本的。」

「在思想上，那時候我覺得自己很高明，所以毫不客氣的叫作『哲學』。哲學！現在我認明白了自己：假如我有點長處的話，必定不在思想上。我的感情老走在理智前面，我能是個熱心的朋友，而不能給人以高明的建議。感情使我的心跳得快。因而不加思索便把最普通的、浮淺的見解拿過來，作為我判斷一切的準則。在一方面，這使

我的筆下常常帶些感情；在另一方面，我的見解總是平凡。自然，有許多人以為文藝中感情比理智更重要，可是感情不會給人以遠見；它能使人落淚，眼淚可有時候是非常不值錢的。故意引入落淚只足招人討厭。憑著一點浮淺的感情而大發議論，和醉鬼借著點酒力瞎叨叨大概差不很多。我吃了這個虧，但在十年前我並不這麼想。」

「假若我專靠著感情，也許我能寫出有相當偉大的悲劇，可是我不徹底；我一方面用感情哂摸世事的滋味，一方面我又管束著感情，不完全以自己的愛憎判斷。這種矛盾是出於我個人的性格與環境。我自幼便是個窮人，在性格上又深受我母親的影響——她是個楞挨餓也不肯求人的，同時對別人又是很義氣的女人。窮，使我好罵世；剛強，使我容易以個人的感情與主張去判斷別人；義氣，使我對別人有點同情心。有了這點分析，就很容易明白為什麼我要笑罵，而又不趕盡殺絕。我失了諷刺，而得到幽默。據說，幽默中是有同情的。我恨壞人，可是壞人也有好處；我愛好人，而好人也有缺點。『窮人的狡猾也是正義』，還是我近來的發現：在十年前我只知道一半恨一半笑的去看世界。」

「有人說，《老張的哲學》並不幽默，而是討厭。我不完全承認，也不完全否認，這個。有的人天生的不懂幽默；一個人一個脾氣，無須再說什麼。有的人急於救世救國救文學，痛恨幽默；這是師出有名，除了太專制一些，尚無大毛病。不過這兩種人說我討厭，我不便為自己辯護，可也不便馬上抽自己幾個嘴巴。有的人理會得幽默，而覺得我太過火，以至於討厭。我承認這個。前面說過了，我初寫小說，只為寫著玩玩，並不懂何為技巧，哪叫控制。我信口開河，抓住一點，死不放手，誇大了還要誇大，而且津津自喜，以為自己的筆下跳脫暢肆。討厭？當然的。」

　　「大概最討厭的地方是那半白半文的文字。以文字耍俏本來是最容易流於耍貧嘴的，可是這個誘惑不易躲避；一個局面或事實可笑，自然而然在描寫的時候便順手加上了招笑的文字，以助成那誇張的陳述。適可而止，好不容易。在發表過兩三本小說後，我才明白了真正有力的文字——即使是幽默的——並不在乎多說廢話。雖然如此，在實際上我可是還不能完全除掉那個老毛病。寫作是多麼難的事呢，我只能說我還在練習；過勿憚改，或者能有些進益；拍著胸膛說，『我這是傑作呀！』我永遠不敢，連想一想也不敢。『努力』不過足以使自己少紅兩次臉而已。」[3]

　　王哲甫認為，在《老張的哲學》中，作者「以誇大的詼諧的筆鋒，描寫故都的風物，陳舊的社會，與腐敗的人物，閒雜一些戀愛的成分，寫成了這一部諷刺小說，給讀者換了一種新鮮的口味。」[4]

　　霍逸樵認為：「老舍這本書的情節是比不上《二馬》這般好，雖然描寫的文筆是一樣的諧謔有趣。」不過，「這本書確能把整個中國舊社會人物和盤托出。文字有趣，意思深刻，老舍的作品實有感而成的。」[5]

　　常風認為：「老舍君是一位極卓越的創作家。他說故事，看來毫不經力，總是他那輕鬆，犀利，譏諷的筆調。很自然地一篇故事開始了，很自然地繼續下去以至故事終了。《老張的哲學》是如此，《趙子曰》是如此。」[6]

---

[3]　1935 年 9 月 16 日《宇宙風》創刊號。

[4]　《中國新文學運動史》，北平傑成印書局 1933 年 9 月版，第 224 頁。

[5]　《〈二馬〉及其它》，1934 年 6 月《南風》第 10 卷第 1 期。

[6]　《論老舍〈離婚〉》，1934 年 9 月 12 日天津《大公報》。

《時事新報》1928 年 10 月的廣告：「《老張的哲學》，本書為一長篇小說，敘述一班北平閒民的可笑的生活，以一個叫老張的故事為主，複以一對青年的戀愛問題穿插之。在故事的本身，已極有味，又加以著者諷刺的情調，輕鬆的文筆，使本書成為一本現代不可多得之佳作，研究文學者固宜一讀，即一般的人們宜換換口味，來閱看這本新鮮的作品。」[7]

**5 月　老舍的《趙子曰》由上海商務印書館出版。**

作者在《我怎樣寫〈趙子曰〉》一文中寫道：

「可以說《趙子曰》是『老張』的尾巴。自然，這兩本東西在結構上，人物上，事實上，都有顯然的不同；可是在精神上實在是一貫的。沒有『老張』，絕不會有『老趙』。『老張』給『老趙』開出了路子來。在當時，我既沒有多少寫作經驗；又沒有什麼指導批評，我還沒見到『老張』的許多短處。它既被印出來了，一定是很不錯，我想。怎麼不錯呢？這很容易找出；找自己的好處還不容易麼！我知道「老張」很可笑，很生動；好了，照樣再寫一本就是了。於是我就開始寫《趙子曰》。」

「材料自然得換一換：『老張』是講些中年人們，那麼這次該換些年輕的了。寫法可是不用改，把心中記得的人與事編排到一處就行。『老張』是揭發社會上那些我所知道的人與事，『老趙』是描寫一群學生。不管是誰與什麼吧，反正要寫得好笑好玩；一回吃出甜頭，當然想再吃；所以這兩本東西是同窩的一對小動物。」

「可是，這並不完全正確。怎麼說呢？『老張』中的人多半是我親眼看見的，其中的事多半是我親身參加過的；因此，書中的人

---

[7]　知白：《〈老張的哲學〉與〈趙子曰〉》，1929 年 2 月 11 日天津《大公報》。

與事才那麼擁擠紛亂；專憑想像是不會來得這麼方便的。這自然不是說，此書中的人物都可以一一的指出，『老張』是誰誰，『老李』是某某。不，絕不是！所謂『真』，不過是大致的說，人與事都有個影子，而不是與我所寫的完全一樣。它是我記憶中的一個百貨店，換了東家與字號，即使還賣那些舊貨，也另經擺列過了。其中頂壞的角色也許長得像我所最敬愛的人；就是叫我自己去分析，恐怕也沒法作到一個蘿蔔一個坑兒。不論怎樣吧，為省事起見，我們暫且籠統的說『老張』中的人與事多半是真實的。趕到寫《趙子曰》的時節，本想還照方抓一劑，可是材料並不這麼方便了。所以只換換材料的話不完全正確。這就是說：在動機上相同，而在執行時因事實的困難使它們不一樣了。」

　　「在寫『老張』以前，我已作過六年事，接觸的多半是與我年歲相同和中年人。我雖沒想到去寫小說，可是時機一到，這六年中的經驗自然是極有用的。這成全了『老張』，但委屈了《趙子曰》，因為我在一方面離開學生生活已六七年，而在另一方面這六七年中的學生已和我作學生時候的情形大不相同了，即使我還清楚地記得自己的學校生活也無補於事。『五四』把我與『學生』隔開。我看見了五四運動，而沒在這個運動裏面，我已作了事。是的，我差不多老沒和教育事業斷緣，可是到底對於這個大運動是個旁觀者。看戲的無論如何也不能完全明白演戲的，所以《趙子曰》之所以為《趙子曰》，一半是因為我立意要幽默，一半是因為我是個看戲的。我在『招待學員』的公寓裏住過，我也極同情於學生們的熱烈與活動，可是我不能完全把自己當作個學生，於是我在解放與自由的聲浪中，在嚴重而混亂的場面中，找到了笑料，看出了縫子。在今天想

起來，我之立在五四運動外面使我的思想吃了極大的虧，《趙子曰》便是個明證，它不鼓舞，而在輕搔新人物的癢癢肉！」

「有了這點說明，就曉得這兩本書的所以不同了。『老張』中事實多，想像少；《趙子曰》中想像多，事實少。『老張』中縱有極討厭的地方，究竟是與真實相距不遠；有時候把一件很好的事描寫得不堪，那多半是文字的毛病；文字把我拉了走，我收不住腳。至於《趙子曰》，簡直沒多少事實，而只有些可笑的體態，像些滑稽舞。小學生看了能跳著腳笑，它的長處止於此！我並不是幽默完又後悔；真的，真正的幽默確不是這樣，現在我知道了，雖然還是眼高手低。」

「此中的人物只有一兩位有個真的影子，多數的是臨時想起來的；好的壞的都是理想的，而且是個中年人的理想，雖然我那時候還未到三十歲，我自幼貧窮，作事又很早，我的理想永遠不和目前的事實相距很遠，……」

「前面已經提過，在立意上，《趙子曰》與『老張』是魯衛之政，所以《趙子曰》的文字還是——往好裏說——很挺拔利落。往壞裏說呢，『老張』所有的討厭，『老趙』一點也沒減少。可是，在結構上，從《趙子曰》起，一步一步的確是有了進步，因為我讀的東西多了。《趙子曰》已比『老張』顯著緊湊了許多。」

「這本書裏只有一個女角，而且始終沒露面。我怕寫女人；平常日子見著女人也老覺得拘束。在我讀書的時候，男女還不能同校；在我作事的時候，終日與些中年人在一處，自然要假裝出穩重。我沒機會交女友，也似乎以此為榮。在後來的作品中雖然有女角，大概都是我心中想出來的，而加上一些我所看到的女人的舉動與姿

態；設若有人問我：女子真是這樣麼？我沒法不搖頭，假如我不願撒謊的話。《趙子曰》中的女子沒露面，是我最誠實的地方。」[8]

《時事新報》1928 年 10 月刊的廣告：「《趙子曰》，這部作品的描寫對象是學生的生活。以輕鬆微妙的文筆，寫北平學生生活，寫北平公寓生活，非常逼真而動人，把趙子曰等幾個人的個性活活的浮現在我們讀者的面前。後半部卻入於嚴肅的敘述，不復有前半部的幽默，然文筆是同樣的活躍。且其以一個偉大的犧牲者的故事作結，很使我們有無窮的感喟。這部書使我們始而發笑，繼而感動，終於悲憤了。」[9]

知白（朱自清）對《時事新報》上所刊的《老張的哲學》與《二馬》兩書的廣告表示認同，認為「雖然是廣告，說得很是切實，可作兩條短評看。從這裏知道這兩部書的特色是『諷刺的情調』和『輕鬆的文筆』」。他還將這兩部小說與「譴責小說」作了比較，認為這兩部小說以嚴肅的收場，便已異於「譴責小說」而成為現代作品了。[10]

霍逸樵認為：「這本書是借幾個北平大學生的生活來描寫中國的學生社會的現象。」「全書大意深遠而含諷刺，痛恨學界當時不良的現象，更及社會的醜劣。」「老舍在書裏以冷嘲熱諷的文筆痛詆中國社會的醜惡，真令人極表同情！」[11]

常風認為：「本書的作者在他以前幾部小說中點染了許多教訓色彩，在《趙子曰》中尤明顯。這個常會破壞作品的一致性與和諧。

---

[8]  1935 年 10 月 1 日《宇宙風》第 2 期。

[9]  知白：《〈老張的哲學〉與〈趙子曰〉》，1929 年 2 月 11 日天津《大公報》。

[10]  《〈老張的哲學〉與〈趙子曰〉》，1929 年 2 月 11 日天津《大公報》。

[11]  《〈二馬〉及其它》，1934 年 6 月《南風》第 10 卷第 1 期。

同時作者又喜歡興致淋漓地發一些議論而忘記了他在寫小說，又或藉他創造的人物的口吻泄牢騷，鳴不平。有時描寫，用諷刺有點過分，或鋪張過甚，令人難以置信，因而影響於他的作品所引起讀者的反應。作者的創作中最能引人發笑的要算《趙子曰》，而毛病最多的也要算《趙子曰》。」[12]

**5月　洪靈菲的《前線》由上海曉山書店出版。**

**6月　黃心真的《罪惡》由上海新宇宙書店出版。**

**9月　洪靈菲的《轉變》由上海亞東圖書館出版。**

顧仲彝認為：「作者的主旨是要描寫叔嫂的愛情，他們為環境的壓迫不能達到愛情的目的，因此把他的情感轉移到政治革命上去。這個題材不能算壞，但作者的藝術手腕太惡劣，竟變成一篇極無意識的情慾寫照。」「他本意要描寫叔嫂的真愛情，但實際上他只寫到叔嫂肉慾的衝動，和受禮教壓迫的痛苦；並且他們倆都是人類中平凡的弱者，沒有勇氣破除禮教，只在性慾抑制下的痛苦呻吟裏過生活。愛情本來不容易描寫得恰到好處，過火則性慾控制了一切，過冷則不能表達得充分。這是此書根本的弱點。」[13]

梁新橋認為：「《轉變》比《流亡》要進步一點。……寫實了許多，而且描寫得生動細到。不像《流亡》中的蕪雜無結構」。他還認為洪氏小說有抒情氣息，但認識不足，技巧缺乏。[14]

**含沙的《愛的犧牲》由北京文化學社出版。**

---

[12] 《論老舍〈離婚〉》，1934 年 9 月 12 日天津《大公報》。

[13] 《評四本長篇小說》，1928 年 12 月 10 日《新月》第 1 卷第 10 號。

[14] 《讀〈流亡〉〈歸家〉與〈轉變〉——作家批評之三》，1933 年 1 月 1 日《現代出版界》第 8 期。

高沐鴻的《紅日》由上海泰東圖書局出版（狂飆叢書第十種）。

陳銓的《天問》由上海新月書店出版。

餘生認為：「《天問》之組織藝術，純由精研廣讀西洋小說得來，而所寫者確係中國之人情風俗事物景象，故毫不嫌其過新。」《天問》「結構精嚴，章法完密，全局布妥，乃始著筆，通體照應，用力不懈。中國舊小說惟《石頭記》乃能及此。」「《天問》之取材純以其結構為標準，敘事寫景，皆有其特別之意義與切實之效用，非無故閒入者。」「要之，……《天問》則更加以西洋小說之技術法程，其作者並經勤細之研究，不惜慘澹經營，辛苦致力。吾人對於今後中國小說發達之途徑，可斷言曰：技術法程，須取資於西洋，而書中之材料感情，要必為真正中國人之所具有者。合茲兩美，乃可大成，二者缺一，必將失敗。而後者較前者為尤要。」他總結全書的優點是：一、結構之嚴密；二、人物之生動；三、環境之豐備；四、文筆之流利。[15]

顧仲彝認為：「在許多新作品中間我認為最滿意的長篇是《天問》。」「你看他自開卷雲章愛慧林起，曲曲折折，經過了許多悲歡離合，一步緊似一步，一幕深似一幕，直到雲章拔劍自刎為止，前後照應，線索分明。」「至於描寫人物方面，要比較結構的話，則似乎還欠老練；讀者看了只覺得模模糊糊，有其色而無其形；雖則抽象的能道一二，但逼近了，卻又依稀遼遠起來。」「作者大概受英國小說家哈代的影響不少。不說佈局很像哈代的手法；他的思想語氣，

---

[15] 《評陳銓〈天問〉》，1928 年 11 月 19 日天津《大公報》。

處處都露著哈代似的悲世的人生觀。他看世界上一切的眾生，都是受環境衝動支配，不能自主的可憐蟲。」[16]

毛一波認為：「《天問》裏面，像整個的人生一樣，包含著一出古今相同的悲劇：裏面不獨思想精純，結構嚴緊，描寫清切，分析細微，理論透徹；還看的出天真與虛偽的衝突，情愛與罪惡的對壘和仁慈與殘暴的搏鬥。這些都是造成人生千變萬化的要素。所以，一方面因為《天問》是人生真實的描寫，我們看了就知道什麼人生的究竟；一方面因為人生本身始終是個啞謎，我們想猜透它歸根還只有去『問天』……」不過毛一波同時也認為，小說有舊小說的濫調，作者自己愛發議論，一些對話不自然，心理描寫也很差等。[17]

溜子認為，《天問》「替中國新的小說殺出了一條新的血路。」「這新的血路是什麼？那就是所謂『結構的小說』。」「全篇沒有一段無用的情節，沒有一個閒人，沒一章不重要的描寫，幾乎全與主要的人物有緊密的關係。」不過，小說的對話寫得差，人物也不及結構成功。最後，作者認為：「在將來的小說史上，這部《天問》單憑它的結構就要占重要的一頁。我們敢預言，將來的長篇作者會要走到他這同一的路上來。」[18]

常風認為：「《天問》中有許多可令我們欣喜和讚賞的地方，不是因為作者應用我們過去的偉大作家的技巧與寫法。而是因為《天問》給我們證實了這些技巧與寫法是值得學習的；同時還給我們的新小說開闢了一條可以走的新途徑。」「《天問》的地方背景是四川

---

[16] 《評四本長篇小說》，1928 年 12 月 10 日《新月》第 1 卷第 10 號。
[17] 《天問》，1929 年 8 月 16 日《真美善》第 4 卷第 4 號。
[18] 《評陳銓〈天問〉》，1931 年 7 月《文藝雜誌》第 1 卷第 2 期。

的富順。這本小說有許多很好的鄉土描寫。許多風景描繪純用白描，文字質樸有力，人物的描寫與性格的分析方面，雖有不少的缺陷，就大體說在當時總是一部可稱讚的作品。」[19]

《新月》的廣告詞：「《天問》裏面，像整個的人生一樣，包含著一出古今相同的悲劇：裏面不獨思想精純，結構嚴緊，描寫清切，分析細微，理論透徹；還看得出天真與虛偽的衝突，情愛與罪惡的對壘和仁慈與殘暴的搏鬥。這些都是造成人生千變萬化的要素。所以一方面因為《天問》是人生真實的描寫，我們看了就知道什麼人生的究竟；一方面因為人生本身始終是個啞謎，我們想猜透它歸根還只有去『問天』。不過一個人憑空決不會感覺到如此的深切，除非讀了像《天問》這樣動人的作品才能夠。」[20]

後又說：「這是一部二十餘萬字的長篇小說。你不看則已，你若是看了一頁，你非要看完了全部不止。作者的筆墨有這樣的魔力！你看完了一遍，你一定要看第二遍，作者的文章有這樣的妙處！因為作者得到一個做小說的秘決──結構謹嚴。這裏面有銷魂的韻事，有英武的擊鬥，有深刻的諷刺曲曲折折的有說不盡的穿插起伏，但是都經作者的一枝老練犀利的筆鋒給串起來了，真可說是一氣呵成，天衣無縫。這樣的小說，據天津《大公報》文學週刊的編者批評說：『只得石頭記差可比擬』。愛讀小說的讀者，請你們自己鑒賞鑒賞看。」[21]

**王任叔的《死線上》由上海金屋書店出版。**

作者在《弁言》中寫道：

---

[19]　《陳銓：〈彷徨中的冷靜〉》，《棄餘集》，新民印書館 1944 年 6 月版，第 92 頁。
[20]　1929 年 2 月 10 日《新月》第 1 卷第 12 號。
[21]　1929 年 9 月 10 日《新月》第 2 卷第 6－7 期合刊。

「我未嘗不想把我們的主人公寫得堅定一點，但我的筆終於不
許我過於誇大，我也只好這樣的寫成一個有時也不免於懷疑革命的
革命者了。」他又說：「我在我的明日裏曾經創造出三個人性；一個
是個人主義者，一個是社會主義者；而另一個卻是徘徊兩端的人。
我在最後終於把這徘徊兩端的人槍斃了。在我不過想：在今日徘徊
是不可能了，無論如何要揀一條路走去，所有徘徊兩端的人都應該
槍斃。然而不曾槍斃的人卻都是徘徊兩端的人，這不能不使我感到
悲哀——我自己還是不曾被槍斃呀！」「在這裏，我們的主人公名義
上似乎走上了一條路了，然而傳統的個人主義的思想，還在他腦子
裏鼓動。我終於無力把這點瑕疵棄掉，所以我又不喜歡他。我又把
他槍斃了。」「然而我又不肯把他全個槍斃，我要把他的一部分留
著，這就是他最後的一句話：『以自己的生命充作他人的生存條件的
人聯合起來！』」「這就不同於明日裏的主人了。——在這裏他的希
望是明顯地擺著，他是希望有一個『不以他人的生命充作自己的生
存條件的社會』發現。」「這一點希望是我們的主人要活下去的意義
——雖則事實上他是輕易地給我槍斃了。」

王哲甫認為，《死線上》等「雖缺乏偉大之氣，卻具特別的作
風，令人讀之，有咀嚼不盡的意味。」[22]

**蔣光慈的《最後的微笑》由上海現代書局出版。**

錢杏邨認為：「這一部創作所顯示的，是主人公走在朋輩犧牲的
路中，只有勇敢前進沒有幻滅，是把在《短褲黨》裏的革命青年的眼
轉向社會經濟一方面來的創作，和《短褲黨》裏的青年革命家的心理

---

[22] 《中國新文學運動史》，北平傑成印書局 1933 年 9 月版，第 150 頁。

相銜接的。這可算是他的創作第二個時代的第一部代表作」。「他的創作是有一貫的思想的，每一部有每一部的意義，每一部有每一部的使命，不是幽默的調皮，也不是閒適的消遣，更不是為藝術而藝術的，他的創作是具有一種重大的使命的──Propaganda！他的創作是忘不了一種重大的意義的──時代表現！他的思想，始終是站在時代前面的！」他還認為「光慈的表現的技巧，到現在雖然還沒有成功，但每一本都是在進步著。」[23]

現代書局的廣告詞：「本書是蔣先生的最得意之作，他說：『從前的著作是童年的，現在是成人的，』這就是他覺得這部著作是比較以前更進步的表示。我們從前看過關於他的著作：如鴨綠江上，野祭以及菊芬等，莫不有口皆碑地稱讚，歎為觀止。但在蔣先生還是認為童年的作品，那末這冊書的價值也就可想而知了。」

**彭學海的《失蹤者的情書》由上海南新書店出版。**

**10 月 羅西（歐陽山）的《你去吧》由上海光華書店出版。**

作者在書中的《致讀者》一文中寫道：

「我的長篇小說，這本是第三本了。在極重的貧乏同很輕的病恙中，僅費去二十八天的時光一口氣把這本東西寫起，雖然並不比以前寫的有長足的進步，或特別的動人，但自己總免不了是要欣慰的。不過有一層我自己卻不能不擔憂：就是書中往往有粗疏之處，我寫時不曾留意，寫後也不曾細改的。這也許是我創作時免不了的弊病吧！受了自己癖性的支配，只要書中結構的大概想好了便下筆寫，寫成了之後呢。我不敢瞞讀者，我實在不曾覆看一次。朋友說

---

[23] 《蔣光慈與革命文學》，《現代中國文學作家》第一卷，上海亞東圖書局 1929 年 4 月版，第 165－170 頁。

我的性子太急，這件事可證這話是對的。在這樣大意之下成功的作品，精深的藝術大概是不會產生的。讀者如果發現了粗糙同生硬，請讀者原諒；並請讀者隨時賜函指正，俾得在有機會時，再細心刪改一次。最後，我深深地感謝沈松泉先生的熱情的援助，使我不至餓飯，才能寫成此書。」

**葉鼎洛的《未亡人》由上海新宇宙書店出版。**

孫席珍認為：「《未亡人》是用一種橫的筆法寫的，因為是橫的寫法，所以使人看了覺得繁複瑣碎，一段裏面同時敘述兩方面的事，便覺得不大能夠兼顧得到；也因為是橫的寫法，所以沒有縱的寫法來得簡練而有系統。」「葉鼎洛是抱著怎樣一種人生觀，我絲毫也不知道。只就這部《未亡人》而論，他是以嚴肅的不是玩世的態度，描寫平凡的卑瑣的近乎肉感的赤裸裸的人間相，文字之中充滿著宿命的意味，那麼他是一個自然主義者，即使不然，至少也該說這《未亡人》是一部自然主義的作品。」最後他說：「《未亡人》裏面，寫節序，寫風景，寫人物的美醜，無論用色彩和光線來表現，無論用聲音和動作來表現，都很恰當而且動人。作者的想像也很豐富，全篇有好幾段極富於畫意和詩情的描寫的文字。但敘事的手腕似稍遜一籌了。」[24]

**12 月 沈從文的《阿麗思中國遊記》（第 2 卷）由上海新月書店出版。**

徐志摩撰寫的廣告：「長篇小說的創作，現時在中國真是稀貴極了！寫長篇難，而寫得有結構，有見解，有幽默，有嘲諷，……

---

[24] 《未亡人》，1929 年 3 月 1 日《北新》3 卷 5 期。

那便難之又難。《阿麗思中國遊記》是近年來中國小說界極可珍貴的大創作。著者的天才在這裏顯露得非常鮮明，他的手腕在這裏運用得非常靈敏：這是讀了《蜜柑》和《好管閒事的人》更可以看得出的。沈從文先生是用不著我們多介紹的，讀者自己去領略這本小說的趣味罷。」[25]

---

[25] 1929 年 1 月 10 日《新月》第 1 卷第 11 期。

# 1929 年

**1 月　黃中的《三角戀愛》（第一集）由上海金屋書店出版。**

《申報》的出版預告：「《三角戀愛》，黃中作，滕固序。作者仗著狂放的天才，纏綿的文筆，描寫精神的戀愛和失戀的痛苦，甜蜜處極迴腸盪氣之能，悲騷處有婉轉哀鳴之苦。這原是作者自寫悲哀，比較旁的著作深刻得多。而思想高超，言論怪僻，尤其是言人所不敢言，道人所不能道，直把隱秘的人心，虛偽的世界大聲喊破，是何等大膽的筆仗啊！備有樣本，函索即寄。」[1]

**1 月　馬仲殊的《太平洋的暖流》由上海真美善書店出版。**

《真美善》的廣告：「馬先生把親身在南洋經歷過的事實在這部長篇小說裏極細膩地描寫給我們看，是一個漂泊青年在那裏受有苦寂的煎熬，圍繞著鮮花似的女生而呼號靈肉的援救。」[2]

**　　章克標的《銀蛇》由上海金屋書店出版。**

**　　戴萬葉的《前夜》由上海亞東圖書館出版。**

**　　汪錫鵬的《結局》由上海水沫書店出版。**

作者在《弁言》中寫道：

「全篇表現一顆青年的心，由苦悶中而解放，由解放而狂放，由狂放而入迷途——因其無結局，故題為『結局』。時間以革命前至

---

[1]　1924 年 10 月 22 日《申報》。

[2]　1930 年 5 月 16 日《真美善》第 6 卷第 1 號。

革命後。描寫青年變態的思想和變態的生活處很多，因為這是時代中的現象。」

《懸賞徵文審查報告》：《結局》：「汪錫鵬君以多彩的筆描繪一女子的流離轉變的命運，配以變亂多端的時代背景之一角。從手法上看來，是成功的作品。同時，作者自身的告白也是很老實的，這篇只把時代的一角描繪出來。這就是說從側面觀看時代潮流的奔潮。取材和態度是制約作品之能否成為偉大的一關鍵，對於我們這位前途燦爛的青年作家的藝術的素質，我們不能不希望他能再進一步認識社會的真相。」[3]

祝秀俠認為：「像《結局》裏面的主人翁芷芳那種女性的模型，在這個『時代急激變革過程中』的社會裏是易於為我們到處找得到的。這種女性，特別是在半封建式的小資產階級份子裏更其顯明。她們一方面因為舊家庭經濟的破落，男女觀念的轉移，不得不踏上社會裏找尋生活的補助。但一方面因為社會環境的黑暗，自身思想的未能徹底，又易於陷入頹唐或苦悶的境象。加之青春期的性的需求，社會制度的種種不良，實際生活與精神生活難得穩定與安慰，更為一切苦悶的來源。」「輾轉在這困苦的生之掙扎中，變態的思想和變態的行為就由此發生了。一是消極厭世。一是積極的浪漫。由於厭世的思想便發生毀滅自己，自萌短見的蠢笨的事實。由於浪漫的狂放，便發生肉慾的弛縱，找尋官能上的刺激！以求片時的麻醉。」「這兩種行為，生活上感覺到缺憾，自身感覺到痛苦而思想未能徹底的青年往往是如此的。」「但這樣變態的表現是

---

[3] 1928 年 10 月 10 日創造社在《創造月刊》第 2 卷第 3 期。

絕端的謬誤的。假如思想徹底的人，他無疑地會跑上向上的大路，真正作一個社會革命者，這樣才是奮鬥的正途，無如小資產階級的劣根性向慣於流入苟安的，放蕩的個人主義，或流於自私的英雄思想。他們所渴望的是生活的安定與自身的滿足，在這個社會不能給他完滿時，他只知詛咒，只知悲憤，或夢想著將來怎樣的達償他自我慾望的滿足，而不願徹底起來做一個破壞不良好不平等的現有社會的革命者。是以小資產階級在這動搖時代的顛簸裏面，生活，理智，行動無往而不互相觸牾，互相矛盾的。而這矛盾也就成為苦悶中的一種主動力。」「作者的主要意旨，就在想在這本書裏面刻畫出一個這樣一種女性的變態心理和變態生活出來，而尤其側重解剖在這個革命時期的小資產階級女性心理的變化。」他還認為：「作者驅使著流利通暢的筆仗，赤裸裸將整個女性的心理纖細地活現出來，這是本書最大的成功。」而且「《結局》裏的芷芳，很使我想及《幻滅》裏的靜女士。茅盾描寫女性心理的變化也是很成功的。而作者對於芷芳心理的解剖，似乎還要比茅盾描寫靜女士深刻一些，露骨一些。但文字方面卻沒有茅盾這樣豔麗動人。」「不過全篇確是缺少了一種『力』，這種力便是暗示之力。也即是 Propagoda 之力，作者只在敘述一個問題，而未解決這個問題。」[4]

　　《創造月刊》2 卷 6 期的廣告語：「這本書是本社 1928 年第一次徵文期中，在數百部著作之內，很謹慎的審查的結果所選出來的作品。技巧方面在最近的文壇上，確是一部成功的作品。內容描寫一個青年女子，在革命前後的種種，流離轉徙的經過，襯以變亂離

---

[4]　《結局》，1929 年 5 月《海風週報》第 17 期。

奇的時代背景，文筆流利，別具風格，真是百讀不厭。這是因為作者以純客觀的描寫，老老實實，又自然又深刻。在現今文藝界，洵為不可多得之佳作。」

**2月　陳學昭的《南風的夢》由上海真美善書局出版。**

毛一波認為：「這本《南風的夢》，表面看去，似乎是一個小說的長篇，但究其實也只能算是一些片斷的記錄。在材料的安排上以及文字的描寫，均不能說是一部小說的。」「《南風的夢》，是一個失戀者的呼聲，女性的靈魂的呻吟。」「從《南風的夢》，我們看得見男性的褊狹，疑忌和殘酷的劣根性來。」[5]

古月認為，小說讓人難以閱讀，說不出所以然，也可以說不算是小說，是沒有記著年月日的日記。克明小姐是愛恨分明的精煉女子，但我們讀了覺察不出克明的心理狀態，只覺得她自言自語大發牢騷。所寫人物形形色色但可惜是一堆撩亂的枯柴，人事裏面，沒有組織的，有機的，動情的連貫，未見有強調的曲折和起伏，只是一些不自然的雜湊！這作品至多是一本忘掉年月日的日記帳。[6]

《評學昭女士的〈南風的夢〉》一文認為，《南風的夢》的主旨是相愛的，不能團聚，不相愛的，卻強要牽連。技巧上，作品缺點很多，結構累贅不清，情節混雜凌亂，語言、描寫等不像小說而像散文，作者以小品文方式寫小說，缺點也就難免了。[7]

---

[5]　《南風的夢》，1929 年 8 月 16 日《真美善》第 4 卷第 4 號。

[6]　《關於〈南風的夢〉的對話》，1929 年 12 月《金屋》第 1 卷第 7 期。

[7]　賀玉波主編：《中國現代女作家選》，四合出版社 1946 年 8 月版，第 189－196 頁。

《真美善》的廣告:「這部書是二十萬字的小說,以巴黎留學界為背景,可以算是一部最真切的留法外史,他的主旨是忠實的情人的呼號,是一部血淚模糊的痛史。[8]

**3 月　金滿成的《黃絹幼婦》由上海遠東圖書公司出版。**

**4 月　羅西的《愛之奔流》由上海光華書局出版。**

作者在《序》中說:

「到如今我不是主張為藝術而藝術,為人生而藝術;或者為趣味而藝術,為革命而藝術的。我只覺得廣州有這件事,而這件事又是很值得人的同情的,於是便寫了下來。至於我寫下的是英雄,是懦夫,是革命的,是不革命的,我自己卻不曾留意過。我是廣州人,廣州的東西我稍為熟悉,並且我也愛寫,如是而已。」「如果藝術品裏面一定要放進一點有偉大的意義的東西,那我目前還不曾有這種確信。目前我的創作的態度是只由率性的變了觀察的而已。」

王哲甫認為,《愛之奔流》寫一個女性強烈的戀愛,可以代表中國現代青年的典型。[9]

**5 月　蘇雪林的《棘心》由上海北新書局出版。**

書中扉頁題詞道:「我以我的血和淚,刻骨的疚心,永久的哀慕,寫成這本書,紀念我最愛的母親。」

鄒韜奮認為,《棘心》「以優美的文筆,真誠的情感,敘述主人公醒秋女士在國內及在法國求學時可歌可泣的遭遇,有驚心動魄的戀愛經歷,有逸趣橫生的友誼經歷,而以慈母愛女至誠至愛為中心」。可以說,「隨筆寫來,處處動人心弦。」[10]

---

8　1930 年 5 月 16 日《真美善》第 6 卷第 1 號。
9　《中國新文學運動史》,北平傑成印書局 1933 年 9 月版,第 245 頁。
10　《介紹一本好書〈棘心〉》,1929 年 6 月 28 日《生活》週刊第 4 卷第 35 期。

古月認為：「作者的企圖，在表現希伯來與希臘思潮的衝突」。
「全書的骨幹在描寫醒秋和秦風的一段糾葛及醒秋皈依宗教的一段
曲折。作者用力地所描寫的醒秋的母愛和醒秋對其未婚夫叔健的愛
憎，便成了全書的烘托了。」在表現醒秋皈依羅馬教的上面，醒秋
缺乏責任心，而「我又沒有感到醒秋皈依宗教的一種虔摯的忘我的
嚴謹的氣分，我們只覺得醒秋之皈依宗教，太勉強了喇。」另外，
書中隨筆式的文體也不盡適合小說，且「作者所企圖中描寫的醒秋，
卻不是書中的醒秋；這真令我們異常地不爽快喇！」[11]

草野認為，全書包括三個意義：「一、母親的愛。二、異性的愛。
三、故鄉與故國的懷念。」「在這三個方面，作者滲透了悲哀與幽思
的情緒，所以描寫精巧，表現的微妙，在技巧上都有相當的成功。[12]

方英（錢杏邨）認為，杜醒秋「是一個神經質的女性青年。她
的性格是脆弱的，雖然在有一些時候也顯得堅強；她的行動是『浪
漫不羈』的，雖然在有一些時候表示的非常規律。這個女性，雖說
具有『慷慨悲歌的氣質』，『含有野蠻時代男人的血液』，但在《棘心》
一書裏，終於不免是一個『多愁善感』的女性。」「也就因為這個原
故，她的生活形態，也不免和其他的女性作家一般無二。」「她的生
活形態是仍舊慣的——第一，生活在母愛的撫育裏；第二，生活在
自然的陶醉裏；第三，生活在狂熱的戀愛裏。《棘心》「不外是關
於這三種生活的謳歌。」他還認為：「特殊的是，在她的著作裏，關
於自然描寫最多，而技術的成就特好，這一點也足證明她的『醉心
自然』。」不過，「在蘇綠漪所表現的女性的姿態，並不是一個新姿

---

[11] 《讀了〈棘心〉》，1929 年 12 月《金屋》第 1 卷第 7 期。
[12] 草野：《現代中國女作家》，北平人文書店 1932 年 9 月版，第 72 頁。

態——五四運動當時的最進步的資產階級的女性的姿態。」「在蘇綠漪筆下所展開的姿態，只是剛從封建社會裏解放下來，才獲得資產階級的意識，封建勢力仍然相當的佔有著她的傷感主義的女性的姿態。她筆下所展開的，是這樣的人物。」[13]

王哲甫認為，作者「在本書描寫女主人公的思想，性格，最為真切，而文字的秀麗與流暢，為其他作家所不及」。[14]

趙景深認為：「一部《棘心》的主旨，便是情感與理性的爭鬥」。「《綠天》裏的《小小銀翅蝴蝶的故事》就是《棘心》的縮寫，不過，《棘心》是長篇寫實小說，《小小銀翅蝴蝶的故事》是短篇寓言罷了。主人公小小銀翅蝴蝶大約是杜醒秋，即《棘心》的女主人公。蟬和蠹魚之類大約就是『某某幾個同學了，他們都是很有學問的青年。為了母親，她一點不接受他們輸來的情款』。蜜蜂自然就是叔健，銀翅蝴蝶說：『我們的婚約，是母親代定的，我愛我的母親，所以也愛他。』這樣的話在《棘心》裏常可看到。」「蛾兒就是《棘心》第三章《光榮的勝仗》中的秦風，這一章幾乎成了他的『列傳』。蛾的事當是秦風與『年輕美麗的姑娘』戀愛的故事。蛾兒追逐蝴蝶，當是秦風追逐醒秋。」「但是，蝴蝶終於不能愛蛾兒，猶之醒秋終於不能愛秦風。蝴蝶愛的是蜜蜂，也猶之醒秋愛的是叔健。」「總之，她的文辭的美妙，色澤的鮮麗，是有目共賞的，不像志摩那樣的濃，也不像冰心那樣的淡，她是介乎兩者之間而偏於志摩的，因為她與志摩一樣的喜歡用類似排偶的句子，不惜嘔盡她的心血。

[13] 《綠漪論》，黃人影編《當代中國女作家論》，光華書局 1933 年 1 月版，第131－149 頁。
[14] 《中國新文學運動史》，北平傑成印書局 1933 年 9 月版，第 231 頁。

她用她那畫家的筆精細的描繪了自然，也精細的描繪了最純潔的處女的心。」[15]

1929 年 5 月 16 日《北新》第 3 卷第 9 號《棘心》廣告：「『No struggle no drama』勃廉基爾曾這樣的解釋戲曲。日本廚川白村說『不但戲曲如此，人生也是如此。人生兩種力的衝突有如鐵石相擊之迸出火花，奔流給磐石擋住，飛沫就呈虹彩，我們正因有生的苦悶，也因有戰的苦痛，所以人生才有生的功效。』書中主人公杜醒秋女士是個理性感情都很發達的青年，遠赴外國讀書遭了家庭許多不幸，又和未婚夫決裂，幾乎走上出家的一條路。慈母的愛，和求學的野心，愛情的失望，互相衝突，直到難解難分的地步，作者以深沉的魄力，寫出她那內心的苦悶，是鐵石相擊的火花？是飛沫的虹彩？請讀者自己去鑒賞。全書三百餘頁，用黃印書紙印，由許聞天先生繪插畫十四幅尤為精美絕倫。」

**7 月　唐次顏的《她》由上海青春出版社出版。**

**8 月　黃素陶的《失戀之後》由上海大中書局出版。**

**楊蔭深的《曼娜》由上海現代書局出版。**

《現代》第 4 卷第 6 期的廣告語：「本書是包含六十封情書而組成的一個悲烈的故事，主人是一位熱情如火的少女，和一個陰沉冷酷的少年，這兩個矛盾性格的人物，讀後當知作者的處理是如何的巧妙。」

**譚勉予的《俘虜的生還》由上海泰東圖書局出版。**

作者在《序》中說：

---

[15]　《蘇雪林和她的創作》，《海上集》，上海北新書局 1946 年 10 月版，第 162 －173 頁。

「上編是在幾個月前寫好的，題做《生還》，當時發表的欲念很強，就寄到創造社，乃超先生說想在文化批判上發表，後來，文化批判停刊，他又叫我取回改作。我很感謝乃超先生，熱心給我指導！他給我來信說：『缺乏客觀的描寫，但同時又富於實感。』並且在原稿裏逐處給我指出缺點。我就依照他的指導，改作成今稿。」

「上編改作峻，竟又鼓起我續寫的興趣，因此就寫成了下編，我的朋友玉蕃給我題做《俘虜的生還》。寫完看過以後，我覺得比上編有精彩些，靈動些，朋友也是這麼說，或許是罷？」

### 蔣光慈的《麗莎的哀怨》由上海現代書局出版。

剛果倫（錢杏邨）認為：「這一年所刊行的《麗莎的哀怨》，在命意上作者雖不免煞費苦心，可是所得的結果，卻未免是一失敗。因著第一身稱的限制，他不能正面的描寫新的俄羅斯的生長，只能從側面略略提及，這結果，充其量也不過只有消極的意義。因著主人公階級性的限制，他不能不採用那種羅曼諦克的文藝的語句的形式，不能在技術上得到比《短褲黨》更進一步的發展。無論如何，在這一部創作上，我們是認定作者是因著內容決定形式的第一人身稱的採用，而失敗了。」[16]

馮憲章認為「《麗莎的哀怨》表現了俄羅斯貴族階級怎麼的沒落，為什麼沒落；並且暗示了俄羅斯新階級的振起！」「如果把《麗莎的哀怨》的藝術的用語，翻譯成社會科學的用語的話，《麗莎的哀怨》如一切社會科學一樣，在告訴我們，舊的階級必然的要沒落，新的階級必然的要起來！它在闡明社會進化的過程！它的作用，與

---

[16] 《一九二九年中國文壇的回顧》，1929 年 12 月 15 日《現代小說》第 3 卷第 3 期。

布哈林××主義的 ABC 一些也沒有兩樣！」「這是《麗莎的哀怨》
的社會——政治的評價。」在形式上，「《麗莎的哀怨》已經脫離了
標語口號的形式，而深進了一步——走上了適合新內容的新形式的
道路的開端。」「真的！與其說《麗莎的哀怨》是一部小說，無寧說
它是一部散文的詩，詩的散文。」[17]

對此，華漢認為，《麗莎的哀怨》「不僅不是一部什麼××主義
ABC，倒反而是一部反××主義的 ABC；不僅不是一種有力的形
式，倒反而是一種含有非常危險的毒素的形式。」[18]

1930 年 10 月 20 日，在上海出版的中共中央機關報《紅旗日報》
第 3 版以《沒落的小資產階級蔣光慈被共產黨開除黨籍》為題，正
式公佈了蔣光慈被開除出黨的消息。其中涉及《麗莎的哀怨》文字
如下：「又，他曾寫過一本小說，《麗莎的哀怨》，完全從小資產階級
的意識出發，來分析白俄，充分反映了白俄沒落的悲哀，貪圖幾個
版稅，依然讓書店繼續出版，給讀者的印象是同情白俄反革命的哀
怨，代白俄訴苦，誣衊蘇聯無產階級的統治。經黨指出他的錯誤，
叫他停止出版，他延不執行，因此黨部早就要開除他，因手續未清，
至今才正式執行。」

賀凱認為：「蔣光慈的作品，除《野祭》、《菊芬》外，最重要
的有《麗莎的哀怨》，描寫了蘇俄革命後，貴族的窮途末路的悲慘，
纏綿哀怨，極能動人。」[19]

---

[17] 《〈麗莎的哀怨〉與〈沖出雲圍的月亮〉》，1930 年 3 月 10 日《拓荒者》第 1
卷第 3 期。

[18] 《讀了馮憲章的批評以後》，1930 年 5 月 10 日《拓荒者》第 1 卷第 4－5 期
合刊。

[19] 《中國文學史綱要》，新興文學研究會 1933 年 1 月版，第 356 頁。

1930 年 3 月 10 日《拓荒者》第 3 期《麗莎的哀怨》廣告：「讀者要知道白俄婦女在上海的生活嗎？要瞭解舊俄之何以殞落，新俄之何以生長嗎？要讀富於異國情調之作品嗎？請一讀蔣光慈先生的這一部長篇《麗莎的哀怨》！本書出版後，風行一時，業已再版出書。」

**葉聖陶的《倪煥之》由上海開明書店出版。**

作者在《自記》中寫道：

「應得說明，這篇裏第二十二章的上半，是採用了一位敬愛的朋友的文字。他身歷這大事件，我沒有；他記載這大事件生動而有力，我就採來插入需用的處所。因此，在筆調上，這一處與其他部分有點不同。應是又一端的疵病。

「曾有一位朋友問我，寫這篇文字對於其中的誰最抱同感。我不能回答。每一個人物，我都用嚴正的態度如實地寫，不敢存著玩弄的心思，我自以為這樣的。因此就無所謂對誰最抱同感。然而，這就有人帶譏含諷地用寫實派的名字加給你了。我能說什麼呢？」

夏丏尊在校讀後認為：「《倪煥之》不但在作者的文藝生活上是劃一時代的東西，在國內的文壇上也可說是可以劃一時代的東西。」[20]

茅盾認為是一時代的扛鼎之作。他說：「把一篇小說的時代安放在近十年的歷史過程中的，不能不說這是第一部；而有意地要表示一個人——一個富有革命性的小資產階級知識份子，怎樣地受十年來時代的壯潮所激盪，怎樣地從鄉村到都市，從埋頭教育到群眾運動，從自由主義到集團主義，這《倪煥之》也不能不說是第一部。」他還認為「就故事的發展而言，就人物的性格的發展而言，《倪煥之》

---

20　《關於〈倪煥之〉》，《倪煥之》，上海開明書店，1929 年版。

的前半部都比後半部寫得精密。在前半部，我們看見倪煥之是在定
形的環境中活動；在後半部，我們便覺得倪煥之只在一張彩色的佈
景前移動，常常要起空浮的不很實在的印象。又在人物描寫上，前
半部的倪煥之，蔣冰如，金佩璋都是立體的人物，可是到了後半部，
便連主人公倪煥之也成為平面的紙片一樣的人物，匆匆地在佈景前
移動罷了。因此後半部的故事的性質雖然緊張得多，但反不及前半
部那樣能夠給我們以深厚的印象。」[21]

剛果倫（錢杏邨）認為，《倪煥之》是 1929 年文壇的重要成績，
但後半部的失敗使它無力承擔「扛」的重任。[22]

佚名認為：「就大體說，書中教育與革命兩部分，在藝術上似
乎未能聯成一氣。」「前半部『描寫』鄉鎮教育的地方，實在並不多；
多的卻是議論，理想的陳述。前半部裏的對話，大都是這種，所以
很長。這似乎帶著一些宣傳的意味，失了自然談話的情趣，因此覺
得有點單調。自然這些理想是很好的，但卻毀傷了藝術。我想這種
地方，若能寫得簡單些，活潑些，便可免了頭重腳輕的毛病，又可
使前後打成一片，不致文字上弛張各異了。」針對茅盾所說的前半
部與後半部失衡的意見，作者認為：「其實這並非前半部寫得精密之
故，乃是前半部從正面寫，後半部從側面寫之故。在我個人看來，
後半部的緊張比前半部有力得多。這不但因所寫的題材關係，文字
的剪裁也是一個重要的原因。前半部裏原也有些緊張的節目；雖然
我們不應該希望作者會寫得和後半部一樣（因為那些究竟是鄉鎮裏

---

[21] 《讀〈倪煥之〉》，1929 年 5 月 12 日《文學週報》第 8 卷第 20 號。
[22] 《一九二九年中國文壇的回顧》，1929 年 12 月 15 日《現代小說》第 3 卷第
3 期。

的小風波），但現在那樣寫，似乎究嫌力量薄弱些。我們可以說這部書後半部有戲劇性而前半部戲劇性太少。」作者還認為，《倪煥之》是好的革命文學，「從這一點上，《倪煥之》獲得了它的意義和價值。」[23]

逸菲認為，小說成功地表現了時代，「倪煥之的一生，作者不僅表現出了他強烈的個性，實在也象徵出了一切在新思潮的漩渦裏打轉著的人類的典型」。金佩璋「也象徵了一般的智識階級的女子」。「本書寫出社會封建勢力的囂張，古國式的社會的情狀，蔣老虎那樣的土豪劣紳的可笑，在大時代的轉換中，革命的過程中的一切，無遺地表現出來，實為我們非常之佩服的。」小說結構不鬆懈，但下部不及上部。[24]

邵霖生認為，小說時代性強，不愧為「扛鼎」之作。[25]

蘇雪林認為：「此書似為作者自敘傳，雖亦有隨意串插的情節，而大部分事實與那些向壁虛造無中生有的究竟不同所以寫來極其親切有味。前半部記述倪煥之小學教師的生活和學校的一切情形，更富有『教育小說』的氣氛，因而有人以此與盧梭《愛彌兒》並稱。我則覺得煥之初次從事黑板粉條生涯的幾段描寫，很容易令人聯想到都德《小東西》（Le petit chose）的初出茅廬。書中五四運動和五卅運動更寫得酣暢淋漓，有聲有色，非葉氏如椽之筆，不足表現這兩個偉大時代。茅盾譽為『扛鼎之作』，實不算什麼溢美之詞。」[26]

[23] 《倪煥之》，1930 年 1 月 20 日《大公報‧文學副刊》。

[24] 《倪煥之》，1930 年 2 月 1 日《開明》第 2 卷第 8 號。

[25] 《讀〈倪煥之〉》，1930 年 5 月 1 日《開明》第 2 卷第 11 號。

[26] 《新文學研究》，國立武漢大學 1934 年印字第 15 號，第 162 頁。

劉果生認為：「本書最大的特點，是在短短的篇幅中，將十多年來知識份子的轉變，中產社會的動向寫得淋漓盡致。而以教育界為背景，進而描繪革命前後時期的輪廓，這種技巧更為作者無上的成功。」[27]

《中學生》1930 年 9 月第 8 號的廣告詞：「這是一部直接描寫時代的東西，茅盾先生謂是『扛鼎』的工作。可作五四前後至最近革命十餘年來的思想史讀。其中有教育者，有革命者，有土豪劣紳，有各色男女，有教育的墾荒，有革命的剪影，有純潔的戀愛，有幻滅的哀愁，一切都以寫實的手腕出之，無論在技巧上，在內容上，都夠得上劃一時代。」

1948 年 12 月開明書店《動搖》頁末廣告：「這本書描寫十年來中國教育之狀況，都會和鄉村的情形，家庭中的風波，革命前後的動搖等，逼真活躍，是一部不可多得的作品。」

**葉永蓁的《小小十年》由上海春潮書局出版。**

魯迅在《〈小小十年〉小引》一文中寫道：

「這是一個青年的作者，以一個現代的活的青年為主角，描寫他十年中的行動和思想的書。」「舊的傳統和新的思潮，紛紜於他的一身，愛和憎的糾纏，感情和理智的衝突，纏綿和決撒的迭代，歡欣和絕望的起伏，都逐著這小小十年而開展，以形成一部感傷的書，個人的書。但時代是現代，所以從舊家庭所希望的『上進』而渡到革命，從交通不大方便的小縣而渡到『革命策源地』的廣州，從本身的婚姻不自由而渡到偉大的社會改革——但我沒有發見其間的橋

---

27 《我讀〈倪煥之〉》，1948 年 2 月 1 日《中學生》第 196 期。

樑。」「在這裏，是屹然站著一個個人主義者，遙望著集團主義的大
纛，但在『重上征途』之前，我沒有發見其間的橋樑。」「然而這書
的生命，卻正在這裏。他描出了背著傳統，又為世界思潮所激蕩的
一部分的青年的心，逐漸寫來，並無遮瞞，也不裝點，雖然間或有
若干辯解，而這些辯解，卻又正是脫去了自己的衣裳。至少，將為
現在作一面明鏡，為將來留一種記錄，是無疑的罷。」至於「技術，
是未曾矯揉造作的。因為事情是按年敍述的，所以文章也傾瀉而下，
至使作者在《後記》裏，不願稱之為小說，但也自然是小說。我所
感到累贅的只是說理之處過於多，校讀時刪節了一點，倘使反而損
傷原作了，那便成了校者的責任。」[28]

個然認為：「說到技巧，這本書並不特出，風格雖然平直，卻
也並不怎樣高妙，所可貴的是，作者的坦白自剖的態度，和深刻懇
切的心理抒寫，因為有此二者，所以這本書畢竟是一部反映時代的
著作。」[29]

浦江清認為：「題材分配甚均勻，而每章立名尤佳，當為此書
之優點。」但「《小小十年》之不能成一好小說，即由作者不知選擇
材料之故。此書寫家庭，寫戀愛，寫革命，題材多而不能打成一片。
結構已無可言，而人物之穿插尤欠妥當。」許多人物「皆徒然提出
姓名，無多事實可敍，即能敍亦無益於全書。」何況「皆不能與全
書始終，隨取隨棄，無關宏旨。」「總而論之，此書流暢之文筆，以
及青年健康之作風，皆可稱述，其寫戰爭，比寫戀愛好，如『戰』、
『黃鶴樓頭』、『武漢時代』三章為全書之精彩。其寫月清比寫茵茵

---

[28] 1929 年 8 月 15 日《春潮》第 1 卷第 8 期。收入《三閑集》。
[29] 《小小十年》，1929 年 11 月 19 日《申報‧本埠增刊》。

好，以更真確而精練也。全書體近自記，而若視為長篇小說以論之，則缺點滋多。」[30]

沈端先認為：「這是一部以革命為穿插的言情小說。濾去了游離性的革命的 Impurity，在濾紙上剩下來的只是些『情書一束』的 Amovphism。」[31]

對此，葉永蓁表示強烈不滿，在生活書店 1934 年再版後記中予以了反駁。

《春潮》第 1 卷第 8 期曾摘取魯迅作的小引為廣告，第 9 期的廣告則為：「全書二十餘萬言，內容是一個現代的革命青年的自敘。有魯迅先生的序文，說明了本書的意義之所在及本書主人公——即作者——的長處與弱點，因此這部小說更加值得讀了。書中有作者自繪插圖十餘幅，都是別具風格之作。」

**周闐風的《農夫李三麻子》由上海江南書店出版。**

創造社《懸賞徵文審查報告》評語：「周闐風君以樸素的手法描寫農村零落過程中的農民的憂鬱。手法上雖有多少未成熟的地方，然而農村生活的卷軸重以紆徐的拍子展開，對於他的取材的態度是我們引為滿意的。我們希望他能夠再把農民的生活，感情及共通的他們的煩悶具體地表現出來。」[32]

**9 月　程碧冰的《蛇蠍》由上海真美善書店出版。**

**10 月　柔石的《舊時代之死》由上海北新書局出版。**

作者在《自序》中寫道：

---

[30]　《小小十年》，1930 年 3 月 10 日天津《大公報》。

[31]　《葉永蓁的〈小小十年〉》，1930 年 1 月 10 日《拓荒者》第 1 期。

[32]　1928 年 10 月 10 日《創造月刊》第 2 卷第 3 期。

「在本書內所敘述的，是一位落在時代的熔爐中的青年，八天內所受的『熔解生活』的全部經過。」

「這部小說我是意識地野心地掇拾青年苦悶與呼號，湊合青年的貧窮與忿恨，我想表現著『時代病』的傳染與緊張。可是自己的才力不夠，又是我長篇小說的第一部，技巧上定有許多的罅漏。因此，我所想說的，讀者或感覺到不要；我所著重而賣力的，或使讀者失望地呼喊，說所化去的書價是冤枉的了。不過我卻忠誠地向站在新時代台前奮鬥，或隱在舊時代幕後掙扎的朋友們，供獻我這部書。」

魯迅認為，《舊時代之死》「總還是優秀之作。」[33]

### 巴金的《滅亡》由上海開明書店出版

作者在 1933 年四版《序》中寫道：

「我是一個有了信仰的人。我又是一個孤兒。」

「我有一個哥哥，他愛我，我也愛他，然而因了我底信仰的緣故，我不得不與他分離，而去做他所不願意我做的事了。但我又不能忘掉他，他也不能忘掉我。」

「我有一個『先生』，他教我愛，他教我寬恕，然而因了人間的憎恨，他，一個無罪的人，終於被燒死在波士頓，查理司敦監獄的電椅上了。就在電椅上他還說他願意寬恕那燒死他的人。我沒有見過他，但我愛他，他也愛我。」

「我常常犯罪了！（I have always sinned！）因為我不能愛人，不能寬恕人。為了愛我底哥哥，我反而不得不使得他痛苦；為了愛

---

[33] 《我們要批評家》，1930 年 4 月 1 日《萌芽》第 1 卷第 4 期。後收入《二心集》。

我底『先生』，我反而不得不背棄了他所教給我的愛和寬恕，去宣傳憎恨，宣傳復仇。我是常常在犯罪了。」

「我時時覺得哥哥在責備我，我時時覺得『先生』在責備我。親愛的哥哥和『先生』呵，你們底責備，我這個小孩子實在受不下去了！我不敢再來求你們底愛，你們底寬恕了，雖然我知道你們還會愛我，寬恕我。我現在所希望於你們的，只是你們底瞭解，因為我一生中沒有得著一個瞭解我的人！」

「我底『先生』已經死了，而且他也不懂中文，當然這本書沒有入他底眼簾的機會。不過我底哥哥是看得見這書的，我為他而寫這書，我願意跪在他底面前，把這書呈獻給他。如果他讀完後能夠撫著在他底懷中哀哭著的我底頭說：『孩子，我懂得你了，去罷，從今後，你無論走到什麼地方，你底哥哥底愛總是跟隨著你的！』那麼，在我是滿足，十分滿足了！」

「這書裏所敘述的並沒有一件是我自己底事（雖然有許多事都是我見到過，聽說過的），然而橫貫全書的悲哀卻是我自己底悲哀。固然我自己是流了眼淚來寫這書的，但為了不願使我底哥哥流眼淚起見，我也曾用了一點曲筆，加了一點愛情故事，而且造出杜大心與李靜淑底關係來。」

「自然杜大心不是我自己，（只有第十二章內五月二十八日底日記是從我自己底日記中摘錄下來的。）不過我寫李靜淑確是在紀念我底一個死了的姊姊。其餘的人並沒有影射誰的意思。但我確實在中國見過這一類的人。至於我呢，我愛張為群。」

之後作者又在《〈滅亡〉作者底自白》一文中寫道：

「這部創作裏面的主人翁並不是上述的幾種主義中某一種主義之人格化。這是很顯然的：杜大心底思想近於安那其，但嚴格說來他不是安那其主義者；他底思想近於虛無主義，但他不是個虛無主義者，因為他不是唯物論者，不是實在論者；他底思想近於個人主義，但他不是個人主義者。杜大心底思想裏面含得有不少的矛盾，而且這個矛盾是永遠繼續下去的，崔皎君說得好：『等到這矛盾止了的時候便是杜大心毀滅的時候。』我承認，我底過去某一個時期的思想確實是那樣，而且也矛盾得很厲害，但現在我在有些地方就和杜大心底主張不同了。我寫杜大心底思想時完全取著客觀的態度，並不曾把我底現在的思想滲一點進去。我雖然不是杜大心底信徒，但我愛他，我對他的態度是很公平的。我寫出他底好處。同時我也寫出他底弱點。不過像剛果倫君底批評卻是有點不公道。他說杜大心『參加革命的動機是不正確的，他是以工作抑止自己的苦悶，以革命發揮個人的理想。』我承認杜大心『是一個羅曼諦克的革命家』，這是不錯的，但要說他參加革命的動機不正確，就未免太冤枉他了。他之所以為羅曼諦克的革命家，他之所以憎惡人類，一是因為他的環境，二是因為他的肺病。『人是怎樣一個卑鄙的東西呀！』如果杜大心像沙寧一樣說了這句話，他是有權利的。他參加革命是一件事，他以工作抑止自己底苦悶又是一件事，並不是因為要抑止自己的苦悶才來參加革命。人是一個複雜的，有機的東西，而有肺病的人更是靈感的；參加革命之後，他不能就變成一部機器，他底環境依然使他苦悶，但他並不幻滅，並不放棄一切，當然只有拿工作來抑止自己的苦悶了。我自己當時也曾得著一個國內朋友底信，他說他很苦痛，日來『以忙為醉』。這不也是和杜大心一樣嗎？至於杜大心底死亡，我以為是

必然的，剛君說『僅止因一個朋友的朋友的被殺去犧牲自己的生命，去報仇，⋯⋯不是革命黨人應有的態度。』不過剛君如果再去深思一下，他一定會明白杜大心底面前只有死的一條路。一個憎惡人類憎惡自己的人，結果不是殺人被殺，就是自殺，在我看來他並沒第三條路可走，何況杜大心又有肺病呢？復仇還是小事，最重要的是他第二期底肺病使『他開始覺得這長久不息的苦鬥應該停止了。他想休息，他想永久地休息』。而事實上在他，也只有『死才能夠使他享著安靜的幸福』。俄國政治家拉狄鳩夫在青年時期中曾有一個同學得了不治之症，那人叫拉狄鳩夫拿毒藥把他毒死，拉氏不答應，卻在自己底日記上寫道：『不能忍受的生活應該用暴力來毀壞。』他自己後來也自殺了。杜大心『知道他自己在竭力向著死之路上走去，而且分明感到死是一天逼近一天』，當然會採取用暴力來毀壞生活的一條路。我自己是反對他採取這條路的，但我無法阻止他，我只有為他底死而哭。」

他還認為，「第二十二章在本書內是非常重要的。我把我自己底希望就寄託在這裏面。因為在前面的二十一章裏，我根據自己底經驗抹殺了群眾底力量。（這個弱點雖剛果倫君亦未指出。）固然看殺頭叫好（這與迷信有關）吃人肉的事實，我無法否認，然而我自己依然覺得中國民眾是可愛的有望的，他們底壞處就在無知，但不是他們底錯，而且這也是很可以補救的。所以為了對於中國民眾持公平的態度起見，我在第二十二章裏留下了希望，說起四年後的勝利，同時給我的三部作《新生》《黎明》開了端。（《新生》是李冷底日記，《黎明》是李淑靜底歷史）。」

「總而言之，⋯⋯我從生活裏面得到一點東西。我便把它寫下來。我並不曾先有一種心思想寫一種什麼主義的作品。我要怎樣寫

就怎樣寫。而且在我是非怎樣寫不可的。我寫的時候，自己和書中人物一同生活，他哭我也哭，他笑我也笑。我不是為想做文人而寫小說。我是為了自己（即如我在序言中所說是寫給我底哥哥讀的），為了伸訴自己底悲哀而寫小說。所以讀者的讚許與責罵，我是不管的，不過我希望批評家可以多少瞭解我。」[34]

毛一波認為：「作者是立意要描寫一個革命的時代，他以一個革命者杜大心的活動與滅亡為中心，而表現了整個的革命事象。其中，寫軍閥的橫暴，寫人間社會的種種不平，寫資產階級生活者的遊惰，寫改良主義者的盲動，寫小有產者的遊移，寫真正革命者的熱誠和實際行動，均寫得很緊張，很生動。但《滅亡》給人以刺激的，不是暴露的浮面宣傳，而是用一種針刺似的暗示。在這一點，它避免了那『乾叫』的毛病，也即是它和流行的所謂標語式口號式的革命文學所不同的地方。」「《滅亡》是一部有『思想』的作品，有系統地在解決愛與憎的問題。『為愛而憎，為憎而不忍看見一切不平，所以去反抗一切強權，』便是書中主人公杜大心的哲學。『對於那般最先起來反抗壓迫的人，滅亡是一定會降臨到他底一身。』便是杜大心之所以從活動到滅亡的命運。」「作者似乎受了俄國虛無主張的影響，他所描寫的革命人物，很像俄國二十世紀初年的那般革命青年的模型。如杜大心的革命精神，完全是一個殉道者所有的。但杜大心的陰鬱性卻又很象阿志巴綏夫小說中的人物。」「依我的觀察，我覺得《滅亡》作者所表現的這種思想，是他崇仰過往革命家精神的結果。也許，他是同時綜合的接受了托爾斯泰的人道主義，阿志巴綏夫

---

[34] 《生之懺悔》，商務印書館 1936 年 5 月版，第 5—9 頁。

式的虛無主義，和克魯泡特金的無政府主義。也許，他從書本上，受過俄國十九世紀到二十世紀初年的革命潮流的影響，又加上他自己在中國從事革命的經驗。所以，他寫出這部《滅亡》來了。」「總而言之，《滅亡》中的主人公，是較近於理想化的，也許，它還是一種主義的人格化呢。不過，以作者那種善於駕馭文字的手腕，和暢所欲言的魅力，使它的藝術很為完整，從而把持了它的真實性」。[35]

剛果倫（錢杏邨）認為，《滅亡》「這部創作的技術，從資產階級文學的立場看來。是很有成就的；雖然上半部寫得非常鬆懈，但後半部卻寫得緊張有力。幾個主要的人物描寫得都很好。可是，《滅亡》究竟是代表著哪一些人們在說話呢？巴金雖沒有明白的指出，事實上是已告訴了我們，這是虛無主義的個人主義的創作了。主人公是在全書的各個地方發揮了他的虛無主義的精神。這個人物參加革命的動機是不正確的，他是以工作抑止自己的苦悶，以革命來發揮個人的理想；雖說也是為著被壓迫的大眾，照他自己說。他是一個羅曼諦克的革命家。至於他的死亡，僅止因著一個朋友的被殺去犧牲自己的生命，去報仇，那更是一種不正確的意識形態的表現，不是革命黨人應有的態度。依據著這種事實而寫成的創作，究竟具有著若干的意義呢？──這是不需要再解釋的問題了。」[36]

孫沫萍認為：「《滅亡》就把這個殘殺著的現實，如實地描寫了出來。不寧唯是，它還把萬重壓榨下的苦痛者底反抗力，表現了出

---

[35] 《幾部小說的介紹與批評：〈滅亡〉》，1929 年 9 月 16 日《真美善》第 4 卷第 5 號。

[36] 《一九二九年中國文壇的回顧》，1929 年 12 月 15 日《現代小說》第 3 卷第 3 期。

來（雖然不見十分強烈，似乎還能……）。」「杜大心果然憎惡世界麼？果然厭恨一切麼？不，決不；我們與其說他憎恨世界人類，還不如說他可憐人類，熱愛世界來得確切些！唯其愛得大厲害了，所以憎得也到極頂了。」而且，「杜大心的憎恨，絕底的憎恨，完全是站在愛的基點上的」。[37]

趙景深認為，《滅亡》「文筆美麗，帶有浪漫的詩情，可說是一首無韻的抒情詩」。[38]

知諸認為：「在書中，作者極力描寫杜大心的意識出發點是基於『憎』之上，但，『杜大心』果然憎惡世界嗎？不，決不；我們與其說他憎恨世界人類，還不如說他可憐人類，熱愛世界來得確切些。唯其愛得太厲害了，所以憎得也到了頂點。這樣，便是杜大心『憎』的解釋。」[39]

王哲甫認為：「這一年（指 1929 年）出版的小說雖多；但是轟動當時文壇的傑作，當首推《小說月報》上登載的巴金的《滅亡》，這部長篇小說是作者在巴黎寫的，需時約二年之久，雖然在結構上面有疏散的地方，但仍不失為文壇上的新收穫。」他還認為，小說的主人公「在意識上是不正確的，也不是革命黨人應有態度。但是作者描寫每個人的個性，都非常逼真，結構方面上半部稍微疏散，入後半部則愈見精密，論者謂為一九二九年，中國文壇僅有的收穫，也不為過分。」[40]

---

[37] 《讀〈滅亡〉》，1930 年 6 月 1 日《開明》第 2 卷第 12 號。
[38] 《編輯後記》，1930 年 10 月 16 日《現代文學》第 1 卷第 4 期。
[39] 《巴金的著譯考察》，1931 年 10 月 20 日《現代文學評論》第 2 卷第 3 期、第 3 卷第 1 期合刊。
[40] 《中國新文學運動史》，北平傑成印書局 1933 年 9 月版，第 79 頁、第 226 頁。

　　賀玉波認為：「主人公杜大心不僅不是個單純的復仇主義者，更不是個只為了友人的被殺才從事於革命的。有些人對於他的革命意識懷疑，而認為不正確，這卻是我所不承認的。因為他並不是只為了報復友人被殺的仇恨而革命的，而是從幼年時代起，他的革命意識便早已漸漸養成了的。有些人說他是虛無主義者，也是為我所反對的。根本他就不是虛無主義者，而是個熱血的急進的革命家。」因此，「與其如作者自己所說他是個羅曼諦克的革命家，倒不如說他是個含著小資產階級的意識的革命家來得真切。」「總之，《滅亡》這部作品雖然是作者底處女作，但也是近來文壇上不可多得的作品，是值得我們一讀的。它在描寫革命與戀愛一派的小說中是佔有重大的位置的。」[41]

　　阿淑認為，杜大心是個不忠實於自己信仰的人，他的死是一時的感情衝動。「《滅亡》和《新生》這兩篇短短的故事，不只是助成我們『對舊社會的憎恨對新社會的追求』那樣的感情，而且在這些鬥爭著的青年的經歷中我們都堅信：『一個沒有理想信仰的人是不能生活的』。同時我們不只是有信仰而且要有正確的理論做理想的根據，我們不只有為理想鬥爭的勇氣，更要有正確的為理想鬥爭的行動方法，不然就只會造出像杜大心一樣的無名的刺客英雄。」「在這兩本書中，巴金先生卻創造成一個革命的典型，其他一些是不如杜大心的，有一些是從描象中加以理想的而並不是活生生的人物，如張為群，靜淑，文珠，秋岳等，這不能不說是個大的缺陷！」[42]

---

[41]　《巴金論》，《現代中國作家論》第 2 卷，上海大光書局 1936 年 7 月版，第 13 − 20 頁。

[42]　《巴金的〈滅亡〉與〈新生〉》，1940 年 11 月 1 日《戰時青年》新 4 期。

《〈小說月報〉第 20 卷內容預告》:「《滅亡》,巴金著,這是一位青年作家的處女作;寫一個蘊蓄著偉大精神的少年的活動與滅亡。」[43]

1929 年 4 月 10 日《小說月報》第 20 卷第 4 號記者(葉聖陶)又寫道:「巴金君的長篇創作《滅亡》已於本號刊畢了。曾有好些人來信問巴金君是誰,這連我們也不能知道。他是一位完全不為人認識的作家,從前似也不曾寫過小說。然這篇《滅亡》卻是很可使我們注意的。其後半部寫得尤為緊張。」

《中國作家》的廣告詞:「這是作者初次問世的作品。他用銳利的筆鋒描寫現社會互相搾取殘殺的慘痛,和起來反抗的人的滅亡——為了自由他們甘願滅亡。作者寫下了一個典型的革命家。他是流著眼淚來寫這本書的。」[44]

**11 月 東亞病夫的《魯男子:戀》由上海真美善書局出版。**

實秋認為:「近年出版的長篇小說之最使我感得興趣者,一部是陳銓先生的《天問》,一部是病夫先生的這個《魯男子》。」「病夫先生的這部小說,在佈局方面嚴謹極了,不愧說是一件藝術品。這是一部愛情小說,由魯男子十歲左右愛情方在萌芽的時候寫起,愛情一點一點的展開,苦悶,希望,熱戀,災難,以至於失望。這裏面講的是一個人整個的愛的經歷,裏面有穿插,有埋伏,有首尾,有剪裁。也許這樣一段故事太單薄,於是作者又加進一段枝節的文章(小雄的愛史)來作陪襯,顯得情節更周到,更熱鬧,更緊張。作者下筆時必定是全竹在胸,一氣呵成,絕不是斷斷續續的雜湊而

---

[43] 1928 年 12 月 10 日《小說月報》第 19 卷第 12 號。
[44] 1948 年 1 月《中國作家》第 1 卷第 2 期。

成。」「病夫先生的長處並不專在結構的巧妙，他講故事講得深刻，近乎人情，這是一般人所不及的地方。」「病夫先生寫這部小說是誠懇的（著重號為原文所有，下同），他不是寫著好玩，也不是寫了為別人好玩，這小說裏面有嚴重性。這小說裏面的情感如是之真摯，幾乎要使人猜想裏面有很大的部分是作者的自傳。」「我覺得病夫先生這部小說與其說是『想像物』，還不如說作者對於人生有深刻的經驗與觀察呢。」當然，小說「有的地方似乎不能脫離舊小說的氣味」。最後，他認為全書的大意是：「死才是戀的永生，離或是戀的維繫，婚簡直是戀的沒落。」[45]

　　文（讀者名）認為：「本書的結構是嚴謹的，每一個人物都給予有一種精細地描寫出的性格」。「作者寫這本書，是早就設下一個方式的；更是有了一種議論，而想造一個事實去證明來的，因此在本書裏所發生的事情便很少有偶然的，這可以說是作者的好處，也可以說是他的缺點；好處則是一氣貫連，順上起下沒有一些兒格頓；缺點則似乎有太呆板之弊」。「書中關於靈與肉許多的討論是作者吃苦處，也便是作者不討好處，我們不得不對作者致敬禮與抱歉。」[46]

**柔石的《二月》由上海春潮書局出版。**

　　魯迅在《二月》序文中寫道：

　　「衝鋒的戰士，天真的孤兒，年青的寡婦，熱情的女人，各有主義的新式公子們，死氣沉沉而交頭接耳的舊社會，倒也並非如蜘蛛張網，專一在待飛翔的遊人，但在尋求安靜的青年的眼中，卻化

45　《魯男子——戀》，1929 年 10 月 10 日《新月》第 2 卷第 8 號。
46　《魯男子》，1930 年 6 月《金屋月刊》第 1 卷第 9－10 期合刊。

為不安的大苦痛。這大苦痛，便是社會的可憐的椒鹽，和戰士孤兒等輩一同，給無聊的社會一些味道，使他們無聊地持續下去。」

「濁浪在拍岸，站在山岡上者和飛沫不相干，弄潮兒則於濤頭且不在意，惟有衣履尚整，徘徊海濱的人，一濺水花，便覺得有所沾濕，狼狼起來。這從上述的兩類人們看來，是都覺得詫異的。但我們書中的青年蕭君，便正落在這境遇裏。他極想有為，懷著熱愛，而有所顧惜，過於矜持，終於連安住幾年之處，也不可得。他其實並不能成為一小齒輪，跟著大齒輪轉動，他僅是外來的一粒石子，所以軋了幾下，發幾聲響，便被擠到女佛山──上海去了。」

「我從作者用了工妙的技術所寫成的草稿上，看見了近代青年中這樣的一種典型，周遭的人物，也都生動，便寫下一些印象，算是序文。」[47]

**張資平的《愛力圈外》由上海樂華圖書公司出版。**

雲屏認為：「此書的全體，是寫著中國都會的上層新舊家庭的生活，而以愛的糾紛為描寫之材料，結果歸到革命，趣味性極濃厚，可作一般人的良好讀物。」[48]

賀玉波則認為，小說除女性嫉妒心理描寫細膩真實外，在思想和藝術上是一個失敗的作品。[49]

---

[47] (《〈二月〉小引》，1929 年 9 月 1 日《朝花旬刊》第 1 卷第 10 期。收入《三閑集》。

[48] 《愛力圈外》，史秉慧編：《張資平評傳》，上海現代書局 1932 年 4 月版，第 58 頁。

[49] 《張資平的新近作品》，《現代中國作家論》第 1 卷，上海大光書局 1936 年 7 月版，第 66 頁。

　　文壇消息：「在樂華書店出版的《愛力圈外》一部是張氏由一篇日本小說翻案來的，一部是他自己加添上去的。關於這項，他寫了一封信來要本欄代為聲明。今將來函抄後：『《愛力圈外》一部分是據一篇日本小說翻案的，曾在原稿後聲明，要求樂華書店印出，但後來給樂華書店刪去未印，只好借《樂群》月刊的國內文壇消息欄代聲明一下，以重責任。前在《大眾文藝》發表一部分時，亦曾請該刊主編者在編後裏聲明。又及。』」[50]

**12 月　白薇的《炸彈與征鳥》由上海北新書局出版。**

　　賀玉波認為：《炸彈與征鳥》是「代表作者非但走入社會，並且因了從事革命，對社會有了精細的觀察，對革命有所疑慮的作品」。「這部小說的意義，從它的命名上，就可以想到取消它象徵的是什麼。炸彈象徵的是彬，征鳥象徵的是枏，他們相信沒有炸彈，沒有征鳥，這樣含意鋒利堅忍猛烈的力，什麼事都做不成，革命當然是更需要炸彈與征鳥似的人來做。」「全書寫革命過程中的種種現象非常可觀，常常把戀愛與革命互相牽引，這大概是作者從事革命後得來的經驗吧。她在這裏特別表現出她對於革命戀愛感到的幻滅，革命是靠不住的，從事革命的人們，是別有所圖的。」他還認為：「我對於作者這篇創作的意見，是四個字『亂七八糟』。我懷疑它沒有結構，懷疑它的字句欠佳，用意枝離，而且複雜，它不能給我們一個明析的觀念，不能給我們一個中心的頭腦或人物。它完全是一團糟。令人莫名其妙，可是她那震動天地的力，反抗的力，我不能否認。」[51]

---

[50]　〈《愛力圈外》不是張資平的創作〉，1929 年 12 月 1 日《樂群》月刊第 12 期。

[51]　草野：《現代中國女作家》，北平人文書店 1932 年 9 月版，第 123－124 頁。

# 1930 年

**1月　蔣光慈的《衝出雲圍的月亮》由上海北新書局出版。**

　　錢杏邨認為:「這一部創作是描寫一九二七革命失敗後的最一般的三種不同的傾向,三種青年的型,而加以批判——尤其是對於幻滅消沉的一種。同時指出了那種傾向是最正確的,最有前途的,指導現代青年以一種正確的路線。……而同時,又可以說是給予了茅盾君的《幻滅》、《動搖》與《追求》以一個答覆,證實那些人物的出路並不完全如茅盾君所說——只有傷感的灰色的死。不過,蔣光慈君的表現,仍不免於有相當的遺憾。那就是,第一,關於曼英的浪漫行動,在轉變以後,批判得不很充分。第二,曼英對於革命的認識是從英雄主義的個人主義轉變到集體主義,關於曼英的集體化的意識,蔣光慈君沒有把它充分的指出。第三,是足以作為當時的典型人物李尚志,(當然,他是沒有完全成長的新型)蔣光慈君描寫他是不很著力的,這樣的尖端的人物,新寫實主義作家應該特別的加以注意。[1]

　　馮憲章認為:「在政治的評價上,《衝出雲圍的月亮》是很健全的這一時代的表現,它給我們指出:以為中國革命已經沒有希望,沒有出路的傾向,(取消派就是這樣!)而至幻滅虛無的盲動主義的傾向,通通都是錯誤的離開群眾的幻想;只有像李尚志一般堅忍耐

---

[1] 《創作月評:〈衝出雲圍的月亮〉》,1930 年 2 月 10 日《拓荒者》第 1 卷第 2 期。

苦的，深入群眾的黨人的傾向，才能保證中國革命的勝利！」他還認為，小說的心理描寫特別深刻。[2]

蘇汶認為，小說「把兩起戀愛故事做了一個全篇首尾底連鎖，蔣先生便寫成了一個無意識的循環。這一點，我們不得不承認是一個重大的失敗。」「此外，關於曼英底變態心理底描寫，我們也覺得太奇突」。由這部小說看，「蔣先生是一個主觀的羅曼作家，這大概是無疑的了」。[3]

聶耳認為：「最低限度，我們看了這篇東西後，可以知道一個真實的革命戰士的精神，象李尚志樣的那樣令人欽羨，不過象王曼英樣的女性似乎過於理想了。」他還認為，「王曼英：在革命潮流高漲的時候，她真的是一個為人類解放而奮鬥的革命戰士。」而「李尚志：一個始終沒有改變的革命者。」[4]

蘇讀餘認為，《衝出雲圍的月亮》「是中國幼稚的普羅文學中一本值得注意的小說。」[5]

松（讀者名）認為，《衝出雲圍的月亮》「給人們指出一條光明的路，那是一條堅決的奮鬥的路，一條群眾的『偉大的集體』的革命的路。它說只有搖盪不定的有閒階級及一般意志薄弱者才會灰色，失望，消極，悲觀。一個革命者——為求生存的革命者，是應當硬得如鐵一樣，應當高興得如春天的林中的小鳥一樣，不悲觀，

---

[2]　《〈麗莎的哀怨〉與〈衝出雲圍的月亮〉》，1930 年 3 月 10 日《拓荒者》第 1 卷第 3 期。

[3]　《衝出雲圍的月亮》，1930 年 3 月 15 日《新文藝》第 2 卷第 1 號。

[4]　《聶耳日記》，1930 年 5 月 19 日。《聶耳全集（下卷）》，文化藝術出版社 1985 年版，第 236 頁。

[5]　《衝出雲圍的月亮》，1930 年 6 月《現代文學》創刊號。

不失望，肩起歷史的使命，接近勞苦的群眾，努力，奮鬥！如果能這樣，那末在那些寄生蟲的有閒階級的面前，遲早總有高唱勝利之歌的一天的。一個人只要你時常和群眾接近，以他們的生活為生活，以他們的情緒為情緒，繼續著奮鬥，那你是一定能得到最後的勝利的。而且，雖然有時『集體』之中的零個分子會死亡，但是偉大的集體是不會死亡的。它一定會強固的生存著。群眾的革命的浪潮正在奔流著啊！」「同時它還說，除了這條路子以外，殊不能再找出任何一條比較走得通的路子來。」[6]

賀凱認為，《衝出雲圍的月亮》看似茅盾《追求》的翻版，但李尚志的愛，能表現奮鬥向上的精神，決不是茅盾的死亡自殺。[7]

王哲甫認為，《衝出雲圍的月亮》「在技術上在意識上都是文壇上稀有的收穫。」[8]

**秦豐川的《戀人與情敵》由上海光華書局出版。**

**郝蔭潭的《逸如》由北平沉鐘社出版。**

馮至在《序》中寫道：

「《逸如》的起始，在我們的面前展開一幅美好的畫圖：有如春夢初醒，日滿閒窗，聽遠遠市聲如沸，而隔壁又傳來縷縷的琴音。但這種情景只如花的香，月的色，經不起烈日的炎蒸，寒風的肆虐。人類真是貧乏，畫布只有一張。當我們神遊於那畫圖中，彷彿剛入勝境，而那位運命的畫師已經在上面烘染了一層黯淡的顏色，似月被雲妨，花迷霧裏。最後他為完成他的工作，竟不惜放開他如椽之

---

[6] 《〈衝出雲圍的月亮〉讀後》，1932 年 5 月 10 日《夜光》第 1 卷第 4 期。
[7] 《中國文學史綱要》，新興文學研究會 1933 年 1 月版，第 396－397 頁。
[8] 《中國新文學運動史》，北平傑成印書局 1933 年 9 月版，第 88 頁。

筆，用了濃厚的色彩，在那張畫布上把他初期的作品通通抹去，而又顯示在我們面前的是烈日與狂風：於是一切都急轉直下，緊接著便是滌川的失蹤，蕙芬的逃亡，李明薑坤無緣無故地被火燒死，好像無所謂似地 L 和 Y 被慘殺在執政府的門前；小丑一般的黃君固然是使人起不快之感，但文明都市里這樣的人物正是很多，瑞的婚後生活也不過只是無可奈何；學校裏遇有事故是怎樣群龍無首地吵嚷，遊藝會中的人們是怎樣地同禽獸差不許多，在火車上中國人的運命又是怎樣地悲哀；中間的逸如卻像是一個長久的陰天，悔恨侵蝕著她的心房，雨是時落時止，時緊時緩，直到死亡，虹彩終於不曾出現：『竟是如此地憂鬱與淒涼嗎？』我讀後呆呆地問。而上邊的那些人物都好像熟識的朋友一般現在我的面前，各人帶著各人悲苦的哀情回答我：『為什麼不呢。』——我細想：在我們的周圍誠然如此，而且是很自然呀。」

丁文認為，《逸如》「是一部大悲劇」。[9]

**3 月　茅盾的《虹》由上海開明書店出版。**

作者在《跋》中寫道：

「右十章乃一九二九年四月至七月所作。當時頗不自量棉薄，欲為中國近十年之壯劇，留一印痕。八月中因移居擱筆，爾後人事倥匆，遂不能復續。忽忽今已逾半載矣。島國冬長，晨起濃霧闐牖，入夜凍雨打簷，西風半勁時乃有遠寺鐘聲，苦相逼拶。抱火缽打磕睡而已，更無何等興感。」「或者屋後山上再現虹之彩影時，將續成此稿。」

---

[9]　1931 年 7 月 19 日《華北日報副刊》第 536 號。

　　沈善堅認為：「是虹一樣的耀眼，是虹一樣的美麗，但是是虹一樣的消失；這是中國最近十年來的壯劇的象徵。作者是這樣的聰明，能想到這個字，用它作為書名，這一點，使我很欽佩，很讚美的。」「統觀全書，取材亦甚新鮮，而事實的開展，亦很清晰，而第九章的最末一段，暗示梅女士所遇的兩個戀愛對象的不同，而表現對方二人的相反，恰巧很明顯地表達出中國社會的推進，這點，是我最滿意的。」[10]

　　錦軒認為，《虹》的主人公「是一位脆弱的女性，正是一個『五四』時期的典型的女性。她是章秋柳等前一期的人物，充分地表現『五四』時期的智識階級的女性的特徵：一方面是震懾於舊勢力的權威，同時，又因新思潮的激盪，於是感覺到自身的缺陷，經濟的不能獨立，以及婚姻的不自由，因之，恨不能飛出舊勢力的羅網的悲哀苦悶便盤踞在時刻浪花飛濺的心。作者便是忠實地把這樣的一個女子的心理變幻的過程用前三部作同樣的技巧解剖了出來。同時作者的擅長似乎也正是在這點上有相當的表現。」「在結構方面：本書的結構是和屠格涅夫的《春潮》相類似的，這大概作者善於模仿。」錦軒最後說：「我們不能說他是一本成功的創作。站在民族的利益上講，我們民族更是決不需要這樣的作品。」[11]

　　莫芷痕（莫志恒）認為：「《虹》是『五四』以後新文學運動以來的傑產」。「比起三部曲來，一切都有了新的開展」。[12]

　　王哲甫認為：「在這部小說裏，作者藉梅女士，表現『五四運動』以來，一般青年的思想。這就是說，一切傳統的舊思想舊信條，

10　《虹》，1930 年 8 月 1 日《開明》第 25 期。
11　《虹》，1930 年 8 月 24 日《前鋒週報》第 10 期。
12　《讀茅盾的〈虹〉》，1930 年 10 月《開明》第 27 期。

都被新思潮所打破，新思潮的勢力，膨脹於全國，甚麼個人主義，人道主義，社會主義，無政府主義，都蓬勃盛行起來。青年人在此時期，思想由舊而趨於新，由盲目的而趨於有系統的，由個人的奮鬥，而趨於集團的運動，作者把這個時代的青年的思想的蛻變的情形，顯示給我們，在技巧與思想上都得到很大的成功。」[13]

　　1948 年 12 月開明書店《動搖》頁末廣告：「本書是『五四』時代的烙印，但是它所表現的精神，並不是在攻擊傳統思想的一點上，而是以一部份的情形來暗示了被五四的怒潮所激蕩的各個青年的時時刻刻在轉變著的每一個心。他們有偉大的遠望，有熱烈的企求，他們都極力從舊的封鎖著的牢籠跳出，進到新的廣闊的世界，而企求新的發展，但是由於勇氣不足，仍有屈服在舊的巨輪之下的。本書筆鋒銳利，處處針刺著社會現況，所以不但是可以供青年讀者作藝術上的欣賞，而且可以使青年讀者涵養其心志，使他們有力量應付社會上各種惡勢力的迫害。」

　　《小說月報》第 20 卷第 5 號《最後一頁》預告：「茅盾君的長篇創作《虹》已經放在我們的桌上了。下月號裏一定可以登出。作者給我們的信上說起過：『「虹」是一座橋，便是 Prosepine（春之女神）由此以出冥國，重到世間的那一座橋；「虹」又常見於傍晚，是黑夜前的幻美，然而易散；虹有迷人的魅力，然而本身是虛空的幻想。這些便是《虹》的命意；一個象徵主義的題目。從這點，你尚可以想見《虹》在題材上，在思想上，都是《三部曲》以後將移轉到新方向的過渡；所謂新方向，便是那凝思甚久而終不敢貿然下筆

---

[13] 《中國新文學運動史》，北平傑成印書局 1933 年 9 月版，第 223 頁。

的《霞》。」從這一段的短簡中，我們或可以略略的明白《虹》的本意吧。這一部《三部曲》以後的新的創作，別的都不管，在藝術上也比《三部曲》有了顯然的進步。」

**張資平的《跳躍著的人們》由上海文藝書局出版。**

**周毓英的《最後勝利》由上海樂群書店出版。**

作者在《校後》中寫道：

「因平時反對以戀愛為主體的普羅文學，這次寫《最後勝利》，外間乃以『真正普羅作品』相加，這真使我萬分惶悚，萬分羞愧！因了這過分的吹噓，倒使我更惶驚著發表這三分之一的半部頭作品了。在這裏，我只能盡力在最近年內寫出第二卷及第三卷，以滿足熱心期望我的人們！」

**4 月　馬寧的《處女地》由上海樂群書店出版。**

**5 月　楚洪的《愛網》由上海北新書局出版。**

W 女士認為，《愛網》的主旨是贊成「結婚是戀愛的墳墓」，主張戀愛的人們不要結婚。至於技巧上，描寫細膩，心理分析也還適當。總之，是一部很有意義和趣味的小說。[14]

H 先生除了肯定了小說的語言、描寫、結構外，還深入分析了小說的價值。他說，「書中早已把那個女主人公投入愛網裏來的緣故說明，是為了革命的疲乏和失敗，這是一種不得已的行為。自從 1927 年來革命的熱潮冷落之後，一般曾經奔走過革命鬥爭的青年，受環境的壓迫，不得不銷聲匿跡，趨於失望悲觀的一途。有的變節投降去享受他們的榮貴；有的顛沛流離去度他們的逃亡的苦生涯；有的

---

[14] 《白薇女士在〈愛網〉中》，賀玉波主編：《中國現代女作家選》，四合出版社，1946 年 8 月版，第 225 頁。

消滅了雄心去從事他們糊口的職業；有的含悲飲愁去混過他們頹廢的殘生；有的仍然再接再厲去繼續他們苦苦的肉搏；總之，那些曾經怒吼過一時的革命青年都分化成各色各樣不同的人了。作者便取了這退隱的一種，那一種聊以戀愛自慰的青年，把他們和他們的生活作為本書的人物和題材。在取材一點，作者算是很有眼光的。她抓住了某一個時代裏的轉變的事實，而把他的思想參合在那些事實裏面，寫成了這一部意義深長的作品，是很值得讚美的。像茅盾採取革命失敗後幻滅悲哀的事實，作成《蝕》和《虹》，像丁玲女士採取革命人物陷入情網的故事，作成《韋護》，白薇女士在《愛網》裏所選用的題材，是與他們兩個作家有著同樣的價值和意義的。」[15]

**茅盾的《蝕》（《幻滅》、《動搖》、《追求》）由上海開明書店出版。**

作者在《從牯嶺到東京》一文中寫道：

「我是用了『追憶』的氣氛去寫《幻滅》和《動搖》，我只注意一點：不把個人的主觀混進去，並且要使《幻滅》和《動搖》中的人物對於革命的感應是合於當時的客觀情形。」

「在寫《幻滅》的時候，已經想到了《動搖》和《追求》的大意，有兩個主意在我心頭活動：一是作成二十餘萬字的長篇，二是作成七萬字左右的三個中篇。我那時早已決定要寫現代青年在革命壯潮中所經過的三個時期：（1）革命前夕的亢昂興奮和革命既到面前時的幻滅；（2）革命鬥爭劇烈時的動搖；（3）幻滅動搖後不甘寂寞尚思作最後之追求。如果將這三時期作一篇寫，固然可以；分為

---

[15] 《白薇女士在〈愛網〉中》，賀玉波主編：《中國現代女作家選》，四合出版
社，1946 年 8 月版，第 232－233 頁。

三篇，也未始不可以。因為不敢自信我的創作力，終於分作三篇寫了；但尚擬寫第二篇時仍用第一篇的人物，使三篇成為斷而能續。這企圖在開始寫《動搖》的時候，也就放棄了；因為《幻滅》後半部的時間正是《動搖》全部的時間，我不能不另用新人；所以結果只有史俊和李克是《幻滅》中的次要角色而在《動搖》中則居於較重要的地位。」

「如果在最初加以詳細的計畫，使這三篇用同樣的人物，使事實銜接，成為可離可合的三篇，或者要好些。這結構上的缺點，我是深切地自覺到的。即在一篇之中，我的結構的鬆懈也是很顯然。人物的個性是我最用心描寫的；其中幾個特異的女子自然很惹人注意。……《幻滅》，《動搖》，《追求》這三篇中的女子雖然很多，我所著力描寫的，卻只有二型：靜女士，方太太，屬於同型，慧女士，孫舞陽，章秋柳，屬於又一的同型。靜女士和方太太自然能得一般人的同情——或許有人要罵她們不徹底，慧女士，孫舞陽和章秋柳，也不是革命的女子，然而也不是淺薄的浪漫的女子。如果讀者並不覺得她們可愛可同情，那便是作者描寫的失敗。」

「《幻滅》是在一九二七年九月中旬至十月底寫的，《動搖》是十一月初至十二月初寫的，《追求》在一九二八年的四月至六月間。所以從《幻滅》至《追求》這一段時間正是中國多事之秋，作者當然有許多新感觸，沒有法子不流露出來。……所以我只能說老實話；我有點幻滅，我悲觀，我消沉，我都很老實的表現在三篇小說裏。我誠實的自白：《幻滅》和《動搖》中間並沒有我自己的思想，那是客觀的描寫；《追求》中間卻有我最近的——便是作這篇小說的那一段時間——思想和情緒。《追求》的基調是極端的悲觀；書中人物所

追求的目的，或大或小，都一樣的不能如願。我甚至於寫一個懷疑
派的自殺──最低限度的追求──也是失敗了的。我承認這極端悲
觀的基調是我自己的，雖然書中青年的不滿於現狀，苦悶，求出路，
是客觀的真實。說這是我的思想落伍了罷，我就不懂為什麼像蒼蠅
那樣向窗玻片盲撞便算是不落伍？說我只是消極，不給人家一條出
路，我也承認的；我就不能自信做了留聲機吆喝著：『這是出路，往
這裏來！』是有什麼價值並且良心上自安的。我不能使我的小說中
人有一條出路，就因為我既不願意昧著良心說自己以為不然的話，
而又不是大天才能夠發見一條自信得過的出路來指引給大家。人家
說這是我的思想動搖。我也不願意聲辯。我想來我倒並沒動搖過，
我實在是自始就不贊成一年來許多人所呼號吶喊的『出路』。這出路
之差不多成為『絕路』，現在不是已經證明得很明白？」

　　「所以《幻滅》等三篇只是時代的描寫，是自己想能夠如何忠
實便如何忠實的時代描寫；說它們是革命小說，那我就覺得很慚愧，
因為我不能積極的指引一些什麼──姑且說是出路罷！」

　　「先講《幻滅》。有人說這是描寫戀愛與革命之衝突，又有人
說這是寫小資產階級對於革命的動搖。我現在真誠的說：兩者都不
是我的本意。我是很老實的，我還有在中學校時做國文的習氣總是
粘住了題目做文章的；題目是「幻滅」，描寫的主要點也就是幻滅。
主人公靜女士當然是一個小資產階級的女子，理智上是向光明，『要
革命的』，但感情上則每遇頓挫便灰心；她的灰心也是不能持久的，
消沉之後感到寂寞便又要尋求光明，然後又幻滅；她是不斷的在追
求，不斷的在幻滅。她在中學校時代熱心社會活動，後來幻滅，則
以專心讀書為逋逃藪，然而又不耐寂寞，終於跌入了戀愛，不料戀

愛的幻滅更快，於是她逃進了醫院；在醫院中漸漸的將戀愛的幻滅的創傷平復了，她的理智又指引她再去追求，乃要投身革命事業。革命事業不是一方面，靜女士是每處都感受了幻滅；她先想做政治工作，她做成了，但是幻滅；她又幹婦女運動，她又在總工會辦事，一切都幻滅。最後她逃進了後方病院，想做一件『問心無愧』的事，然而實在是逃避，是退休了。然而她也不能退休寂寞到底，她的追求憧憬的本能再復活時，她又走進了戀愛。而這戀愛的結果又是幻滅——她的戀人強連長終於要去打仗，前途一片灰色。」

「《幻滅》就是這麼老實寫下來的。我並不想嘲笑小資產階級，也不想以靜女士作為小資產階級的代表；我只寫一九二七年夏秋之交一般人對於革命的幻滅；……這是普遍的，凡是真心熱望著革命的人們都曾在那時候有過這樣一度的幻滅，不但是小資產階級並且也有貧苦的工農。這是幻滅，不是動搖！幻滅以後，也許消極，也許更積極，然而動搖是沒有的。幻滅的人對於當前的騙人的事物是看清了的，他把它一腳踢開；踢開以後怎樣呢？或者從此不管這些事，或者是另尋一條路來幹。只有尚執著於那事物而不能將它看個徹底的，然後會動搖起來。所以在《幻滅》中，我只寫「幻滅」；靜女士在革命上也感得了一般人所感得的幻滅，不是動搖！」

「同樣的，《動搖》所描寫的就是動搖，革命鬥爭劇烈時從事革命工作者的動搖。這篇小說裏沒有主人公；把胡國光當作主人公而以為這篇小說是對於機會主義的攻擊，在我聽來是極詫異的。我寫這篇小說的時候，自始至終，沒有機會主義這四個字在我腦膜上閃過。《動搖》的時代正表現著中國革命史上最嚴重的一期，革命觀念革命政策之動搖——由左傾以至發生左稚病，由救濟左稚病以至

右傾思想的漸抬頭，終於為大反動。這動搖，也不是主觀的，而有客觀的背景；我在《動搖》裏只好用了側面的寫法。在對於湖北那時的政治情形不很熟悉的人自然是茫然不知所云的，尤其是假使不明白《動搖》中的小縣城是那一個縣，那就更不會弄得明白。人物自然是虛構，事實也不盡是真實；可是其中有幾段重要的事實是根據了當時我所得的不能披露的新聞訪稿的。像胡國光那樣的投機分子，當時很多；他們比什麼人都要左些，許多惹人議論的左傾幼稚病就是他們幹的。因為這也是『動搖』中一現象，所以我描寫了一個胡國光，既沒有專注意他，更沒半分意思想攻擊機會主義。自然不是說機會主義不必攻擊，而是我那時卻只想寫『動搖』。本來可以寫一個比他更大更兇惡的投機派，但小縣城裏只配胡國光那樣的人，然而即使是那樣小小的，卻也殘忍得可怕：捉得了剪髮女子用鐵絲貫乳遊街然後打死。小說的功效原來在借部分以暗示全體，既不是新聞紙的有聞必錄，也不同於歷史的不能放過巨奸大憝，所以《動搖》內只有一個胡國光，只這一個我覺得也很夠了。」

「方羅蘭不是全篇的主人公，然而我當時的用意確要將他作為《動搖》中的一個代表。他和他的太太不同。方太太對於目前的太大的變動不知道怎樣去應付才好，她迷惑而彷徨了；她又看出這動亂的新局面內包孕著若干矛盾，因而她又微感幻滅而消沉。她完全沒有走進這新局面新時代，她無所謂動搖與否。方羅蘭則相反；他和太太同樣的認不清這時代的性質，然而他現充著黨部裏的要人，他不能不對付著過去，於是他的思想行動就顯得很動搖了。不但在黨務在民眾運動上，並且在戀愛上，他也是動搖的。現在我們還可以從正面描寫一個人物的政治態度，不必像屠格涅甫那樣

要用戀愛來暗示，但描寫《動搖》中的代表的方羅蘭之無往而不動
搖，那麼，他和孫舞陽戀愛這一段描寫大概不是閒文了。再如果想
到《動搖》所寫的是『動搖』，而方羅蘭是代表，胡國光不過是現象
中間一個應有的配角，那麼，胡國光之不再見於篇末，大概也是不
足為病罷！」

「……我自己很愛這一篇（指《追求》。編者注。），並非愛它
做得好，乃是愛它表現了我的生活中的一個苦悶的時期。上面已
經說過，《追求》的著作時間是在本年四至六月，差不多三個月；
這並不比《動搖》長，然而費時多至二倍，……就因為我那時發
生精神上的苦悶，我的思想在片刻之間會有好幾次往復的衝
突，……這使得我的作品有一層極厚的悲觀色彩，並且使我的作
品有纏綿幽怨和激昂奮發的調子同時並在。《追求》就是這麼一件
狂亂的混合物。我的波浪似的起伏的情緒在筆調中顯現出來，從第
一頁以至最末頁。」

「這也是沒有主人公的。書中的人物是四類：王仲昭是一類，
張曼青又一類，史循又一類，章秋柳，曹志方等又為一類。他們都
不甘昏昏沉沉過去，都要追求一些什麼，然而結果都失敗；甚至於
史循要自殺也是失敗了的。」[16]

白暉（朱自清）認為：「我們與其說是一個女子生活的片段，
不如說這是一個時代生活的縮影。」「我以為在描寫與分析上，作者
是成功的。他的人物，大半都有分明的輪廓。」「但這篇小說究竟還
不能算是盡善盡美的作品，這因它沒有一個統一的結構。分開來看，

[16] 1928 年 10 月 10 日《小說月報》第 19 卷第 10 期。

雖然好的地方多，合起來看卻太覺散漫無歸了。本來在這樣一個篇幅裏，要安插下這許多人物，這許多頭緒，實在只有讓他們這樣散漫著的；我是說，這樣多的材料，還是寫長篇合適些。作者在各段的描寫裏，頗有選擇的工夫，我已說過；但在全體的結構上，他卻沒有能用這樣選擇的工夫，我們覺得很可惜。他寫這時代，似乎將他所有的材料全搬了來雜亂地運用著；他雖有一個做線索的『主人翁』，但卻沒有一個真正的『主人翁』。我們只能從他得些零碎的印象，不能得著一個總印象。我們說得出篇中這個人，那個人是怎樣，但說不出他們一夥兒到底是怎樣。」[17]

錢杏邨認為：「《幻滅》是一部描寫在大革命時代及革命以前的小資產階級女子的遊移不定的心情，及對於革命的幻滅，同時又描寫青年的戀愛狂的一部有時代色彩的小說。全書把整個的小資產階級的病態心理寫得淋漓盡致，而且敘述得很細緻；結構很得力於俄羅斯的文學，已有了相當的成績；描寫只是後半部失敗了；若果作者能把後半部的材料充實起來，把全部稍稍改動一回，那是一部很健全的能以代表時代的創作！」[18]

而「《動搖》這部小說，嚴格的說來，是不完善的。就目前的革命文壇的成績看，這是很重要很能代表值得我們一讀的。雖然技巧有一些缺陷，但是規模俱在；雖然象徵的模糊，我們終竟能在裏面捉到革命的實際。」[19]

---

[17] 《近來的幾篇小說：（一）茅盾先生的〈幻滅〉》，1928 年 2 月 17 日《清華週刊》第 29 卷第 2 期。

[18] 《幻滅》，1928 年 3 月 1 日《太陽月刊》3 月號。

[19] 《動搖》，見 1928 年 7 月 1 日《太陽月刊》停刊號。

　　對於《追求》，錢杏邨認為：「這部創作所顯示的，只有灰色的暗影，『灰色，滿眼的灰色』，滿眼的灰色而已。在全書裏是到處表現了病態，病態的人物，病態的思想，病態的行動，一切都是病態，一切都是不健全。作者在客觀方面所表現的，思想也仍舊的不外乎悲哀與動搖。所以，這部創作的立場是錯誤的。」而且，「站在我們自己的立場上，『追求』不是革命的創作。全書的 Chimax 也弱於《幻滅》與《動搖》。然而，在表現的一方面，較之《動搖》卻有很大的進展，心理分析的工夫是比《動搖》下得更深。他很精細的如醫生診斷脈案解剖屍體般的解析青年的心理，尤其是兩性的戀愛心理，作者表現得極其深刻。」他還認為，張曼青悲哀幻滅是有政治與階級的原因的。「然而，作者暗示的對於張曼青這人物的批判；帶有『必然的結果』的批判，卻是完全錯誤，和作者對於全書人物的整個的批判一樣。憤激脆弱的青年，固然有因政治的激刺而悲哀幻滅的，可是，要肯定的說，只有這一條出路，死滅的出路，那所見就未免太狹了。」不過，「就全書中所表現的章秋柳這個女子，是具有世紀末的痼疾的象徵，是可怨憫的，是病態的。作者把她表現得很恰切。總之，就《幻滅》，《動搖》，《追求》三書去看，在戀愛心裏表現方面，作者的技巧最令人感動的地方，卻是中年人對於青春戀的回憶的敘述，是那麼的沉痛是那麼的動人。在《追求》全書中，不僅表現了這樣的心理，而且表現了兩性方面的妒嫉，變態性慾，說明了性的關係，戀愛的技巧，無論是那一方面，作者都精細的解剖了。在作者過去的三部著作之中，我感到的，作者是一個長於戀愛心理表現的作家，對於革命沒有深切的把握。」他同時也認為，由於作者「不能把握得革命的內在的精神，雖然作品上抹著極濃厚的時代

色彩，雖然盡了『表現』的能事，可是，這種作品我們是不需要的，是不革命的，無論他的自信為何如。」[20]

　　復三認為：「不用說，第一部《幻滅》，是寫著在革命前期青年的迷惘，摸索的苦悶。書中靜和慧兩個性格不同的主人公，已表現出這時代青年的心理和生活的態度來。到了《動搖》可以說青年的思想和生活已明顯地界分了三種：代表新派的是孫舞陽，是一種已認識了時代，認識了生命，勇敢地謀徹底的革命的青年。恰恰相反的是方太太，完全表現一種躊躇的，退縮的，落在時代後面的青年。介乎兩者之間的是方羅蘭，那種懷疑，妥協，進退失據的態度，正是革命期中一般所謂『騎牆派』者的現象，革命失敗了。不要說如方羅蘭輩感到深深的灰色的失望，就是如孫舞陽那般熱烈的，勇敢的青年，此時也會因突然失卻了現實『黃金世界』的幻象，而沈於極度幻滅的悲哀，時代既突變，生活又失了羅針。『現代人』之需要強烈的刺激和肉慾的歡樂，於是在胸中漸漸滋長。生活乃一變而浸沉於灰色的，極度的肉的縱慾中。雖在這灰色的，縱慾的生活中，尚有青年的未燼之生命之火在內中燃燒，所以是時時掙扎著，企圖追求最後的憧憬，以自慰自欺這自己已創傷的心。可是青年終究是青年，終有某種的缺點，在於最普遍的所謂意志薄弱和理想過高；而且命運又這樣的喜於弄人，所以雖穩健如仲昭者，也到底不能免意外之虞，更不必說如章女士的這般人，──這《追求》就是描繪著革命失敗後青年的灰頹生活和各各不同的心理變態。」「這是三部曲連綴著一線的思想。雖是三部表現的是三個時期，用了三個題目，

---

[20]　《追求──一封信》，1928 年 12 月 1 日《泰東月刊》第 2 卷第 4 期。

其實通篇寫的只是幻滅的悲哀；而且把『我們的時代』，很扼要地詳細的刻畫出來」。[21]

羅美（沈澤民）以書信的方式寫道：「你名自己的小說曰《幻滅》，篇首更附以《離騷》中『吾將上下而求索』句，則表示你彼時心境實亦有幾分同於你書中的內容；而客觀的描寫，同時隱隱成了你心緒的告白。我想到了這裏你深感當時局勢轉變對於許多人心中所提出問題的嚴重，和你當時所經驗的思想上的苦悶。當然你的問題是比書中主人的問題立得更高一層；慧的主張、靜的心理都成為你的求索中所遇見的標本，她們的『幻滅』的本身又成為你所痛感的苦悶之因。」正如「在當時身當其境者，如燕雀處堂，火將及身而猶冥然不覺的人已不知有多少；看見高潮中所流露的敗象，終於目擊大廈之傾，而無術以挽救之者，於是發而為憤慨的呼聲，這就是我所瞭解於《幻滅》的呼聲。」[22]

張眠月認為：「茅盾先生以很流暢的筆調很自然很忠實地將這個非常的時代描寫出來了。因為作者所處的時代和心情是如此，所以他的創作裏佈滿了灰色的情味。」[23]

克生認為，《動搖》有消及作用，應該搗碎消滅，才能建設新文化。[24]

賀玉波認為：「《幻滅》給與我們的印象只是一個幻滅罷了。全篇只充盈了濃厚的灰色的悲哀。作者借了一個小資產階級的女子而

21　《茅盾的三部曲》，1928 年 12 月 23 日《文學週報》第 7 卷第 348 期。

22　《關於〈幻滅〉──茅盾收到的一封信》，1929 年 3 月 3 日《文學週報》第 8 卷第 10 期。

23　《〈幻滅〉的時代描寫》，1929 年 3 月 3 日《文學週報》第 8 卷第 10 期。

24　《茅盾與〈動搖〉》，1929 年 5 月《海風週報》第 17 期。

描出小資產階級對於革命的幻滅的心理。他的表現方法對於他自己可算是成功的，因為他始終不曾越過題目之外。」但是，「作者站在他自己的地位上，拿了客觀的寫實主義的照相機，而對革命浪潮攝取了一斷片———一般猶豫青年對於革命的幻滅，卻疏忽了其他的部分———一部分繼續奮鬥，努力於革命的勢力。即使僅僅攝取那一斷片，也不失為妥當的材料，只要他所站的立場正確。但是，他不是這樣，於是產生了一篇消沉，悲觀，充滿了灰色幻滅的作品，而這種作品卻在革命勢力中散佈了大量的毒氣，使一部分意志薄弱的革命戰士灰心而退縮。這就是作者留給我們的壞影響了！」[25]

對於《動搖》，賀玉波認為「作者所描寫的只是一群猶移的革命青年，而疏忽了一部正在鬥爭中的毫未發生動搖的真正革命者，以及無數能革命但因被迫以至頹喪的青年，當然，對於革命沒有深刻認識而且尚未改變猶移心理的這種人所領導的革命是脫離了革命的正軌的。在這種革命中，只充滿了投機與動搖，可是真正的健全的革命人物，定相反的。他們認得清時代的變亂，瞭解革命與反革命，因之在劇烈的革命鬥爭的時期，他們不但不動搖，反而增加了革命的勇氣。可惜作者不曾見到這一面！」[26]

對於《追求》，賀玉波也認為「作者只看到人生悲慘的一面，只顧有意地堆砌了一些失敗的事實，而組成一篇作品，以為這是盡了纏綿幽怨和激昂奮發的能事；殊不知疏忽了人生光明這一面，把許多使我們前進的希望完全抹煞了。」[27]

---

[25] 《茅盾創作的考察》，1931 年 4 月 10 日《讀書月刊》第 2 卷第 1 期。

[26] 《茅盾創作的考察》，1931 年 4 月 10 日《讀書月刊》第 2 卷第 1 期。

[27] 《茅盾創作的考察》，1931 年 4 月 10 日《讀書月刊》第 2 卷第 1 期。

賀凱認為：「茅盾這三部曲作是革命幻滅與戀愛追求的心理相互剖解，映照，它所給與讀者的映射是遊移懦弱，悲觀感傷，前途是灰暗！他沒有把一九二七的狂風暴雨般的革命高潮的到臨和整個的健全革命力量刻畫出來，這是他創作的出發點根本不是以普羅階級為對象的。」[28]（著重號為原文所有。）

普魯士認為，三部曲寫得馬馬虎虎，能夠使讀者看到完，內容豐富，技巧熟練，很難說是好作品。若從革命文學角度來看，就算不得一部徹底的革命文學。因為茅盾沒有徹底的認識中國革命。「茅盾對於中國革命的內涵是沒有清楚的認識，他只就主觀的去批評這個時代的外形，他描寫在這大時代中的革命青年，一個個追求，一個個動搖，一個個幻滅，這本來是時代一部份的現象，但作者沒有把握得徹底革命者的意識，去批評這個現象的由來，所以，他這三部小說給讀者的影響，只是引起對於革命認識不清而消極，而幻滅的青年同調的嘆惜，沒有會給這些青年積極的，更熱情於革命的激發。」另外，「偉大的時代進展的很快，他的思想沒有會隨著時代的飛躍有所轉變。中國一九二七年革命的失敗，是有它社會歷史的必然性，徹底的革命者，在這失敗的教訓之下，應當更奮發努力他的使命，絕對不會對它發生動搖，幻滅的消極觀念。作者的三部曲所以不能算好的革命文學作品，是為作者思想所限定的。」[29]

林樾認為：「茅盾的《動搖》和《追求》是有時代性的作品。他對於時代的轉變，和混在這變動中的一般人的生活，是看得很明

---

[28] 《中國文學史綱要》，新興文學研究會會 1933 年 1 月版，第 324－325 頁。
[29] 《茅盾三部曲小評》，伏志英編《茅盾評傳》，上海開明書店，1931 年 12 月版，第 107－109 頁。

白的，所以他能夠寫得這樣深切動人。」他認為，《動搖》中的主人公是方羅蘭，胡國光不過是一個重要的副角罷了。「說這兩篇小說在青年心理的變動這一點是相聯結的，當然可以，不過《追求》中纏綿哀怨的情調比較濃厚，因此它也比較更加深切的動人。這兩篇小說的事件，都很複雜，然而結構卻是統一的，全篇的動作都朝著一個方向進行，所以不見得有凌亂錯雜的毛病；這正足以見作者駕馭材料的手腕。我只覺得《動搖》的結尾似乎太軟弱，像這樣驚天動地的事件，而收場卻那樣沉寂，誠未免有些浪費讀者的興趣了。」[30]

辛夷認為，章秋柳「這個人最初是要革命的；她不滿現狀，不甘寂寞，又不願意做拖泥帶水的什麼立社，他的目的是熱烈的痛快的行動。她經過了感情與理智的衝突，經過了浪漫時期。終於拋棄一切，犧牲一切，要去做她所認為合理的事；她不惜一死，她要的『是把生命力聚積在一下的爆發中很不尋常的死』。」「她自然是小資產階級，但沒有小資產階級的怯弱多顧慮的根性；她雖然曾有一時頹廢，但此是她的思想未成熟的過程。她即使不是一個自始就把自己的使命認得很清楚的人，然而她的熱烈的要轟轟烈烈幹一番，『為一切人復仇』的觀念，終於引導她到了正路。」「所以在我看來，《追求》中人物只有她是追求得了什麼的，——換句話說，即是有出路的；只有她是在數月中有了思想的變遷，前後迴然不同。在這一點上，這部小說大概可以說不是始終悲觀消極的罷。」[31]

---

[30] 《〈動搖〉和〈追求〉》，1929 年 3 月 3 日《文學週報》第 8 卷第 10 期。

[31] 《〈追求〉中的章秋柳》，1929 年 3 月 3 日《文學週報》第 8 卷第 10 期。

　　徐蔚南認為：「著者受著南歐自然主義文學的影響很多，但是沒有牽強的情態。只是有一點，就是自然主義長篇中篇小說的描寫都是非常緩慢的，我們的著者寫幻滅時在手法上或者以為是很迅速了，但是在我們讀者看去還覺得寫得太緩慢一點。不過處女作而能得到這樣，實已足驚人的了。」[32]

　　王哲甫認為：「茅盾的三部曲：《幻滅》，《動搖》，《追求》，寫現代青年在革命的壯潮中所經過的三個時期，為近年來文壇上稀有的傑作。」[33]

　　李長之認為：「茅盾小說中最主要的目的，是在對現生活的理解，其最大的收穫，也恰在此。在《幻滅》裏，有他對於現實的理解的第一步了。」「我為什麼說這是茅盾對於現實的理解的第一步呢？因為他的後來的理解，是比這深一層了的。現在這種對現生活的理解只是感得的而已，感到矛盾，感到苦悶，感到要尋求刺激，所以就如實地寫了出來。很顯然，他這種感到，只是小資產階級的人的感到」。可以說，「部分的，病態的，是感到而不是知道的，是《幻滅》裏給我們的現實，……《幻滅》不是寫戀愛與革命的衝突，不錯；《幻滅》不是寫資產階級對於革命的動搖，也不錯。但是有一點是不能否認的，就是他寫的是小資產階級。如果問寫小資產階級的什麼？我便可以說，那是寫小資產階級的不長進。」也就是說，「茅盾在《幻滅》裏所表現的確是一部分的人對於一部分的現實的認識了。換言之便是小資產階級的智識分子對於局部的也就是本階級的生活觀感了，就中作者自己，便也有一份兒。有感傷而無理智，有心情而無意志，所以

---

[32]　《幻滅》，伏志英編《茅盾評傳》，開明書店 1931 年 12 月版，第 67 頁。
[33]　《中國新文學運動史》，北平傑成印書局 1933 年 9 月版，第 78 頁。

疲倦，煩悶，又要求感官的刺激。同時他們是起伏的，把握不定的，而和在急遽中起變化的現實相應了的，他們永遠陷在不安裏了。」總之，「以內容論，《幻滅》裏的現實不是現實的全部，也不是現實的核心，對現實的態度，又是退縮而不是迎上前去的。所以全作品不能算是成功，然而部分的成功卻是有的，特別是關於技巧。」在技巧上，茅盾「不特是具體的實際上的動亂他寫得好，心理上的戰鬥，起伏，動亂，也寫得頗滿人意。他在心理方面，就擅長寫一種心理過程」。不過，「茅盾在《幻滅》裏所表現的技巧，是重在心理的，是有意識的想成為藝術品，是個人主義的立場的，是有時失了嚴肅，而代以傷感和諷刺了的」。「《動搖》的內容和《幻滅》差不多。」不過，「表現在《動搖》裏的現實，較在《幻滅》裏的是廣大許多，鋪張許多，也更為切合，又不那末浮面的了。然而對現實，無疑的，還在能觀察，而不能分析。悲觀的氣息也依然很彌漫。」技巧上，結構是失敗了。李長之還認為：「茅盾的三部曲，幾乎全是因先有一種抽象的觀念作題目，又從而敷衍成章了，於是所敘的不是故事，而是一種抽象的觀念的例證了，在題目的範圍下那例證容或是切合的，以藝術去論卻見出削足盈履的犧牲了。在三部曲之中，而尤著於《追求》。」「《追求》是為說明一切追求的失敗的，現在就發見這說明也已經失敗。」結構同樣也沒有處理好。[34]

　　王豐園認為：「茅盾站在小資產階級的立場，暴露出這一時期的小資產階級的『動搖』，『幻滅』以及追求愛的憧憬，他深刻的解剖『中間人』的心理變幻，這是作者在創作技術上一部分的成功。」[35]

---

[34] 《論茅盾的三部曲》，1934 年 4 月 16 日《清華週刊》第 41 卷第 3－4 期。
[35] 《中國新文學運動述評》，新新學社 1935 年 9 月版，第 108 頁。

　　楊家駱認為：「三部曲都以小資產階級的青年為中心人物，描寫在大革命時代的浮沉，有極濃厚的時代色彩，刻畫了中國一九二五至一九二七年大革命的一幅剪影。三部曲出版後，受到時代青年的熱烈的歡迎，認為作者系表現小資產階級知識份子的最好的典型作家。」[36]

　　常風認為：「在當時，三部曲《蝕》確是一部偉著。我們還願固執一點陋窾的偏見：直至今日在茅盾先生的全部作品中，它還是最好的一部。他確是窺測到在現實之前理想的『幻滅』，捉住了『動搖』的時代，描寫了熱情的『追求』。經過時間風雨的浸『蝕』，這部書的色彩，似乎有點凋落浸湮，沒有以前那樣鮮豔了，但是它確是一部應當被人們看重的書。這書白描寫範圍的廣博，人物的眾多，題材之豐富於時代意義與精神，在新文學作品中是罕有其匹的。作者創作的大企圖在他的同行中也是無人趕得上的。」[37]

　　鄭學稼認為：「如果，從當日中共的理想看來，那社會主義革命，確如茅盾的估計，『幻滅』了。可是，如從整個歷史過程看來，民族統一運動，卻沒有消逝。使它幾乎消逝，或使人幾乎全部忘卻的，是在於幻滅之後的強烈的『追求』。因此，茅盾的《幻滅》，從作品的整個意識看來，是有它的歷史意義和偉大性。」他認為：「《動搖》無論在內容或形式上，都超過《幻滅》。超越的主要原因，在於人物後面之史實曾深印於時人的腦中。」[38]

---

[36]　《民國以來出版新書總目提要》（一），辭典館出版 1936 年 5 月版，五─33 頁。

[37]　《論茅盾的創作──從〈蝕〉到〈子夜〉到最近的〈泡沫〉》，1937 年 1 月《書人月刊》第 1 卷第 1 號。

[38]　《茅盾論》，1941 年 12 月 1 日《文藝青年》第 2 卷第 4─5 期合刊。

葉聖陶撰寫的《幻滅》預告：「下期的創作，有茅盾君的中篇小說《幻滅》，篇中主人翁是一個神經質的女子，她在現在這不尋常的時代裏，要求個安身立命之所，因留下種種可以感動的痕跡。」[39]

葉聖陶撰寫的《幻滅》廣告語：「本書為一中篇小說。是一幅現代青年的描寫。書中主人公靜女士是一位多愁善感的幽靜溫柔的女子。向善的焦灼與幻滅的苦悶，織成了她的顛沛的生涯。她希望在戀愛中得到安慰，結果是失望。她又轉而想在服務社會上得到慰藉，結果是更大的失望。國民革命的高潮，曾捲了她去，然而她依舊回到了原路。革命時代青年的心理的感應，在此書中有一個不客氣的分析。全書共男女人物十二三，時代背景為一九二七年秋——正是中國歷史上一個極不平常的時代。」[40]

葉聖陶撰寫的《動搖》預告：「中篇小說茅盾著。年來革命的壯潮，沖打在老社會的腐朽的基礎上，投射在社會內各方面人的心鏡上，起了各色各樣的反映，在這篇小說裏，有一個精細的分析。故事的背景，在長江上游一個小縣城裏。舊勢力的蠢動，民眾運動的糾紛，從事革命工作者的彷徨苦悶，織成了全篇的複雜的結構。《幻滅》中間的人物，在此書中又再現了一二位，所以此書和《幻滅》可以算是姊妹書。不過《幻滅》只從側面遠遠的描寫現代革命，而此書中已深切的觸著了它的本身。[41]

---

[39] 1927 年 8 月 10 日《小說月報》第 18 卷第 8 期《最後一頁》。

[40] 《葉聖陶集》第 18 卷，江蘇教育出版社 1994 年版，第 257 頁。

[41] 《小說月報》第 19 卷第 1 號《要目預告》，1927 年 12 月 10 日《小說月報》第 18 卷第 12 號《要目預告》。

葉聖陶撰寫的《追求》預告：「本篇也是現代青年的描寫。在此大變動時代，青年們一方面幻滅苦悶，一方面仍有奮進的熱望；《追求》所寫照的，就是這一班人。書中沒有主人翁，但也可說書中人物幾乎全是主人翁。照他們的性格和見解分類，篇中的人物可以分為四類，他們有一個共同的缺點，即是都不免有些脆弱，所以他們追求的結果都是失敗。在青年心理的變動這一點上，本篇和《動搖》仍是聯結的。」[42]

葉聖陶撰寫的《蝕》的廣告：「革命的浪潮打動古老中國的每一顆心。攝取這許多心象，用解剖刀似的鋒利的筆觸來分析給人家看，是作者獨具的手腕。由於作家的努力，我們可以無愧地說，我們有了寫大時代的文藝了。分開看時，三篇各自獨立，合併起來看，又脈絡貫通——亦唯一並看，更能窺見大時代的姿態。」[43]

1948 年 12 月開明書店《動搖》頁末廣告：「本書是作者有名的三部曲。這三部曲問世以後，曾在文壇上引起了一次很大的震動，被大家公認為不可多得的作品。因為作者的文筆犀利，觀察深刻，描寫細膩，敘事生動，將近十年來中國社會的情形，和青年生活的影子，都一一羅織進去，使讀者閱讀的時候，覺得處處地方描寫著自己，處處地方有自己的影子，所以倍覺親切有味，無怪大家要把本書推為文壇上的傑作。」

**張資平的《愛之渦流》由上海光明書局出版。**

賀玉波說：「我們敢於斷定，《愛之渦流》不過是一段叔嫂通姦的浪漫史，是沒有什麼思想和意義的作品。在技巧方面，也找不出

---

[42] 1928 年 6 月 10 日《小說月報》19 卷 6 期《要目預告》。
[43] 《葉聖陶集》第 18 卷，江蘇教育出版社 1994 年版，第 257 頁。

使我們滿意的東西來；就是作者平日最見長的描寫在這篇裏也失敗了，結構之壞也不必說了。」[44]

### 陳明中的《愛與生命》由上海光華書局出版

作者在《致讀者諸君──代序》中說：「這小說是那『夢』與『幻象』的憧憬，它只是充滿著『愛』與『生命』的熱情；在這裏並沒有什麼『豔史』與『奇跡』，但它也能閃耀著那『青春』與『光明』！」

**7 月　張資平的《天孫之女》由上海文藝書局出版。**

賀玉波認為：「在這本長篇創作裏，除了禍福無常這哲理外，我還得到了一種理論：就是我們人類的意識是以所處的階級性為轉移的。」此外，「作者似乎很相信遺傳性。所以費了很大的篇幅來敘述花子的母親的身世。確實，她母親的行為很有影響於她自己，作者能看得出，把這點敘述出來，倒是創舉。」「對於採取材料，作者算是謹慎的。像這本近十萬字的創作能一直把讀者的視力繫住，倒是不容易的事；這我們不能不歸功於作者的結構之得法了。」[45]

范爭波說，《天孫之女》有一些民族意識。[46]

賀玉波認為，相比而言，《天孫之女》內容較為充實，其揭破日本帝國主義國家的不良的社會制度的用意，還是值得肯定。[47]

**10 月　胡也頻的《光明在我們的前面》由上海春秋書店出版。**

---

[44] 《張資平的新近作品》，《現代中國作家論》第 1 卷，上海大光書局 1936 年 7 月版，第 77 頁。

[45] 《天孫之女》，1931 年 1 月《讀書月刊》第 1 卷第 3－4 合期。

[46] 《民國十九年中國文壇之回顧》，1931 年 4 月 10 日《現代文學評論》第 1 期。

[47] 《張資平的新近作品》，《現代中國作家論》（第 1 卷），上海大光書局 1936 年 7 月版，第 93－96 頁。

　　秀中認為：小說是以「生長在『五卅』運動以後的文學作品中的一種新的姿態開展在讀者面前的，因了其生活內容的充實，意識的正確，技巧的熟練，無疑的，在中國文壇是一部劃分時代的作品，表現了中國『五卅』以後的新的階段的開始」。「全書中人物的描寫以劉希堅白華的影子表現得最為活躍」，而相對的「缺了一般革命者的生活及其意識形態的描寫以及階級的對立，統治階級方面的描寫和暴露，因此，顯得內容單薄」。他還認為其「尖端的抒情寫法」「有相當的成功」。所謂「尖端的抒情寫法」是指急風驟雨般的遊行示威和群情激昂的群眾鬥爭場面的描寫「充滿了緊張、急劇、破碎的力量」。而這種經常出現、充分表現著「一瀉到底的，在技巧上有著攝取讀者的力量」的描寫，正顯示了「近來新興文藝上少有的另開生面的特殊風格」。[48]

　　**華漢（陽翰笙）的《地泉》（《深入》{《暗夜》}、《轉換》{《寒梅》}、《復興》）由上海平凡書局出版。**

　　作者華漢在《〈地泉〉重版自序》中認為：

　　「易嘉……只教我們應該怎樣走，還沒有告訴我們究竟要怎麼樣才能走得到。」（著重號為原文所有。下同）他認為：「在目前，正當著我們的許多作家及不少的文藝青年，正在離開現實的鬥爭，企圖關在書齋裏悠哉遊哉的創造新興文學的時候，我們在批評過去的作品的時候，是應該嚴重的指出：我們如果不拋開我們小資產階級的生活，不克服我們小資產階級的意識，不深深的打入群眾中，不直接參加在殘酷的現實鬥爭裏，那我們是不能真正反映現實鬥

---

[48]　《讀〈光明在我們的前面〉》，《胡也頻選集》，開明書店，1951 年版，第 308－328 頁。

爭，不能真正創作出『大眾化』的新興文學。不然的話，那末我們的作家將要回答我們：應該怎樣走的問題，他是比我們懂得更多的！用不著我們再來多嘴！」他還認為：「茅盾對於《地泉》所指摘出來的兩大缺點，我是誠意接受的，然而他的批評方法以及基於他這種方法所得出來的我們每個作家應走的道路，我卻認為還有探討的必要。」「茅盾在他批評《地泉》一文中所說的一部作品成功的兩個必要條件，我覺得實際上只是一個注重作品的形式的基本觀點，我們不是藝術至上主義者」。茅盾「絲毫沒有看見過去我們的作品中比什麼還嚴重的在內容上的非無產階級乃至反無產階級的意識的活躍。比什麼還嚴重的在形式上（即在文字上結構上人物的解剖上以及風景的描寫上）離開了大眾的文化水準的無條件的歐化主義的錯誤。」「因此，我們在批評過去作品的時候，如果我們竟看輕了作品的內容，或竟抹煞了作品中的階級的戰鬥任務而不加以嚴厲的檢查，只片面的從作品的結構上，手法上，技巧上，即整個的形式上去著眼，這不僅在一般的文藝批評方法上不容許，而且，其結果，卻更將有離開我們新興文學運動正確的路線的危險。」所以，作者認為，「我們最最重要的是應該面向大眾，在大眾現實的鬥爭中去認識社會生活的唯物辯證法的發展」，「是應該參加在大眾的鬥爭中去用批判的眼光去學習大眾所需要的作品的內容與形式。」

易嘉（瞿秋白）在以《革命的浪漫諦克》為題的《序》中寫道：「中國社會的發展過程和發展動力顯然不是什麼英雄的個性，而是廣大的群眾，不是簡單的『深入』、『轉換』和『復興』，而是一個簇新的社會制度從崩潰的舊社會之中生長出來，它的鬥爭，它的勝利……正在經過一條鮮紅的血路，克服著一切可能的錯誤和失敗，

鍛練著新式的幹部。」「但是《地泉》沒有表現這種動力和過程。《地泉》固然有了新的理想，固然抱著「改變這個世界」的志願。然而《地泉》連庸俗的現實主義都沒有能夠做到。最膚淺的最浮面的描寫，顯然暴露出《地泉》不但不能幫助『改變這個世界』的事業，甚至於也不能夠『解釋這個世界』。《地泉》正是新興文學所要學習的：『不應當這麼樣寫』的標本。新興文學要在自己的錯誤裏學習到正確的創作方法，要在鬥爭的過程之中，鍛練出銳利的武器，因此對於《地泉》這一類的作品，也就不能夠不相當的注意。」「至於《轉換》的全部的題材——實際上也可以說《地泉》的全部題材——都是這種『革命的浪漫諦克』。林懷秋是一個頹廢的青年，以前曾經是革命者，但是已經墮落了，過著流浪的無聊的貴公子生活，後來莫名其妙的，一點兒也沒有『轉換』的過程，忽然振作了起來，加入軍隊，從軍隊裏轉變到革命的民眾方面去。夢雲是一位小姐，女學生，大紳士的未婚妻，她居然進了工廠，還會指導罷工。另外還有一位寒梅女士——始終沒有正式出面的，作者對於她沒有描寫什麼——而懷秋和夢雲的轉換，卻都是受了她的勸告的結果。這幾位都是了不得的人物！固然，實際生活之中的確也有這一類的人。可是《地泉》的表現，卻不能夠深刻的寫到這些人物的真正的轉換過程，不能夠揭穿這些人物的『假面具』——他們自己意識上的浪漫諦克的意味：『自欺欺人的高尚的理想』——反而把醜陋的現實神秘化了，把他們變成了『時代精神的號筒』。」「至於描寫的技術和結構——缺點和幼稚的地方很多；文字是五四式的假白話，例如農民老羅伯的對話裏，會說出『挨餓受辱』這樣的字眼，所有這些，都是值得研究的錯誤。」

　　鄭伯奇在《地泉‧序》中說：「你的作品，題材多少是有事實根據的，人物多少是有模特兒存在著，然而題材的剪取，人物的活動，完全是概念──這絕對不是觀念──在支配著。最後的《復興》一篇，簡直是用小說體來演繹政治綱領。我並不是說這是不可以，作一篇宣傳文學看，這是很成功的（其實，就在這三部曲中，《復興》是最有效果的一篇）。但是站在普洛革命文學的發展前途上看，這畢竟是歧途；這種傾向──革命故事的抽象描寫──是應該克服的。」

　　茅盾以《〈地泉〉讀後感》為題的《序》中說：「我的中心論點是：一個作家應該怎樣地根據了他所獲得的對於現社會的認識，而用藝術的手腕表現出來。說得明白些，就是一個作家不但對於社會科學應有全部的透澈的智識，並且真能夠懂得，並且運用那社會科學的生命素──唯物辯證法；並且以這辯證法為工具，去從繁複的社會現象中分析出它的動律和動向；並且最後，要用形象的言語藝術的手腕來表現社會現象的各方面，從這些現象中指示出未來的途徑。所以一部作品在產生時必須具備兩個必要條件：（一）社會現象全部的（非片面的）認識，（二）感情的地去影響讀者的藝術手腕。」「兩者缺一，便不能成功一部有價值的作品，至少寫作此類作品的本來的目的因而不能達到；不但不能達到，往往還會發生相反的不好的影響。而這不好的影響也是兩方面的，一在指導人生方面，又一則在藝術的本身發展方面。」「本書非但不能達到它寫作的本來目的，且亦濃厚地分有了那時候同類作品的許多不好傾向。我在這裏提出『那時候同類作品的許多不好傾向』一句話，要請讀者切實注意。因為作為一種『風氣』或文學現象來看，則本書的缺點不是單獨的，個人的，而實是一九二八年到三〇年頃大多數（或竟不妨說

是全體）此類作品的一般的傾向，這是一個值得討論的問題了。」
他認為，本書在這兩方面是失敗了，尤其是「臉譜主義」地去描寫
人物，「方程式」地去佈置故事。不過，「本書在失敗方面，就其成
為當時文壇的傾向一例而言，不但對於本書作者是一個可寶貴的教
訓，對於文壇全體的進向，也是一個教訓。」

　　錢杏邨在《地泉·序》中認為，初期中國普羅文學都具有以下
幾種傾向：一是個人英雄主義傾向；二是浪漫主義傾向；三是才子
佳人傾向；四是幻滅動搖的傾向。《地泉》也不例外。[49]

**11 月　張資平的《紅霧》由上海樂華圖書公司出版。**

　　皮凡認為，《紅霧》的時代性大為退步，是一篇有拜金主義思
想的「通俗的，迎合一般人們的心理的，有著驚異的收場的低級趣
味的小說。」[50]

　　賀玉波也認為，《紅霧》是一篇只有拜金主義思想的作品，思
想和藝術上乏善可陳。[51]

**12 月　葉影蘆的《迷魂陣》由北平震東印書館出版。**

---

[49]　五人序言均見《地泉》1932 年 7 月上海湖風書局再版本。

[50]　《〈紅霧〉之檢討》，史秉慧編：《張資平評傳》，上海現代書局 1932 年 4 月
　　　版，第 95－107 頁。

[51]　《張資平的新近作品》，《現代中國作家論》第 1 卷，上海大光書局 1936 年
　　　7 月版，第 90 頁。

# 1931 年

**1 月　張資平的《明珠與黑炭》由上海光明書局出版。**

賀玉波認為：「《明珠與黑炭》是最糟糕的一本創作。無論在形式與內容兩方面，都沒有一點能夠使我們滿意。它簡直不能算作一本完美的小說，只是作者的伙食賬，隨感錄，或雜記。在這本作品裏，他已經顯示他自己的創作力的衰弱。在這本作品裏，他已經告訴我們他自己的思想的貧乏，以及創作的技巧的破產。在這本作品裏，他已經證明他所標榜的創作態度——騙取稿費——的實現。在這本作品裏，他已經把他自己的醜惡的真面目揭穿，使我們對於他的信仰漸漸消失而無餘。在這本作品裏，他已經告訴我們他自己走到了另一時期，在這時期裏他再也不能寫出什麼較好的作品來，甚至於再也不能寫出任何的作品來。這是無可諱言的事實，並非我們的惡意的攻擊。」[1]

丁丁認為，《明珠與黑炭》文字流暢、通俗，很平民化，但文中太夾雜洋文，大可不必。[2]

1931 年第 2 期《中國新書月報》上《明珠與黑炭》的廣告詞為：「上海有批知識份子，既不能革命又不願腐化，既無己力自活又無虎威可假，而只是在給黑煙蒙蔽著的上海市中一天一天地沉沒下

---

[1]　《張資平的新近作品》，《現代中國作家論》第 1 卷，上海大光書局 1936 年 7 月版，第 131 頁。

[2]　《明珠與黑炭》，史秉慧編：《張資平評傳》，上海現代書局 1932 年版，61 頁。

去。本書以描寫這一批人的日常生活為重心，極盡淋漓酣暢的能事，讀之令人會感歎，會流淚，同時會捧腹。據作者自己說，他用新的技術寫這篇小說，比從前寫別的作品所費的心力更大，一讀之後即知作者在本書所發揮的理想力最為偉大，而其題材又儘是作者近一年來所搜集的，足稱為創作小說中最成功的作品。」

**程碧冰的《餓殍》由上海金馬書堂出版。**

作者在《弁言》中寫道：「全書是——頹廢悲觀的人和流浪青年的衝突，——思想上無窮期的爭鬥。由第一稱的人物襯托出第二稱的人物。由第二稱的人物反映出第一稱的人物。」

**4月　高沐鴻的《少年先鋒》由北平震東印書館出版。**

**老舍的《二馬》由長沙商務印書館出版。**

作者在《我怎樣寫〈二馬〉》一文中寫道：

「《二馬》中的細膩處是在《老張的哲學》與《趙子曰》裏找不到的，『張』與『趙』中的潑辣恣肆處從《二馬》以後可是也不多見了。……我開始決定往『細』裏寫。」

「《二馬》在一開首便把故事最後的一幕提出來，就是這『求細』的證明：先有了結局，自然是對故事的全盤設計已有了個大概，不能再信口開河。可是這還不十分正確；我不僅打算細寫，而且要非常的細，要像康拉德那樣把故事看成一個球，從任何地方起始它總會滾動的。我本打算把故事的中段放在最前面，而後倒轉回來補講前文，而後再由這裏接下去講——講馬威逃走以後的事。這樣，篇首的兩節，現在看起來是像尾巴，在原來的計畫中本是『腰眼兒』。為什麼把腰眼兒變成了尾巴呢？有兩個原因：第一個是我到底不能完全把幽默放下，而另換一個風格，於是由心理的分析又走入了姿態上的取笑，笑

出以後便沒法再使文章縈迴迭宕；無論是尾巴吧，還是腰眼吧，放在前面乃全無意義！第二個是時間上的關係：我應在 1929 年的 6 月離開英國，在動身以前必須把這本書寫完寄出去，以免心中老存著塊病。時候到了，我只寫了那麼多，馬威逃走以後的事無論如何也趕不出來了，於是一狠心，就把腰眼當作了尾巴，硬行結束。那麼，《二馬》只是比較的『細』，並非和我的理想一致；到如今我還是沒寫出一部真正細膩的東西，這或者是天才的限制，沒法勉強吧。」

「所謂文藝創作不是兼思想與文字二者而言麼？那麼，在文字方面就必須努力，作出一種簡單的，有力的，可讀的，而且美好的文章，才算本事。在《二馬》中我開始試驗這個。請看看那些風景的描寫就可以明白了。……這樣描寫出來，才是真覺得了物境之美而由心中說出；用文言拼湊只是修辭而已……我以為，用白話著作倒須用這個方法，把白話的真正香味燒出來；文言中的現成字與辭雖一時無法一概棄斥……但不是真正的原味兒。」

「在材料方面，不用說，是我在國外四五年中慢慢積蓄下來的。可是像故事中那些人與事全是想像的，幾乎沒有一個人一件事曾在倫敦見過或發生過。寫這本東西的動機不是由於某人某事的值得一寫，而是在比較中國人與英國人的不同處，所以一切人差不多都代表著些什麼；我不能完全忽略了他們的個性，可是我更注意他們所代表的民族性。因此，《二馬》除了在文字上是沒有多大的成功的。其中的人與事是對我所要比較的那點負責，而比較根本是種類似報告的東西。」

「老馬代表老一派的中國人，小馬代表晚一輩的，誰也能看出這個來。老馬的描寫有相當的成功：雖然他只代表了一種中國人，可是到底他是我所最熟識的；他不能普遍的代表老一輩的中國人，

但我最熟識的老人確是他那個樣子。他不好，也不怎麼壞，他對過去的文化負責，所以自尊自傲，對將來他茫然，所以無從努力，也不想努力。他的希望是老年的舒服與有所依靠；若沒有自己的子孫，世界是非常孤寂冷酷的。他背後有幾千年的文化，面前只有個兒子。他不大愛思想，因為事事已有了準則。這使他很可愛，也很可恨；很安詳，也很無聊。至於小馬，我又失敗了。前者我已經說過，『五四』運動時我是個旁觀者；在寫《二馬》的時節，正趕上革命軍北伐，我又遠遠的立在一旁，沒機會參加。這兩個大運動，我都立在外面，實在沒有資格去描寫比我小十歲的青年。我們在倫敦的一些朋友天天用針插在地圖上：革命軍前進了，我們狂喜；退卻了，懊喪。雖然如此，我們的消息只來自新聞報，我們沒親眼看見血與肉的犧牲，沒有聽見槍炮的響聲。更不明白的是國內青年們的思想。那時在國外讀書的，身處異域，自然極愛祖國；再加上看著外國國民如何對國家的盡職盡責，也自然使自己想作個好國民，好像一個中國人能像英國人那樣作國民便是最高的理想了。個人的私事，如戀愛，如孝悌，都可以不管，自要能有益於國家，什麼都可以放在一旁。這就是馬威所要代表的。比這再高一點的理想，我還沒想到過。先不用管這個理想高明不高明吧，馬威反正是這個理想的產兒。他是個空的，一點也不像個活人。他還有缺點，不盡合我的理想，於是另請出一位李子榮來作補充；所以李子榮更沒勁！」

「對於英國人，我連半個有人性的也沒寫出來。他們的褊狹的愛國主義決定了他們的罪案，他們所表現的都是偏見與討厭，沒有別的。自然，猛一看過去，他們確是有這種討厭而不自覺的地方，可是稍微再細看一看，他們到底還不這麼狹小。我專注意了他們與

國家的關係，而忽略了他們其他的部分。幸而我是用幽默的口氣述說他們，不然他們簡直是群可憐的半瘋子了。幽默寬恕了他們，正如寬恕了馬家父子，把褊狹與浮淺消解在笑聲中，萬幸！」

「最危險的地方是那些戀愛的穿插，它們極容易使《二馬》成為《留東外史》一類的東西。可是我在一動筆時就留著神，設法使這些地方都成為揭露人物性格與民族成見的機會，不准戀愛情節自由的展動。這是我很會辦的事，在我的作品中差不多老是把戀愛作為副筆，而把另一些東西擺在正面。這個辦法的好處是把我從三角四角戀愛小說中救出來，它的壞處是使我老不敢放膽寫這個人生最大的問題——兩性間的問題。我一方面在思想上失之平凡，另一方面又在題材上不敢摸這個禁果，所以我的作品即使在結構上文字上有可觀，可是總走不上那偉大之路。」[3]

王哲甫認為，《二馬》除保持作者的諷刺風味外，異國情調為本書增色不少。[4]

霍逸樵認為：「這本書是赤裸裸地把外國人對待中國人的心理，中西人的思想與文化的比較，中國人的腐化習慣，和新思想的中國青年在外國所受的衝動與激刺，儘量地表露出來。」「因為作者是在英國留學，身受外人不平的待遇，又見著自己同胞偏不爭氣，見著給中國人丟臉的中國城，受了絕大的感觸和激刺而寫成這本書，借馬氏父子來代表中國新舊人物來和外人接觸，做成種種矛盾的現象。最後還加插了一段認真丟面子的中國人在外人地域來作分黨立派之爭，以示自己太不爭氣。所以中國欲提高國際地位，非徒

---

[3] 1935 年 10 月 16 日《宇宙風》第 3 期。
[4] 《中國新文學運動史》，北平傑成印書局 1933 年 9 月版，第 225 頁。

為空口講白話的向國際宣傳而可以有效，必須真正的有事實做給人家看，那才是夠力量而有餘。」[5]

1928 年 5 月 10 日《小說月報》第 19 卷第 5 號《最後一頁》:「在這一期裏，《二馬》一開始便很不凡，我們不覺的將超出預算的篇頁去刊登它。」

**彭芳草的《落花曲》由上海神州國光社出版。**

作者在《落花曲‧校後記》中寫道:

「這書中的事實，幾乎全部是真確的。自然，我要承認主人公的生活，有大半是我自己的，我不願加以否認。然而，另外，其餘的一半卻是某些個朋友的遭遇。我並不是因有某種關係而不願擔受全部，別人的帽子無需乎自告奮勇地抓來戴著。」「在形式方面，這本小說的體裁是不純粹的，第一部曲是回憶的散文，第二部曲及插曲是書簡，第三部曲又是日記。但我並非形式主義者，雖是『雜拌兒』，仍然無害其為小說，在我。」「至於它的理想，以經過最近這一次革命及其後種種現實的我的觀點看來，是隔世的。這就是說它應該是 1926 年以前的產物，其實際也確是如此。我自己這樣看法，希望讀者或批評者也要這樣看法。」

**7 月　張鏡寰的《最後的犧牲》由北平震東印書館出版。**

華西里認為:「《最後的犧牲》，是張鏡寰先生聚精會神所寫的一篇長篇小說。內裏的主人翁，L 君便是張鏡寰先生的現身，是他個人戀愛失敗的一部寫實的小說。這一段材料因為我與作者係友誼的關係，知之甚詳，除卻他加窄插外，沒有將真的事實淹沒過去，

---

[5]　《〈二馬〉及其它》，1934 年 6 月《南風》第 10 卷第 1 期。

然而他也沒有將虛假的懸想參加在內。所以他描寫這部小說，當然聚精會神的描寫。是他的小說中的代表作。」「在全篇中很可透出作者係一位富於革命性的青年，在革命戰場上殺來殺去，殺得丟盔卸甲，困在沙漠的古國中，在無聊之中而去尋性之安慰。作者在過去革命的犧牲，也真可令人佩服。他描寫 S 女士因金錢的魔力而轉移的愛情，忘恩負義，使人恨於骨髓。寫 M 同學因性的衝動，不惜犧牲朋友犧牲共同生死革命的伴侶，從朋友的懷內，革命的伴侶的精神□戀中，奪到一個愛人。襯透出社會的黑暗，人心的虛偽，戀愛的假面具，──說來說去，金錢便是役使萬物之工具。作者卻具有唯物的眼光而來寫這篇小說。確是一篇戀愛小說，但可作革命文學讀。」「作者描寫這篇小說，結構也好，思想也好，只是在文學技術方面，欠雕刻的工夫。內裏所描寫的粗俗的地方，和淺陋的地方甚多。未免給這篇小說減色不少。」[6]

北平震東印書館《最後的犧牲》的出版預告：「最近張君又著有最後犧牲小說集一部，全書約近十萬言，內容係述一在舊式婚姻鐵蹄下之青年飄流海外，中途因失戀自殺的經過。其間寫社會之污濁，人心之險詐，男子之忠腸俠骨，女士之惺惺作態，以及初戀期間與失戀後苦痛，可謂無微不至，至其文筆之鋒利，描寫之深刻，穿插之奇巧尤其餘事，誠為我北方小說界中不可多得之作品，愛為文藝者固不可人手一冊，而熱心戀愛關心戀愛問題以及社會問題者尤不可不先睹為快也，該書現已商得張君同意，由本館出版定價六角，不日即可與世相見。愛讀諸君，何興乎來。」

---

[6] 《評張鏡寰〈最後的犧牲〉》，1932 年 9 月 26 日《文藝戰線》第 1 卷第 27 期。

**張資平的《脫了軌道的星球》由上海現代書局出版。**

激厲認為，該作「是張資平的創作史上的新頁。」作者「將殘餘的封建勢力的最後掙扎作巨大的暴露」值得肯定。所謂「星球」便是指他自己。「不過，有一點，是張氏的最大的謬誤，不獨本書，在任何的書他都是隨著個人的意識來對於現社會，對於他所認為對象的人物，作一種比『諷刺』更明顯的謾罵」。[7]

賀玉波認為《脫了軌道的星球》染了點時代色彩，較其他作品尚有可讀性。[8]

佚名認為，由於是傳記作品，本書的重心自然在於記敘事實，故而「結構和想像的藝術不能自由地施展，體裁雖然有點像小說而不是小說。」[9]

《現代》第 4 卷第 6 期《脫了軌道的星球》的廣告詞：「這是張資平先生的自序傳的第一部，他是從舊社會中過渡來的人，鼎革前後的種種情形，他都是目擊過來的。在本書中即以著者第一人稱的地位，敘述著自身的生活經歷，及種種新舊時代遞嬗的人物，極盡悲歡離合。」

**張資平的《上帝的兒女們》由上海光明書局出版。**

損（茅盾）認為：「《上帝的女兒》只登了兩段，吸引我的力量比《她悵望著祖國的天野》強了許多。第一第二段的描寫法都是很好，書中人物的說話，各依著身分，尤其是 A 所長的那幾句：『你

7  《評〈脫了軌道的星球〉》，1931 年 10 月 20 日《現代文學評論》第 2－3 卷第 3－1 期合刊。

8  《張資平的新近作品》，《現代中國作家論》第 1 卷，上海大光書局 1936 年7 月版，第 121 頁。

9  《脫了軌道的星球》，1932 年 11 月 10 日《讀書月刊》2 卷 2 期。

們用了一個多禮拜的智慧去想了，有什麼有趣的方法告訴我們麼？……』歐化的中國話，很傳神。我大膽來賣張『預約卷』，這篇東西該是傑作。」[10]

賀玉波認為：「和《明珠與黑炭》一樣，《上帝的兒女們》也是極其糟糕的作品。在思想上說，它表現清朝末年基督教的黑暗，和政治的腐敗，以及革命的爆發；和《脫了軌道的星球》一樣，是渲染了一層時代色彩的。作者極力地描寫教會裏的人的種種醜惡行為，在用意方面，還算說得過去，在技巧上說，這篇作品就太不成功了。最壞的就是結構的鬆弛和情節的混亂，而且描寫又沒有重心，找不出確定的主人公。所以，這篇的字數雖然將近二十萬，好像可以算做巨著傑作，但是，實際上看來，卻是最不成功的作品，使我們簡直不能一心讀下去。」[11]

《明珠與黑炭》上海光明書局 1931 年 8 月 3 版頁末的廣告：「歌德的成名，是由於《少年維特之煩惱》一部小說；但丁的成名，是由於《新生》一篇敘事詩，張資平氏之在現代中國文壇，其成功和成名的基礎作品，就是這一部廿萬餘言的最初的傑作！《上帝的兒女們》，是張資平氏積數十載之經驗，窮十年間的精力寫成的作品，暴露了宗教道德的實際內幕，揭發了性愛肉慾的狂亂狀態，並展開了政治社會的黑暗勢力。這一部作品是文學以上的偉大文學！這一部作品是具有社會價值的深刻意義！現實社會在這兒打著基礎！新的文學在這兒劃一時代！」

---

[10] 《〈創造〉給我的印象》，1922 年 5 月 11 日上海《時事新報》，《文學旬刊》37 期。
[11] 《張資平的新近作品》，《現代中國作家論》（第 1 卷），上海大光書局 1936 年 7 月版，第 126 頁。

### 張資平的《群星亂飛》由上海光華書局出版。

賀玉波認為，這仍然是一部思想與藝術都不能令人滿意的作品。[12]

1931 年 1 月《讀書月刊》第 1 卷 3－4 期《群星亂飛》廣告：「這是張資平先生最近脫稿的一部長篇小說，長十餘萬字，內容描寫一個弱女子因為受了經濟的壓迫去做舞女，在紙醉金迷的夜中，在葡萄美酒的杯中，葬送了她的青春，寫女子浪漫的生活，和青年男子色情的追逐，都到登峰造極的地步。時代的沉默，生活的頹蕩，刺激的追求，是張先生最近生活實感的總記錄，是當今青年男女苦悶的安慰品。」

### 張天翼的《鬼土日記》由上海正午書局出版。

天猿認為：「這是值得讀的創作！它是以戲謔的沒有陽世的道德，倫理和嚴肅；Humour 的態度、筆調，所寫出的攝映、社會民主主義政治 Democeratie 的暴露文學；用淺白輕快的辭句構成了以日記體創作的過去頗少見的特殊的技巧。它的內容，是介紹鬼土的社會組織，政治形態；上流人與下流人的矛盾，上流人與下流人的鬥爭。──是一個人『走陰』之後所看見的鬼土中的形色。不過，讀者們聰明：那日記的雖然是鬼土，而事物則該知道是陽世的真實吧。」[13]

董龍（瞿秋白）認為：「最近出的《鬼土日記》卻有點使我們失望。」「第一講到題材方面，這是鬼神世界。問題不僅僅在於『鬼

---

[12] 《張資平的新近作品》，《現代中國作家論》第 1 卷，上海大光書局 1936 年 7 月版，第 120 頁。

[13] 《鬼土裏的形色──張天翼：〈鬼土日記〉》，1931 年 8 月 17 日《文藝新聞》第 23 號。

神』，而主要的還在於『世界』。「當做小說看，就不能夠不說題材
方面是很不適宜的。」「第二，這《鬼土日記》的名稱已經告訴我們：
這本小說裏面是『鬼話連篇』的。這並沒有什麼。這是無可奈何的
鬼話！與其說了人話就去做鬼，倒不如說著鬼話做人。但是，這裏
可暴露一個很大的弱點，──就是作者自己給自己的『自由』太大
了。『鬼土』裏面沒有一個真鬼。幻想的可能沒有任何的範圍。這固
然是偷巧的辦法，然而也是常常容易吃力不討好的。」[14]

李易水（馮乃超）認為：「《鬼土日記》是一個純粹資本主義社
會的縮圖，──漫畫化了的縮圖。可是，世界上不會有純粹的資本
主義社會，即使是阿美利加，因此，作者所諷刺的不是歐洲美洲實
在存在的那一個社會，而是作者自身空想的純粹資本主義社會，這
首先失掉了他的諷刺文學的價值。」[15]

阿英說：「幾年以前，我們有過一部鬼話小說，叫做《鬼土日
記》，作者是張天翼。在書裏，他借用鬼話，把中國社會裏的一些醜
惡，著實的諷刺了一番。」[16]

**10 月　金滿成的《愛欲》由上海大光書局出版。**

1936 年 11 期《女子月刊》對《愛欲》的廣告詞：「金滿成氏的
作品博得了多少青年男女讀者的熱烈的歡迎，原因何在？是在作者
描寫青年男女戀愛期中的心理最活躍，最生動的緣故。《愛欲》是金
滿成氏最近的力作！這裏描寫革命，戀愛，陰暗的權威，青年的熱

---

[14] 《畫狗罷》，1931 年 9 月 20 日《北斗》創刊號。
[15] 《新人張天翼的作品》，1931 年 9 月 20 日《北斗》創刊號。
[16] 《中國維新運動期的一部鬼話小說》，1935 年 4 月 15 日《文藝畫報》第 1
卷第 4 期。

血，這裏描寫普遍的人生苦痛和少數人的享樂作福。本書的男主人公是一個忠實於革命的典型的人物，本書的女主人公是一個行動奇特而思想徹底的人物。由這兩個人交織成了一些可歌可泣，又悲又憤的故事。苦悶的青年讀者們，請在本書中找一些足以使你們滿意的刺激吧！」

**12 月　張資平的《北極圈裏的王國》由上海現代書局出版。**

《現代》廣告：「描寫貴族社會之驕奢淫佚，中層市民之狡詐狠毒，智識階級之卑鄙無恥；流氓地痞之投機暴發，貧民生活之慘痛流離等，作者用全力把北極圈裏的小王國的社會，描寫得淋漓盡致極了。」[17]

---

[17] 1934 年 4 月 1 日《現代》第 4 卷第 6 期。

# 1932 年

**4 月　廢名的《橋》由上海開明書店出版。**

烽柱認為，《橋》「雖然是長篇，可是每節都可以獨立成為一短篇小說，並且每節有一個極好的題目。他的文字是簡潔深雋的，作風的醇樸，與取裁的得當，在中國文壇上恐怕很少有人超過他的」。[1]

周作人在《橋‧序》中說：「我覺得廢名君的著作在現代中國小說界有他獨特的價值者，其第一的原因是其文章之美。」「廢名君用了他簡練的文章寫所獨有的意境，固然是很可喜，再從近來文體的變遷上著眼看去，更覺得有意義。」[2]

灌嬰認為：「關於書的結構，沒有可注意的技巧，故事沒有充分的發展。兩篇都是分段的敘事和描寫，章與章之間無顯然的聯絡貫串，幾乎每章都可以獨立成篇。上篇渡到下篇，亦如自序所云，是『跳過』的。」在文體上他認為：「如以小說論本書，便不免有許多缺點，但讀者如當它是一本散文集，便不失為可愛的書，從其中可以發見許多零星的詩意。」「這本書沒有現代味，沒有寫實成分，所寫的是理想的人物，理想的境界。作者對現實閉起眼睛，而在幻想裏構造一個烏托邦，本書所表現者就是這個。」「總括一句：本書的意境和文章，都好似『不食人間煙火』的。」[3]

---

[1] 《我所見一九三○年‧幾種刊物》，1930 年 11 月 15 日《文藝月刊》第 1 卷第 4 號。

[2] 《橋》，開明書店 1932 年 6 月版。

[3] 《評廢名著〈橋〉》，1932 年 12 月 2 日《新月》第 4 卷第 5 期。

蘇雪林認為，廢名的藝術一言以蔽之，「晦澀」。「《棗》與《橋》出版後『晦澀』的特點，始大顯著，到寫《莫須有先生傳》時則這特點已擴充到無以復加的地步。」[4]

孟實（朱光潛）認為，「像普魯司特與伍而夫夫人諸人的作品一樣，《橋》撇開浮面動作的平鋪直敘而著重內心生活的揭露。不過它與西方近代小說在精神上實有不同，所以不同大概要歸原於民族性對於動與靜的偏向。普魯司特與伍而夫夫人藉以揭露內心生活的偏重於人物對於人事的反應，而《橋》的作者則偏重人物對於自然景物的反應；他們畢竟離不開戲劇的動作，離不開站在第三者地位的心理分析，廢名所給我們的卻是許多幅的靜物寫生。『一幅自然風景』，像亞彌兒所說的，『就是一種心境』。他渲染了自然風景，同時也就烘托出人物的心境，到寫人物對於風景的反應時，他只略一點染，用不著過於鋪張的分析。自然，《橋》裏也還有人物動作，不過它的人物動作大半靜到成為自然風景中的片段，這種動作不是戲臺上的而是畫框中的。因為這個緣故，《橋》裏充滿的是詩境，是畫境，是禪趣。每境自成一趣，可以離開前後所寫境界而獨立。它容易使人感覺到『章與章之間無顯然的聯絡貫串。』全書是一種風景畫簿，翻開一頁又是一頁，前後的景與色調都大同小異，所以它也容易使人生單調之感，雖然它的內容實在是極豐富。」由於「《橋》是在許多年內陸續寫成的，愈寫到後面，人物愈老成，戲劇的成分愈減少而抒情詩的成分愈增加，理趣也愈濃厚。」好在「『理趣』沒有使《橋》傾頹，因為它幸好沒有成為『理障』。它沒有成為『理障』，因為它融化在美妙的意象

---

[4]　《新文學研究》，國立武漢大學 1934 年印字第 15 號，第 82 頁。

與高華簡練的文字裏面。」他還認為:「廢名最欽佩李義山,以為他的詩能因文生情。《橋》的文字技巧似得力於李義山詩。」「《橋》的基本情調雖不是厭世的而卻是很悲觀的。我們看見它的美麗而喜悅,容易忘記它後面的悲觀色彩。也許正因為作者內心悲觀,需要這種美麗來掩飾,或者說,來表現。廢名除李義山詩之外,極愛好六朝人的詩文和莎士比亞的悲劇,而他在這些作品裏所見到的恰是『愁苦之音以華貴出之』。《橋》就這一點說,是與它們通消息的。」[5]

鶴西認為,《橋》是全書在胸而後下筆者;《莫須有先生傳》是全書在胸而涉筆成趣者。「我愛好《橋》,愛它的美麗,引作者的話來說明,這本書我們讀了,是不是有這樣個感覺?『感不到人生如夢的真實,但感到夢的真實與美。』這書給我的印象像一盤雨花臺的石頭,整個的故事是一盤水又不可擬於《莫須有先生傳》中之流水,因為盤已成就其方圓。讀者可看見一顆一顆石頭的境界與美,可是玩過雨花臺的石頭的又都會知道這些好看的石頭如果離了水也就沒有了它的好看。《橋》當然有他的故事,卻是這故事也很平常,令我喜歡這句話,『人生的意義本不在它的故事,而在渲染這故事的手法。』明白了這點,我們都可以各自成仙而實無超越。」[6]

佚名認為:「我們看了廢名先生的文章會說好,可是往往說不出所以然。勉強要說,我覺得好在一個『曲』字,一種令人捉摸不定的幻的境界。晦澀是不能免,因為不晦澀就不成其為廢名先生的文章。」[7]

---

[5]  《橋》,1937 年 7 月 1 日《文學雜誌》第 1 卷第 3 期。
[6]  《談〈橋〉與〈莫須有先生傳〉》,1937 年 8 月 1 日《文學雜誌》第 1 卷第 4 期。
[7]  《橋》,1932 年 8 月 1 日《現代》第 1 卷 4 期。

蔣光慈的《田野的風》（《咆哮了的土地》）由上海湖風書局出版。

佚名認為，小說描寫的過程「很有點像綏拉菲摩維支的《鐵流》，而張進德便隱然是一個中國的郭甫久鶴。這種類似尤其是在後半部可以看得出來。但這不必是有意的模仿。《鐵流》是用全力在那兒寫從散漫到團結這過程的，而《田野的風》卻著重在寫階級的忿怒，從散漫到團結只作為一個必然的結果呈現出來，而且可以同樣有力地呈現出來。《田野的風》假使有更進步的技巧來幫襯，那是可以有更大的成功的。」「蓋棺論定，他始終不失為一個有力的煽動的作者。縱然因作品裏有太多的羅曼諦克的氣份而受過各方面很多的指責，然而能夠這樣有力地推動青年讀者的作家，卻似乎除了蔣光慈先生之外沒有第二個。而且最後，他是可以把羅曼諦克的氣份也漸次地克服的。《田野的風》便是一個明證。」[8]

**8月　匡亞明的《血祭》由上海光華書局出版。**

**9月　鐵池翰（張天翼）的《齒輪》（《時代的跳動》）由上海湖風書局出版（湖風創作集之一）。**

佚名認為：「嚴格地說，《齒輪》並不能算直接以事變為描寫對象，當然更不是所謂『戰爭小說』。它只借『九‧一八』到『一‧二八』那個時期內的動亂為背景而寫成的一部作品；它主要的還是寫了智識青年的個人的轉變。一個不懂事的鄉村出身的女孩子（王惠先），被一種盲目的向光明的心理所推動，在她哥哥的影響下，脫離了封建的家庭而到半都會的南京去求學；然而她在學校生活中只感覺到失望。

---

[8]　《〈田野的風〉》，1932 年 8 月 1 日《現代》第 1 卷 4 期。

終於，因朋友們的誘掖，時代的刺激，她又漸漸地從『書本的學校』改進了『生活的學校』。她從南京流徙到上海，變成一個積極的，獨立的人。這時候正當上海戰爭的前夜，而全書也在此告了結束。」而且認為「本書在結局上是可能受了些《鐵流》的影響；像《鐵流》一樣，作者只寫到轉變完成就停筆，淺見的讀者很可能以為是個未完的故事，或是寫到末尾急忙想收束而潦草了事的。《齒輪》雖然不像《鐵流》一樣的以群眾為英雄，但它也包含著極豐富的群眾運動的插話，這齒輪不但和輪子密接的在一塊，而且是和整個時代的機械連繫著的。它跟著時代動，寫這一個動的齒輪，也就是寫了整個動的時代。」「作者巧妙的運用了落後的群眾和進步的群眾之間的對照來促成女主人翁的轉變。前者以南京的青年運動為代表，而後者是上海的青年運動。固然，把南京和上海的民眾寫成兩個絕不相同的典型是沒有絕對的必要的，而且事實上也決沒有這樣鮮明的區別。但是，群眾運動的這兩種不同的姿態是有的。我們的女主人翁先是看到前一種官樣文章式的有名無實的愛國運動，而後來才看到民眾的真正的反統治者的熱烈的表現；在這兩次的經驗中受到極重大的教訓是極自然的事情。」「在這『真假』兩種民眾運動的描寫中，作者與其說是成功於寫那種健全的，卻還不如說是成功於寫那種不健全的的。作者敢於對大部分人所不敢表示不敬的學生愛國運動取了嬉笑怒罵的態度，不但是恰中時病，抑亦痛快之至！」「至於寫那種健全的民眾運動，我們卻嫌太『輪廓』一點。簡括說，作者是只寫了一個表面，而沒有把這運動的根底抓到。這雖然是由於有好多地方不便很痛快地寫出來的原故，但究竟因為暗示的太不夠，而陷於極度的模糊。我們的民眾從這次事變所得到的最主要的教訓，作者沒有寫出來；即就青年而

論，更重要的從『請願』漸漸變為『示威』的所以然，作者也沒有寫出來。在場面比較擴大的這麼一部作品裏，作者有閒暇顧及小市民，小商人，黨部人員，以及形形色色的人物對於這次事變的感想和態度，但根本忽略——最進步的大眾在這運動中扮演的腳色，這實在不能不說是一個遺憾。」「總之，《齒輪》在技巧上是無疵可議的，只是作者對於這次的大動亂沒有根底的注意和把握，以致使作品僅僅成為這個大動亂中的一幕小小的插劇，而不能為讀者所希望，也許同時不能如作者自己所希望那麼有重大的意義吧。」[9]

東方未明（茅盾）認為：「《齒輪》這長篇小說，形式就是新奇可喜的，文字流利輕鬆，和作者的短篇小說相似。」不過，由於「《齒輪》不能指出『九一八』以後轟動全國的學生運動在整個革命過程中的正確意義。這應該是《齒輪》的第一要務。同時，沒有分析學生運動之複雜的背景，而只是 journalism 式的描寫，也是使得這題材本身失了意義。」他還認為，小說的結構很寬鬆，人物的個性也極不顯豁，太注意了形式上的奇巧，或者竟太注意了引人發笑，而忽略了內容的錘煉。[10]

王夢野認為：「《齒輪》，卻沒有把握住『時代的大輪子』的『核心』，也沒有表現出『時代的大輪子』的『動力』來；因此雖寫得滑稽熱鬧，但終只是浮光掠影。」[11]

**11 月 黃震遐的《大上海的毀滅》由上海大晚報館出版。**

---

[9] 《鐵池翰著〈齒輪〉》，1933 年《現代》新年號第 2 卷第 3 期。

[10] 《「九一八」以後的反日文學——三部長篇小說：一、齒輪》，1933 年 8 月 1 日《文學》第 1 卷第 2 號。

[11] 《中國的反帝文學與國防文學》，1936 年 3 月 20 日《生活知識》第 1 卷第 11 期。

　　方英（錢杏邨）認為這是一部內容與形式均不可取的書。讀過此書，「讀者不能從這部『大著』裏把握到真實的一二八事變期間的戰鬥的上海的前後方。所有的只是性的陶醉，都會的享樂，和一個定型的羅曼斯。」這是一部歪曲現實的作品。作者「只認識軍事長官，『白衣女郎』，認識士兵以及士兵的力量，他一點也看不到而且也不願看到高揚著的反帝國主義情緒，他根本上不敢反對帝國主義：這，就是不抵抗主義者所採取的態度。」又由於他看不到民眾的力量，所以他所描寫的民眾，「不過是如醉如癡，苟且偷安的無知的動物而已。」「這是對於全國革命民眾的難以忍受的侮辱，也就是不抵抗主義者的最典型的說教！」（著重號為原文所有）[12]

　　佚名認為，小說「由第三人稱的客觀的描寫，轉到第一人稱的主觀的敘述，再用書信來補充，想將整個的事變，從前線以至後方，用不同的角度所攝取的影片，來湊成一幅完整的圖畫。」「可是，作者雖有著這樣的企圖，而實際上並沒有這樣雄偉而又纖細的組織力，於是，一件號稱『戰爭小說』的外衣，卻包了一個既不是戀愛，又不是戰爭的破碎的內容。作者所認為主題的前線戰況，在書中被擠到陪襯的地位，由幾個講給兒童聽的故事，和幾封寫給未婚妻的情書來傳達出，完全失去它的重要性了。」不過「只要是有著相當的寫作經驗的人，從這部書裏，很明顯地可以看出作者對於戰地生活確是有相當的認識，而對於大都市的兩性生活，尤其是奢靡的淫樂的資產階級的日常起居，則完全是憑了作者自己薄弱的幻想在那裏『創作』。不幸之至，作者又偏偏不將前者作主題而反盡力於後者

---

[12] 《大上海的毀滅》，1932 年 10 月 15 日《文學月報》第 1 卷第 3 期。

——都市男女的戀愛生活——的描寫，於是結果便蹈上了雙重的覆轍。所寫的既不是戰爭，又不是戀愛。」但「作者是個崇拜英雄思想的人物，可是他又顯然的不顧將這意識坦白地在書中表現出，於是便偷偷掩掩的摻雜了許多很模糊的不著邊際的議論，尤其是第一面的那篇小引，『偶然的，相對的』，可是同時又是『絕對的，必要的』，這種懦怯的態度，實在是不聰明的。」「作者要寫的是整個的一二八事變全部的姿態，可是因為想避免正面的描寫，而從側面取巧的關係，結果便成了一部以戰爭為穿插的不很高明的都市戀愛小說，不僅沒有寫到事變的全部，而且反將前線的戰爭作了書中戀愛故事發展的伴奏。」而且「就技術方面說，作者是陷入了一種文字上極度雕琢的歧途中去了。有些地方粉飾得很美麗，可是沒有顧到的或能力不及的地方，卻顯出了極不相稱的惡劣和幼稚。描寫的失實和結構上的漏洞隨處可以發現。」不過，「雖然有著這許多的缺點，但是從這冊小說上看起來，作者假如有肯虛心的運用自己的聰明，不流入歧途，努力於人生的觀察和技術上的修養，前途是有希望的，雖然這一部《大上海的毀滅》，無疑地是失敗了。」[13]

魯迅認為：「一部《大上海的毀滅》，用數目字告訴讀者以中國的武力，決定不如日本，給大家平平心；而且以為活著不如死亡（『十九路軍死，是警告我們活得可憐，無趣！』），但勝利又不如敗退（『十九路軍勝利，只能增加我們苟且，偷安與驕傲的迷夢！』）。總之，戰死是好的，但戰敗尤其好，上海之役，正是中國的完全的成功。」[14]

---

[13] 《黃震遐著〈大上海的毀滅〉》，1933 年《現代》新年號第 2 卷第 3 期。
[14] 《止哭文學》，1933 年 3 月 24 日《申報‧自由談》。後收入《偽自由書》。

　　王哲甫認為，《大上海的毀滅》「是一部報告式的關於滬戰的描寫，還比較的可看，但其中沒有反帝的情緒，只是表現個人的英雄主義而已」。[15]

**12 月　廢名的《莫須有先生傳》由上海開明書店出版。**

　　周作人在《莫須有先生傳・序》中說：「莫須有先生的文章的好處，似乎可以舊式批語評之曰，情生文，文生情。這好像是一道流水，大約總是向東去朝宗於海，他流過的地方，凡有什麼汊港灣曲，總得灌注縈迴一番，有什麼岩石水草，總要披拂撫弄一下子，才再往前去，這都不是他的行程的主腦，但除去了這些也就別無行程了。這又好像是風」。這是說「能做好文章的人他也愛惜所有的意思，文字，聲音，典故，他不肯草率地使用他們，他隨時隨處加以愛撫，好像是水遇見可飄蕩的水草要使他飄蕩幾下，風遇見能叫號的竅穴要使他叫號幾聲，可是他仍然若無其事地流過去吹過去，繼續他向著海以及空氣稀薄處去的行程。這樣，所以是文生情，也因為這樣所以這文生情異於做古文者之做古文，而是從新的散文中間變化出來的一種新格式。」「這是我對於《莫須有先生傳》的意見，也是關於好文章的理想。」[16]

　　沈從文認為，廢名在《莫須有先生傳》中「把文字發展到不莊重的放肆情形下，是完全失敗了的一個創作。」小說「情趣朦朧，呈露灰色，一種對作品人格烘托渲染的方法，諷刺與詼諧的文字奢侈僻異化，缺少凝目正視嚴肅的選擇，有作者衰老厭世意識。」[17]

---

[15]　《中國新文學運動史》，北平傑成印書局 1933 年 9 月版，第 88 頁。

[16]　1932 年 3 月《鞭策》第 1 卷第 3 期。

[17]　《論馮文炳》，《沫沫集》，大東書局 1934 年 4 月版，第 5－10 頁。

　　鶴西認為，《莫須有先生傳》前面「確是生氣虎虎，好比一棵小樹，它不曉得一年可長出多少枝葉，到後邊來，則文章像是棵老樹了，寧靜的，它完全有在幾個主枝上著葉開花的把握。」[18]

---

[18]　《談〈橋〉與〈莫須有先生傳〉》，1937 年 8 月 1 日《文學雜誌》第 1 卷第 4 期。

# 1933 年

## 1 月　張天翼的《一年》上海良友圖書印刷公司出版（良友文學叢書之五）。

慎吾認為：「我對於張先生作品最不滿處是，他的故事沒有穿插沒有佈局，非常的散漫鬆懈。……他的長篇小說《一年》隨處都以切斷結束，再寫上幾百頁下去亦無不可。」[1]

王淑明認為：「作者在這裏面，極力描寫著一班小官僚階層由幻想而趨於沒落的過程。心理的和動作的刻劃，均表露盡致，有些地方，似乎很受了魯迅的《阿Q正傳》的影響，而作者在這中間所欲完成的人物，也很想寫出像阿Q那樣的幾個沒落社會的典型人物來。不過，我們所要問的，是作者在所想要著力的地方，是不是已經成功了呢？」「回答卻是個『否』字，然而這卻要有個限制。」「我是說：《一年》裏的幾個人物，由幻想而趨於沒落的過程，作者的心理的動作的刻劃，和惡毒的嘲諷，是成功了的，但他卻沒有將這些被刻毒的人物，放在現實社會裏，和它有機的互繫起來。這正和《鬼土日記》裏所創造過的人物一樣，是一般的設置了的存在，而不是某個特定社會裏形成著的人物。」「然而作者在這部小說裏，所呈現著的缺陷，其重要地方，還不在此。最要緊的是他沒有將書中人物的心理，行動的發展，和現實的社會合致地互繫起來，而他們幾個

---

[1]　《關於張天翼的小說》，1933 年 8 月 26 日天津《益世報》。

人的心理，行動，也就成為孤立的個別底存在著的東西。」他還認為：「我們的作者，在這部小說裏，所能劃出的，卻只是一種抽象的，一個沒落社會裏的一般小官僚階級的沒落過程。我們看了以後，並不能指明這是那個一定社會構造裏所存在的人物，並且更其沒有闡明中國社會之半殖民地的性質，而這一大批典型人物的沒落，又只能是半殖民地社會裏的小官僚者社會層之沒落的性質。這些地方，作者是顯然有了很大的失敗。」[2]

《現代》第 4 卷第 1 期「良友文學叢書廣告」對《一年》的廣告詞：「作者應用了近二十萬文字，描寫典型的小官僚階級由幻想而沒落的過程。每頁書裏包藏著幽默的風味，而簇新的形式和簇新的故事相襯著，更證明本書是作者過去最偉大最成功的作品。」。

《良友文學叢書》為《一年》寫的廣告詞：「這是一部新出版的長篇創作，作者在裏面，極力描寫著一班小官僚階層由幻想而趨於沒落的過程，心理的和動作的刻畫，均表露盡致。有些地方，似乎很受了魯迅的《阿 Q 正傳》的影響，而作者在這中間所要完成的人物，也很想寫出像阿 Q 那樣的幾個沒落社會的典型人物來。」

**茅盾的《子夜》由上海開明書店出版。**

關於《子夜》的創作意圖，茅盾在《跋》中說有「大規模地描寫中國社會現象的企圖」。後又說：

「在我病好了的時候，正是中國革命轉向新的階段，中國社會性質論戰得激烈的時候，我那時打算用小說的形式寫出以下的三個方面：（一）民族工業在帝國主義經濟侵略的壓迫下，在世界經濟恐

---

2　《一年》，1934 年 7 月 1 日《文學季刊》第 1 卷第 3 期。

慌的影響下，在農村破產的環境下，為要自保，使用更加殘酷的手段加緊對工人階級的剝削；（二）因此引起了工人階級的經濟的政治的鬥爭，（三）當時的南北大戰，農村經濟破產以及農民暴動又加深了民族工業的恐慌。

「這三者是互為因果的。我打算從這裏下手，給以形象的表現。這樣一部小說，當然提出了許多問題，但我所要回答的，只是一個問題，即是回答了託派：中國並沒有走向資本主義發展的道路，中國在帝國主義的壓迫下，是更加殖民地化了。中國民族資產階級中雖有些如法蘭西資產階級性格的人，但是因為一九三〇年半殖民地的中國不同於十八世紀的法國，因此中國資產階級的前途是非常暗淡的。在這樣的基礎上產生了中國民族資產階級的動搖性。當時，他們的『出路』是兩條：（一）投降帝國主義，走向買辦化；（二）與封建勢力妥協。他們終於走了這兩條路。」[3]

陳思（曹聚仁）認為：「這部長篇小說，比淺薄無聊的《路》的確好得多，要叫我滿意嗎？依舊不能使我滿意。」「請讀者在九十五頁上停住，且猜一猜作者將以什麼題材為中心。從鄉間來的老太爺，這樣匆匆促促結果了他的老命，算是說明了農村社會給都市社會碰碎了，姑且不管他。和老太爺同來的四小姐和阿萱，不是作者準備用以說明鄉村沒落的中心人物嗎？前二章加上了雷參謀，第三章結尾那麼寫得有聲有色，不是作者準備用以布成三角的悲劇，用以寫吳少奶奶的意識轉變嗎？誰知九十六頁以後，全文中心移到吳蓀甫和趙伯韜的鬥爭，原定中心人物變成副角，四小姐的轉變和吳

---

[3]　《〈子夜〉是怎樣寫成的》，1939 年 6 月 1 日《新疆日報・綠洲副刊》。

少奶奶的轉變，只在結末幾章輕輕帶上一筆；吳少奶奶的轉變更可笑，真是變而不變；《少年維特之煩惱》掉在地上，書中飛出一朵乾枯的白玫瑰，就算完結了。」「即算以第四章以後那個輕工業資本和金融資本的鬥爭（吳蓀甫和趙伯韜）為全書的中心。看來看去，也只看見兩個主將在舞臺上大戰三百合，戰到精疲力竭，到牯嶺去避暑為止。照作者的本意，輕工業資本是打敗了，代表金融資本的買辦是得勝了。我看了全書，把書一丟，閉上眼睛做夢去；輕工業資本上他媽的牯嶺，作者要賣的投降或反抗的關子，我想也不是想它。看了這樣一部長篇小說，等於看完了張恨水的《春明外史》，腦子裏一點反應也沒有。」「第四章的曾家駒，第五章的屠維岳，第八章的馮雲卿和馮眉卿，第十一章的劉玉英，作者都準備用以做重要的配角；不料配角的命運，都是有頭無尾。屠維嶽較為有聲有色，也還有頭無尾。劉玉英最可憐，既然兩面做內線，在如火如荼的公債買賣中，一些手段也顯不出，太委屈了她了。」「這部書名，請作者原諒我的多嘴，不如改成《交易所外史》，大可以哄動上海人的衝動，使作者著迷的那兩位大王鬥法的故事，也正是上海人愛聽的故事。」他還認為：「作者是厭倦於冒險盲動的工作了；屠維嶽和克佐夫，兩相對照，一個沉著有計謀，一個盲目開公式，若不是吳蓀甫太燥急一點，屠維岳簡直可以把敵人打得落花流水。這是對於這幾年上海工運的嘲笑！」[4]

　　余定義認為：「《子夜》，這是一九三〇年的一個中國的故事，把握著一九三〇年的時代精神的全部。」「在技巧上，作者更進一步

---

[4]　《評茅盾〈子夜〉》，1933 年 2 月 18 日《濤聲》第 2 卷第 5 期。

的走上了寫實主義的大道，第一是真實，第二是真實，第三是真實，沒有口號，沒有標語，也沒有絲毫主觀的教訓主義的色彩。」「在立意上，拋棄了那以個人為中心的傳奇的方式，很顯然的以人與人間的社會背景，和經濟的結構為描寫的對象。」[5]

禾金說：「從中國的新文藝產生以來，到現在為止，《子夜》還是一部在含量上突破一切紀錄的創作長篇小說。它的本身包含了三十餘萬字，角色也雜亂綜錯地做出許多不同的事件。而且，據作者自己在後記中說，在結構方面，他是用過一番心血的；題材又是赫然的一九三〇年的中國──騷動的序幕。在各方面看，它是近年來較可注意的一個文藝產物。」「全書在技術上說，是非常失敗的，它所給予讀者是一種奇突而矛盾的感覺：一方面覺得這故事配著這樣的篇幅太不調和──篇幅太長，因之故事的發展也特別的緩延，而作者也顯露了一種手段的困難──為了要抓住社會現象的多方面，不得不拉上一件不相干的故事來露臉，於是行文上就顯出了慌亂的變動──無理由地，像劣等電影分幕法地，毫無演進地從一件故事跳到另一件故事上去了。而其他一方面，卻奇怪地又教人感覺到故事太多，篇幅太短。這兩種感覺從表面上看似乎是絕對矛盾的，然而推究它底原因卻同是一條：主要的故事發展得太慢，原因是小故事太多而雜，而作者又沒有加以適妥地佈置，使它們發生嚴密而不可分離的統一（Unity），加以，有些應當加以充分發展的小局面卻不使它發展」……在人物描寫方面，屠維嶽的形象令人難以置信。總之，這是一個不完全的作品，其原因是茅盾抓大題材的能力不夠，

---

[5] 《評〈子夜〉》，1933 年 3 月 10 日《戈壁》第 1 卷第 3 期。

「所以他滿心要寫『中國的社會現象』，結果卻只寫成了一部『資產
階級生活素描』，或是『××鬥法記』而已。」[6]

朱明認為：「這是自他三部曲以來的第一篇力作；在我們中國
新文台，也是第一次發現的巨大著作。茅盾他自己曾稱葉聖陶貫起
『五四』、『五卅』幾個時代來的《倪煥之》為扛鼎的工作，但葉氏
的認識太不夠，於實際生活又甚隔膜，那本書只有他的呆板的雕型
的空殼子，顯明地呈現在我們眼前，在他自己恐怕亦明白這是不堪
問鼎的東西吧！葉氏的《倪煥之》要在『縱』的歷史上，作為時代
潮流的追溯一點上得到穩固的地位是不可能的。然而茅盾他自己卻
在『橫』的方面大規模地把中國的社會現象描寫著，在沒有人同他
爭鬥的現在，他四顧無人的霍地一聲，把重鼎舉起來了。」《子夜》
把「複雜的中國社會的機構，大部分都給他很生動地描繪出來了。」
「茅盾的《子夜》，於形式既能趨近於大眾化，而內容尤多所表現中
國之特性，所以或者也簡直可以說是中國的代表作。而就大規模的
社會描寫，淺易圓熟而又生動有力，以及近於『同路人』的意識這
幾點上講來，茅盾又可以說是中國的辛克萊。」「至於《紅樓夢》一
類的結構法，茅盾用之於《追求》等篇中，尚不覺怎樣，用在《子
夜》中卻大覺因此全部缺乏了緊密的結構力了。」在意識方面，茅
盾近乎於小資的「同路人」，因而缺少批判精神。「他在寫得很少的
工人運動中，又不能忘情地著力描寫工作人員的性苦悶性衝動的不
能自恃。因為這是他的拿手，這是使他自己陶醉的地方。所以他把
這一方面的現象寫了出來，未能用另一方面的正面人物去把這氣氛

---

[6]　《讀茅盾底〈子夜〉》，1933 年 3 月《中國新書月報》第 3 卷第 2－3 號。

克服過來。他描寫從這裏邊掙脫已是很無力的了。這裏邊透露出作者沒有掙脫這氛圍氣的堅強的力，而不是革命陣營中沒有這種堅強的人物存在著，是大家可以明瞭的。」「而且我們就《子夜》說，茅盾非但對上流社會的人物比對無產階級的群眾來得熟知，他還是根本以小資產階級的立場來觀察社會，來體味生活的，我們拿描寫『五卅』紀念示威的一節作例，他描寫示威，始終不肯從正面把群眾真切有力地寫出來，卻把組織以外的張素素小姐的求刺激的以及臨陣惶恐而失卻自主的奔逃的心理作為主要描寫。而在這裏因此沒有感受到革命的情緒，反撥動著阿志巴綏夫的朝影似的小資產階級的下意識的畏怯。這是《子夜》作者根本的缺點。」「就描寫立點來看，他各方面寫的很少，也只著力於民族資產階級的吳蓀甫的奮力於他的企業，以至失敗的始末，而終篇未暗示光明的去處。他的意思，似乎只是各方面都在『子夜』的時候，他的曖昧的去處，或者是被脅於政治壓迫的緣故，但從他作品的多方面看來，這也未始不是他現示猶豫的地方。」另外，「茅盾在《子夜》中對於命令主義固然指摘出來了，而取消主義的氣氛都因而很強烈，沒有給他們一個適當的處置喲！」[7]

　　樂雯（瞿秋白）認為：「這是中國第一部寫實主義的成功的長篇小說，帶著很明顯的左拉的影響（左拉的「Largent」——《金錢》）。自然，它有許多缺點，甚至於錯誤。然而應用真正的社會科學，在文藝上表現中國的社會階級關係，這在《子夜》不能夠說不是很大的成績。茅盾不是左拉，他至少已經沒有左拉那種蒲魯東主義的蠢

---

[7] 《讀〈子夜〉》，1933 年 4 月 1 日《出版消息》第 9 期。

話。」「這裏，不能夠詳細的研究《子夜》，分析到它的缺點和錯誤，只能夠等另外一個機會了。這裏所要指出的，只是中國文藝界的大事件——《子夜》的出現——很滑稽的和所謂國貨年碰在一起。一九三三年在將來的文學史上，沒有疑問的要記錄《子夜》的出版；而這一九三三的『國貨年』呢，恐怕除出做《子夜》的滑稽對照以外，絲毫也沒有別的用處——本來，這是《子夜》，喧紅的朝日沒有照遍全中國之前，那裏會有什麼真正的國貨年。而到了那時候，這國又不是『大王們』的國了，也不是他們的後臺老闆的國了。」[8]

雲（吳宓）認為，《子夜》是「近頃小說中最佳之作也。」「第一，以此書乃作者著作中結構最佳之書。」「第二，此書寫人物之典型性與個性皆極軒豁，而環境之配置亦殊入妙。」「第三，茅盾君之筆勢具如火如荼之美，酣恣噴微，不可控搏。」[9]

門言說，《子夜》以「做公債」和「工潮」為題材，是其過人之處。許多人好奇就在於看自己一無所知的「做公債」內幕。他認為：「茅盾作品最大的缺點便是他的雄圖是很大的，而他對生活的體驗每苦不足。」由於茅盾寫的是體驗的傳遞而不是經驗的結晶，其藝術作品的生命力不會長久，在魯迅之下。[10]

顧鳳城認為：「《子夜》這部小說，無論在內容上，在分量上，確是值得我們注意的。作者在結構上，在人物的配置和佈局上，也確實費了一番心思！其描寫場面之闊大，和刻畫各階級人物心理之深刻，讀了以後也是使我深深感到滿足的。」「在《子夜》中，我們

---

8　《〈子夜〉和國貨年》，1933 年 4 月 3 日《申報・自由談》。

9　《茅盾著長篇小說〈子夜〉》，1933 年 4 月 10 日天津《大公報》。

10　《從〈子夜〉說起》，1933 年 4 月 19 日《清華週刊》第 39 卷第 5－6 期。

可以更深切地把握到：中國的民族資本（即民族資產階級）在現狀之下，無論如何不能順利地發展的。」「要中國的民族資本順利地發展，必須要有統一的中央政府！」「這是我讀了《子夜》後一點感想。」[11]

　　錟生認為：「《子夜》的主人公吳蓀甫，是一個民族資本主義的典型，由興起而至沒落之過程，均有合理的深刻的描寫。」「《子夜》中有一個不可忽略的，就是留學生典型杜新籜的描寫了。」「《子夜》對政治的寫說，也有很深刻沉潛的意思。對國民黨有刻毒的描寫，對共產黨有糾正錯誤的意思。」「總之，子夜之作，不是率爾執筆能成，而材料之搜集，情形的調查，是要費很大的心力的，而全書的結構，如局勢的佈置，事實的剪裁，並無絲毫的苟且。子夜的文藝價值雖不能超於社會史的價值，但可以說是文壇僅見的傑作」。「茅盾文藝的描寫，不作論斷與答案的描寫。就是告訴研究中國社會現象的人，中國社會的全面，不能以某種主義某種學說所能範疇，以一方面的見解，而說明判斷其全面象態。拿實際情形出來，就是茅盾的《子夜》真價值之所在。」[12]

　　盧藝植認為：「就作者成功說：自然是都市新興資產階級及半殖民地下的國家中資本社會的描寫最深刻；其他方面則以知識階級為作者認識最清楚。此外就較遜了。至於就藝術方面說：則心理描寫的精微，社會經濟分析的周到等，作者的天才，尤不容我們忽視。無論就那一面說，作者的認識，及藝術，是較他寫《蝕》《虹》時進步多了；雖然此中還有疏漏和不健全的地方。」[13]

[11]　《〈子夜〉讀後感》，1933 年 4 月 22 日《大聲》。
[12]　《〈子夜〉在社會史的價值》，1933 年 5 月《新壘》月刊第 1 卷第 5 期。
[13]　《讀〈子夜〉》，1933 年 5 月《讀書與出版》第 2 卷第 3 期。

　　吳組緗認為：「中國自新文學運動以來，小說方面有兩位傑出的作家：魯迅在前，茅盾在後。茅盾之所以被人重視，最大原故是在他能抓住巨大的題目來反映當時的時代與社會；他能懂得我們這個時代，能懂得我們這個社會。他的最大的特點便是在此。有人這樣說：『中國之有茅盾，猶如美國之有辛克萊，世界之有俄國文學』。這話在《子夜》出版以後說，是沒有什麼毛病的。」《子夜》「在消極的意義上暴露了民族資產階級的沒落，在積極的意義上宣示著下層階級的興起。——這後面一點是非常重要的。」雖然這兩方面表現並不平衡。他還說，我們「看見社會科學者用許多嚴密精審的數字告訴我們：中國社會經濟已走上怎樣的一個山窮水盡境界。——但這些都只是抽象的數字的概念。如今《子夜》就給我們這些數字的，抽象的概念以一個具體的事實的例證。」不過，小說農村部分可以割棄，語言也有「用力過火，時有勉強不自然的毛病。」[14]

　　國梅認為，《子夜》表明：「次殖民地工業非注射一點外國血是不行的。」[15]

　　趙家璧認為，「這一部《子夜》，不特是吳蓀甫個人的傳記，也是中國民族資本主義的慘落史，也是小布林階級幻滅的始末記。」[16]

　　楊邨人在對人物進行逐一分析後認為：「《子夜》於一九三一年中國社會形態的表現，已經能夠抓住它的中心，雖然只表現著七八分的事實。」不足在於：一、作者仍然應用著三部曲——《幻滅》、《動搖》、《追求》所用的技巧，並不見有什麼新的創作。因

---

[14] 《評茅盾〈子夜〉》，1933 年 6 月 1 日《文藝月報》創作號。
[15] 《子夜》，1933 年 6 月 1 日《中學生》6 月號。
[16] 《〈子夜〉》，1933 年 10 月《現代》第 3 卷 6 期。

此，三部曲所有的浪漫主義的氣氛，在《子夜》也特別濃厚。二、作者著力於心理的描寫，微細動作的表現和社會經濟的分析，這是他的成功處，同時也是他的失敗處。因為這一種纖巧的描寫，只是文筆的纖麗而已，沒有給人以一種思想上的啟發。三、背景的襯托寫得令人討厭。總之，就是作者的技巧於《子夜》中並不高明。[17]

徐泉影在傳遞了與陳思雷同的思路與觀點後補充道：「對於都市生活的嘲笑，算是作者盡力了。而對於農村生活的暴露，作者是完全給讀者一個大大的失望。因此描寫中國社會現象的『野心』，畢竟是『野心』罷了。」[18]

施蒂而（瞿秋白）說：「在中國，從文學革命後，就沒有產生過表現社會的長篇小說，《子夜》可算第一部；它不但描寫著企業家、買辦階級、投機分子、土豪、工人、共產黨、帝國主義、軍閥混戰等等，它更提出許多問題，主要的如工業發展問題，工人鬥爭問題，它都很細心的描寫與解決。從『文學是時代的反映』上看來，《子夜》的確是中國文壇上新的收穫，這可說是值得誇耀的一件事。」「我想在作者落筆的時候，也許就立下幾個目標去寫的，這目標可說是《子夜》的骨幹：一，帝國主義給與殖民地中國的壓迫。二，殖民地資產階級的相互矛盾，主要是工業資本與銀行資本的矛盾。三，無產者與資本家的衝突，農民與地主的衝突。」[19]

韓侍桁認為：「《子夜》不只在這一九三三年間是一部重要的作品，就在五四後的全部的新文藝界中，它也是有著最重要的地位。」

---

[17] 《茅盾的〈子夜〉》，1933 年 6 月 18 日《時事新報・星期學燈》。
[18] 《子夜》，1933 年 7 月 15 日《學風》第 3 卷第 6 期。
[19] 《讀〈子夜〉》，1933 年 8 月 13 日《中華日報》。

「它是一部偉大的作品，但它的偉大只在企圖上，而並沒有全部實現在書裏。」「因為這過大的企圖，結果反倒創造了一個英雄，而且這書也就成了這個英雄的個人的悲劇的書了。」他認為「這書是描寫一個新興的民族思想的企業的資本家在帝國主義壓迫下的個人的悲劇。」小說中的人物，「除去他的那位英雄的表現之外，我們在許多場景許多人物的表現上，都覺得非常地不夠而不真實。」「結果由這書中所顯示的作者的『大規模地描寫中國社會現象的企圖』，由讀者看來，成了一種未曾實現的希望。而更因為這希望是遠遠地超越著作者的能力之上，這書不能成為寫實的，但帶了極濃厚的羅曼蒂克的色彩。」他還認為：「全書中所表現的人物，只有兩種，一種是理想的，一種是被諷嘲的，可以稱為寫實的成份都很少，成為這書中的英雄的兩個人物，企業家吳蓀甫與工廠管理人屠維岳，是理想化了的，其餘的人們都多少像是顯示在諧畫中的人物似的。」「吳蓀甫，這個新興的企業家，是過份地理想化了；只有在像西歐那樣資本主義社會中，這種人物才是可能的，在將走上資本主義的路的半封建的中國社會裏，他是並未實存。然而作者既把這麼一大部書的中心，放在他一個人身上，作者不能不把他理想化。」不過，「這兩個英雄的人物，無論如何，還是能夠牽動讀者的興味，全書的主力是放在這兩個人的表現上，最鼓動的場面，最激動的對話，全給了他們。此外的人物，那就完全是戲謔的了，作者不但不能把他們表現成為真實的，連從他們之上認識真實性的能力都沒有了。這些人物不是坭人，便是小丑。」接著他批評了作品中自然主義手法運用的失誤，如吳蓀甫與王媽的衝動等。他還認為：「全書中除去主人公的夫人和她的舊情人雷參謀

的戀愛是取了一種不同的方式外，其餘的男女的關係是多少都帶了一些性慾的挑鬥的味道。像交際花徐曼麗，青年寡婦劉玉英，以及那毫無明確的意識的可憐的少女馮眉卿，幾乎專門是為著性慾的場面而製造了的。對於這些人物，作者是懷著一種堅固的而並不十分正確的觀念，即，一切的資產階級的婦女，必定是放蕩的，而資產階級的生活，必定缺少不了這些色情的女兒的點綴。」「但縱算這種色情狂是資產階級的事實，那也無需在書裏那麼誇大地寫的，因為資產階級的主要的罪惡並不是在這裏的。」最後他說：「在這裏我想結束了我的話語：《子夜》是一本巨大的企圖的書，而因為那成為全書的牽線的主人公被寫得過份地理想化，結果成了一本個人悲劇的書了。從藝術的觀點，這書時常使用著舊的手法，在許多場合上有著自然主義的方法的使用，而在更多的場合，是充滿了羅曼蒂克的氣氛。拿他當作新寫實主義的作品而接收的人們，那是愚蠢的。在思想上，他是非常地隱晦，只有從他的諷嘲的人物或主義上，我們可以反面地去猜想，至於藝術的表現出來的時候，他多少含有觀念論者的嫌疑，從其描寫性慾的場面上看來，這嫌疑是有著充份的根據的。」「不過，這書雖有一切的缺點，它是新文藝界值得一讀的書籍，就從這書出版後的賣銷的數目來講，已經證實這書在現今的價值。它的不可磨滅的功績，是在這書給我們貧乏的文藝界中輸入了一種新的眼見，它的材料至少是從來未被取用過地新鮮的，而且它的一切的缺點，也是一個首創者的光榮的缺點，它的缺點將成為無數未來的作家們的有益的借鏡。」「最後，我必需聲明，我不是從無產階級文學的立場來觀察這書以及這作者，如果那樣的話，這書將更無價值，而這作者將要受

更多的非難。但我相信，在目前的中國的文藝界裏，對於我們的作家，那樣來考察的話，是最愚蠢，最無味的事。」[20]

淑明認為，《子夜》的主題就是要想企圖解答中國現代社會的性質的，而這種藝術嘗試是成功的。作者「明白地告訴給我們，不但中國，只要是處在半殖民的地位底國家，它要想發展民族資本，都成為不可能，這是一個普遍地通行於半殖民地的社會裏的鐵則，而中國恰恰也是這圈內的一環。」[21]

芸夫說：「如果我們不是為消遣而讀這部小說，如果我們不是為了『時髦』而鑒賞這部文學作品，只要潛心的去研究，我們很容易的便找到《子夜》的作者所暗示給我們的關於中國經濟問題的幾條解答。那就是：1、中國民族工業的運命的描述；2、國內金融資本的現狀的刻露；3、帝國主義對於中國經濟的影響的說明；4、中國土地問題的探討；5、農民運動前途的素描；6、產業工人力量的估量；7、中國將來革命性質的暗示。而這幾條答案，在關於中國經濟性質的討論上，是最關重要的。」[22]

朱佩弦（朱自清）認為：「這幾年我們的長篇小說，漸漸多起來了；但真能表現時代的只有茅盾的《蝕》和《子夜》。」「能利用這種材料的不止茅君一個，可是相當地成功的只有他一個。他筆下是些有血有肉能說能做的人，不是些扁平的人形模糊的影子。《子夜》寫一九三〇年的上海，寫的是民族資本主義的發展與崩潰的縮影。」[23]

---

[20] 《〈子夜〉的藝術，思想及人物》，1933 年 11 月 1 日《現代》第 4 卷第 1 期。
[21] 《子夜》，1934 年 1 月 1 日《文學季刊》創刊號。
[22] 《〈子夜〉中所表現中國現階段的經濟的性質》，1934 年 1 月《中學生》第 41 期。
[23] 《子夜》，1934 年 4 月 1 日《文學季刊》第 1 卷第 2 期。

　　李辰冬認為：「作者的意思，以吳蓀甫的經營，作為現代中國民族工業而受外國資本壓迫的象徵。剛剛萌芽的民族工業，受到各方面的打擊，故題書名為《子夜》。在《子夜》這部小說裏，作者以吳蓀甫為經，間接地與直接地表現了現中國的公債界，工人，廠主，佃農，地主，工人罷工，農民暴動，內戰，學生的示威遊行，時代少婦的苦悶，和大亨家庭的情形。不論以字數言，以價值言，確是新文學運動以來的中國第一部小說。」但是，「茅盾作品中的人物，除屠維岳、馮雲卿兩三位還算生動的而外，其餘都不大顯出他們的個性，和他們深刻的心理狀態；雖說人物很多，而不大顯出他們囚自己的地位、經濟、環境、思想的不同而表現不同，從而產生各個相異的靈魂。所以《子夜》乍看起來，似乎很好，但仔細考察一下，就近於是無靈魂的雜貨堆。」[24]

　　何丹仁（馮雪峰）認為，《子夜》「一方面是普洛革命文學裏面的一部重要著作，另一方面就是『五四後』的前進的，社會的，現實主義的文學傳統之產物與發展。中國普洛革命文學如果不能承繼『五四後』的前進的現實的文學的這個傳統，如果沒有這個基礎，那麼它在現在恐怕還沒有力量產生出像《子夜》這樣的作品；但最重要的是在如果『五四後』的文學傳統不向普洛革命文學的方向發展，如果它不與革命的現實更接近或者竟與之背離，那麼這個傳統現在就絕對不能有《子夜》似的產物。」「《子夜》不但證明了茅盾個人的努力，不但證明了這個富有中國十幾年來的文學的戰鬥的經驗的作者已為普洛革命文學所獲得；《子夜》並且是

---

[24] 《讀茅盾的〈子夜〉》，1934 年 9 月 22 日天津《大公報》。

把魯迅先驅英勇地所開闢的中國現代的戰鬥的文學的路，現實主義的創作的路，接引到普洛革命文學上來的『里程碑』之一。」[25]

郭雲浦認為：「茅盾的《子夜》是一部充分地暴露了二十世紀的真實的社會小說，大概它與《紅樓夢》，總不致有什麼牽涉吧！但是出人意料之外的，《子夜》卻受了《紅樓夢》的影響，雖然作者是把這一點掩飾在很複雜很錯綜的結構之內。」「不過《子夜》和《紅樓夢》都各自具有獨到的作風，特殊的成就及其文學史上不可泯滅的功績。決不能因為《子夜》受了《紅樓夢》的影響，便以為他的價值低了多少。」[26]

鄭學稼認為，《子夜》「是全部當日中共理論的小說化，它為我們分析，金融界的巨頭怎樣地傾全力於公債的投機而忘卻發展民族工業。民族工業家由於帝國主義商品的壓迫，已難發展，又受公債造成的戰爭的阻礙，捐稅的苛重與工人的罷工，無法打開難關」。所以，「《子夜》是一部政治小說，按既定路線而使之小說化的小說，它的《子夜》暗示：黑暗將成過去，太陽即將出來。」[27]

常風認為：「這部《子夜》是一個失敗，一個大失敗。《子夜》是企圖在一個較緊嚴的結構內從一個中心的題材，中心的人物展開那時代和各種活動。如說《蝕》中的人物缺乏生命，則《子夜》中的人物類乎『精靈』——這不是他們空靈超凡，而是說他們飄飄蕩蕩，捉摸不定。就以《子夜》的中心人物吳蓀甫來說：這簡直是一個無靈魂的木偶。這是一個多種人格的混合物，但是在敘述中似乎

---

[25] 《〈子夜〉與革命的現實主義的文學》，1935 年 4 月 20 日《木屑文叢》第 1 輯。
[26] 《〈子夜〉與〈紅樓夢〉》，1935 年 11 月 24 日《青年界》第 8 卷 4 號。
[27] 《茅盾論》，1941 年 12 月 1 日《文藝青年》第 2 卷第 4－5 期合刊。

缺少若干必須的說明。像傀儡戲中的木頭人一樣，吳蓀甫是被一個劣等的玩傀儡戲者在擺動著。」[28]

唐湜認為：「《子夜》太多特寫的新聞鏡頭，像由許多短篇拼湊起來的，而茅盾先生對人物性格的連結與推展所構成的畫面也沒有給予一種統一又巨大的精神動力，像左拉所給予娜娜這個兼具象徵與實際雙重意味的人物的頹廢的浪漫精神，因而《子夜》就不能不陷於新聞主義的支離又概念化的境地。」[29]

林海（鄭朝宗）認為，《子夜》在場面、結構、人物等方面都很象托爾斯泰的《戰爭與和平》，當然《子夜》大大遜色於《戰爭與和平》。[30]

《子夜》的廣告：「本書寫一九三○年左右的中國社會現象。書中人物多至八九十人，主角有工業資本家、金融資本家、工人、和知識份子的青年等四大類。書中所敘的故事，除以工業資本家與金融資本家的利害衝突為總結構外，又包括了許多互相關連的小結構，如農村騷動、工人罷工、公債市場上的鬥爭、青年男女的戀愛等合成複雜而生動的描寫。全書長達三十餘萬言，而故事首尾經過，為時僅及兩月，由此可見全書結構之緊張。」[31]

文壇消息：「茅盾之《子夜》，不獨此書本身之巨大，為過去文壇所僅見；即以銷路論，亦前所未見者。據北平晨報月前某日《北平景況》（？）一文中所記，則市場某書店竟曾於一日內售出至一百

---

[28]　《茅盾：〈泡沫〉》，《棄餘集》，新民印書館 1944 年 6 月版，第 58 頁。

[29]　《師陀的〈結婚〉》，1948 年 3 月 15 日《文訊》第 8 卷第 3 期。

[30]　《〈子夜〉與〈戰爭與和平〉》。1948 年 9 月 24 日《時與文》（週刊）第 3 卷第 23 期。

[31]　《虹》，開明書店，1949 年版，頁末。

餘冊之多，以此推測，則《子夜》讀者之廣大與熱烈，不難想像云。」[32]

**2月　曾虛白的《三棱》由上海世界書局出版。**

李一鳴認為，曾樸之子曾虛白的小說《三棱》在創作上秉有父風，即「時代的遺聞軼事網羅無遺，所有人物也均實有所指，而略帶一些譴責的性質」。[33]

**3月　李輝英的《萬寶山》由上海湖風書局出版（湖風創作集之三）。**

東方未明（茅盾）認為，小說「除了描寫『地方色彩』以外，作者並沒有把久在日本帝國主義武力控制和經濟侵略下的『東北』的特殊社會狀況很顯明地表現出來。這是全書主要的病根！」「寫東北的社會狀況而忘記了日本帝國主義經濟勢力之獨佔的控制與深入，便是很大的錯誤！《萬寶山》的作者也就在根本上犯了這錯誤！」「因此，作者就把郝永德勾結日本人來開墾荒地以前的萬寶山寫成了世外桃源似的『樂土』，全書二百五十餘面中簡直沒有寫到日本帝國主義的經濟侵略怎樣早就造成了萬寶山農民的不可挽救的貧困。全書給人的印象是：萬寶山農民本來過的是快樂日子，然而郝永德勾結日本人來開墾荒地，這就糟了，所以農民要反抗。這是把讀者引到了錯誤的認識。」由於「作者既已忘記了日本帝國主義的經濟侵略，並且也忘記了東北軍閥官僚對於農民的剝削。他把萬寶山的農民寫成了逍遙自得的自由民。」「這一個嚴重的錯誤，增加了《萬寶山》這部小說的失敗！」[34]

---

[32] 《〈子夜〉的讀者》，1933 年 5 月 15 日《文學雜誌》第 1 卷第 2 期。

[33] 《中國新文學史講話》，上海世界書局 1943 年 11 月版，第 118 頁。

[34] 《「九一八」以後的反日文學——三部長篇小說：三、萬寶山》，1933 年 8 月 1 日《文學》第 1 卷第 2 號。

　　王夢野認為：「李輝英的《萬寶山》的失敗由於他缺乏東北複雜的農村關係（××帝國主義，漢奸，鮮農與軍閥地主，農民之利害之錯綜交織及其階級之分野）的明確的理解與認識，對於農民生活又無深刻的體驗，因此他在主題上和描寫上都有很大的錯誤。」[35]

**　　王餘杞的《浮沉》由北平星雲堂書店出版。**

**5 月　朱雯的《動亂一年》由上海 33 書店出版。**

**　　巴金的《家》由上海開明書店出版。**

　　作者在《激流·引言》中寫道：

　　「在這裏我欲展示給讀者的乃是描寫過去十多年間的一幅圖畫，自然這裏只有生活底一小部分，但我們已經可以看見那一股由愛與恨，歡樂與受苦所組織成的生活之激流是如何在動盪了。我不是一個說教者，所以我不能明確地指出一條路來，但讀者自己可以在裏面去尋它。」[36]

　　作者在《後記》中寫道：

　　「《激流》底第一部《家》從四月寫到現在，寫完了。這只是一年以內的事，卻占了這樣長的篇幅，這是出乎我底意料之外的。然而單從這一年的大小事變底描寫，我們已經可以看到一個正在崩壞的資產階級家庭底全部悲歡離合的歷史了。這裏所描寫的高家正是這類家庭底典型，我們在各地都可以找到和這相似的家庭來。

---

[35]　《中國的反帝文學與國防文學》，1936 年 3 月 20 日《生活知識》第 1 卷第 11 期。

[36]　1931 年 4 月 18 日上海《時報》。

　　「有不少的人以為這是我底自傳，其實，這是一個錯誤。小說裏的事實大部分是出於虛構，不過我確實是從和這相似的家庭出來的，而且也曾借了兩三個我認識的人來作模特兒。

　　「用了二十三四萬字我寫完了一個家庭底歷史。假如我底健康允許我，我還要用更多的字來寫一個社會底歷史，因為我底主人翁是從家庭走進到社會裏面去了。如果還繼續寫的話，第二部底題名便是《群》。雖然不一定在何處發表，總有機會和讀者見面的。」

　　作者在《家》第五版的《題記》中又寫道：「這次重讀自己底作品，我有不少的感想。我覺得我的確喜歡這本書。這小說裏面並沒有我自己，但我卻在這裏看見了我底童年和少年。我現在年過三十了。性情卻似乎比在少年時代更加偏激。有個朋友替我耽心，怕我發狂。我感謝他，不過我更相信自己。讀完了《家》我禁不住要愛覺慧。他不是一個英雄，他很幼稚。但我看見他，就不覺想起丹東底話：『大膽，大膽，永遠大膽！』我應該拿這句話來勉勵我自己。」[37]

　　作者又在《家》第十版改訂本代序《關於〈家〉——給我底一個表哥》中寫道：

　　「做了這命運底犧牲者的，同時還有無數的人——我們所認識的，和那更多的我們所不認識的。這樣地受著摧殘的儘是些可愛的、有為的、青年的生命。我愛惜他們，為了他們，我也得反抗這不公平的命運！」

　　「是的，我要反抗這命運。我底思想，我底工作都是從這一點出發的。」

---

[37]　《家》，開明書店 1936 年 6 月版。

「我寫《家》的動機也就在這裏。」

「然而單說憤怒和留戀是不夠的。我還要提說一個更重要的東西，那就是信念。自然先有認識而後有信念。舊家庭是漸漸地沉落進滅亡底命運裏面了。我看見它一天一天地往崩壞底路上走，這是必然的趨勢，是被經濟關係和社會環境決定了的。這便是我底信念。……它使我更有勇氣來宣告一個不合理的制度底死刑，來向一個垂死的制度叫出我底 I´accuse（我控訴）。我不能忘記甚至在崩潰底途中它還會捕獲更多的犧牲品的。」

「所以我要寫一部《家》來作為我們這一代青年底呼籲。我要為過去那無數無名的犧牲者『喊冤』，我要從惡魔底爪牙下救出那些失掉了青春的青年。這工作雖是我所不能勝任的，但是我不願意逃避我底責任。」

「我所寫的應該是一般的資產階級家庭底歷史。這裏面的主人公應該是我們在那些家庭裏常常見到的。我要寫這種家庭怎樣必然地走上崩潰底路，逼近它自己親手掘成的墓穴。我要寫包含在那裡面的傾軋，鬥爭和悲劇。我要寫一些可愛的青年的生命怎樣在那裏面受苦，掙扎而終於不免滅亡。我最後還要寫一個叛徒，一個幼稚的然而大膽的叛徒。我要把希望寄託在他底身上，要他給我們帶進來一點新鮮空氣，在那舊家庭裏面我們是悶得緩不過氣來了。」

「經過了一夜的思索，我最後一次決定了《家》底全部結構。我把大哥作為裏面的一個主人公。這是《家》裏面的唯一的真實的人物。」

「然而甚至這樣，我底小說裏面的覺新底遭遇也並不是完全真實的。我主要地在採取那性格，並不一定要取那些事實。我大哥底性格確實是那樣。」

「我寫覺新，覺民，覺慧三弟兄，代表三種不同的性格，由這不同的性格而得到不同的結局。……在女子方面我也寫了梅，琴，鳴風，也代表三種不同的性格，也有三個不同的結局。……你要知道，我所寫的人物並不一定是我們家裏有的。我們家裏沒有，不要緊，中國社會裏有！」

「我寫梅，我寫瑞珏，我寫鳴風，我心裏就充滿著同情和悲憤，我還要說我那時候有著更多的憎恨。後來在《春》裏面我寫淑英，淑貞，蕙和芸，我也有著這同樣的心情。我深自慶倖我把自己底感情放進了我底小說裏面，我代那許多做了不必要的犧牲的女人叫出了一聲：『冤枉！』」

羨林認為，《家》很像《紅樓夢》，所不同的是，《家》裏有了覺慧那樣的叛徒。[38]

聞國新認為，《家》與《紅樓夢》很相似，「如果有一點不同的話，那就是《紅樓夢》是整個大家庭的解剖，裏面絲毫看不見當時的社會的影子。而在《家》的裏面，則有些是在剝露統治社會的醜惡的罷。」[39]

余哲剛認為，覺新是一個家庭屈服者的典型人物，覺民是一個社會矛盾狀態下的焦點人物，覺慧是個弱者。在《家》中，作者表現了舊家庭的崩潰同新青年的掙扎。[40]

---

[38] 《家》，1933 年 9 月 11 日天津《大公報》。

[39] 《家》，1933 年 11 月 7 日北平《晨報副刊・學園》第 598 期。

[40] 《家》，1935 年 1 月 1 日《中學生》雜誌第 51 號「讀者書評」欄。

董德說：「作者把各個主人翁都牽系在『愛』字的直線上，但這不是要每個人都擺脫不了愛，使人們的生活幸福，和要受愛的限制；而是想從愛裏來表出各人奮鬥力的如何罷了。」[41]

葉聖陶為《家》作的廣告詞：「著者在《激流》的總序中這樣說：『在這裏我所欲展示給讀者的乃是描寫過去十多年間的一幅圖畫，自然這裏只有生活底一小部分，但已經可以看見那一股由愛與恨、歡樂與受苦所組織成的生活之激流是如何地在蕩動了。』在本書《後記》中這樣說：『這只是一年以內的事，……然而單從這一年內大小事變的描寫，我們已經可以看到一個正在崩壞的資產階級的家庭底全部悲歡離合的歷史了。這裏所描寫的高家正是一個這類家庭底典型，我們在各地都可以找到和這相類似的家來。』從這兩段話中我們可以知道本書的內容如何值得注意了。全文曾在 1931 年《時報》上發表，共二十餘萬言。現經作者增刪修改，排印成單行本，讀者連續讀去，一定比從報紙上逐日讀一小段更能得到此書的妙處。」[42]

**7 月　江紅蕉的《不可能的事》由上海長城書局出版。**

**8 月　老舍的《貓城記》由上海現代書局出版。**

作者在《我怎樣寫〈貓城記〉》一文中寫道：

「《貓城記》，據我自己看，是本失敗的作品。它毫不留情地揭顯出我有塊多麼平凡的腦子。寫到了一半，我就想收兵，可是事實不允許我這樣作，硬把它湊完了！有人說，這本書不幽默，所以值得叫好，……其實這只是因為討厭了我的幽默，而不是這本書有何

---

[41]　《家》，1935 年 9 月 1 日《中學生》第 57 號。
[42]　《新生》上海開明書店 1933 年 9 月版，頁末。

好處。……說真的，《貓城記》根本應當幽默，因為它是篇諷刺文章：諷刺與幽默在分析時有顯然的不同，但在應用上永遠不能嚴格的分隔開。越是毒辣的諷刺，越當寫得活動有趣，把假託的人與事全要精細的描寫出，有聲有色，有骨有肉，看起來頭頭是道，活像有此等人與此等事；把諷刺埋伏在這個底下，而後才文情並茂，罵人才罵到家。……它得活躍，靈動，玲瓏，和幽默。必須幽默。不要幽默也成，那得有更厲害的文筆，與極聰明的腦子，一個巴掌一個紅印，一個閃一個雷。我沒有這樣厲害的手與腦，而又舍去我較有把握的幽默，《貓城記》就沒法不爬在地上，象只折了翅的鳥兒。」

　　「在思想上，我沒有積極的主張與建議。這大概是多數諷刺文字的弱點，不過好的諷刺文字是能一刀見血，指出人間的毛病的：雖然缺乏對思想的領導，究竟能找出病根，而使熱心治病的人知道該下什麼藥。我呢，既不能有積極的領導，又不能精到的搜出病根，所以只有諷刺的弱點，而沒得到它的正當效用。我所思慮的就是普通一般人所思慮的，本用不著我說，因為大家都知道。眼前的壞現象是我最關切的：為什麼有這種惡劣現象呢？我回答不出。跟一般人相同，我拿『人心不古』——雖然沒用這四個字——來敷衍。這只是對人與事的一種惋惜，一種規勸；惋惜與規勸，是『陰騭文』的正當效用——其效用等於說廢話。這連諷刺也夠不上了。似是而非的主張，即使無補於事，也還能顯出點諷刺家的聰明。我老老實實的談常識，而美其名為諷刺，未免太荒唐了。把諷刺改為說教，越說便越膩得慌：敢去說教的人不是絕頂聰明的，便是傻瓜。我知道我不是頂聰明，也不肯承認是地道傻瓜；不過我既寫了《貓城記》，也就沒法不叫自己傻瓜了。」

「自然，我為什麼要寫這樣一本不高明的東西也有些外來的原因。頭一個就是對國事的失望，軍事與外交種種的失敗，使一個有些感情而沒有多大見解的人，像我，容易由憤恨而失望。失望之後，這樣的人想規勸，而規勸總是婦人之仁的。」

「失了諷刺而得到幽默，其實也還不錯。諷刺與幽默雖然是不同的心態，可是都得有點聰明。運用這點聰明，即使不能高明，究竟能見出些性靈，至少是在文字上。我故意的禁止幽默，於是《貓城記》就一無可取了。」

「《貓城記》的體裁，不用說，是諷刺文章最容易用而曾經被文人們用熟了的。用個貓或人去冒險或遊歷，看見什麼寫什麼就好了。冒險者到月球上去，或到地獄裏去，都沒什麼關係。他是個批評家，也許是個傷感的新聞記者。《貓城記》的探險者分明是後一流的，他不善於批評，而有不少浮淺的感慨，他的報告於是顯著像赴宴而沒吃飽的老太婆那樣回到家中瞎嘮叨。」[43]

諧庭認為，《貓城記》「情節完全是獨創的」。它「借了想像中的貓國把我們中國現代社會挖苦得痛快淋漓，而作者始終只持一種冷肅的態度。文字的優美一如以前諸作，而內容情節之穿插較以前作品進步極多。這本小說是近年來難得的佳構。」[44]

讀者姒認為，《貓城記》是一部嘔血之作，無論在內容的充實上還是在藝術的成就上，和以前相比，都達到「成熟火候的階段」。[45]

---

[43] 1935 年 12 月 1 日《宇宙風》第 6 期。

[44] 《貓城記》，1933 年 9 月 23 日天津《益世報》。

[45] 《老舍近著〈貓城記〉》，1933 年 10 月 8 日天津《益世報》。

　　王淑明認為，作者「太把貓人諷刺得有些過分了，如果這個貓城，要真是代表著一個現存的東方式的國家的話，那末，這樣的武斷，更有些不合於事實，在那個國度裏的人民，不是沒有希望的，定命論的為一個將近滅亡的民族，在那黑暗的一面，也別有其新生的一面。作者這樣的論斷，有些以偏概全，以部分涵蓋全體，所謂見樹木而不見森林了。其實即使如作者所說貓人能造反，能搶迷林，則為死者復仇，在理亦是可以的事。」認為貓國沒有復興的一天，「是作者由於無視客觀的現實所得的主觀見解罷了。」「但比這尤其歪曲著事實的，是作者在這篇作品裏一味將它塗滿了悲觀的色調，我們不知道大鷹為什麼決心自殺，和小蠍為什麼要死的理由？還有小蠍的小兒──那個被作者所企圖認為有望的青年，為什麼後來沒有下落了？是作者將他遺忘了呢？還是因為有了他，貓城就不會滅亡，而這卻是作者自己所不願意的，因而就有意的給他一個沒有下文呢？」「這是作者在本篇中所沒有解決的一個謎，而也是使我們讀者引為苦惱的地方。」他還認為：「作者在《貓城記》裏，是要刻意的諷刺一個非現實存在的國度，而所採用的，卻是象徵的手法，這樣，作者似乎以單只客觀的描寫而不夾入主觀的意見，讓讀者自己去暗默的體會，為比較的易收藝術上的效果。然而《貓城記》的作者，卻不時的在作品中間，按下自己的判斷，如近似判斷的一些主觀解釋。」「這樣的主觀解釋，是會有妨害於作品底客觀的藝術價值的。」「此外，在作品的後半裏，作者的特有底幽默味，似乎已漸漸的減少，而易為直觀的敘述。每一個聰明的讀者，都可以從它裏面所描寫的事的，如按圖索驥似的，從現實的諸相中，來給它比附上去。自然

我這樣說，並沒有忽視他那諷刺底藝術手腕部分的成功，例如描寫軍人的怯於外戰，官僚的貪鄙，學者之無恥……都刻畫得異常盡致，無疑地，從這一意義來說：它是現在幽默文學中的白眉。」[46]

觀客認為，《貓城記》「是具有時代的社會意義的。」「在這本書裏，拿貓城來象徵我們這不長進的中國，以『迷葉』來指出鴉片對中國前途的破壞與墮落的罪惡」。「在文學的觀點上看，貓城記總是一本可以讀的書，若專就時下流行的所謂幽默文學講，貓城記到底是一個肥碩的果子」。[47]

李長之認為：「說到文藝，我不承認《貓城記》是好的文藝。我覺得它是一篇通俗日報上的社論，或者更恰當一點，它不過是還算有興味的化裝講演。即此為止，它不算沒成功。」他認為：「這本小說，別於老舍的其他創作的，是有兩大顯然的特色。一是作者自我的表白，一是諷刺的方面之多而且備。」[48]

李影心認為：「《貓城記》的寓意並不太低，在風格上亦並不傷於表現；但那理想的人物和理想的事實支配了故事之全般的進展，內容的不調合與事項之太多的臆想，卻足為那全書的致命傷，因而，我們只能見到一些人在扮演著一出無意義的戲。」[49]

**老舍的《離婚》由上海良友圖書印刷公司出版（良友文學叢書第八種）。**

作者在《我怎樣寫〈離婚〉》一文中寫道：

---

[46] 《〈貓城記〉》，1934 年 1 月 1 日《現代》第 4 卷第 3 期。

[47] 《讀〈貓城記〉》，1934 年 5 月 15 日《眾志月刊》第 1 卷第 2 期。

[48] 《貓城記》，1934 年 1 月 1 日《國聞週報》第 11 卷第 2 期。

[49] 《老舍先生〈離婚〉的評價》，1935 年 8 月 4 日天津《大公報》。

「在寫《離婚》以前，心中並沒有過任何可以發展到這樣一個故事的『心核』，它幾乎是忽然來到而馬上成了個『樣兒』的。在事前，我本來沒打算寫個長篇，當然用不著去想什麼。邀我寫個長篇與我臨陣磨刀去想主意正是同樣的倉促。」

「在沒想起任何事情之前，我先決定了：這次要『返歸幽默』。《大明湖》與《貓城記》的雙雙失敗使我不得不這麼辦。附帶的也決定了，這回還得求救於北平。北平是我的老家，一想起這兩個字就立刻有幾百尺『故都景象』在心中開映。啊，我看見了北平，馬上有了個『人』。我不認識他，可是在我二十歲至二十五歲之間我幾乎天天看見他。他永遠使我羨慕他的氣度與服裝，而且時時發現他的小小變化：這一天他提著條很講究的手杖，那一天他騎上自行車——穩穩的溜著馬路邊兒，永遠碰不了行人，也好似永遠走不到目的地，太穩，穩得幾乎像凡事在他身上都是一種生活趣味的展示。我不放手他了。這個便是『張大哥』。」

「叫他作什麼呢？想來想去總在『人』的上面，我想出許多的人來。我得使『張大哥』統領著這一群人，這樣才能走不了板，才不至於雜亂無章。他一定是個好媒人，我想：假如那些人又恰恰的害著通行的『苦悶病』呢？那就有了一切，而且是以各色人等揭顯一件事的各種花樣，我知道我捉住了個不錯的東西。……《離婚》在決定人物時已打好主意：鬧離婚的人才有資格入選。……這回我下了決心要把人物都拴在一個木椿上。」

「在下筆之前，我已有了整個計畫；寫起來又能一氣到底，沒有間斷，我的眼睛始終沒離開我的手，當然寫出來的能夠整齊一致，不至於大嘟嚕小塊的。勻淨是《離婚》的好處，假如沒有別的可說

的。我立意要它幽默，可是我這回把幽默看住了，不准它把我帶了走。……《離婚》有了技巧，有了控制；偉大，還差得遠呢！」[50]

吳聯認為，小說與其叫《離婚》，「不如改為《少年老李之煩惱》」，《離婚》「除了漂亮的幽默的技巧之外，其餘都不能使我們滿意的接受。」[51]

燕子認為，《離婚》這部小說，確實描寫得拆爛汙。主要表現在：一，全書沒有中心思想；二、結構直且鬆懈；三、前後幽默不統一。不過，人物個性描寫很成功卻是《離婚》內的優點，也是老舍別作的長處。[52]

窘羊認為：「這是一部寫實的小說，幾乎是有一點傾向於自然主義。……在一色描寫來說，他是一個諷刺畫家。」[53]

李長之認為，「與其說老舍的小說是以幽默見長，不如說是以諷刺。更恰當地說，他底幽默是太形式的，太字面的，不過作為諷刺用的一種表現方法。」「他的幽默，是在他的智慧」。「老舍小說中的人物，差不多是全被諷刺著的。偶爾，老舍也在極少數的人物上加一點理想，然而這往往是失敗的。在諷刺之中，當然也有諷刺過火的，將人物失卻了真實性，遂太像諷刺畫中的過分形容的面貌了，而有害於小說的整體。可是比較起來，諷刺終是老舍的擅長，成功確是在這一方面。」那麼，「老舍所最常諷刺的是什麼東西呢？妥協，敷衍。統一了所有的老舍小說中的人物的性格的，是怯懦。因為怯

---

[50] 1935 年 12 月 16 日《宇宙風》第 7 期。

[51] 《老舍的〈離婚〉》，1933 年 11 月 23－24 日天津《益世報》。

[52] 《讀過老舍的〈離婚〉後》，1933 年 11 月 27 日《文藝戰線》第 2 卷第 36 期。

[53] 《離婚》，1933 年 12 月 25 日天津《大公報》。

懦，什麼事情也不走極端，總是折中，在折中下求息事寧人，在折中下將人情安排在最有走得圓通的餘裕裏。因為怯懦，事情可以退一步想，這樣便永沒有改革，永沒有進取，用自欺的知足，平安地糊塗地沉寂下去。這樣，灰色的人生便繪就了。拆開來，是灰色的人物，湊起來，是灰色的社會。這是老舍諷刺的總目標，大中心。」不過，「在老舍的小說中智的（Intellectual）成分多於情緒，處處表現出的，是作者迅捷的思想，和豐富的觀念（Full of Ideas）。他始終沒有離卻的，便是以一個知識份子的立場來看著社會上的一切。」「他只有在和平溫良的態度下，對所有不順眼的事，抑不住那哭不得，笑不得的傷感了；老舍是這一流。」而且老舍的主要人物不過兩派：書呆子與京油子。「主旨總是書呆子被京油子征服。」因此，「怯懦，折中，退一步想，敷衍，妥協！這是老舍小說諷刺的大目標。」在《離婚》中，寫女人和家庭最成功，用北京語也比任何作家地道。[54]

常風認為：「在這本《離婚》裏作者保持住他原有的一切長處，同時又顧到全篇小說結構的和諧。所以這本小說不惟是現代小說中的一本佳構，並且也是作者自己創作中的第一本完美的作品。」「還有一點應提到的，作者固是今日的一位幽默家，但他的幽默的分量遠不逮諷刺的。所以我們在他的作品中常遇到的不是幽默的含蓄而是諷刺的誇張。這種過分的諷刺，有時會引起讀者的厭惡。作者因喜用諷刺，所以他的文章愈磨練，愈尖刻，愈輕快，因而欠缺精澈的深度。」[55]

---

[54] 《離婚》，1934 年 1 月 1 日《文學季刊》創刊號。
[55] 《論老舍〈離婚〉》，1934 年 9 月 12 日天津《大公報》。

　　李影心認為，《離婚》「以魅人的親切，表現出那不合理婚姻制度存在的動靜，所以讀的時候，覺得格外的生動，活躍」。不過，「表現了對現行婚姻制度抨擊的《離婚》，同時亦儘量的諷刺了現行的社會制度」。雖然「抨擊只是輕鬆的，毫不見到那有力的部分。因為在本書中，諸般現象之存在只為的是說明在不合理婚姻制度下夫婦間生活的變態，對這變態，作者未曾指示出其所以然的理由；而僅寫『婚姻這東西必是有毛病』是不夠的。『婚姻制度根本就不該要』只是一種抽象的說法，不能當作整個的解答看。為什麼婚姻制度就根本不該要呢？它阻礙了人類欲求之本能的活動，同時它限制了人類之自由的結合。在本能的存在中，它應該發展為無拘的，自由的，它不該是勉強的，限制的。這些，作者並未曾明白的指示出，無疑的，這是一種忽略，更屬於忽略的，是作者抹殺了合理結合之具型的建樹。雖然作者亦曾表示過，『非到有朝一日男女完全隨便』的意見。」在人物刻畫上，「老李的分析是失敗了的。作者並未給他以『任何的分量與價值』，而只企圖以老李的被張大哥戰退來暗示這社會的腐敗，這樣表現的方法是太勉強的。這裏，作者把老李的理想寫得太多而且太過分，毫不讓他自己有個清楚的自剖或表白的機會，是以我們在紊亂的敘述之外，捉摸不到什麼；直到回鄉的總結為止，這一切的行動是被他的腦子支配著。以臆想為依據的行為，是不是一種合理的表現呢？關於這，我們仍是堅持那在前面所表示的意見而認定這樣是有傷於故事的完整的地方。」「其次，屬於小趙的描繪，我們以為這是本書中最重要的部分。」「由於小趙的行為，我們得以看出在妥協，敷衍氣氛中的一種複雜相；他是這平凡而灰色的社會中的一個惡魔式的英雄。他的手段應是狠辣的，作者不該在他想使秀真變為婦人的時節加

上一段人性之真純表現的自覺；行動之『趕盡殺絕』是小趙的真面目，給與他一些理想，多少是不真實的。在論老李的性格時，我們已經提到作者的理想主義表現的看法並未成功，這裏對小趙刻劃的理想份子不過是老李的一種重覆，至少這種理想成份的失敗是作者的一種缺欠。」藝術上，小說緊湊，親切，細膩，達到作者創作技術的極峰。他最後寫道：「當作結論，《離婚》是有著不少的缺欠的，如那不適當理想色彩的加添，和忽略了離婚事件正面意義的闡明，這一些，我們希望作者在今後的創作中能漸次的改進。但實際的講《離婚》的成功是可以截然的抹殺了那些失敗的部分，……在諸般屬於社會事件描寫的創作中，無論是內容或技巧，《離婚》總算是傑出的一部。」[56]

趙少侯認為：「老舍的《離婚》是完完全全的寫實小說，不過作者能自身遠遠站在事外，看出了人生根本具有的幽默。所以他不必在字句上作工夫，全書已盡夠幽默，並且是真正的幽默。作者的長處並不如一般人所想，是長於寫幽默文章，他的長處乃是善於捉到人類的幽默而老老實實的寫下來。這種幽默常常是令人微笑之後，繼而悲苦的。」「我大膽的說一句，《離婚》不僅是一部可讀的書，並且是一部該讀的書。作者的精神自始至終都是那麼抖擻不懈。人物的性格，前後都是那麼一致。」[57]

尹雪曼認為：「在老舍先生的小說中，我們的除了感覺到他的筆調輕鬆，犀利，和諷刺外；對於他所描寫的每一個人物，我們也總覺得格外親切而有味。這大約是因為老舍先生所描寫的人物，不是天才的誇張而是平庸的可愛的緣故吧。同時也因為所描寫的人

---

[56] 《老舍先生〈離婚〉的評價》，1935 年 8 月 4 日《大公報》。
[57] 《論老舍的幽默與寫實藝術：評〈離婚〉》，1935 年 9 月 30 日天津《大公報》。

物，正代表了我們老大的民族個性：妥協和敷衍。」「我們再看老舍先生所寫的女人，可以說是最成功。他把女人所特有的小氣，猜妒的性格描寫得淋漓盡致。」「我們可以說老舍先生和十九世紀的迭更斯一樣，是一位很幽默而又很注意社會改革這一類問題的作家。但是他的幽默卻遠不逮他的諷刺。所以在我們讀了他的小說以後，總覺得與其說他的文字是幽默的含蓄，倒不如說是諷刺的誇張。因為在作者的小說中，處處都表現著他那敏捷的思想和豐富的觀念。」當然，應注意誇張度，注意人物的個性化，少一些教訓的色彩。[58]

《現代》第 4 卷第 1 期的「良友文學叢書廣告」中寫道：「作者是中國特出的長篇小說家，在獨創的風格裏，蘊蓄著豐富的幽默味。本書都十六萬言，作者自己在信上說過：『比《貓城記》強的多，緊練處更非《二馬》等所能及。』全書最近脫筆，從未發表，是一九三三年中國文壇上之一貢獻。」

《良友文學叢書》廣告：「作者是中國特出的長篇小說家，在獨創的風格裏，含蓄著豐富的幽默味。本書都十六萬言，作者自己在信上說過：『比《貓城記》強的多，緊練處更非《二馬》等所能及。』本書初版三千部五個月內即售罄。再版本正發售中。」

1943 年 5 月桂林良友復興圖書印刷公司初版《霧》插頁廣告：「老舍先生的小說有他獨特的風格，以諷刺的筆調，寫現實的題材。這一部長約二十萬字的長篇小說，更可稱為作者的代表作品。本書在滬印行時，銷行極廣，惟戰後運入內地者，為數不多，此次重排出版，凡愛好老舍先生作品者，務必人手一冊。」

---

[58] 《老舍及其〈離婚〉》，1936 年 7 月 1 日《文藝月刊》第 9 卷第 1 期。

**9月　巴金的《新生》由上海開明書店出版。**

王淑明認為，李冷的思想，「是十足的沒有折扣的虛無主義者的典型」。「在作者筆底下所寫成的李冷，其『新生』的關捩，到反而是兩性之愛，比之客觀的社會條件來得直接而有力，為書中主人公態度所以轉換的因數。」他認為作者採用日記體有避難取巧之嫌。[59]

《中國作家》的廣告詞：「這是作者接著《滅亡》寫下來的作品，他用深刻的筆調，指示人應當從深淵中跳出來，建築生活的新路。全書充滿了深厚的感情，使讀者感動而且興奮。」[60]

**王統照的《山雨》由上海開明書店出版。**

作者在《跋》中寫道，《山雨》「意在寫出北方農村崩潰的幾種原因與現象，及農民的自覺。」「不過寫完之後總感到不滿，尤其是後半部結束得太匆忙了，事實的描寫太少，時間又隔離的太久。原想安排五六個重要人物，都有他們的各個故事的平均發展，並不偏重一兩個主角，在寫作中終於沒有辦到，所以內容還是太單調了。」「小說中的事實並沒有什麼誇張，──我覺得一點都沒有，像這樣的農村與其中的人物在中國太平常了，並不稀奇。我在文字中沒曾用上誇大的刺激力。」

東方未明（茅盾）認為：「長篇小說《山雨》，在目前這文壇上是一部應當引人注意的著作。」因為「到現在為止，我們還沒有看見過第二部這樣堅實的農村小說。這不是想像的概念的作品，這是

---

[59] 《新生》，1934 年 4 月 1 日《文學季刊》第 1 卷第 2 期。
[60] 1948 年 1 月第 1 卷第 2 期。

血淋淋的生活的紀錄。在鄉村描寫的大半部中，到處可見北方鄉村的凸體的圖畫。」[61]

讀者誥認為：「像這樣忠實詳細的農村描寫的小說，這怕是第一部。」[62]

蘇雪林認為：「《山雨》發表時，作者的學問閱歷都比從前進步。」「傾向新寫實主義的文學的寫法比之他從前那些帶著浪漫氣氛的作品自不可同日而語。不過藝術上的鬆懈、瑣碎、重複的毛病還未改去多少，所以他的現代農村描寫不如茅盾、葉紹鈞之感人，不能成為一流的作品。」[63]

葉聖陶撰寫的廣告語：「作者數年來未有長篇創作，去歲遂成此二十萬言之巨制。書中描寫近年來北方農村生活的動盪：外國資本勢力的侵入，軍匪的肆擾，捐稅的繁苛，使誠樸的農民受盡苦難，逃入都市另求生路。作者著眼於經濟力量之足以決定生活及意識，寫農村崩潰之原因，至為詳盡，並暗示因農民不安而引起的社會的轉變，是時代呼聲之新創作。」[64]

1948 年 12 月開明書店《動搖》頁末廣告：「本書是一本長篇創作小說，描寫農村崩潰的原因，寫得非常懇切；並暗示因農民的不安而引起社會的轉變，是一部代表時代呼聲的作品。」

**11 月 李健吾的《心病》由上海開明書店出版。**

---

[61] 1933 年 12 月 1 日《文學》第 1 卷第 6 號。
[62] 《山雨》，1933 年 12 月 25 日天津《大公報》。
[63] 《新文學研究》，國立武漢大學 1934 年印字第 15 號，第 67－68 頁。
[64] 1933 年 10 月 1 日《中學生》10 月號。

　　佩弦（朱自清）認為，小說「有些處只是意識流的紀錄；這是一種新手法。」這一寫作方式據「李先生自己說是受了吳爾芙夫人等的影響。」而「書中似乎還暗示著一種超人的力量。」在敘述上，作者「第一身與第三身錯綜地用著，不但不亂，卻反覺得『合之則兩美』，為的是兩種口氣各各用得在情在理，教讀者覺得非用不可。全書雖只涉及小小的世界，在那小世界裏，卻處處關聯著，幾乎可以說是不漏一滴水，這兒見出智慧的力量。」人物「性格最分明的，陳蔚成之外要數洪太太吳子青；這三個人在我們眼前活著。別人我們只知道一枝一節，好像傳聞沒有見面。」[65]

　　葉聖陶為《心病》撰寫的廣告詞：「這部小說呈出我們崩潰的社會的一面。這裏是犀利的觀察，深刻的性格解剖，微妙的心理分析，獨特的小說技術。最為難能可貴，更是蘊藉的風喻。至於對話的別致，自是作者的特色。」[66]

　　　　**崔萬秋的《新路》由上海四社出版部出版（四社文庫乙部第 5 種）。**

　　　　**張資平的《時代與愛的歧路》（《青年的愛》）由上海合眾書店出版。**

---

[65]　《讀〈心病〉》，1934 年 2 月 7 日天津《大公報》。
[66]　《葉聖陶集》第 18 卷，江蘇教育出版社 1994 年版，第 262 頁。

# 1934 年

**1 月　火雪明的《蕙》由上海大眾書店出版。**

**2 月　廬隱的《象牙戒指》由上海商務印書館出版。**

**4 月　予且的《小菊》由上海中華書局出版。**

1938 年 10 月中華書局版《成名以後》插頁廣告：「本書都三十萬言，僅以四個人的名字，曲折地寫成一段怨憤悲哀的戀跡，透露出時代下民族意識的發展及一般青年的心情。描寫的方法，完全脫去堆砌的弊病和烘托的窠臼，使讀者起一種新的感覺；又利用簡短字句和利用聯想字句排列的技巧，表示情感的速度；利用推理的方法，表示繁雜的思想。尤其可以注意的，便是作者對於宗教的影響，關於中國家庭及青年之種種，都有深刻的描寫。」

**羅琛的《雙練》由上海商務印書館出版。**

書序前有《誄》曰：「宋發祥夫人，我之好友也，不幸已逝世；然而賢母之風範，傳在人間；薰陶賢德者，不止其子若女；余持此書以陳情於夫子，夫人不朽，余亦染得榮光矣。」《序》中言：「今出此《雙練》又用語體，丈夫又有力焉。」「章首章尾所參錄之古文詩詞，亦係丈夫所摭拾，猶畫家渲染點綴之道耳。」

蔡元培認為：「此書寫幼童留學之危險，父母溺愛之貽害。而新舊結婚制之不相容，尤足為不慎者之陷。且人情大抵相近，受環

境及機緣之壓迫，而漸出以明知故犯之態度，其事可惡，其情可諒，此點亦描寫甚工也。」[1]

**5月　老舍的《小坡的生日》由上海生活書店出版。**

作者在《我怎樣寫〈小坡的生日〉》一文中寫道：

「以小孩為主人翁，不能算作童話。可是這本書的後半又全是描寫小孩的夢境，讓貓狗們也會說話，彷彿又是個童話。此書的形式因此極不完整：非大加刪改不可。前半雖然是描寫小孩，可是把許多不必要的實景加進去；後半雖是夢境，但也時時對南洋的事情作小小的諷刺。總而言之，這是幻想與寫實夾雜在一處，而成了個四不象了。這個毛病是因為我是腳踩兩隻船：既捨不得小孩的天真，又捨不得我心中那點不屬於兒童世界的思想。我願與小孩們一同玩耍，又忘不了我是大人。這就糟了。」

「最使我得意的地方是文字的淺明簡確。有了《小坡的生日》，我才真明白了白話的力量；我敢用最簡單的話，幾乎是兒童的話，描寫一切了。我沒有算過，《小坡的生日》中一共到底用了多少字；可是它給我一點信心，就是用平民千字課的一千個字也能寫出很好的文章。」[2]

樸園認為，小說技巧上有進展，也有幾點值得注意：一、字句的靈活；二、盡情地採納方言；三、給一個明晰的圖畫；四、有著輕快諷刺的描寫。[3]

---

[1]　中國蔡元培研究會編：《蔡元培全集》第 16 卷，浙江教育出版社 1998 年版，第 338 頁。

[2]　1935 年 11 月 1 日《宇宙風》第 4 期。

[3]　《小坡的生日》，1935 年 7 月 26 日《清華週刊》第 43 卷第 7－8 期。

鄭家瑗認為：「整個看來，作者的重心是放在後半段的『怪夢』中的，他運用了豐富的理想力，把情節渲染得奇突，緊張；引人入勝。」「《小坡的生日》是一本兒童最好的讀物，他能助長他們的幻想力，更能滋養孩子們靈性的發展，我願意父母和教師們，把它介紹給你的孩子和學生；同時對於有志從事兒童讀物的寫作者，這一本是不可少的參考書。」[4]

**9 月　鳧公的《稚瑩》由天津書局出版。**

**萬國安的《三根紅線》由上海四社出版部出版。**

賀玉波認為：「萬國安的抗日戰事小說《三根紅線》等，黃震遐的《大上海之毀滅》以及陳大悲等人的作品，便是最好的抗日文藝之代表作品。」[5]

**10 月　陳銓的《革命的前一幕》由上海良友圖書印刷公司出版（良友文學叢書之十二）。**

常風認為：「拿《革命的前一幕》與《天問》相比，很明顯的是一部失敗的作品。這部文字帶了許多油腔，這是《天問》所無的。這小說的最後許衡山發現他所愛慕的人正是他的好友凌華所眷戀的女子時，於是投身於革命——這就是『革命』的『前一幕』——實在有點鬧劇的意味。這種結構十足表現作者的無能與幼稚。不過，這種可笑的結構若是在一位卓越的小說家的手中，也許會有點成功。但是陳銓君確是失敗了。他很想給他的英雄許衡山一套哲學，一個人生意義的解答，而結果寫在紙上的只不過一點連許衡山本人也十分茫茫然的含糊的陳腐話，並沒有一點高超的，深刻的見解，

---

[4]　《讀〈小坡的生日〉》，1946 年 7 月 4 日《申報》。
[5]　《中國新文藝運動及其統制政策》，1934 年 8 月 1 日《前途》第 2 卷第 8 期。

一位作者本人還沒有他自己的一套人生哲學時，他對於人生不曾有深刻，精到的觀察與認識時，他只能拿一些『人云亦云』的浮面話派給他的角色，這是當然的事。」「總括的說，這部小說若能好好的利用心理分析，一定會有較大的成功。那末，它就不會像現在我們讀後感覺得它好像一篇故事的大綱，規模已經有了（雖然缺少健全），但是還待再加添或刪掉一些東西，為了故事的展開。」[6]

《良友文學叢書》的廣告詞：「三年前作者在新月書店出版了一部長篇創作《天問》，即刻引起全國評壇的深切的注意。及後作者赴德深造，擱筆至今，沒有創作問世過。這一部十四萬字的新作長篇，寫一個青年投身革命的戀愛故事，緊張的結構，美麗的散文，不但遠超了《天問》的成就，並且是今日中國文壇上可喜的收穫。」

**12 月　萬迪鶴的《中國大學生日記》由上海生活書店出版。**

李華卿認為：「在某種意義上說來，這本書意識不但與《官場現形記》有同樣的勇敢，且技術上亦與前者有很多近似的地方。但扼要的講來，其情操與手法上，都比較的有著不少的進展。」「這本書的內容，不但描出了知識份子的醜影，並且直搗知識份子的大本營——大學之內部的各式各樣的實質，——其內容不難由此窺得。當人們讀過典型的歐美大學生日記和新穎的蘇聯大學生日記之後，也應當來讀一下這部內容外形同樣完美的半殖民地的大學生日記的吧！因為，在這裏他可以給與無數的寶貝，如「毛學與辦學」中，他能夠明白的告訴你西歐各色各樣的哲學之尾巴，在中國正視為自足與炫耀的法寶，嗚呼！占今日大學之講座的內容，是如此這般！

---

[6]　《陳銓：〈彷徨中的冷靜〉》，《棄餘集》，新民印書館 1944 年 6 月版，第 93－94 頁。

在穎村裏，你可以看到所謂大學生之不合理的生活，一幅性與知識不能滿足的苦痛，終於以甘世東路的風采無可如何的療其慾望。」他還認為「這一本《中國大學生日記》的真情實況，在目前正是最好的對症下藥的一個信號。這本書的偉大，就在這裏，著者不去寫那廣泛的大題目，不去寫身邊瑣事之肉麻的戀愛，而以其筆尖馳驅於現在最可同情和最值得哀憐，同時又最值得憎惡的知識份子——自大學教授直到現社會認為頂高度的知識蓄積者的大學生為止，都給以毫無隱諱的評價了。而作者的心是充滿了同情與悲哀的，充滿了憤恨與苦痛的。」最後他斷言說：「萬迪鶴這本《中國大學生日記》，就其社會的意義與藝術看來，實在是二十年來一部偉大的小說。」[7]

蘇雪林認為：「張天翼的《洋涇浜奇俠》，已有淺薄之譏，萬迪鶴的《中國大學生日記》則更自鄶以下了。」「萬迪鶴描寫大學內幕之腐敗均難令人置信。……或謂他所寫的大學本來不過上海『野雞大學』自不能與國立大學相提並論，但『野雞大學』亦不至腐敗至此，那太出尋常情理以外了。」[8]

陶清認為：「如果由作為『暴露』這點去看，這本書還是值得一讀的」。主人公無聊而又空虛，高傲而又可憐，代表了這一時代中某型青年的面型。「他並沒指示出這青年要有怎樣的前途，只用最客觀的手法把他們擺在讀者面前。讀者會認得他們的。」「他寫的是『大學生』」，但許多『非大學生』的生活與思想也未始不可包括在內，作者之所以單要寫大學生者，想是因為大學生的生活最足以代表他要

---

[7]　《介紹〈中國大學生日記〉》，1935 年 3 月 1 日《現代》第 6 卷 2 期。
[8]　《新文學研究》，國立武漢大學 1934 年印字第 15 號，第 236 頁。

寫的『中間層』。」「這裏，作者給現代大學教育作了一幅極刻毒極妙肖的卡通。他告訴我們大學校的內容是如何腐爛，莊嚴的衣裳怎樣蓋著一個最醜最醜的骨架。」像小說主人公「這種青年是到處都有的，現在正生活在我們中間。作者使他們在紙上和我們相見，讀者很親切。或且可以由此矍然覺到這是一條何等危險的路子。只從此點說，我們（也是這一時代的青年）是很可以讀它一遍的。」「他把握題材的本領還不算壞，他似曾試想由一粒砂子中，表現出大海的動態。這雖失敗了，但那個小角落卻描寫得夠活的。他一個個如實的描畫那群大學生，不誇張，也不炫示他組織的手法。人物的出沒很亂，但這『亂』反似增加了本書的現實性。他們全是活的。其中每個人都無聊卑鄙討厭到極處，我們討厭他們，這『討厭』便正是作者的成功！」他最後說：「這《中國大學生日記》並不能代表中國大學生生活的全面！我們不能相信所有的大學生統統像這書的主人公與其同學一般，至少我們當中還有願意好好活下去的；不肯像他們這樣自殺。我們為什麼該失望呢？作者忽略了這大學生的另一面，只絕望的告訴著，這是他最大的錯誤。讀此書，這一點是不能忘掉的。」[9]

---

[9]　《中國大學生日記》，1935 年 5 月 22 日《清華週刊》第 43 卷第 2 期。

# 1935 年

**1 月　　儁聞的《幽僻的陳莊》由北平文心書業社出版。**

沈從文在《幽僻的陳莊・題記》中認為：「作品文字很粗率，組織又並不如何完美，然篇中莫不具有一種泥土氣息，一種中國大陸的厚重林野氣息。他已明白如何把握題材，所缺少的，不過一種處置題材的精巧技術而已。……中國倘如需要所謂用農村為背景的國民文學，我以為可注意的就是這種少壯有為的作家。這個人不獨對於農村的語言生活知識十分淵博，且錢莊、軍營以及牢獄、逃亡，皆無不在他生命中占去一部分日子。他那勇於在社會生活方面找尋教訓的精神，尤為稀有少見的精神。」而當下軟弱的文壇，「是應當用這個鄉下人寫成的作品，壯補一下那個軟弱的靈魂的」。

彭勃認為：「《幽僻的陳莊》在題材的繁重和分量的巨大上都是破格的。作者在這部作品裏想展開中國農村的全部」。「在故事上，作者顯然是注意在成祥同小白妻的偷情關係上，但因為作者用了差不多將近三倍的力量描寫了別的日常事物，所以這條故事的線就顯得脆弱而馳松了，給人的印象不統一，容使讀者感到這作品是沒有統一的故事的。」「但，看得出來的，作者是在用著另一條粗大的線來貫穿著這部巨型的作品，那是，一條農村經濟發展的線。這是作者傾注了最主要的注意的。」「因為作者的主要努力是想指明和分析一條農村經濟發展的歷程，所以在作品的設計上造成了一個重大的缺陷，那是：作者沒有把作品的重心放在人物上。……因為作者企圖在那些複雜的多樣

的農村生活的人物和場面上，給與一種經濟學的依據，所以就把作品中的一些重要人物，都寫成『做作的』了，作者在後面牽著那條農村經濟發展的線，讓這些人物隨了這條線來跳動。當讀這作品的時候，雖然在某一章某一段感到作者的簡勁的明快的描寫，但從全體看來，那為好作品必備的一致的力量就十分微弱了。」「這作品的一個最顯著的特點，是那廣幅的日常生活的描寫，在這上面，作者顯示了那種對日常生活的豐富興味和不懈的力，這是一個巨大的創造泉淵，這預示了作者可能成為一個堅實力強的現實主義作家。」不過，「在這作品裏，不是作者太多寫日常生活，而是只寫了日常生活的平面的現象。」而且「差不多只是照原樣的謄錄。作者沒有能夠發掘到日常生活的深處，從這裏找出形成人物的心理和性格的要素。」「因此，作者常常在這上面浪費筆墨，用沉長的文字描寫不必要的瑣事，有許多對話也成為完全多餘的。」「因為有了以上兩種原因，作者對於人物性格及心理的發展上顯示了忽視和粗心。就是被作者側重的幾個人物，也只描寫了他們的表面的性格，其餘的人物便只有一個名銜了。作者具有豐富的農村生活的知識，尋找出了代表各階層各種類的人物，作者所缺乏是對於這些人物更深刻的觀察和體驗，從這人物的心理和性格上發掘出它們同『古舊的中國』和新事變的關聯，分辨出塗染在它們上面的那複雜的多樣的顏色，指示出那顯著的和潛伏的，破壞的和保守的，原始的本能，愚昧和智慧，創造的和壓制的，複雜多樣的力量。」[1]

也消認為，小說在結構方面「有些地方寫得太平淡呆板了，穿插不的地方，也不很靈敏。[2]

---

[1] 《幽僻的陳莊》（第一部），1935 年 8 月 25 日天津《大公報》。
[2] 《幽僻的陳莊》，1935 年 8 月 27 日《清華週刊》第 43 卷第 11 期。

　　李影心認為：「《幽僻的陳莊》所寫是一種新的事實，且系用新的語法寫的。在事項之表露的意義上，這書刻畫了土棍人物之生活與思想及其與社會的關係；雖在人物及其某體系的描寫不太完備，我們認為還是不可多得的，若是有著優美的表現的話。但這書雖是用了新的技術，卻沿襲舊的手法；而給與這書以最大的損害，即如前所說，是缺乏一種表現的力，和處理事項和人物的不得法。」也因此，「《幽僻的陳莊》之藝術完整的價值，是整個的被那表現的缺欠所抹殺。」[3]

　　**陳銓的《彷徨中的冷靜》由上海商務印書館出版。**

　　黃照認為，由於作者以中篇的容量寫長篇，導致「各處大大小小不關緊要的穿插太多，反而使故事的骨幹軟弱，演進呆滯。」「其次是作者的用筆，除掉幾節不落對話的文字，還尋得到比較細緻深刻的描繪而外，幾乎每節都是以輕淺的對話平鋪下去的。這容易使人如讀劇本。」「而且作者所寫的對話中又都太不著力，太寫得容易了，因此使讀者老忘不了自己，老是覺得這是作者一個人在那兒編造出來的對話，故事中的人物並不活躍顯明有他應有的深刻的個性。」當然，「嚴格的說，這故事本身的結構也有可置議的地方。」總之，「這部書絕對不能在文學上有名望，占地位，具價值」。[4]

　　常風認為，小說是一部失敗之作。原因在於，結構鬆懈，故事脈絡不清，人物除李采蘋外，也不太成功，題材缺乏合理的剪裁，材料堆砌，文體也差強人意。[5]

---

[3]　《幽僻的陳莊》，1935 年 11 月 18 日《國聞週報》第 12 卷 45 期。

[4]　《讀〈彷徨中的冷靜〉》，1935 年 6 月 16 日《文學季刊》第 2 卷第 2 期。

[5]　《陳銓：〈彷徨中的冷靜〉》，《棄餘集》，新民印書館 1944 年 6 月版，第 95－111 頁。

**3月　林疑今的《無軌列車》由上海良友圖書印刷公司出版。**

允曦認為，作者「想借幾個人的故事來暗襯出時代裏的動亂。但，讀者不能不感覺到這些動亂的影像太微弱模糊了，似乎車裏的人們不『一定』要經歷這些歷史上的變遷也可以發生這許多故事似的。」而兩性間追逐的描寫「佔據了本書內容的最重要的地位。」此外，人物如李琳也不大清晰。[6]

張愛玲認為，《無軌列車》「是一部不甚連續的漫畫式的小說。雜寫青年李琳、鍾大鵬、麗珠等的情史，中間插入二十餘段與故事沒有密切關係的都市風景描寫，題材很特別。本書的開端以廈門鼓浪嶼為背景，也許這地方為作者所熟悉的吧，描寫頗為真切流利，然而不久便不幸地陷入時下都市文學的濫調裏去。寫上海，寫名媛，寫有閒階級的享樂，永遠依照固定的方式，顯然不是由細密的觀察得來的。結尾寫「一‧二八」之戰，更見生硬。結構不謹嚴，自然也是致命傷。描寫也嫌不夠深入。作者筆風模仿穆時英，多矯揉造作之處。」[7]

**巴金的《愛情的三部曲》（《霧》、《雨》、《電》）**
**由上海良友圖書印刷公司出版。**

作者在《雨‧自序》中寫道：

「《雨》可以說是《霧》的續篇，雖然在量上它是比《霧》多過一倍。」

「從周如水（《霧》的主人公）到吳仁民（《雨》的主人公），再到李佩珠（《雪》的主人公），這其間是有著一條發展的路徑，而且在《雪》裏面吳仁民又將以另一個面目出現，更可以幫助讀者明

---

[6]　《無軌列車》，1935 年 6 月 19 日《清華週刊》第 43 卷第 6 期。
[7]　《無軌列車》，1936 年 10 月上海聖瑪利亞女校《國光》創刊號。

白這一層。實際上《雨》和《霧》一樣，而且也和將來的《雪》一樣，並不是一部普通的戀愛小說。」

作者在《電・序》中寫道：

「說《電》是一部戀愛小說，也許有人覺得不恰當。因為在《電》裏面，戀愛的氛圍氣比較淡多了。《電》和《雨》中間的距離與《雨》和《霧》中間的距離相等。」

「但是我仍把戀愛作了這小說的主題。事實上這三部曲所注重的是性格的描寫，我用戀愛事件來表現一個人的性格。《霧》的主人公周如水是一種性格，模糊的，柔弱的；《雨》的主人公吳仁民是一種性格，粗暴的，浮躁的，但比周如水已有了進步；至於《電》裏面的李佩珠的性格則可以說是近乎健全了。」

「不過《電》和《雨》不同，和《霧》更有了差別。《電》裏面的主人公有好幾個，而且頭緒很多，它很適合《電》這個題目，因為恰像幾股電光接連地在漆黑的天空裏閃耀。」

作者在《愛情的三部曲・總序》一文中寫道：

「我不曾寫過一本叫自己滿意的小說。但在我的二十多本文藝作品裏面卻也有我個人喜歡的東西，那就是我的《愛情的三部曲》。」

「……我可以公平地說：我從沒有把自己寫進我的作品裏面，雖然我的作品中也浸透了我自己的血和淚，愛和恨，悲哀和歡樂。固然我偶爾也把個人的經歷加進在我的小說中，但這也只是為了使那小說更近於真實，而且就在這種處所，我也曾留心到全書中的統一性，我也極力保留著性格描寫的一致。」

「我說這三本小書是為我自己寫的，這不是誇張的話。我會把它們永久地放在案頭，我會永久地讀它們。因為在這裏面我可以找著不少的朋友。我可以說在這《愛情的三部曲》裏面活動的人物全是我的朋友。我讀著它們，就像和許多朋友在一起生活。但這話也應該加以解釋的。我說朋友，並不就指過去和現在在我周圍活動的那些人。固然在這三本書裏面我曾經留下了一些朋友的紀念，而且我每次讀到它們，我就會想到幾個久別的友人。但是我仍舊要說我寫小說並不是完全給朋友們寫照。我固然想把幾個敬愛的朋友寫下來使他們永遠活在我的面前，可是我寫這三本小說時卻另外有我的預定的計畫：我要主要地描寫出幾個典型，而且使這些典型普遍化，我就不得不創造一些事實，但這並不是說我從腦裏想出了一些東西，我不過把別人做過的事加在我的朋友們的身上；這也不是說我把他們所已經做過的事如實地寫了出來，我不過是寫：有他們這種性格的人在某一種環境裏面所能夠做出來的事情。所以在我的小說中出現的已經不是我的實生活裏面的一些朋友了。他們是獨立的存在。他們成了我的新朋友，他們在我的眼前活動，受苦，哭，笑以至於死亡。我和他們分享這一切的感情。我悲哭他們的死亡。」

「我仔細地把全部原稿讀了一遍，我覺得在這裏面我並沒有犯錯誤。我所描寫的是一個性格，這個性格是完全地被寫出來了。這描寫是相當地真實的。而且這並不是一個獨特的例子，在中國具有著這性格的人是不少的。那麼我是在創造一種典型，而不在描寫我的朋友。」

「陳真是我創造出來的一個典型人物，他並不是我的實生活裏面的朋友。我自己也許有一點像他，但另外的兩個朋友都比我更像

他，而且他的日記裏的幾段話還是從『李劍虹』寫給一個朋友的信裏抄來的。那麼他應該是誰呢？事實上他什麼人都不是的。他只是一個平凡的人，他有他的長處，也有他的弱點。我並不崇拜他，因為他並不是一個理想的典型人物。但我愛他，他的死很使我悲痛。所以在《雨》裏面他雖然一出場就被汽車輾死，然而他的影子卻籠罩了全書。」

「為什麼要稱這為《愛情的三部曲》呢？因為我打算拿愛情來作這三部連續小說的主題。但這和普通的愛情小說並不相同，我所注重的乃是性格的描寫。我並不是單純地描寫著愛情事件的本身；我不過借用戀愛的關係來表現主人公的性格。」

「我當時的計畫是這樣：在《霧》裏寫一個模糊的，優柔寡斷的性格；在《雨》裏寫一種粗暴的，浮躁的性格，這性格恰恰是前一種的反面，也是對於前一種的反動，但比前一種已經有了進步；在最後一部的《雪》裏面，就描寫一種近乎健全的性格。至於《電》的名稱，那是後來才改用的。所以在《雨》的序言裏我就只提到《雪》。」

「不僅《電》這個名稱我當時並不曾想到，而且連它的內容也和我最初的計畫不同。我雖然說在《電》裏面我仍把愛情作了主題，但這已經是很勉強的話了。」

「《雨》是《霧》的續篇，不過在量上它卻比《霧》多過一倍，故事發生的時間比《霧》遲兩年。人物多了幾個，雖然還是以愛情作主題，但比起《霧》來這小說裏的愛情的氛圍氣卻淡得多了。」

「我自己更愛《雨》，因為在《雨》裏面我找到了幾個朋友，這幾個人比我的實生活裏面的友人更能夠繫住我的心。我的預定的

計畫是寫一個粗暴的浮躁的性格。我寫了一個吳仁民。我的描寫完全是真實的。我把那個朋友的外表的和內部的生活觀察得十分清楚，而且表現得十分忠實。他的長處和短處，他的渴望和掙扎，他的悲哀和歡樂，他的全面目都現在《雨》裏面了。」

「高志元在《雨》裏面卻是一個重要的人物。這是一個真實的人，但他被寫進《電》裏面時卻成了理想的人物了。不，這不能說是理想的人物，他如果處在《電》的環境裏面，他的行動不會和那個高志元兩樣。」

「我寫張小川時，並不想責罵那個朋友，我憎恨的只是他的行為，並不是他本人。所以結果這張小川就成了一部分知識份子的寫照，而不單是我那個友人了。張小川這類的人我不知道遇見過多少，只可惜在《雨》裏面我寫得太簡略。」

「鄭玉雯和熊智君是三個小資產階級的女性以外的兩種典型，這兩個女人都是有過的，但可惜我表現得不很真實，因為我根本不認識她們，而且我是根據了一部分的事實而為她們虛構了兩個結局；也許破壞我的描寫的真實性的就是這兩個結局。所以我不妨說這兩個女人是完全從想像中生出來的。」

「《雨》裏面的周如水的事情全是虛構出來的；不過像周如水那樣的性格要是繼續發展下去，得著那樣的結局，也是很可能的事。我親手殺死了周如水，並沒有一點留戀。然而他死了以後我卻又禁不住傷心起來，我痛惜我從此失掉了一個好心的朋友。」

「德這個人也許是不存在的，像他那樣的性格我還沒有見過。他雖然也有他的弱點，他雖然不能夠固執地拒絕慧的引誘，但是他的勇氣，他的熱情，就像一個正在爆發的火山，沒有東西能夠阻止

它，凡是阻攔著它的進路的都會被它毀掉。它的這種爆發的結果會帶來它自己的滅亡，但是它決沒有一點顧慮。」

「慧和影這兩個女子一定是有的，但我一時卻指不出她們的真姓名來。有人說慧是某人，影是某人，另一個人的意見又和第一個人的說法完全不同。我仔細想了一下，我說我大概是把幾個人融合在一起，分成兩類，寫成了兩個女子。所以粗略地一看覺得他們像某人和某人，而仔細地一看卻又覺得她們與某人和某人並不相像。」

「《電》固然是《愛情的三部曲》的最後一部，它不僅是《雨》的續篇，它還是《雷》的續篇。有了它，《雷》和《雨》才能夠發生關係。《雨》和《雷》的背景是兩個地方，《雨》裏面所描寫的是 S 地的事情，《雷》的故事卻是在 E 地發生的。兩篇小說的時代差不多，《雨》的結束時間應該比《雷》稍微遲一點。」

「《電》不能說是以愛情做主題的，它不是一本愛情小說；它不能說是以革命做主題的，它也不是一本革命小說。同時它又不是一本革命與戀愛的公式小說。它既不寫戀愛妨害革命，也不寫戀愛幫助革命。它只描寫一群青年的性格，活動與死亡。這一群青年有良心，有熱情，想做出一點有利於大家的事情，為了這他們就犧牲了他們的個人的一切。他們也許幼稚，也許會常常犯錯誤，他們的努力也許不會有一點效果。然而他們的犧牲精神，他們的英雄氣概，他們的潔白的心卻使得每個有良心的人都流下感激的眼淚。我稱我的小說做《電》。我寫這本《電》時，我的確看見黑漆的天空中有許多股電光在閃耀。」

「關於《電》裏面的人物我不想多說話。這部小說和我的別的作品不同，這裏面的人物差不多全是主人公，都占著同樣重要的地位，而且大部分的人物，都並不是實生活裏面的某人某人的寫照，

我常常把幾個朋友拼合在一起造成了《電》裏面的一個人物。慧是這樣造成的，敏也是這樣造成的。影和碧，克和陳清，明和賢，還有德華，都是這樣地造成的。但我們似乎也不能夠因此就完全否認了他們的真實性。」

「李佩珠這個近乎健全的性格須得在結尾的一章裏面才能夠把她的全部長處完全地顯露出來，然而結尾的一章一時卻沒有機會動筆了。這個妃格念爾型的女性，完全是我創造出來的。我寫她時，我並沒有一個模特兒。但是我所讀過的各國女革命家的傳記卻給了我極大的幫助。」

「吳仁民做了李佩珠的愛人，這個人似乎一生就離不掉女人。在《霧》裏面他有過瑤珠，在《雨》裏面他有過玉雯和智君；現在他又有了佩珠。但他已經不是從前的吳仁民了。這就是說他不再是我的那個朋友的寫照，他自己已經構成了一個獨立的人格，獲得了他的獨立的存在，而成為一個新人了。」

「方亞丹和德不同，方亞丹不像一個正在爆發的火山。顯然慧說他粗暴，其實他不能算是一個粗暴的人，那朋友還比他粗暴得多。那朋友對女人的態度是充滿著矛盾的。我知道他的內心激鬥得很厲害。他在理智上憎恨女人，感情上卻喜歡女人。所以有人在背後批評他：口裏罵女人，心裏愛女人。」

「慧這個人我自己也很喜歡。她那一頭獅子的鬃毛一般的濃髮還時時在我的眼前晃動。她不是一個健全的性格。她不及佩珠溫柔，明白，堅定；不及碧冷靜；不及影穩重；不及德華率真。但她那一瀉千里般的熱情卻超過了她們大家。她比她們都大膽。她被人稱為戀愛至上主義者，而其實她的性觀念是很解放的。」

「陳清這個典型是有模特兒的。那是我的一個敬愛的友人，他現在還在美國作工。他的信仰的單純與堅定，行動的勇敢與熱心，只有和他認識的人才能夠瞭解。陳清的最後的不必要的犧牲，在我那朋友的確是很自然的事情。這事情從吳仁民一直到敏，他們都不會做。但陳清做出來卻沒有一點不合情理的地方。這與他的性格很相合。不過這個典型的真實性恐怕不易為一般年青讀者所瞭解罷。」[8]

石衡認為：「就全篇的思想而言，現實性太少，虛無主義的傾向太濃，恐怕就是《雨》的主要特徵或缺點。」[9]

燕子認為，《霧》人物描寫有個性，景物描寫很精彩。[10]

惕若（茅盾）認為：「歐陽鏡蓉的長篇《龍眼花開的時候》登了一半，雖只一半，我們已經充分看到作者的圓熟的技巧。作者的文章是輕鬆的，讀下去一點也不費力，然而自然而然有感動人的力量；作者筆下沒有誇張的字句，沒有所謂『驚人』的『賣關子』的地方，然而作者的熱情噴發卻處處可以被人感到。」「首先，我們得提明一下，這書寫的是一群青年的安那其的活動；（這看書中所引的歌句可以知道）；時間，據說是一九二五年，地點，是有『龍眼花開的南方』。好，一九二五年就是一九二五年罷，倘說是另一個時代，倒也不關重要。可是，既然有一群青年在一個特定的場所活動，那麼，這活動的對象，當然是書中主要的描寫對象了。我們很希望知

---

[8]　《愛情的三部曲》，上海良友圖書印刷公司 1936 年合訂本初版。

[9]　《雨》，1933 年 9 月 1 日《現代》第 3 卷第 5 期。

[10]　《巴金先生〈霧〉的觀察》，1933 年 10 月 23 日《文藝戰線》第 2 卷第 30—31 期合刊。

道的，自然是這一群青年所在的社會是怎樣的一個社會了：這個社
會裏『諸色人等』的利害關係怎樣？他們一般的生活怎樣？他們的
要求是什麼？他們對於這小小一群的熱心的青年，抱了怎樣的看
法？他們對於這小小一群青年的活動，其迎拒接納感應，又應該分
歧到怎樣？這一切，為了全書的『現實性』，為了書中人物的『發展』，
都是必要。」「可是我們的作者在這一方面太少了注意了。他並沒有
從正面描寫那社會。他告訴我們，這地方的最高統治者是一個旅長；
然而關於這個統治者，書中沒有正面描寫，我們只能從青年一群的
生活中透視過去，這才感到那統治者的存在。這且不管。因為旅長
云云者，只這麼寫，也就算得數了；可是此外的廣大民眾——構成
這個特定社會的『諸色人等』，作者也只叫我們從青年者群的生活透
視過去看，那就太不夠了。作者給我們看『勞苦的群眾』，但是他用
一個『歡迎會』的場面給我們看，他把他們作為一個『抽象名詞』
似的提了出來，而且作為『歡迎會』的主角的，依然是青年者一群
而不是來赴會的他們。雖然全書還只發表了一部分，也許此後作者
將用正面的描寫，然而即在此一部分中，我以為也應得繪下一個社
會的清晰的面目。在此一部分，我們從作者所得的關於這個社會的
概念，簡單得很：一方面是在上的旅長，一方面是在下的勞苦人們，
沒有中間層！而後者又只是『抽象名詞』似的，沒有寫到他們的意
志情緒，他們的要求，他們的痛苦。」「於是我們讀完後掩卷深思，
就會感到不滿足；不錯，這裏有些活生生的青年男女，可是這些活
人好像是在紙剪的背景前行動，——在空虛的地方行動。他們是在
一個非常單純化了的社會中，而不是在一個現實的充滿了矛盾的複

雜的社會中。這是個大到不容忽視的缺點。我們很希望作者能夠給我們一個補救才好。」[11]

老舍認為：「他的人物——至少是在《電》裏——簡直全順著他畫好的白道上走，他差不多不用旁襯的筆法，以小動作揭顯特性地一直的來，個個人都是透明的。他也少用個人的心理衝突來增高寫實的色彩，他的人物即使有心理的衝突，也被理想給勝過，而不准不為理想而犧牲。因此，這篇不甚長的東西——《電》——像水晶一般的明透，而顯著太明透了。這裏的青年男女太簡單了，太可愛了，可是毛病都壞在這個『太』上。這篇作品沒有陰影，沒有深淺，除了說它是個理想，簡直沒法子形容它。他的筆不弱，透明到底；可是，我真希望他再讓步一些，把雪裏攙上點泥！他的一致使我不敢深信他的人物了，雖然我希望真有這麼潔白的一群天使。」「他說——在序言裏——要表現性格。這個，他沒作到。他把一個理想放在人物們心裏，大家都被這個理想牽繫著；已經沒有了自己，怎能充分的展示個性呢？他不許他們任意的活動。他們都不怕死，都願為理想而犧牲；他不是寫個人的生活，而是講大家怎樣的一致。他寫的是結果，自然用不著多管個性。戀愛，在這群可欽佩的男女心中，是可怕的；怕因戀愛而耽誤了更重要的工作。真的，這使此書脫離開才子佳人的舊套；可是在理想上還是完成才子佳人們，不過這是另一種才子佳人罷了。」「最重要的角色，佩珠，簡直不是個女人，而是個天使；我真希望有這樣的女子！可是哪兒去找呢？她有了一切，只剩一死。別的角色雖然比她差著些，可也都好得像理想

---

[11]　《〈文學季刊〉第二期內的創作》，1934 年 7 月 1 日《文學》第 3 卷第 1 期。

中人物那麼好。他們性格與事業的關係，使他們有了差別，可是此書的趣味不在寫這些差別；假如他注意到此點，這本書必會長出兩倍，而成了個活的小世界。他沒這麼辦。一氣呵成，他把角色們一齊送到理想的目的地去。他顯著有點匆忙。」「在文字方面，作者的筆下非常的利颺，清銳可喜。這個風格更使這篇東西透明，像塊水晶。他不大段的描寫風景，也不大段的描寫人物；處處顯著勻調，因為他老用斂筆，點到就完，不拖泥帶水。這個使巴金兄的充滿浪漫氣味的作品帶著點古典主義的整潔完美。他把大事與小事全那樣簡潔的敘出，不被大事把他扯了下去；所以他這篇──連附著的那篇《雷》──沒有恣肆的地方。他得到了完整，可是同時也失去了不少的感力。」「在創造的時節，大概他忘了一切，在心中另開闢了一個熱烈的，簡單的，有一道電光的世界。這世界不是實在經驗與印象的寫畫，而是經驗與印象的放大，在放大的時候極細心的『修版』，希望成為一個有藝術價值的作品。它的不自然，與它的美好，都因為這個。」[12]

　　珍認為：「巴金的愛情小說是不能以流行市上的所謂桃色故事相比擬的。這裏雖然也有少男少女，可是作者所表現的不是浸沉於肉慾而拋棄一切前途的唯情主義者。尤其是最後，也是最近出版的《電》裏。佩珠這角色，被作者成熟的藝術手段，描寫成一個最合於理想的女子，她雖然和別的女子同樣富有人性，可是她熱烈的感情，不但發洩在戀愛事件上……我們讀完了這本《電》，像有一股電光射在我們身上一樣。我們的知覺完全失掉了。到我

---

[12] 《讀巴金的〈電〉》，1935 年 4 月 1 日青島《刁斗》第 2 卷第 1 期。

們再醒來時，好像自己也給佩珠一樣經歷了那樣艱苦的人生，不知怎樣做人才是。」[13]

劉西渭認為：「巴金缺乏左拉客觀的方法，但是比左拉還要熱情。在這一點上，他又近似桑喬治 George Sand。桑喬治把她女性的泛愛放進她的作品；她鍾愛她創造的人物；她是抒情的，理想的；她要救世，要人人分到她的心。巴金同樣把自己放進他的小說：他的情緒，他的愛憎，他的思想，他全部的精神生涯。」所以，「從《霧》到《雨》，從《雨》到《電》，正是由皮而肉，由肉而核，一步一步剝進作者思想的中心。《霧》的對象是遲疑，《雨》的對象是矛盾，《電》的對象是行動。」他還認為巴金先生熱情有餘而冷靜不足，所以「他用敘事抵補描寫的缺陷。在他《愛情的三部曲》裏面，《霧》之所以相形見絀，正因為這裏需要風景，而作者卻輕輕放過。《霧》的海濱和鄉村在期待如畫的顏色，但是作者缺乏同情和忍耐」。他還認為，《雨》因為有一個中心人物而成功，《霧》則因為鄙陋，《電》則因為紊亂而失敗。[14]

常風認為：「由《霧》而《雨》而《電》，一個比一個明朗，一個比一個更有希望。到了《電》再無彷徨與猶疑，再無懦怯雖然還不免有點『浮躁』。他們開始正經地不怕犧牲在做他們的偉大的工作。確如巴金先生所說，在《電》裏所描寫的是一種近乎健全的性格。」[15]

---

[13] 《電》，1935 年 4 月 15 日《新小說》第 1 卷第 3 期「書架」。

[14] 《〈霧〉〈雨〉與〈電〉——巴金的〈愛情的三部曲〉》，1935 年 11 月 3 日天津《大公報》。

[15] 《巴金：愛情三部曲》，《棄餘集》，新民印書館 1944 年 6 月版，第 44 頁。

《現代》第 4 卷第 1 期裏「良友文學叢書」《雨》的廣告詞：「這不是一部普通的戀愛長篇小說。在故事的行進中，包藏著作者內心生活的開展。這裏滿罩著陰鬱的氛圍，同時有勇敢掙扎的紀錄。這部書可說是巴金先生數年寫作中最大的收穫品。」

《良友文學叢書》《霧》的廣告詞：「作者稱這三部連續的長篇小說為愛情三部曲。但是和普通的愛情小說不同，作者所注重的乃是性格的描寫。作者並不是單純地描寫愛情事件的本身，不過借用戀愛的關係來表現主人公的性格。《霧》比《雨》比《電》都簡單，它主要地在表現一個性格，一個模糊的優柔寡斷的性格。它是《愛情三部曲》的開端。《霧》的主人公是周如水，那是一個羅亭型的人物。其實他比羅亭還更軟弱。他追求理想，追求光明，追求愛，可是一旦逼近了他的目標甚至舉手就可以觸到她的時候，他又因缺乏勇氣而遲疑退縮了。這性格似乎是可笑的，但卻值得我們的同情，而且這又不是作者閉門造車的結果，我們在一部分中國智識分子的身上可以看見周如水的面影。全書三百餘頁，是作者最近的改訂本，書前附印作者的總序書後附印作者的自白。」

《良友文學叢書》廣告詞：「《雨》是《霧》的續篇，在這裏作者在一種悲劇的場面下結束了周如水的生命。但《雨》的主人公卻是周如水的友人吳仁民，那是一種粗暴的、浮躁的性格，這恰是前一種的反面，也是對於前一種的反動。《霧》中的吳仁民正陷溺在個人的哀愁裏，他平凡得叫人就不覺得他存在。然而現在打擊來了。死帶走了他病弱的妻子，那個消磨他的熱情的東西——愛到了。熱情重新聚集起來，他的心境失了平衡。他時時追求，處處碰壁。他要活動，要暖熱，卻得著寂寞。寂寞不能消滅

熱情，反而像一陣風煽旺了火。於是，在這時候意外地來了愛情。一個女人的影子從黑暗裏出現了。女性的溫柔蠶食了他的熱情。這似乎還不夠，必得再讓另一個女人從記憶的墳墓中活起來，使他在兩個女性的包圍中演一幕戀愛的悲喜劇，然後兩個女人都悲痛地離開他，等他醒過來時火已經熄滅，就只剩下一點餘燼。這時候他又經歷了一個危機。他已經站在滅亡的邊沿上了，然而幸運地來了那個拯救一切的信仰，那個老朋友回來了。我們可以想像到吳仁民怎樣抱了它流著感激的眼淚。《雨》的幕就在這時候落了下來。」

《良友文學叢書》《電》的廣告詞：「《電》是『愛情三部曲』的頂點，到了《電》熱情才有了歸結。這時吳仁民的眼淚已經流盡了，他變做一個新人。他現在『持重』，而『淳樸』，成了一個近乎健全的性格。但更健全的應該是他的女朋友李佩珠。在《雨》裏面她就感到熱情的滿溢，預備拿來為他人放散。如今兩年以後她以一個新的姿態來在《電》的同志中間，她得到他們的愛護。看起來她是一個平凡的人，然而她如果說一句話或做一個手勢叫人去為理想交出生命，誰也會歡喜得如去赴盛筵。她彷彿是一個女孩，然而她和吳仁民在一起，又是那麼真實那麼自然的結合。倘若說『愛情三部曲』還寫了『信仰』那麼在《霧》裏不過剛下了種子，在《雨》裏才發了芽，然後《電》光一閃，信仰便開花了。到了《電》，我們才看見信仰怎樣地支配一切，拯救一切。

1943 年 5 月桂林良友復興圖書印刷公司初版《霧》插頁廣告：「巴金先生寫過許多許多的長篇小說，但是作者自己認為最滿意的是本公司出版的《霧》、《雨》、《電》——愛情的三部曲，這是作者

在本書序文中自己所說的，他說這是他自己暗中所喜歡的一部書。現在，又經作者修正後，重排出版，先出《霧》。《雨》和《電》均將陸續問世。本書在上海出版時為良友文學叢書中銷行最廣書之一。現已付印，即將出版。」

《中國作家》的廣告詞：「這三本書是作者最得意的心血結晶。他說：『我不曾寫過一本叫自己滿意的小說，但在我的二十多本文藝作品裏面，卻也有我個人喜歡的東西，那就是我的愛情三部曲。』全書二十萬字，分三冊：《霧》是愛與孝的衝突，《雨》是愛與革命的衝突，《電》指出革命活動比一切個人感情重要。作者以當時的政治社會為背景，描寫在革命的呼聲下，青年男女的幾種典型的性格和思想，以及這些性格思想被社會的洪爐熔冶後的種種變化。」[16]

**5月　徐仲年的《雙尾蠍》由上海獨立出版社出版。**

王鮮園認為，「統觀全書，在文藝作家生活流離狀況下，能有此巨制產生，實屬不易，值得欽佩。而於表現時代精神及描述個性等方面，亦均有熟練的技巧，誠不失為有價值之著作。」但全書亦有一些值得商酌之處：第一：以著作身分所說的話太多；第二：書中所引西文，尚可再減，最好不引用，以免不諳西文的讀者發生厭倦；第三：在印刷方面如春申大學校長之名片，偽滿組織系統表，就全書看來，無照式排印必要。[17]

**6月　羅睽嵐的《苦果》由天津大公報社出版。**

《大公報》編者在《苦果自序》的編者按中寫道：「羅睽嵐先生底《苦果》，在本園中早經和諸位見過面。我們深信凡是讀過這篇

---

[16] 1948 年 1 月《中國作家》第 1 卷第 2 期。

[17] 《讀了〈雙尾蠍〉之後》，1941 年 2 月 10 日《時代精神》第 5 期。

小說底人，都會體會到著者絕沒有感情的虛偽和事實底空架；而是本著自身底經歷，以冷靜底筆致，描寫著現社會下人類底各型姿態。微微帶些辛辣底諷刺——像橄欖底滋味一般，清腴而苦澀。」[18]

劉西渭認為：「《苦果》的興趣，不在人物，卻在那傳奇式的情節，一個合乎中國口味的中國小說的技巧或者曲折。我說不在人物，因為這裏的性格不是英雄的，卻又是單純的；單純的性格，如若強烈，可以刻畫成粗壯的線條；如若柔荏，便容易染上灰色，自身的存在難以引起適當的崇敬。……在情節上，這部小說煞費作者的心計。但是，容我放肆一句嗎？這情節是書本的，bookish，傳統的，悲劇的，中國小說式的；這裏有的是經驗，然而並不龐雜；有的是人生，然而並不深刻；值得特別推重的，作者卻有的是計畫。他曉得怎樣製造而且用力推演到他的目的。所以，我簡直想說，在這不現實的 realistic 情節上，活動著幾個現實的人物。」「我彷彿語無倫次，其實我還藏著半句折扣，就是『現實的人物』應理改做『現實的傀儡』。這裏的人物幾乎全是被動的，幾乎，因為我未嘗不想把徐雄除外。」[19]

畢樹棠認為，小說有兩個缺點：一是缺乏時代描寫，二是戀愛寫得平凡了，有舊小說裏「才子佳人」的情調，是傳奇的。[20]

**7 月　蕭軍的《八月的鄉村》由上海奴隸社出版（奴隸叢書之二）。**

魯迅在《序》中說，他所見過的關於東三省被占的事情的小說，《八月的鄉村》是很好的一部。「雖然有些近乎短篇的連續，結構和

---

[18] 1935 年 6 月 30 日天津《大公報》。
[19] 《苦果》，1935 年 8 月 4 日天津《大公報》。
[20] 《苦果》，1936 年 3 月 1 日《宇宙風》第 12 期。

描寫人物的手段，也不能比法捷耶夫的《毀滅》，然而嚴肅，緊張，作者的心血和失去的天空，土地，受難的人民，以至失去的茂草，高粱，蟈蟈，蚊子，攪成一團，鮮紅的在讀者眼前展開，顯示著中國的一份和全部，現在和未來，死路與活路。」[21]

喬木（胡喬木）認為：「《八月的鄉村》的偉大成功，我想是在帶給了中國文壇一個全新的場面。新的題材，新的人物，新的背景。中國文壇上也有過寫滿洲的作品，也有過寫戰爭的作品，卻不曾有過一部作品是把滿洲和戰爭一道寫的。中國文壇上也有許多作品寫過革命的戰爭，卻不曾有一部從正面寫，像這本書的樣子。這本書使我們看到了在滿洲的革命戰爭的真實圖畫，人民革命軍是怎樣組成的，又在怎樣的活動；裏面的鬍子，農民，智識分子是怎樣的互相矛盾和一致；對於地主，對於商人，對於工人農民，對於敵人的部隊，它們是取著怎樣的政策，做出來的又是怎樣的結果。凡是這些都是目前中國人民所急於明白的，而這本書都用生動熱烈的筆調報告了出來。」「這本書報告了中國民族革命的社會基礎。在神聖的民族戰爭當中，誰是先鋒，誰是主力，誰是可能的友軍，誰是必然的內奸，它已經畫出了一個大體的輪廓。它用事實證明了這個基礎不在智識的高下，不在性別，也不在年齡。它又暗示了中國民族革命的國際基礎。此外，它又向讀者說明了革命戰爭過程中無比的艱難，這艱難卻不使讀者害怕，只使讀者拋棄了各種和平的美麗的幻想，進一步認識出自由的必需的代價，認識出為自由而戰的戰士們的英雄精神。」不足在於，作者「對於滿洲民族戰爭的多面性卻並

---

[21] 收入《且介亭雜文二集》。

未能有充分的把握。它沒有能觸到全中國的政治背景，甚至也沒有觸到全滿洲的政治背景。形成本書主人翁的武裝隊伍也顯得孤立，它和別的隊伍的關係太簡單，太模糊了。這個隊伍的來歷很不清楚，幾個中心人物如陳柱，鐵鷹等的生活史尤其不清楚，因此雖然有了一些表面上的刻畫，究竟不像蕭明和李七嫂那樣活靈活跳。這個隊伍的政治綱領在行動裏也看不大出來，反而讓『新世界』、『未來的光明』這些空洞的概念占了上風。智識分子的發展似乎是一直暗淡了下去，這自然會是一部分的現實，然而普通的讀者從這本書裏只看到這一部分，那影響就有問題了。」[22]

陳星認為，《八月的鄉村》「實在是代表整個時代和地域的作品。」作者對蕭明和鐵鷹「這兩個人物的描寫，可說是到了成功的地步，而且也是盡情盡理，即是說是現實的，而非理想的，架空的。」[23]

水晶（張春橋）認為：「《八月的鄉村》告我們的是有些人在過著荒淫與無恥的糜爛生活，另一方面卻正在做著莊嚴的工作。」「可是我認為美中不足的，一是司令陳柱底個性不大顯明，二是蕭隊長那末的一個沒落的知識份子刻畫得不夠力，三是李七嫂之受日軍蹂躪後竟能夠馬上執槍從眾，尤其是一個聰明的朝鮮女，安娜，懂得下命令，裹傷口，教唱歌，給大家講種種有意識的言論，事實，卻會因為蕭同志（也許是他吧）而要求『回上海』。我不是說她們不會轉變（到底是沒落的知識份子），我說的只是毫無線索地突然轉變得那麼快而已。」[24]

---

[22] 《新的題材，新的人物——讀蕭軍的小說〈八月的鄉村〉》，1936 年 2 月 25 日《時事新報·每週文學》第 23 期。

[23] 《八月的鄉村》，1936 年 4 月 19 日《清華週刊》第 44 卷第 2 期。

[24] 《八月的鄉村》，1936 年 2 月 10 日《書報展望》1 卷 4 期。

　　狄克（張春橋）認為：「《八月的鄉村》整個地說，他是一首史詩。可是裏面有些還不真實，象人民革命進攻了一個鄉村以後的情況就不夠真實。有人這樣對我說：『田軍不該早早地從東北回來』。就是由於他感覺到田軍還需要長時間的學習，如果再豐富了自己以後，這部作品當更好。技巧上，內容上，都有許多問題在，為什麼沒有人指出呢？」「將這部作品批判以後，至少有下面的幾點好處：一；田軍可以將《八月的鄉村》改寫或寫另外一部；二、其他的正在寫或預備寫的人可以得到一些教訓，而不再犯同樣的錯誤；三、讀者得到正確的指標，而得到良好的結果。」「我相信現在有人在寫，或預備寫比《八月的鄉村》更好的作品，因為讀者需要！」[25]

　　周揚認為：「由《八月的鄉村》和《生死場》，我們第一次在藝術作品中看出了東北民眾抗戰的英雄的光景，人民的力量，『理智的戰術』。兩位作者都是生長在失去了的土地上，他們親身地經歷了亡國的痛苦，所以他們的作品表現出在過去一切反帝作品中從不曾這麼強烈地表現過的民族的感情，而這種感情又並非狹義的愛國主義的，而是和勤苦大眾為救亡求生的日常鬥爭密切地聯繫著。這兩篇作品的出現，恰恰是華北事變以後，民族革命戰爭的新的全國規模的高潮中，民眾抗敵的情緒分外昂揚的時候，它們的很快獲得了廣大讀者的擁護，正說明了目前中國大眾所需要的是甚麼樣的作品。」[26]

　　提倬雲認為：「它告訴了我們真正的眼前擺著的事實。所以我以為是一個中國人都應該讀一讀，青年朋友們就更該讀。」[27]

---

[25]　《我們要執行自我批判》，1936 年 3 月 15 日《大晚報》。

[26]　《現階段的文學》，1936 年 6 月 25 日《光明》第 1 卷第 2 期。

[27]　《八月的鄉村》，1936 年 6 月 30 日《中學生文藝季刊》第 2 卷第 2 號。

劉西渭認為，蕭軍「參照法捷耶夫的主旨和結構，他開始他的《八月的鄉村》。」但「《八月的鄉村》不是一部傑作，它失敗了，不是由於影響，而是由於作品本身。」因為「風景的運用，在《毀滅》裏面是一種友誼，在這裏卻是一種無情。自然不是一團溫馨，而是一個冷靜的旁觀者。作者愛他故鄉的風物，卻不因之多所原諒，它們不唯無所為力，反而隨人作嫁。我們用了多少年恩愛開墾出來的土地，一瞬間就服服帖帖做了異姓的奴隸。」「在情感上，他愛風景，他故鄉的風景，不免有所恨恨；在藝術上，因為缺欠一種心理的存在，風景僅僅做到一種襯托，和人物絕少交相影響的美妙的效果。」「我們在這裏可以清清楚楚地發見作者的兩種人格：一個是不由自主的政治家，一個是不由自主的字句畫家。他們不能合作，不能並成一個藝術家。他表現的是自己（彷彿抒情的詩人），是意造的社會，不是他正規看出來的社會。」不過，「《八月的鄉村》來得正是時候，這裏題旨的莊嚴和作者心情的嚴肅喝退我們的淫逸。它的野心（一種向上的意志）提高它的身份和地位。」[28]

**8 月　徐寒梅的《麗麗》由江蘇戚墅堰醒民印刷局出版。**

郁達夫在《序》中認為：「你這篇《麗麗》，由你告訴我的內容看來，是既通俗而又藝術的，大約有目者，當能共賞，希望你以後更能努力，以祈達於大成。」

洪深在《序》中認為：「寒梅先生的這本小說，就是以妓女和軍閥為題材的。原名《三姨太太》，曾經在《青島時報》逐日刊登，……

---

[28] 《八月的鄉村》，《咀華二集》，文化生活出版社 1942 年 1 月版，第 23－46 頁。

故事的富有趣味，描寫的活潑動人，早已為許多讀者欣賞過，無須乎我來贅說。我所要指出的，是這本書的題材意義的重大；它說明五年前的漢口，並沒有比十年前的漢口，好出許多；它說明在一般人相信全國的軍閥都已肅清的時候，某某地方因為特殊的環境，還有遺留；甚而它也說明，中國還有青年，逗留在『戀愛至上主義』的迷途中，必須是失戀了才肯去為民族努力──『愛國』好像是『失戀』的副產品，是一種『情感衝動』的餘波，而不是建立在真正的知識與智慧上的。這些意義，在印成單行本，可以給人一氣讀完的時候，是格外明顯了。」

　　夏心如在《序》中認為：「《麗麗》從作者自序中看來，說是初試的處女作；但技巧和手法都是上乘的，在粗制濫著的近代文藝界中，徐君的成熟卻完全不是依賴偷巧。就本書的輪廓上看，僅是一個簡單的，平凡的，悲觀的故事；換一句說，不像足以使人目炫足以震盪整個文壇的作品。」「全書，我們很容易找出作者理論的焦點來。它的題材，根據於他的思想，在人生哲學方面，他採取了科學的社會理想；在一般的哲學方面，他又是經驗論，實踐論者；這在無意中巧合著新自然主義──或者說新寫實主義──的前提了。他寫社會的動態：力，動，速，喧攘，矛盾，運動，戰爭，有著靈活生動的象徵。在技巧上評價他：一方面，他使理想與現實統一；另一方面，他說大眾所能說（形式），說大眾所要說（內容）：換言之：他用巧妙的手法使文藝社會化大眾化。」「在《麗麗》一書中，同一般的不兩樣，它也有著缺憾和優點：作者在修詞上，似乎忽略得太多，有些詞藻竟是呆化了。其次，他寫侑妓清唱的時候也嫌重床疊架，尤其把劇歌的原詞抄了上去，這顯得太碎瑣；寫遊歷蘇常一帶的勝跡

幾節，又覺得太繁冗一些，在技巧上講，單就外表上敘述那些古城，不去注意到風俗習慣民性和社會的片段覺得是不夠的，這可歸納為本書的疵點——我僅讀過原稿，以後經改過也難說——。」「所以說《麗麗》是超過水準線以上的成功的時代作——不是誇張的論調——。」「它具有不偏不倚的骨氣。」「是值得介紹一讀的作品」。

趙天遊在《序》中認為：「全章佈局，平凡而不平凡，描寫之技巧，別有一番工架，而其立意，則在著重暴露軍閥摧殘少女之罪惡，卻以反帝流血為大中華民族爭光榮作結局，是平凡而不平凡。讀是文者，幸勿以軟性作品視之也！」「有奇特之立意，有圓滿之佈局，有生動之描寫，集三美而成是篇，不蹈任何說部通轍。《麗麗》一書，不僅是一篇好文章，貶末俗，正人心，謂為警世之作，有何不可？」

不奇齋主在《序》中認為：「描述好女子燕婉之情，壯男兒慷慨之狀，惡軍閥淫勢之盛，現社會環境之劣，無不淋漓盡致，繪影繪聲。」

**9 月　劉大杰的《三兒苦學記》由上海北新書局出版。**

作者在《序》中說：「現在寫下來的，就是我同貧窮生活奮鬥的一段幼年的歷史。我記載這段歷史的時候，第一個目的是求真。要一點不偽飾一點不虛誇地，客觀地敘述一個窮苦兒童的成長，要實實在在地保持我幼年生活的真面目。」

**12 月　沈起予的《殘碑》由上海良友圖書印刷公司出版（良友文學叢書之二十一）。**

《良友文學叢書》的廣告詞：「《殘碑》的總靈魂是：大時代前的沉悶；沉悶期中的各種人的姿態；以及沉悶終於被衝破；衝破後，那些人又各自扮演如何的角色。《殘碑》的副的企圖，是想說明那包

含著各種雜質的大鍋爐終於會被燒炸。主人公孫丘立所供職的小機
關就是這含雜質的鍋爐的象徵。《殘碑》也注意人物典型。女主人蓉
姊的周圍有三個青年：一個能言不能行；一個能行不能言；一個二
者兼長。戀愛經過環境的曲折，Frucd 的精神分析的方式，勝利終
於歸到能行不能言的一個。《殘碑》也穿插到下層社會。由農村到工
廠的田煥章代表一典型，由茶房進『幫口』的王金華代表著另一典
型……。」

**　　杜衡的《叛徒》由上海未名書屋出版。**

　　琴歌認為：「未必是一個『普羅』文學家，卻相當地寫出了『普
羅』青年的生活，曾經親歷其境的我讀了感動而讚美。」[29]

---

29　《叛徒》，1938 年 4 月 1 日《宇宙風》第 65 期。

# 1936 年

**1 月　周楞伽的《煉獄》由上海微波出版社出版。**

力生（徐懋庸）認為：「我只要說出兩點感想：第一點，我覺得這部著作確實表現了許多新的題材。譬如關於中國的金融資本家，茅盾先生曾經描寫過他們操縱內戰的情形，至於他們在對外的戰爭中盡著怎樣的任務，卻待《煉獄》來告訴我們。」「我所感到的第二點，卻是這書的缺陷了。」結尾說中國是謎樣的中國是不真實的。因為「在一九三二年的中國，又經「一‧二八」戰爭的教訓之後，每個中國國民，即使顢頇如杜季真，莫不已經清清楚楚地猜透謎底，知道未來的中國該是怎樣的中國。現在的中國人，只剩了兩類，一類是知道未來的中國該是怎樣的中國，而努力加以推進。一類是也知道未來的中國將是怎樣的中國，而竭力加以阻遏。至於把中國看成謎樣的人，實在已經沒有了！」[1]

王夢野認為：「《煉獄》的企圖是極偉大的，作者不獨要寫出『一二八』戰爭，上海的動亂，而且他是要描表『一二八』時代的中國社會的面面，及各種人物的典型。但是由於作者實生活的經驗尚不夠充分抒寫他的極複雜的題材；題材的處理上一個貫穿全書的中心（主題）沒有很好建立，人物的典型缺少現實的真實性的典型——『時代的核心』裏的典型；而且重要的典型的個性表現也不真切；

---

[1]　《〈煉獄〉讀後感兩點》，1936 年 1 月 20 日《生活知識》第 1 卷第 8 期。

情節的與人物的行動發展上有過於浪費的地方（如寫孫婉霞盲目的
地到農村去占了甚多的篇幅），鬆懈了緊張的佈局；有這許多的缺
點，使我們感覺到他的成功不及其企圖之大。他的成功趕不上題材
同樣複雜處理卻見適當的茅盾的《子夜》；也趕不上題材較為單純表
現卻很深切的田軍的《八月的鄉村》。此書之仍不愧為『一二八』以
來中國文學上一偉大收穫，乃在其題材的偉大性，內容的豐富，場
面的熱鬧，技巧的相當熟練與文筆的極其通俗。當還沒有一個人把
『一二八事變』的全面，紀錄及抒寫在文學的史冊上，周楞伽君以
其一年的勞績，構成這部三十萬字的長篇巨著，他的努力，他的創
作精神，是極值得欽佩的。」[2]

　　徐楚園認為，作者「用了一・二八滬戰時社會各階層的形象作為
此書的題材，這應該是多麼令人興奮的事啊。如果寫得更緊張些更深
刻些，它得給予人們以如何熱烈的親近哩。而擺在我們眼前的，卻完全
相反，它所給予我們的，不是力與血，乃是作者想像中的人與物，使
得我們沒有耐心的人，會看到半途就將它放棄，再也不想繼續看下去。
我們的失望，是不能用尺度來衡量的。」因此，「《煉獄》的寫作，是
完全慘敗了。其慘敗的理由，則在於對書中人物的生活少『體驗』和『觀
察』。」[3]

**2 月　北風的《牆頭草》由上海仿古書店出版。**

**3 月　老舍的《牛天賜傳》由上海人間書屋出版。**

作者在《我怎樣寫〈牛天賜傳〉》一文中寫道：

---

[2]　《中國的反帝文學與國防文學》，1936 年 3 月 20 日《生活知識》第 1 卷第
　　11 期。

[3]　《煉獄》，1936 年 6 月 1 日《文藝月刊》第 8 卷第 6 期。

「熱，亂，慌，是我寫《牛天賜傳》時生活情形的最合適的三個形容字。這三個字似乎都與創作時所需要的條件不大相合。『牛天賜』產生的時候不對，八字根本不夠格局！」

「此外，還另有些使它不高明的原因。第一個是文字上的限制。它是《論語》半月刊的特約長篇，所以必須幽默一些。幽默與偉大不是不能相容的，我不必為幽默而感到不安；……我的困難是每一期只要四五千字，既要顧到故事的連續，又須處處輕鬆招笑。為達到此目的，我只好抱住幽默死啃；不用說，死啃幽默總會有失去幽默的時候；到了幽默論斤賣的地步，討厭是必不可免的。我的困難至此乃成為毛病。藝術作品最忌用不正當的手段取得效果，故意招笑與無病呻吟的罪過原是一樣的。」

「每期只要四五千字，所以書中每個人，每件事，都不許信其自然的發展。設若一段之中我只詳細的描寫一個景或一個人，無疑的便會失去故事的趣味。我得使每期不落空，處處有些玩藝。因此，一期一期的讀，它倒也怪熱鬧：及至把全書一氣讀完，它可就顯出緊促慌亂，缺乏深厚的味道了。」

「書中的主人公——按老話兒說，應當叫作『書膽』——是個小孩兒。一點點的小孩兒沒有什麼思想，意志，與行為。這樣的英雄全仗著別人來捧場，所以在最前的幾章裏我幾乎有點和個小孩子開玩笑的嫌疑了。……因為我要寫得幽默，就不能拿個頂窮苦的孩子作書膽——那樣便成了悲劇。自然，我也明知道照我那麼寫一定會有危險的——幽默一放手便會成為瞎胡鬧與開玩笑。於此，我至今還覺得怪對不起牛天賜的！」[4]

---

4　1936 年 8 月 1 日《宇宙風》第 22 期。

　　畢樹棠認為：「老舍的小說有兩個特點，是他的同輩所缺乏的。一是善用北京話，整個擺脫以往半文半白的小說語調，卻又不入時行的辭曲而力伏的歐化新格，把說話和行文打成一片，口勁和筆鋒毫不隔離，所以簡潔，明快，俏麗，警慧，顯著真而且美。演述世故人情，深入淺出，是智者恒言，細細察得‧津津道出，換得個雅俗共賞。」「第二是幽默。」而且作者這兩個特點的進步，「在《牛天賜傳》裏是很顯著的。」在描寫上，「老舍則只用話，現成的話，連辭帶節都納在一氣，一派的天然口調，語言有味，便是風格。要改動，起碼得改動一句，稍微拆散，使不成話。這就是他利用北京話的工夫到了火候，在《牛天賜傳》裏一色是用的這種敘述，熟練極了。」「其次，書裏句句都含著笑，處處都是笑話，卻處處都是平常的人事，用幽默的態度表出來，就別樣，而可笑。」「還有最重要的一點。這書以全力表現一種環境和一個性格的作癢似的摩擦，摩擦得灰暗而麻木，這有很重大的社會意義，是讀者所最不可忽略的，似乎要收斂笑容，另有所感呢。」[5]

　　汪倜然認為，作者「以單純的傳記方式來寫牛天賜，牛天賜便也躍然活現於我們的眼前。更因為這次的筆調，尤為樸實洗煉，人物的刻畫也功力恰到好處，全書就自始至終有一種純諧自然之美，而書裏的人物也個個明朗、真切，具有生命，如你我所親炙的親友一樣了。」「在題材方面，《牛天賜傳》是較為狹隘的，在人物方面，也與作者以前所寫的不同。可是這些都無損於作品的本身。我們不妨說，這是一部在拘謹的範圍內，以拘謹的態度來寫述的小說。慎

---

[5]　《牛天賜傳》，1936 年 10 月 1 日《宇宙風》第 27 期。

重與克實的心情，在字裏行間是很可以看得出來的。如果對於作者過去的作品，偶而有一種流於繁瑣及充溢的感覺的，讀了這部《牛天賜傳》後必然會覺到暢適深切，彷彿恰獲得了我們所需要的一切。就技術而論，這可以說是一部完美的作品。」他還認為，小說寫得最出色的人物不是牛天賜，而是牛老者，牛太太與虎爺。[6]

《宇宙風》廣告：「牛天賜傳是老舍先生的最新長篇小說，寫一個小資產階級的小英雄怎樣教養成功的經歷。對現社會及家庭教育學校教育，均有極深刻的指摘，寫小孩大人商人詩人均極生動有力。」[7]

**4 月　張天翼的《洋涇浜奇俠》由上海新鐘書局出版（新鐘創作叢刊第一輯第二冊）。**

王淑明認為：「在他的作品裏，所反映的社會，不是特定的社會存在，而是社會一般，人物事件之發展，多半是浮動的，只在現象的表面上滑溜，而不能從普遍表現特殊，又從特殊而看出它與一般的內在底聯結。」而且「《洋涇浜奇俠》的內容，很明顯的，我們可以看得出來，它是受了吉訶德先生的影響。」最後他認為：「張天翼的小說，原以他所特有的諷刺味和作品的能採取新形式而為讀者所稱道。但到了現在，似乎在他的作品裏，存在著一個危機。那是由諷刺而流於滑稽的危險。」「很顯然地，是由諷刺而轉流於滑稽，則作品中所保有的嚴肅氣分，將為它的詼諧冷峭所掩蓋著了。」另外，「他雖然接近於現實主義，但他卻始終沒有能夠十分深入而用具

---

[6]　《牛天賜傳》，1937 年 2 月 10 日《談風》第 8 期。
[7]　1936 年 5 月 16 日第 17 期。

體的形象來反映它，以致他的作品，雖然傾向於現實主義，但卻不幸成了現實的浮雕。」[8]

蘇雪林認為，《洋涇浜奇俠》諷刺現代中國中下社會的「劍仙迷」，「雖比《鬼土日記》差勝一等，但也不算什麼成功之作。」[9]

胡繩祖認為：「我們說張天翼先生的《洋涇浜奇俠》『摹擬』了《吉訶德先生》，也無非以為張先生打算寫一部《吉訶德先生》那樣的小說罷了。《吉訶德先生》的作者賽凡提斯寫那小說的動機並不和張天翼先生一樣。賽凡提斯有意要譏笑的，不是那位『悲哀姿態的騎士』吉訶德，而是那時候盛行的『騎士文學』（武俠小說）。……然而張天翼先生卻不是那麼一回事。他是憎恨『武俠迷』的，他是用了『幽默』的形式去寫他正面的意思的，可是諷刺的幽默的作品主要是從反面說，你從正面說，就更加難以寫得好。《洋涇浜奇俠》一開頭你就把主人公的『全身』看得雪亮了，你已經知道他是何等樣的人，因而你再看下去時無非看他鬧出多少『笑話』罷了。這一點讀者方面的『心裏』——只準備看書中的主人公再鬧出些什麼笑話，是張天翼先生自己惹出來的，他自己惹的事，只好自己來收場，結果也就無意中自己弄成了為要叫人『笑』而編造『笑料』。於是書中主人公的一幕一幕的動作只成了『笑料』，失卻了『發展中的人物』的意義，於是全書的苦辣的社會意義也在『笑料』中隱晦了；於是最後因為『笑』的太多，讀者笑不出來了。」「我所謂《洋涇浜奇俠》是失敗的作品，就依據了這樣的檢討。」[10]

---

8　《洋涇浜奇俠》，1934 年 5 月 1 日《現代》5 卷 1 期。
9　《新文學研究》，國立武漢大學 1934 年印字第 15 號，第 223 頁。
10　《「健康的笑」是不是？》，1935 年 2 月 1《文學》第 4 卷第 2 期。

**5 月　劉王立明的《生命的波濤》由上海中國女子生產合作社 出版。**

作者在《序》中寫道：

「《生命的波濤》是描寫近五六年來的中國社會，由傳統思想 所遺留下來的餘毒；大都會裏煙、酒、賭、舞所產生的迷誘；帝國 主義者在華以武力侵略，所影響的我國一部分人民的生活，尤其是 這其中的一個女子，在這時期內所受到的遭遇及表現的奮鬥。」「我 寫這本小說的動機，是因為我每每想購一本近代小說，贈送青年親 友的時候，我能買得到關於舞女、電影明星生活的描寫，革命而無 下文，或小姐、少奶奶一類抒情、頹喪的著作，但是一部能給人以 勇氣，一部能暗示人生應當奮鬥，而奮鬥到底的小說，就是尋遍了 書坊，也尋不到幾本．至少我還沒有幸運地多碰見過。為此，我便 在前幾月，當我晚間陪小孩們溫習功課的時候，作了這本《生命的 波濤》。我沒有什麼奢望，只希望在印行以後，它能補這上述的不足。」

**王寒生的《戰血》由漢口一般文化出版社出版。**

**6 月　葉靈鳳的《未完的懺悔錄》由上海今代書店出版。**

作者在《前記》中寫道：

「這小說的題名和內容，本是就擬好了的，『一·二八』的前 夜，曾在一個小刊物上發表過幾段，戰事發生，那刊物停了，於是 我便也中止寫下去。……這一次是第二次嘗試這種情形了。每天一 小段，每段要一個標題，字數要平均，標題要新穎，而且每一段之 中，似乎還要有一個起首，有一個結束。雖然是第二次嘗試，比較 有點把握，但是因為是每天寫一小段，不僅時間匆促，而且主題有 時也會岔開了去。

「這小說裏的主人公陳豔珠，我寫的是一個沾染了都市浮華氣息，但是在內心還潛伏著一點良善的現代女性。……我的本意，要用濃重的憂鬱和歡樂交織的氣氛籠罩全書，要寫出內心的掙扎，這願望都不曾實現。」

「這類小說，我下筆時是力求通俗，避免了一些所謂『文藝的』描寫的。……我想到與純正的文藝作品隔絕了的廣大新聞紙讀者，為了他們，使他們能更進一步接受一般的文藝作品，我的這一點犧牲是值得的。」

《今代文藝》廣告：「作者葉靈鳳先生者本書的序中說過『這小說裏的主人公陳豔珠，我寫的是一個沾染了都市浮華氣息，但是在內心還潛伏著一點善良的現代女性。許多朋友都說，寫這樣典型的人物，我該是擅長的，』我們從這本書中可以證明作者確實擅長這樣的長處。全書有九十余章，用新五號字排印，精裝一厚冊，式樣美觀，愛好文藝的讀者該置備一冊。」[11]

**7月　謝冰瑩的《一個女兵的自傳》由上海良友圖書印刷公司出版（良友文學叢書之二十七）。**

林語堂在《從軍日記·序》中寫道：「自然，這些『從軍日記』裏頭找不出『起承轉合』的文章體例，也沒有吮筆濡墨，慘澹經營的痕跡；我們讀這些文章時，只看見一位年青女子，身穿軍裝，足著草鞋，在晨光稀微的沙場上，拿一根自來水筆靠著膝上振筆直書，不暇改竄，戎馬倥傯，束裝待發的情景。或是聽見在洞庭湖上，笑聲與河流相和應，在遠地軍歌及近旁鼾睡的聲中，一位蓬頭垢面的

---

[11] 1936 年 9 月 20 日第 1 卷第 3 期。

女子軍，手不停筆，鋒發韻流的寫敘她的感觸。這種少不更事，氣概軒昂，抱著一手改造宇宙決心的女子所寫的，自然也值得一讀。」

毛一波認為：「冰瑩這部實生活的記錄，實在能夠表現那時代的青年（不論男女）的努力。她所述的革命青年的勇敢，熱烈而富於感情；並且，又充滿了崇高的理想和遠大的希望。這都是事實，是可以代表那整個時代底革命青年之心理的。」雖然「她的技巧並不完整。」「冰瑩的文章很清麗，這本《從軍日記》就算是一部美麗的散文吧！」[12]

荔荔認為：「冰瑩不是吟風弄月感慨身世的女詩人，冰瑩也不是多愁多病小姐派的女作家。她是個實地上過戰場，經過炮火過來的女丘八。她有的：是慷慨的，熱烈的，革命思想。有的是：勇敢的，進取的，不屈不撓的精神。」「在作者的作品中，不但表現出充足的革命性，同時也表現出充足的同情心。」「我們統看冰瑩全部的文字，完全可說充滿著真實，充滿著活力。……的確，在作者的文字裏，沒有一處是矯揉造作咬文嚼字的，沒有一處是吮筆濡墨慘澹經營的。它給我們整個的影像，是『活』的，不是『死』的。是『生動』的，不是『固滯』的。她的文字正像一匹懸在高山頂上的瀑布，它根本無所顧慮，無所作態，永遠地活潑地向下隨意地狂瀉。狂瀉，只要我們一閉上眼睛，那種活潑的，天真的它勇往的進取的情景，處處我們隨著她飛騰而轉移著。」[13]

---

[12]　《從〈春潮〉讀到〈從軍日記〉》，1929 年 5 月 15 日《春潮》第 1 卷第 6 期。
[13]　《讀了〈從軍日記〉後的閒話》，黃人影編：《當代中國女作家論》，1933 年 1 月版，第 82－85 頁。

衣萍認為，在文字上留著 1927 年革命蹤跡的，「一是茅盾的三部小說：《幻滅》、《動搖》、《追求》，一是汪靜之的《父與女》中的一篇《火墳》，一是冰瑩女士的《從軍日記》。——雖然《從軍日記》不是一部小說，然而我愛她新鮮而活潑而且勇敢的文格，這不是一些專講技巧結構的文人所能寫得出來的。」「如果『革命文學』這個名詞可以成立，《從軍日記》也可算是道地的革命文學了。」「《從軍日記》給我們的是一幅革命開始進行中的明與暗的影子，這幅影子應該永遠留傳下去的；雖然那時代已經過去了。」[14]

李白英認為，這部作品「全部地反映著一九二七年的革命的情景，反映著當時的農民意識，智識份子的態度，不消說，是那個時代最好的代表紀念品之一。」[15]

見深認為：「在作品裏，她只無修飾的，無技巧地抒述所見，所聞，所思。然而這分明不是筆和墨所寫成的，這裏有的是熱血，悲淚和彌滿的精力所渲染成功的一幅圖畫，使每一個曾經在最近兩年動亂的場合中生活過來的人，喚起了極強烈，極痛切的哀感。」「二十世紀的中國革命文獻，若有人費心來編纂的話，我敢介紹冰瑩的《從軍日記》做壓卷，雖然在西湖博覽會那樣粉飾升平的場合裏，它是沒有地位的。」[16]

賈鐵軌認為，由本書可以斷定：「冰瑩女士在文學上的成就，是劃時代的，這成就在於她是五四以後的革命的女性。」[17]

---

[14] 《論冰瑩和她的〈從軍日記〉》，1929 年 6 月 15 日《春潮》第 1 卷第 7 期。
[15] 《借著春潮給〈從軍日記〉著者》，1929 年 6 月 15 日《春潮》第 1 卷第 7 期。
[16] 《讀冰瑩女士的〈從軍日記〉》，1929 年 8 月 15 日《春潮》第 1 卷第 8 期。
[17] 《謝冰瑩的〈一個女兵的自傳〉》，1936 年 9 月 1 日《女子月刊》第 4 卷第 9 期。

良友圖書印刷公司對《一個女兵的自傳》的廣告詞：「冰瑩女士是參加實際革命過來的作家，她和身世和經歷，就是一首悲壯的詩，一部動人的小說⋯⋯」

1929 年 3 月 15 日春潮出版社初版《從軍日記》插頁廣告：「這是革命怒潮澎湃的時候激盪出來的幾朵燦爛的浪花，是一個革命疆場上的女兵在戎馬倉皇中關不住的幾聲歡暢。這是真純的革命熱情的結晶。如果『革命文學』這個名詞可以成立，我們認為這就是最可貴的革命文學的作品。」

1929 年 9 月 15 日《春潮》第 1 卷第 9 期《從軍日記》增訂再版廣告詞：「這是革命怒潮澎湃的時候一個疆場上的女兵的日記，內容是抒寫革命青年的熱情和女性革命戰士的生活。她告訴我們，從事革命工作的時候，不記得有家族，不記得有個人，只曉得要將自己的熱血——被壓迫民眾的熱血，灑到帝國主義者和軍閥的身上去。這的確是真純的革命熱情的結晶。出版以來，讀者的批評發表在各雜誌上的，前後不下十餘篇，可見本書給予大家的印象之深了。現經再版，作者又添上了三篇珍貴的舊作。內容大增，售價仍舊。」

文壇消息：「謝冰瑩女士的《從軍日記》出版後，震動了整個的中國文壇，批評這本書的人不知有多少，一方面是因為這是一部可以代表時代的實生活的作品，一方面也是女子上戰線的真實的記錄。這本書是和《西線無戰事》不同的。《西線無戰事》僅僅是站在非戰主義的立場詛咒戰爭，《從軍日記》是站在革命的立場上來鼓勵戰爭的，就是說，為革命而戰是應當的。現聞此書已由林語堂譯成英文，並有序文介紹，由商務印書館出版。法文本已由汪德耀譯出，在法國出版，法國文學家羅曼羅蘭讀過此書後，甚為讚賞，曾寫信

給汪君表示願意與冰瑩通信，書中曾說此為唯一可代表中國女性參加實際工作的作品。德文已由夏之華在譯，並聞日本、俄文、世界語都有人在譯，不日即可出版。最近美國哥爾德（Gold）所主辦的《新群眾》（NewMasses）曾致謝女士一信，原文大意謂『聞女士之《一個女兵的日記》（即《從軍日記》）已譯成英文，極為歡快，我們美國的革命文學在中國極受歡迎，並望女士贈送一本給我們的文學圖書館，我們知道一定可以深入到我國的讀者中間去，我們一定在美國的報紙上介紹』。中國底作品在國際上得到如此的光榮底稱譽者，除了魯迅先生以外，謝女士實為第一人。也聞《從軍日記》三版改由光華出版雲。」[18]

**隅棨的《急湍》由上海聯合出版社出版。**

**王任叔的《證章》由上海文學出版社出版。**

**林參天的《濃煙》由上海文學出版社出版。**

《光明》的廣告詞：「這是一部關於南洋教育的長篇小說。作者在南洋執教九年之久，以親身的經歷，深切的感觸，發為這一部十余萬言的巨制。在這裏可以看見南洋教育的命脈怎樣抓在一般商人型的『財東』手裏，以及那些『財東』怎樣專打商人算盤，以致堅決拒絕新人物和新思潮的侵入，使人憬然感到我們在外僑胞子弟的教育問題的嚴重性。作者又穿插了許多關於南洋風土的描寫在裏面，使國內的讀者讀了，宛如身入《鏡花緣》一般。」[19]

**葉靈鳳的《永久的女性》由上海大光書局出版。**

作者在《題記》中寫道：

---

[18] 《〈從軍日記〉底榮譽》，1931 年 6 月 10 日《讀書月刊》第 2 卷第 3 期。

[19] 1936 年 8 月 25 日第 1 卷第 6 號。

「這小說的整個故事，是用上海頗知名的一個洋畫社作對象，洋畫社的社員大都是我的朋友。但這是我的一個秘密，我從不曾對他們談起過。當然，他們中間並沒有秦楓谷，張晞天。更沒有朱嫻，也沒有類似這樣的故事，但我卻採用了他們對於藝術努力的精神作我理想的對象，從這上面建築我想像的樓閣。」

「這小說整個是一位畫家和他的一幅畫的故事。我想描寫的是藝術與人性的爭鬥，藝術家為了愛護他的創作而犧牲他的幸福；這是一種頗熟悉的典型，但這也是一幕永久的悲劇。」

「全書的骨幹，那一幅《永久的女性》畫像，明達的讀者當能看出，那是受了文藝復興大師達文西的那幅《莫娜麗沙》的影響。」

**李劼人的《死水微瀾》由上海中華書局出版。**

郭沫若說：「我真是愉決，最近得以讀到《大波》、《暴風雨前》、《死水微瀾》這一聯的宏大的著作。」「作者的規模之宏大已經相當地足以驚人，而各個時代的主流及其遞禪，地方上的風土氣韻，各個階層的人物之生活樣式，心理狀態，言語口吻，無論是男的女的老的的少的的，都虧他研究得那樣透闢，描寫得那樣自然。他那一枝令人羨慕的筆，自由自在地，寫去寫來，寫來寫去，時而渾厚，時而細膩，時而浩浩蕩蕩，時而曲曲折折，寫人恰如其人，寫景恰如其景，不矜持，不炫異，不惜力，不偷巧，以正確的事實為骨幹，憑藉著各種各樣的典型人物，把過去了的時代，活鮮鮮地形象化了出來。真真是可以令人羨慕的筆！」「唯一的缺點，是筆調的『稍嫌舊式』。但這『稍嫌舊式』之處，或者怕也正是作者的不矜持，不炫異，而且自信過人之處，也說不定。」「古人稱頌杜甫的詩為『詩史』，我是想稱頌劼人的小說為『小說的近代史』，至少是『小說的

近代《華陽國志》』。……似乎可以說偉大的作品，中國已經是有了的。」[20]

1938 年 10 月中華書局版《成名以後》插頁廣告：「本書著者積數十年經驗與文學素養，將自清光緒庚子以來社會變遷之跡，從細微處著筆，寫成有系統之小說。內容以庚子年前後之四川成都為背景，描寫當時沉寂之社會、天主教會勢力之強盛、教民之橫行、質物文明之初步侵入、以及士紳、袍哥、土娼等等，而尤注意當時之生活情狀、起居服飾、一般人之思想，特殊之語言名詞，於時代性、地方性均無絲毫疵謬，描寫極深刻入微，結構亦謹嚴完密，允推為中國現代文壇上之偉構。」

**白薇的《悲劇生涯》由上海文學出版社出版。**

**9 月　白曉光的《登基前後》由上海雜誌公司出版。**

**12 月　天虛的《鐵輪》由東京文藝刊行社出版。**

茅盾認為：「天虛曾經寫過長篇小說《鐵輪》。這恐怕是他抗戰前寫的唯一作品。《鐵輪》是他對於『痛心』的十年內戰的抗議。」[21]

**王統照的《春花》由上海良友圖書印刷公司出版（良友文學叢書之三十四）。**

作者在《自序》中寫道：

「動筆之前太匆忙一點，雖在自己的意念中早有了概略的構圖，但搜羅材料上卻大感困難，止就上部說：人物與事實十之六七不是出於杜撰，——如果是在我家鄉中的人，又與我熟悉，他准會按書上的人物指出某某。但難處也在此。」

---

[20] 《中國左拉之待望》，1937 年 6 月 15 日《中國文藝》第 1 卷第 2 期。

[21] 《兩個俘虜》，1938 年 8 月 1 日《文藝陣地》第 1 卷第 8 期。

「雖然總名是《秋實》，原想分兩頭——分上下部寫。上半部盡力描寫幾個人物的『春花』，他們的天真，他們由各個性格而得到的感受、激動、與家庭社會的影響。在那個啟蒙運動的時代（由五四後到民國十二三年），他們紮住了各人的腳跟。像這樣寫，自然有許多地方是吃力不討好，人物多了容易有模糊籠統之處，——本來那個時代的青年易於描寫成幾個定型，再則，他們活動的範圍有限，學校家庭，與社會的一角，寫來寫去，能不惹人煩厭已經費心思不少。可是，反過來說，沒有前半部便從橫斷面寫起，固然有奇峰橫出，飛瀑斷落的興味，不過我還是有我的笨想法，造成一個人生的悲劇或喜劇，不能純著眼於客觀的事實，——即環境的一般變化，而也有各個人物之主觀的心意而來的變化。」

「也因此，這個上半部的《春花》我著眼於上述的情形，寫完後再看一遍，不免過分注重於個性的發展，作他們未來活動的根基，太著重這一層，便覺得有些地方是硬湊，是多餘了。」

「我的計畫想在下部實寫他們的秋天。的確，他們現在也如作者一樣是在清冷嚴肅的秋之節候裏了。」

「社會生活決定了人生，但從小處講也是——」

「個人的性格造成了他與社會生活的悲劇與喜劇。」

「總名用《秋實》二字，意即在此，我作此書的意義也在此，沒有什麼更遠大的企圖。」

「下部便不像上部的單純了，生活與思想上的分道而馳，結成了各人的果實。同時也可見出他們接觸到社會的多方面：政治的，軍事的，教育的，各種社會活動在那個大時代中特具的姿態。」

「因為我想把這幾個主角使之平均發展，力矯偏重一二人的習慣寫法，怕易於失敗。分開看似可各成一段故事，但組織起來，要在不同的生活途徑上顯示出有大同處的那個時代的社會動態，縱然對於動態的原因，結果不能十分刻露出來，可是我想藉這幾個人物多少提示一點。」

「所及的範圍過大，於易『顧此失彼』，這是在筆下之始便已覺察得出的。」

常風認為：「雖然作者要幾個主人公平均發展，可以各成一段故事，而又能連綴在一起，事實上它去作者的預期似尚遠。」「這書敘述了一個人，再敘述另一個人，都是同樣的單調與呆板。作者要著意在這書中表現幾種特殊的性格，似乎僅有許多關於性格的敘述，還需要刻畫，渲染，襯托與更好的藝術方法。」[22]

**李劼人的《暴風雨前》由上海中華書局出版。**

1938 年 10 月中華書局版《成名以後》插頁廣告：「本書係繼《死水微瀾》而續作，雖自成首尾，而與前書仍有脈絡可尋。內容系自清光緒二十九年四川紅燈教之亂寫起，至宣統元年止，仍以四川成都為背景，而描寫當時人民仇洋心理的激昂及清廷盲目的推行新政，社會機構逐漸解紐，維新革命之思潮雜然侵入，兼及男女大防初解時男女間之心理等，無不細膩貼切。全書對話，仍側重方言俗語，以及當時流行之新名詞，為著者描寫地方色彩之特技。與《死水微瀾》誠有珠聯璧合之妙。」

---

22　《春花》，1937 年 6 月 1 日《文學雜誌》1 卷 2 期。

# 1937 年

**1 月**　周天籟的《梅花接哥哥》由上海文光書局出版。

**2 月**　鳧工的《生還》由天津大公報館出版。

　　杜衡的《漩渦裏外》由上海良友圖書印刷公司出版（良友文學叢書之三十六）。

王沉認為：《漩渦裏外》「是一幅現代中國教育界的縮影」，也是「現中國黑暗教育的縮影。」[1]

常風認為，這部描寫學校風潮，以暴露教育界的黑暗與腐敗為題材的長篇小說，「所揭開的黑暗與腐敗都很逼真，雖然還缺少力量。樊振民在這書中是徐子修以外的第一個主要人物，但是作者寫這人物缺少許多必要的點染，他在這書中不是一個立體的人物，我們僅看見他為學校的事而煩擾著、而奔走著，此外一點什麼也沒有。」[2]

**3 月**　蕭軍的《第三代》（第一、二部）由上海文化生活出版社出版（現代長篇小說叢書之二）。

常風認為：「這是一篇雄渾，沉毅，莊嚴的史詩。」[3]

**4 月**　左兵的《天下太平》由上海良友圖書印刷公司出版。

作者在《題記》中寫道：

[1]　《評〈漩渦裏外〉》，1937 年 4 月 1 日《新時代》第 7 卷第 4 期。

[2]　《近出小說四種：四、〈漩渦裏外〉》，1937 年 6 月 1 日《文學雜誌》第 1 卷第 2 期。

[3]　《第三代（第一部、第二部）》，1937 年 6 月 1 日《文學雜誌》第 1 卷第 2 期。

「這部東西在動手之前，我本打算從『五卅』寫到目前，以二十萬字（那自然是受徵文限制）描繪農村在內憂外患交相煎迫之中陷於破潰之形象；並傳出革命勢力相乘地在大眾心裏蔓延生根。只因為那點事情我太熟悉了，一閉下眼來，那點人物的活動，叫我這枝筆左右逢源的寫不盡，所以寫了十四萬字模樣，還只寫到『二七』年代的革命大流，流到了一個新的階段。就這麼寫，也已經太經濟了，有許多地方還只留下個概念。還有不少人物，一出場就沒有機會——這機會還在後面——再見了。所以不得不變更原定計劃，暫時就在這裏打住，當它是第一分冊。以後預備從『二七』年代到『三一』年代的『九一八』，寫第二分冊；『九一八』後則寫第三分冊。」

蔡元培在日記中寫道：「閱良友得獎小說《天下太平》竟。署『左兵』作。敘崇明三和鎮農村凋敝狀況，劣紳剝削手段，及國民黨到江蘇、清共時代各方面反覆無常態度，均有舉一反三之妙。方言亦表出特性。」[4]

常風認為：「今年我們出版界有兩件值得紀念的事：一是大公報的『文藝獎金』，一是良友圖書公司的『文學獎金』。大公報『文藝獎金』範圍稍廣，而且是從過去一年的創作中選戲劇小說與散文的佳作，良友『文學獎金』則只是徵求新的小說創作。大公報的『文藝獎金』業於上月公佈。良友的『文學獎金』最近才揭曉，左兵的《天下太平》和陳涉的《像樣的人》被選為得獎小說，擔任評選者為蔡元培、郁達夫、葉紹鈞、王統照、鄭伯奇諸氏。」「據良友的廣告《天下太平》『是從許多應徵文稿中最先也是最後被評判先生認為

---

[4] 《蔡元培全集》第 17 卷，浙江教育出版社 1998 年版，第 55－56 頁。

值得獲獎的一部。」作者『挑了中國近代史上最亂的一個時間（『五卅』——『二七』）把素稱富饒平安的江南農村，用了最親密的筆調，描寫了他們的真面目。』」「這部小說的作者是第一次寫長篇小說。我們尊重良友的文學獎金和作者，我們願拿一般創作的水準來衡量這部得獎小說。柯大福是全書的中心人物，……卻不曾見他有什麼理想與抱負。拿這樣一個人物作這樣一部小說的主人公似乎過嫌單薄。作者似乎想把柯大福造成功一個足以左右全部故事開展的人物，但是他並未在書中給他安排必需的襯托，而且他也不曾著力來寫這個人物。」不過，小說選材不錯，但令人惋惜的是，小說中的「五卅」僅是一個陰影。[5]

**5 月　予且的《鳳》由上海良友圖書印刷公司出版。**

**　　陳涉的《像樣的人》由上海良友圖書印刷公司出版。**

蔡元培在日記中寫道：「閱陳涉所著《像樣的人》，描寫鄉間劣紳貪鄙殘忍之行為，極深刻。」[6]

**　　王魯彥的《野火》（《憤怒的鄉村》）由上海良友圖書印刷公司出版（良友文學叢書之三十八）。**

**6 月　羅洪的《春王正月》由上海良友圖書印刷公司出版。**

**　　張天翼的《在城市裏》由上海良友圖書印刷公司出版（良友文學叢書之三十九）。**

良友圖書公司廣告：「《華威先生》的創造者張天翼先生，在這一部長篇小說裏，又運用了他那了不起的諷世才能，描出了幾個在我們社會裏所時常看見的人物，心理的和動作的刻劃，均表露盡致。

---

[5]　《天下太平》，1937 年 8 月 1 日《文學雜誌》第 1 卷第 4 期。

[6]　《蔡元培全集》第 17 卷，浙江教育出版社 1998 年版，第 52 頁。

本書前曾在大公報館的《國聞週報》上發表一小部分，極受讀者歡迎。現已全部完成，都三十五萬字，為近年來國內出版界所稀見之長篇，印一大厚冊，三色封面。」[7]

**7月　李劼人的《大波》由上海中華書局出版。**

郭沫若認為，《大波》「表現法雖舊式，但頗親切有味。中用四川土語，尤倍覺親切。」[8]

1938年10月中華書局版《成名以後》插頁廣告：「全書約十萬字，分訂上、中、下三冊。內容係記敘民國紀元初四川爭路運動之經過及其因果，尤極致力於事之底因，與夫群眾運動之心理變化，兼及當時社會之紊亂狀態，初期內戰時之作戰情形，更有香豔動人之戀愛事蹟。書中無舊小說之迂腐，無新小說之累贅，對於事理設想之周到，描寫之深刻，非通達世故，經驗豐富者，不克臻此。寫對話時引用民間流行諺語，尤能恰到好處。確為著者有多年之文學素養，始有此成熟之作品。書中所敘事實與代表人物，大半係真名實事，故讀者更覺親切有味。」

---

7　《霧》，良友復興圖書印刷公司，1943年桂林版。

8　《中國左拉之待望》，1937年6月15日《中國文藝》第1卷第2期。

# 1938 年

**3 月　巴金的《春》由上海開明書店出版。**

蔭墀說：「《春》是《家》的續篇，是一部極生動，極有力量的好小說。它告訴我們生活的激流怎樣在動盪。」「在這裏面可以看到真實的人生，愛與憎，歡樂和愁苦，偉大的熱忱和友誼。」[1]

　　　　**含沙的《抗戰》（《中國人》）由上海金湯書店出版。**

**5 月　端木蕻良的《大地的海》由上海生活書店出版。**

作者在《我的創作經驗》一文中寫道：

「《大地的海》是記敘我母親那一族的故事的。那是企圖想把大山擴大了來寫。那個青年農夫的影子，便是用我的大表哥來作底子的。不過起頭是我大表哥的少年期，再過一個時光，他就會走上了大山路上來的。」

「我有一種壓抑的沉厚的愛，這種愛只有土地會瞭解的，這是我對於土地的寄下了沉厚囑託的理由。我離開了土地，來到了海上，我感到無比的寂寞和懷戀，對於那稻草的香氣和原野的空曠。大地的海的全文，便是我對於土地的愛情的自白。我性格裏的粗獷的一面，適合我來勾勒這個荒涼的輪廓。我便寫了。我那時有一個企圖，就是我想作到寫土地的文章，寫到這兒就著寫盡了。因為那時自以為對土地有深沉的理解。寫了土地是在我和海

---

[1]　《巴金的〈春〉》，1938 年 8 月 1 日《宇宙風》第 72 期。

洋在一起過了一個時候，土地和海洋的沉鬱在我的眼前調和起來，我看不出海洋和土地的分別來，同時我又可以看出他們的絕對的不同來，這兩種氛圍在眼前交流，時而把我帶到遙遠不定的恍惚裏，時而又把我凝凍在光枯的土地上。我抒情似的抒寫著土地。」[2]

《文藝陣地》廣告詞：「在鐵蹄下的東北同胞，善良的農民們在敵寇的淫威下做著奴隸。這個長篇被描寫著的就是那裏的一個農村。長久的欺凌和壓榨，農民們已經快流盡了最後一滴血。然而鬼子還不滿足，要把農村裏的耕地，興築大路，這無異將侵略的毒菌，直接通過血流，置全村生命於死地。但是冰雪的嚴寒使他們保有了和從前一般的粗獷，復仇的火焰在大地的中心跳躍了。農民，婦女，朝鮮革命志士，結成了一條線，大地怒吼！作者描寫生動，農村典型人物刻劃的精細，已到了登峰的地步。」[3]

**6 月　陸笑梅的《新女性日記》由上海希望出版社出版。**

**10 月　周文的《煙苗季》由上海文化生活出版社出版（文學叢刊第四集）。**

茅盾認為，讀了《煙苗季》和《在白森鎮》後，「有一個結論是無論如何會得出來的：在中國這個最大最富庶也最黑暗的邊省裏，封建軍閥們——大的和小的，曾經怎樣把廣大的幅員割裂成碎片，而且在每一最小的行政單位（例如白森鎮）內也成為各派軍閥暗鬥的場所。」而且「像《煙苗季》和《在白森鎮》所寫的那種醜惡，

---

[2]　1942 年 6 月 20 日《文學報》第 1 號。

[3]　1939 年 7 月 1 日《文藝陣地》第 3 卷第 6 號。

亦何嘗只限於那『邊荒一隅』，不過是形式略有變換而已」。他還認為：
「《煙苗季》裏的旅長是一個典型性格。」[4]

余應岐認為：「一個老人，奇怪而年青，情熱而頑固，在一片
被損壞了的荒漠上，惘然坐在嗚咽的溪水旁邊，用他無言的計算，
清數著軍隊的生活，殘忍，毀滅的成績。看著那被奪去了聲音被攜
走了顏色而腐敗的原田，他忘了尊敬聽者愛美的意願，執拗的將過
去的慘傷一嘴一嘴遞了出來，彷彿意思說：『去罷，去罷，怎樣一個
製造滅亡的世界呀，怎樣的生命的蒙昧！』」「他望著那個炎禍的煙苗
季節，那像一個不可見的精靈躲在空氣後面，散佈煙毒一樣的氣息，
將肉身的易毀的人們卷在它裏面，使他們無可避免的被其毒害而腐
壞下去，這不是由於他那不能看見春之紅與綠的眼睛嗎？可是不能
看見紅綠，在一個經驗苦澀的老人是並沒關係的。當別人能在鮮活
中吮味生命的時候，他卻以白髮的透視看到了那個季節孕育苦難的
酸質。」「在這裏，是一個小而逼窄的角落，是一團休戚相關，緊緊
擠在一處的一群人。可是在這兒卻不見歡欣和愛，不見有親切，代
替了的是旅長和參謀長的對立成為一個主要的樹身。從那裏分長出
無數仇恨與妒忌爭奪的旁枝。……如一群狼狐在月黑的暗夜，互相
以堅利的牙尖陷入敵人的心腹裏。」「作者利用背景烘色的方法使這
場腐蟲的爭執加重它的危難和疑困。在這兒，固然我們已看清每一
雙為私為己的夜狼都有它的管頭在上面，使它苦悶憤抑，可是為他
們共同畏懼，感覺到必須獲得位置與權勢的卻是那些被刻扣了餉銀
的兵士，那些……鄉下人們。這些人在作者的場面上是只會咬緊牙

---

[4]　《〈煙苗季〉和〈在白森鎮上〉》，《收穫》，生活書店，1937 年版，第 134－
141 頁。

齒讓人賞賜嘴巴的，他們只能呆呆的站在主人面前發抖。但是，他們無聲無色如塵霧般撒散在空氣裏的威脅卻往往使那驅使得全街人民戰慄噤聲的權威，為了忿怒的恐怖而發狂，……」「這是完全由現實的生活中發展出來的自然步驟，使文章在一種有意義的收束下不露出裝做的痕跡。」「整個說來，在表達一種中心觀念，如上文所指出了的應該是有了成功的效果。」「頭緒上似乎複雜，但結構卻實在是單純。這部作品若能集中在一串情節的發展上，緊實有力，以較快的筆法寫在較短的篇幅裏面，它必會給讀者以更大的緊張，更切實的體會，使人在焦切的不安中不能自拔的將它讀完了才罷。但因在情節缺少的地方，作者未曾愛惜他的筆墨，反將它們浪費在微末的甚而不必須的小事上，致使文章的氣勢和結構沉湎的鬆懈了下來，顯得搖晃疲散。到了場面歸於收束時，於是步法顯出雜亂而空洞，不能收到它們所應有的效果」。「論人物，一般的講，離活鮮生動還有點距離，但也有可憐而可笑的人物綴在作者以動作言語為寫生描繪的筆尖上。……因此愚懦無主的余參謀，……比較上在所有人物中間，他是最成功的一個，最有色彩，雖然他的色彩只不過是灰的。作者自然也曾努力寫了那個要振作權威，心在山林身在朝的旅長，可是這一位的印象卻如走了光的照片，比起余參謀明顯的輪廓就差了點明晰。至於那位吳參謀長，作者雖曾用了整章的篇幅為他，他卻是失敗的。」[5]

　　雪葦認為余應岐對人物的分析是不妥當的，他說：「《煙苗季》是龐大的現實社會的表現和分析，……雖沒有偉大的英雄存在，然

---

[5] 《煙苗季》，1937 年 3 月 20 日《大眾知識》第 1 卷第 10 期。

而作者那精細不苟的一筆一筆的描寫，依照著那般人物的命運刻畫出他們的實在的態度，決不是廢墟上的飲泣，溪水邊的懷舊。無論從本書所表露的作者底主觀情緒上來看，或從何谷天——周文這位青年作家的寫作歷程上來考察，都得不出這樣的結論」。他還認為，小說「大體上卻很完整，人物雖沒有阿 Q 那樣的成就，而『活鮮生動』的倒不只有一個余參謀。」這種可憎又可憐的人物，「在川黔諸省，完全不只是十年前的存在，是現在還遍佈在那些地方的任何一個角落的特殊的『青年層』。」[6]

常風認為：「以題材言，這部小說是值得注意的。以前似乎尚無人企圖以這樣長的篇幅來描寫以軍人的生活為中心的故事。這小說的主要目的即在暴露表現在軍人生活中的腐蝕，奸詐，陰險，庸杇這些品質。」但「這小說從開始到結尾缺乏重心。全書的故事從開始逐漸展開，到了結尾完全展開了，然而即在這時又戛然而止，一部十四萬字的長篇創作落根兒沒有了著落。這書在暴露一切現社會相，但這暴露缺乏潑刺的力量，有許多場面暴露的不夠，甚至說不到暴露。」也「完全暴露了作者缺乏處理題材和組織故事的能力。」「所以這部書只能有一點事實的鋪陳，平庸、冗長、鬆懈、短少深刻。」[7]

文化生活出版社的廣告詞：「這是未曾發表過的一篇約十五萬言的長篇小說，裏面所寫的是北洋軍閥時代在一個邊地的軍隊中矛盾的生活。作者描寫著那些無知、腐敗、互相爭奪衝突的人們，刻畫他們的心理和性格。以二十多個人物，展開密接緊湊的畫面，是年來長篇小說的力作。」

---

[6]　《關於〈煙苗季〉》，1937 年 7 月 5 日《中流》第 2 卷第 8 期。
[7]　《煙苗季》，1937 年 6 月 1 日《文學雜誌》第 1 卷第 2 期。

**11 月 蕭乾的《夢之谷》由上海文化生活出版社出版（現代長篇小說叢書之七）。**

司徒珂認為，在近十幾年的中國文壇上，「像蕭乾先生的《夢之谷》這樣動人的愛情小說，我們還不易再找出媲美的作品。」「《夢之谷》的成功除了因為技巧的優美之外，那最大的原因就是因為作者蕭乾先生對生活有很深刻的認識，所以他能很自然地寫出青年人的痛苦」。「這裏所表現的有三個不同世界的生活，一個是『羅鐘的世界』，一個是『我的世界』，一個是『朋友的世界』。全文著重在『我的世界』的描寫，對『羅鐘的世界』用側面的方法描寫畫出一個黑影子，這黑影子卻緊緊地時時地貼在美麗的故事畫面上，像一塊鉛鐵似的重壓著『阿煙』的心，也重壓著讀者的心。」小說技巧成熟，細膩，精緻，微妙。不足在於序幕的寫法有些處理不當，對劉校董筆墨有些輕。[8]

陳異認為，《夢之谷》雖是作者的第一部長篇小說，「就給創作小說史下留下一個不平凡的印痕」。「在風格方面，較之《道傍》的憂鬱更加濃厚。《道傍》完全是『散文散步』下的一個憂鬱與奮鬥的綜合產物，而這種奮鬥是極廣泛的，它包括人間一切醜惡與美好，真理與狡詐，理想與事實，希望與幻滅……不相容的兩種對立，但《夢之谷》裏的前半部（頁一至五七）幾乎完全是在寫散文，看不見，嗅不著一些小說上應有的各種氣息，這不但是『散文散步』，且是哲學與人生與文筆的共同散步了，但這裏，我們可以聽到一個被『放逐』人的呻吟，失意人的徬徨，浪遊者的徉徜，

---

[8] 《評〈夢之穀〉》，1940 年 4 月 1 日《中國文藝》第 2 卷第 2 期。

這在天與地間者的無聊，──一個把意志交給了『宿命』與『前途』的夜遊者。」[9]

少若（吳小如）說：「我之所以欣賞《夢之谷》，所以欽慕蕭乾先生，只是由於他能有那抒寫這種平凡故事的藝術技巧，與其感情流露時所給予人的適當的分量。」「你看，他首先用一個序幕，是一個那麼熨貼、纏綿、精緻、靈巧、而且富有滄桑之感的序幕。所有抒情詩的調子，起伏作勢的勁頭兒，灑脫不群的味兒，全在那序幕裏一一安排妥貼。用風景描繪出自己的心情，用心情裝點了風景的美麗，使你不知不覺就躍進了他所織成的那張多情的網。然後，用著最寥廓、最渺邈的章法敘述這個流浪江湖的青年人。穿插在中間的小故事小天地像串珠，像泉眼，像南風吹過四月的麥田，始終在不停地聯綿起落。把幽默、悲涼、豁達、依戀，許許多多的感情成分，堆砌──不，毋寧說是融合──成一幢五光十色的琉璃寶塔：看上去已晶瑩奪目，登起來更無盡無休。」「總之，我們得承認《夢之谷》是抒情詩，是一首內容並不驚人的抒情詩。然而，可驚人處乃是作者在運用藝術技巧時的身手，乃是作者安排結構時的匠心。有了這些，抒情詩才能偉大。」[10]

**拓荒的《少女懺悔錄》由上海新地書店出版。**

9　《蕭乾論》，1941 年 2 月 1 日《中國文藝》第 3 卷第 6 期。
10　《夢之穀》，1948 年 2 月 15 日北平《經世日報・文藝週刊》第 84 期。

# 1939 年

**1 月　拓荒的《少女懺悔錄外集》由上海新地書店出版。**

**3 月　老舍的《駱駝祥子》由上海人間書屋出版。**

作者在《我怎樣寫〈駱駝祥子〉》一文中寫道：

「記得是在 1936 年春天吧，『山大』的一位朋友跟我閒談，隨便的談到他在北平時曾用過一個車夫。這個車夫自己買了車，又賣掉，如此三起三落，到末了還是受窮。聽了這幾句簡單的敘述，我當時就說：『這頗可以寫一篇小說。』緊跟著，朋友又說：有一個車夫被軍隊抓了去，哪知道，轉禍為福，他乘著軍隊移動之際，偷偷的牽回三匹駱駝回來。」

「這兩個車夫都姓什麼？哪裡的人？我都沒問過。我只記住了車夫與駱駝。這便是駱駝祥子的故事的核心。」

「從春到夏，我心裏老在盤算，怎樣把那一點簡單的故事擴大，成為一篇十多萬字的小說。」

「不管用得著與否？我首先向齊鐵恨先生打聽駱駝的生活習慣。齊先生生長在北平的西山，山下有許多家養駱駝的。得到他的回信，我看出來，我須以車夫為主，駱駝不過是一點陪襯，因為假若以駱駝為主，恐怕我就須到『口外』去一趟，看看草原與駱駝的情景了。若以車夫為主呢，我就無須到口外去，而隨時隨處可以觀察。這樣，我便把駱駝與祥子結合到一處，而駱駝只負引出祥子的責任。」

「怎麼寫祥子呢？我先細想車夫有多少種，好給他一個確定的地位。把他的地位確定了，我便可以把其餘的各種車夫順手兒敘述出來；以他為主，以他們為賓，既有中心人物，又有他的社會環境，他就可以活起來了。換言之，我的眼一時一刻也不離開祥子；寫別的人正可以烘托他。」

「車夫們而外，我又去想，祥子應該租賃哪一車主的車，和拉過什麼樣的人。這樣，我便把他的車夫社會擴大了，而把比他的地位高的人也能介紹進來。可是，這些比他高的人物，也還是因祥子而存在故事裏，我決定不許任何人奪去祥子的主角地位。」

「有了人，事情是不難想到的。人既以祥子為主，事情當然也以拉車為主。只要我教一切的人都和車發生關係，我便能把祥子拴住，像把小羊拴在草地上的柳樹下那樣。」

「可是，人與人，事與事，雖以車為聯繫，我還感覺著不易寫出車夫的全部生活來。於是，我還再去想：颶風天，車夫怎樣？下雨天，車夫怎樣？假若我能把這些細瑣的遭遇寫出來，我的主角便必定能成為一個最真確的人，不但吃的苦，喝的苦，連一陣風，一場雨，也給他的神經以無情的苦刑。」

「由這裏，我又想到，一個車夫也應當和別人一樣的有那些吃喝而外的問題。他也必定有志願，有性慾，有家庭和兒女。對這些問題，他怎樣解決呢？他是否能解決呢？這樣一想，我所聽來的簡單的故事便馬上變成了一個社會那麼大。我所要觀察的不僅是車夫的一點點的浮現在衣冠上的、表現在言語與姿態上的那些小事情了，而是要由車夫的內心狀態觀察到地獄究竟是什麼樣子。車夫的外表上的一切，都必有生活與生命上的根據。我必須找到這個根源，才能寫出個勞苦社會。」

「當我剛剛把它寫完的時候,我就告訴了《宇宙風》的編輯:這是一本最使我自己滿意的作品。後來,刊印單行本的時候,書店即以此語嵌入廣告中。它使我滿意的地方大概是:(一)故事在我心中醞釀得相當的長久,收集的材料也相當的多,所以一落筆便準確,不蔓不枝,沒有什麼敷衍的地方。(二)我開始專以寫作為業,一天到晚心中老想著寫作這一回事,所以雖然每天落在紙上的不過是一二千字,可是在我放下筆的時候,心中並沒有休息,依然是在思索;思索的時候長,筆尖上便能滴出血與淚來。(三)在這故事剛一開頭的時候,我就決定拋開幽默而正正經經的去寫。在往常,每逢遇到可以幽默一下的機會,我就必抓住它不放手。有時候,事情本沒什麼可笑之處,我也要運用俏皮的言語,勉強的使它帶上點幽默味道。這,往好裏說,足以使文字活潑有趣;往壞裏說,就往往招人討厭。《祥子》裏沒有這個毛病。即使它還未能完全排除幽默,可是它的幽默是出自事實本身的可笑,而不是由文字裏硬擠出來的。這一決定,使我的作風略有改變,教我知道了只要材料豐富,心中有話可說,就不必一定非幽默不足叫好。(四)既決定了不利用幽默,也就自然的決定了文字要極平易,澄清如無波的湖水。因為要求平易,我就注意到如何在平易中而不死板。恰好,在這時候,好友顧石君先生供給了我許多北平口語中的字和詞。在平日,我總以為這些辭彙是有音無字的,所以往往因寫不出而割愛。現在,有了顧先生的幫助,我的筆下就豐富了許多,而可以從容調動口語,給平易的文字添上些親切,新鮮,恰當,活潑的味兒。因此,《祥子》可以朗誦。它的言語是活的。」

「《祥子》自然也有許多缺點。使我自己最不滿意的是收尾收得太慌了一點。因為連載的關係,我必須整整齊齊的寫成二十四段;

事實上，我應當多寫兩三段才能從容不迫的剎住。這，可是沒法補救了，因為我對已發表過的作品是不願再加修改的。」[1]

《編輯後記》：「老舍先生一口氣給本刊寫了八篇《老牛破車》後休息了一陣，現在暑假已到，就把全部工夫放在給本刊寫作上面。除了隨筆之外，更有一個長篇在創作中，名曰《駱駝祥子》，決定在本刊二十五期刊起。老舍先生是中國特出的長篇小說家，《駱駝祥子》就是這長長時間中構思成功的作品，寫作時又在長閒的暑假期，寫作地正在避暑地的青島，其成功必定空前。本刊得此傑作，喜不自勝，就急急忙忙地報告讀者。」[2]

聖陶認為：老舍先生文章的風格，第一，從儘量利用口頭語言這一點上顯示出來；第二，又從幽默的趣味顯示出來。幽默中含有溫厚。[3]

畢樹棠認為：「環境的不順，是時時處處是如此的，那是人群的現象，而個人的競存無能，是任時任地都要被淘汰的。要在社會上立住腳，單靠一條好漢和一顆私心，是不夠的，非鬥爭不可，鬥爭也許失敗，失敗得值得，而遷就盡然失敗，失敗得冤枉。作者寫駱駝祥子的一再不失其自力更生之志，倒還平常，而處處寫他那一死兒的守常，不能應變，那股子又爭又讓，半推半就，含著辣又嚼著甜，軟不是，硬不成的勁兒，實很出色。」「就文藝上看，這本書有幾方面的價值。第一，寫出了北平的真美，言語，風俗，習慣，氣象，景物，所有色色形形的調子，無論美醜好壞，都是道地北

---

1　1945 年 7 月《青年知識》第 1 卷第 2 期。
2　1936 年 8 月 1 日《宇宙風》第 22 期。
3　《老舍的〈北平的洋車夫〉》，1936 年 10 月 25 日《新少年》第 2 卷 8 期。

平的，用北平的滋味一嚼摸，就都是美的。……其次，寫出各個人物的性格。」[4]

吉力認為，小說塑造的最成功的是劉四爺，虎虎有生氣。[5]

司徒珂認為：「與其說《駱駝祥子》是祥子一生的歷史，不如說是影響祥子生活，左右祥子幸與不幸的社會的一個寫照」。祥子「既患著先天不足，又複患了後天失調。……他是代表著一群幹苦活的弟兄們的一個典型。」《駱駝祥子》是「他的一切作品中，『同情心』最濃烈的一部。同情在《駱駝祥子》中是唯一的特質。」老舍用意在於「暴露那些污點，作為國民自省的明鑒。」他認為，阮明是黑暗社會中的一個典型人物。在作品中，老舍對阮明和觀阮明遊街的自作文明的國民予以了痛快淋漓的揭罵。他還認為：「老舍先生技巧上的特點，主要的可以說有兩個：一個是他能善用北京話，這是誰都知道的，他把說話和行文打成一片，口勁與筆鋒相互的聯繫，一扣緊似一扣，所以簡潔，俏麗，明快，機智，真而且美。他是用純粹的本國語言寫小說的中國第一個作者，在他以前沒有如此成功的人，在他之後我沒還沒有發現第二者。」「一個是他精神貫注，全文彷彿是瀑布從山巔衝下，是一股兒氣的，沒有生硬，沒有間斷，沒有閒隙，他運用寫劇的原理來寫小說，把『高潮』處理得適當而且生動。……《駱駝祥子》因為作者傾注上了他的一腔熱情，文章的靈魂立刻活躍起來。使你在圓潤的文章上，自然的體會了他的熱情。」[6]

---

[4] 《駱駝祥子》，1939 年 5 月 1 日《宇宙風·乙刊》第 5 期。
[5] 《讀〈駱駝祥子〉》，1939 年 5 月 20 日《魯迅風》第 14 期。
[6] 《評〈駱駝祥子〉》，1940 年 2 月 1 日《中國文藝》第 1 卷第 6 期。

　　王任叔認為，老舍正是用現象學的方法處理他的人物的，「祥子這是在他這一種方法上概括成為一個世俗的類型，不是典型。不錯，老舍在這裏展開了車夫的一般生活的說明（但僅止說明，不是形象的刻畫。）然而他的車夫世界，沒有和其他社會作有機的連繫。不錯，他也寫出了一個老實的祥子的墮落的過程，但像平靜的水似的流去，沒有一點不安和苦悶。真個是前後判若兩人。雖然阿 Q 性格是應該被揚棄的，但在作品上出現時，他還有『生命力』，祥子全沒有這一東西。」[7]

　　梁實秋認為：「老舍先生的小說第一個令人不能忘的是他那一口純而乾脆的北平話。他的辭彙豐富，句法乾淨俐落，意味俏皮深刻。」「老舍先生的早年作品，如《二馬》、《老張的哲學》等，如果有缺點的話，最大的一點是應在文字方面給了讀者甚大的愉快，而內中的人物描寫反倒沒有給讀者留下多大的印象。《駱駝祥子》不是這樣。在這部小說裏，我們清晰的認識出一個人，他的性格，體態，遭遇，都活生生的在我們眼前跳躍著。其中文字的美妙處，雖然不一而足，雖然是最出色的一點，但是我在讀完之後不能不說文字的美妙乃是次要的。我掩卷之後，心裏想的是祥子這個人，他的命運，他的失敗的原因，他那一階級的人的悲劇。至於書中的流利有趣的文章，我一面遊覽，一面確覺得它有引人入勝的力量，可是隨看隨忘，沒有十分的往心上走。看到盡頭處，我的注意力完全在書中的主人公身上，我覺得他是一個活人，我心裏盤算著的是這一出悲劇，我早忘記了作者是誰，更談不到作者的文筆了！這是藝術的成功處。老舍先生的文字雖

---

[7]　《文學讀本》，珠林書店 1940 年 5 月版，第 192 頁。

然越來越精，可是他早已超出了競尚幽默的那一時期的風尚，他不專在字句上下功夫，他在另一方向上找到發展的可能了。」「哪一個方向呢？就是人性的描寫。《駱駝祥子》有一個故事，故事並不複雜，是以一個人為骨幹，故事的結構便是隨著這一個人的遭遇而展開的。小說不可以沒有故事，但亦絕不可以只是講故事。最上乘的藝術手法是憑藉著一段故事來發揮作者對於人性的描寫。《駱駝祥子》給了我們一個好的榜樣。」「《駱駝祥子》雖然與抗戰無關，但由於它的藝術的成功，仍然值得我們特別的推薦。」[8]

[美]華思認為：「中國的一切文章，不論是政治論文或是小說，首先應從下一點來衡量，看它對於美國對中國的國情的瞭解，有什麼供貢獻，根據這一點及其他一切觀點，駱駝祥子都有崇高的評價。當代中國勇敢作家的這一本憂鬱，勇敢，樸素的小說，對於想對中國普通人民獲得具體瞭解，想對中國人民的人道主義及其不可毀滅性獲得徹底認識的有教養的讀者，恰是一本最適當的著作。這本書不但把普通中國人民表現得真實而且平易可解，並且把中國人民寫得溫暖，不單調，謙和而又勇敢，全世界都可以從本書理解到，為什麼那些深知中國人民的外國人，這樣的珍愛他們。全書沒有一句宣傳，但對於『一切好人都是兄弟』的真理，本來是最好的宣傳品。」「我們只要作幾點否定的指示，就可以表現出本書的若干最重要的特點來。這不是舶來品，不是嘩眾取寵的故事，沒有弄槍花，故作驚人之筆，也沒有想弄成一個浪漫的色彩斑斕的故事。沒有說教，沒有尖刻，也沒有想作任何社論的企圖。它沒有躲避主題必有的世俗的醜惡，也沒

---

[8]　《讀〈駱駝祥子〉》，1942 年 3 月 26 日（重慶）《中央週刊》第 4 卷第 32 期。

有過分強調這些地方，以博一粲。在本書的樸素風格中，一個好人的形象不朽的雕型出來了，一個偉大的民族和一個偉大城市的心靈被描繪出來了，一個階級的悲劇，忍受長期痛苦的勇敢被表現出來了，一個動盪變亂的國家的狼狽之況也被具體而微的表現出來了。假若我說，你讀過本書以後，你對於中國普通人民再不會感到陌生，這不是過獎，是對本書應有的評價。」「對於美國讀者，選擇一個洋車夫作為全書中心人物，是值得讚美的一個想頭。從美國人的關於人類尊嚴的混亂的概念說來，我們很自然地以為，一個人把自己賣做拖別人的牲畜，是墮落到極點了。然而事實上這正是普通中國人民最重要的獨立精神，他雖然獻身於這樣一種低賤的工作，他卻非常有把握，決不會因此失去了人類的尊嚴。把自己賣身做這種工作，絕沒有使他感覺到他比他拉的客人有所不如。駱駝祥子是一個極為動人的人物，遭受到人類與社會殘酷的痛苦，他受苛待，受折磨，受打擊，但他從沒有失掉驕傲之感，對於他的工作的尊嚴與價值，從未失掉信心。作者清晰地傳達出中國古老文明的這一目不識丁遭受蹂躪的子孫的個人價值與民主的個人主義，作者也就一方面浮雕出這種好人本性中固有的將來的希望，一方面也描繪出那使他陷害於如此狼狽的中國的絕望的情況。」「駱駝祥子不是政治小說，它也絕沒有任何政治路線要推銷。這只是一個想到北平謀生的青年農民的偶有的快樂與數不清的煩惱的直樸的故事。他的好夢是自己有一輛洋車，娶一個美麗的鄉村姑娘，然而他的單純的勤奮的美德卻似乎無用武之地。駱駝祥子的確是一個好人，是一個不可毀滅的靈魂，使他能夠經受起慘酷生活，最後使他能夠活下來的，也正是那種不為毀滅的精神和謙和善良的德性。駱駝祥子不懂什麼政治，不懂什麼社會學說，一個同情的女學生和他

談話的時候，他不知道她說什麼。但是當他看見她被處死時，他陰鬱的體會到一定有若干事情是非常不對的。本書中的任何政治評論都不明顯而且晦澀，但讀過後的印象一樣強烈的使你聯想到腐敗與壓迫及中國貧民的無限的忍耐力。」「壓迫的若干罪惡的工具雖被作者加以指斥，然而作者給人一種客觀主義的顯明印象，雖然這決不是冷漠。只有在虎妞身上（這個潑辣的女人緊緊地抓住駱駝祥子），作者才表示出對於他的人物的真實的厭惡。他把駱駝祥子創造成一個非常引人的人物。年青的妓女小翠喜（Littie LucKLyone）（注：應為小福子）則是一個真正感人的可憐的女英雄。但實際上，這是北平，中國大眾的北平，北平的污濁與活力，北平的美好與醜惡，北平的顏色與味道，這是本書的中心形象，這幅圖是忘不掉的。」「像關於東方真實的書籍所應有的一樣，駱駝祥子書內也有若干部分，不令人愉快，也不美麗，西方的胃口吃不消。然而，臭醜和俗惡的利用，不是為了煽動，而是為了真實。你或是為了獲得對中國及中國人民更清晰的瞭解，或是為了讀一本引人入勝的小說，來讀駱駝祥子，你都不會失望。這是中美瞭解事業中的一件大事。」[9]

爽齊重申了華思的觀點。[10]

劉民生認為，要介紹這一部長篇小說給全世界的時候，他還似應該再多做幾件事的：第一，作者似應把祥子怎樣離農村而跑到北平去的理由有所敘述。第二，作者太強調了祥子的成功性，使讀者感覺到只要一個人自己的努力刻苦仍能翻身轉來。再次，是作者把

---

[9] 《評〈駱駝祥子〉英譯本》，1945 年 8 月 27 日《掃蕩報》。
[10] 《從〈駱駝祥子〉到〈四世同堂〉》，1945 年 9 月 16 日重慶《大公報》。

主人公祥子的失敗歸納到和虎妞的結合裏，這一點是小說的諷刺，對於小說本身的意識是有損害的。[11]

李兆麟認為：第一，開頭用三十多頁的篇幅僅僅說明祥子和人力車夫及祥子和駱駝的關係，在筆墨上似乎是浪費的。第二，祥子一生爬不起來的原因很多，小說所描寫的他被丘八征去、因東家是革命黨而殃及池魚以及車錢被偵探沒收具有偶然因素，以此作為祥子一生爬不起來的根本原因，這必然性似嫌不夠。第三，假若使祥子遲出世幾年，使他成為 1927 年左右的祥子，當使讀者更感到親切。第四，祥子與虎妞的結合有傳奇性，但假如祥子娶一位同樣窮苦出身而面貌端正的女性，雙雙克勤克儉合作努力，但終於無法抬起頭來，這似乎更能襯托出該書的主題。同時，他不同意劉民生的意見，認為第一，小說並不是寫時就為西洋讀者看的，寫祥子怎樣離農村而到北京去的理由，是另一部小說的題材。第二，小說最大的佳處就是強調祥子的不成功性而不是成功性。[12]

遍采認為：「這是北平洋車夫一條命定的道路，也是中國勞苦大眾一條命定的道路。」「作為苦難的中國勞苦人民，第一要問『敵人在那裏？』老舍先生通過駱駝祥子指出了一個是『自我』，一個是『封建勢力』，而這兩個敵人又是通同一氣狼狽為奸的。封建勢力本身固然兇惡，在它控制腐蝕下的社會所滋育出的自私夢想，和麻痹懵懂的情感則更可怕。」[13]

---

[11] 《〈駱駝祥子〉求疵談》，1946 年 8 月 1 日《上海文化》第 7 期。

[12] 《與劉民生先生論〈駱駝祥子〉》，1946 年 9 月 1 日《上海文化》第 8 期。

[13] 《勞苦人民的道路——〈駱駝祥子〉讀後》，1948 年 6 月 22 日天津《大公報》。

　　許傑認為：「在這一部《駱駝祥子》裏，老舍給我們創造了一個祥子，並且也刻畫了祥子整部生活的歷史。而同時，他又根本把祥子的生活態度否定了去。」而且，祥子毀滅的原因老舍也沒有告訴我們。「我們曉得，老舍在寫《駱駝祥子》的時候，他是有兩副眼光的，一副是站在作品中人物的觀點，他替他們設想，替他們用語言文字給記錄下他們的觀感和行動來；還有一副呢，則是他自己的；他時常自己出馬，作著自己旁觀態度的說教。」可是，「我們在這部作品中，非但看不見個人主義的祥子的出路，也看不見中國社會的一線光明和出路。」通過老舍對阮明的描寫反映出，「老舍對於中國革命的不夠認識，他在有意無意中受了一些反宣傳的影響，承認中國的革命是用錢收買的」。另外，老舍「在寫祥子的性生活時，卻用人性與獸性，個性與環境的衝突與矛盾，才將故事發展開來的。」「而且，如果不嫌吹求，我卻覺得老舍在性生活的描寫上，他的用力，似乎還過分了些。自然，我們並不一定要反對作品中的關於性生活的描寫，我們更不能規定作品中的人物，如同祥子他們，不應該有性生活的一面；但在這部作品裏，老舍把性生活的描寫，這樣的強調起來．而且幾乎提高到成為祥子這個個人主義者之所以走上墮落之路的決定因素，這卻不能不使我們發生一些懷疑。」「這樣的診斷，這樣加重著性生活對於個人主義的毀滅的強調，這樣的描寫環境來決定個人性格，對於社會病態的解剖，對於個人主義的出路和中國社會的前途，能算是公允的嗎？」「可是，老舍先生的人物描寫，是非常成功的。這裏，我覺得寫得最成功的，還該算到虎妞。」其他人物在我們的腦海裏也留下了深刻的印象。「這種成功，都可算是中國文學整個的收穫」。「其次，這部書的結構與故事發展，也是非常緊嚴的。」「這小說有兩個線索，

其一是祥子的好強，他希望自己有一輛車子，——車子成為他的理想，他不斷的在為完成這個理想而生活，而奮鬥，以至於失敗和墮落。這是屬於他內心的一面的。另一條線索呢，則以他和虎妞的不合理的結合，不合理的性生活為中心；使得這一個結合，這一種生活，形成一種外在的力量，到處和他的內心生活，發生著衝突，發生著矛盾。」「但是，如果讓我們細細的推尋的話，老舍先生所著重的，卻還是祥子和虎妞的結合。」「認定了這兩條線索，把握住這兩條線索，那末，我們就曉得老舍的行文，怎樣的緊張，又怎樣突兀多變了。」[14]

秦牧認為，「這本小說在語言的熟練、筆調的幽默上，尤其在反映中國破產的農民湧進都市，因為沒有生產事業可以容納、因而整批變成了人力車夫，度著牛馬生活的這一悲慘史實上，自有其價值。但美國人搶著讀這本書的意義，卻只是好玩而已。」美國讀者只會以「鑒賞落後民族」的心情去讀此書，不會正確地評價中國文學。因此，「《駱駝祥子》在美國大紅特紅並不是一件怎樣可喜的事，現在被那些製片家們一腳踢開也並不是怎樣可歎的事」[15]。

《宇宙風》廣告詞：「駱駝祥子是近年來中國長篇小說中的名篇，是名小說家老舍先生的巨著，作者自雲這部小說是重頭戲，好比譚叫天之唱定軍山，是給行家看的。書中主人公祥子是個洋車夫，他好勝愛強，勤苦耐勞，流血流汗，想做個好人，可是惡劣的社會不容好人。結果使他隨落。故事動人，描寫深刻，全書十七萬字，只售國幣八角。」[16]

---

[14] 《論〈駱駝祥子〉》，1948 年 10 月《文藝新輯》第 1 輯。

[15] 《〈哀〈駱駝祥子〉》，1948 年 11 月 24 日《華商報》。

[16] 1939 年 5 月 1 日第 5 期。

**5 月　端木蕻良的《科爾沁旗草原》由上海開明書店出版。**

作者在《關於〈科爾沁旗草原〉》一文中寫道：

「怎樣把《科爾沁旗草原》直立起來呢？這是一個問題。」

「為了去解答這個問題，我十分的分析過這草原上所有的社會的機構。」

「這裏，最崇高的財富，是土地。土地可以支配一切。官吏也要向土地飛眼的，因為土地是徵收的財源。於是土地的握有者，便作了這社會的重心。」

「地主是這裏的重心，有許多的制度，罪惡，不成文法，是由他們制定的，發明的，強迫進行的。」

「用這重心，作圓心，然後再伸展出去無數的半徑，那樣一來，這廣漠的草原上的景物，便很容易的看清了罷。」

「於是我就去找這最典型的地主。」

「地主在這裏，有這樣的等差。」

「最低級的，叫小悶頭財主，這種小地主，是無聲無臭的，家裏有四五十天地上下，自當自過，很有一包膿水，就是怕人來擠，因為是悶頭，一擠就該瘍了。」

「一捧火，這裏家裏人多。父子兵，齊下火龍關的貪黑起早，自己耕耘自己的土地，年年的留下厚成，這叫一捧火，怕的是分家，因為設家有地百天，拆為六股則每股所得已經無幾了。」

「以上兩種都是小地主。」

「暴發戶，這是新興地主。很難有像一般有歷史的那些財主們那樣的紳士的矜持的。他們的特色，是很怕把自己抬得不高，很怕把自己不能表現給別人看。」

「和這相對的，是破大家。他是腎虧的，神經衰弱的，少爺都是金花秧子。有一家少爺是這樣的，覺著鞋裏嵌腳，精神上感到極大的痛苦，打開一看，裏面是一棵極細的頭髮。」

「還有兩種可以和這兩種同列為中等地主的，是土鱉財主，肉間蛆。都是很肥壯的，只是行為都同蛆一樣的笨拙，怕出頭，怕吃怕燙，怕樹葉打腦袋。」

「大財主家，大糧戶，這就是全城僅有的那幾家了，比如檳榔荷包李家，半拉山門田家，靠山屯王家，……遠近一提起，大小孩伢都可知道的。這雖不如『假不假，白玉為堂金作馬……』那樣的顯赫，但在農民的印象裏，卻比任何事經都要深刻的。」

「首戶，他擁有全城最多的土地，他是大地主的盟首。」

「像這樣的財主之類，他們是有餘錢的，土地已經到了飽和狀態，所以過剩的金錢就作高利貸資本，但是這種事業，在東北的混亂金融裏，流動性很大，而在有定量的，農村的吸收量裏，並不容易膨漲，所以東北三大企業：燒鍋，油房，糧棧，自然的就成了大地主的投資的淵藪，所以構成科爾沁旗草原大地上的三大動脈，就是：一，土地資本，二，商業資本，三，高利貸資本。」

「但是，從來財富都得需要保護的。沒有角的恐龍是不能生存的。所以地主們必得有『坐地虎』『頂門杠』才能保持他自己的王國，所以必須有權貴的親戚，或者自己是官僚，或者家裏有留學生，大學生，自己是靠山王的土豪，橫霸一方，這才鎮得住。所以地主層多半又是統治層。」

「這地主，是小旋風，是西門慶，很難像杜少卿。」

「我所寫的，便以科爾沁旗的首戶丁家為模型而寫的，因為再沒有他更足以表現出東北地主的各方面了，因為再沒有一個地主的長成史，比他是更完全變態的了。」

「這裏有小旋風，西門慶，也有杜少卿。這裏有土地吞併，官吏的結納，倒把投機。高利貸，商業資本，欺騙，剝削，鎮壓，⋯⋯他們提倡命定論，唯神論，風水，族望，君於之澤，仙家賜福，前世陰騭⋯⋯他們生活是侈縱狂亂，神經病痛⋯⋯」

「所以我選擇了他。」

「而且因為我親眼看見過這一幕大家族史的演換，而且我整整的在其中生活過，所以我寫出的也特別的熟習。」

「我寫的是他的多邊的姿態，這是一個很繁難的處理，因為經過太龐大複雜，所以這種表現的形式就很是一個問題了。」

「我寫出的很多，我採取了電影底片的剪接的方法，我改削了很多，終於成了現在的模樣。上半是大草原的直截面，下半是他的橫切面。上半可以表現出他不同年輪的歷史，下半可以看出他的各方面的姿態，我覺得這樣才能看得更真切些。我描寫的是很縝密的，我剪接的是很粗魯的，我覺得這是我應該作的。因為《紅樓夢》的煩瑣，是由於他的時代的。」

「丁家的地主，到了父親一代，『土巴味』便很少存在了，因為這地主是太成熟了，而且已經接近了都市生活的薰染。但是他卻又不能放情的去迎合那種高度生活，因為惰性的土地黏住了他。所以他便形成一種特定的有威儀的煩躁與頹廢。這是過去的地主所沒有的。」

「但是，你以為這些馴良的農夫也就永遠的祈禱在觀世音之前嗎？在忍耐破裂了的時候，獅子的不常見的吼聲，會在那廣大的草原上吼起來了。這時候，他們要報復的，用粗大的不法的手指去撕去觀音大士身上的法衣的，他們要瞻仰這法相莊嚴的裸體，這時候，他們是搖天撼地的草莽之王。」

「沒有一個農民是願意作馬賊的，而且請清醒吧，馬賊並不是東北農民的必然的命運啊，但是那蘊含著人類的最強悍的反抗的精神哪，那凱撒克一樣的強壯的，那長白山的白樺一樣的粗大的，那偉大的寶藏啊，那不該使人驚歎嗎。不該使人想到這力量如能精密的編織到社會的修築裏去，那不會建樹出人類最偉大的奇跡嗎。啊，這不是應該的嗎？是誰的錯呢？」

「我每一接觸到東北的農民，我便感悟到人類最強烈的求生的意志，人類是要求生的呀，他們有強烈的生存意志啊。他們的目光會告訴我的，他們的目光在焦灼的向我詢問了，『我們必得是這樣的嗎？永遠是這樣的嗎？必得是這樣的嗎？不可以改個樣嗎？……』」

「對於這種堅強的詢問，我渾身的每個神經細胞都震顫了。……我覺出人類的無邊的宏大，我覺出人類的不可形容的美麗。但是，當我每一想到他的最終的命運的時候……我便只有悲愴了。」

「這樣衰弱的死亡，竟會滋長在這強壯的活力之上嗎。」

「他們是不甘的，他們是揭竿而起了。」

「我寫出大山固然不同於這一類型。但大山卻是貧困的農民自己站起來的之一。但他要吻合於客觀條件的，他不能在未播過種的地掘出豆子來。但他可以向掘出豆子來的地方去掘。他可以向那地方去走，直到他也吻合了那地方，他再吸收了那地方，推動了那地方。」

「大山還是一個未完成的性格，不，末完成的是他的腳印，他在現階段，已經完全把自己交給時代了，他沒有留下一點體己。」

「至於我寫的其他的農夫，也是經過一種極嚴密的分析的，有許多人把舉凡農夫都標準在一個系統之下。這是不對的，農夫與農夫之間的社會距離也是很遠的。他們的思想、行動、希望……而也就因這距離而化分極遠。丁四爺與楊大瞎的見解是不同的，他們是絕對的兩個，但在某種大前提之下，他們又是一個。可是他們的要求又不能盡同。不把這個十分的把握著，而把萬千的農民勾勒成一張臉，譜一顆心，那是怎樣的錯誤呢。要知道他們不是完全不同的幾個，同時他們也不是絕對的一個。」

「至於花占魁之被寫出，是我在農村裏碰見藍皮阿五式的『閒人』太多了，藍皮阿五是幫閒者，是咸亨酒店的議論者。而花占魁卻是小唱本的說教者，他自己是被毒害了的。他還賣弄的毒害別人，這是一種多麼厲害的人類的殘忍。他從《小唱本》裏吸收極公式的封建意識來作自己學問的全部，而以這學問作本身地位的基礎再向農民說教。他是一個被醫生注射了梅毒病菌並指定再向別人去傳染的人，難道這一個可怕的存在，不應該發現出來嗎？所以我寫出了他。」

「丁寧自然不是我自己。但他有新一代的青年的共同的血液。」[17]

黃伯昂（巴人）認為，作者把這草原的土地資本的崩潰原因，放在地主與農民的尖銳的對立上，沒有意識到農民的真實的窮困，那原因於土地的封建剝削之外，還有高利貸，還有商業資本帶來帝國主義的侵略，尤其是日本帝國主義的侵略，是欠妥當的。相應的，

---

[17] 1939 年 6 月 5 日《文藝新潮》第 1 卷第 9 期。

作者以剪接法——電影片的剪接法，在以丁寧為中心的「橫切面」的展開的時候，也時時感到欠缺了。丁寧的形象也有待於更深入的刻畫。不過，儘管有其不足，「然而直立起了的《科爾沁旗草原》有它最大的成功處。語言藝術的創造，超過了自有新文學以來的一切作品：大膽的，細密的，委婉的，粗魯的，憂抑的，詩情的，放縱的，浩瀚的……包涵了存在於自然界與人間的所有的聲音與色彩。」「其次，通過全書，我們的作者都給澎湃的熱情控制著。這熱情正是科爾沁旗草原透發出來的力量。這力量卻又是作者不得不把豎立起來的『科爾沁草原』，成為一宏偉的詩篇。雖然缺乏小說的嚴密的結構，然而總是朗朗可誦的一篇巨大的敘事詩。」「於是這作品——這直立起了的《科爾沁旗草原》有時是自然力的情感的奔放，有時又是嚴密的理智的分析，這就構成這作品的一種素質和特色。在風格上那就成為——莎士比亞的華麗＋拜倫的奔放＋陀思妥耶夫斯基的顫鳴＝直立起來的《科爾沁旗草原》——一種印象的現實主義的作品。——我這樣的感到。」[18]

吉利認為，《科爾沁旗草原》是本年度文壇的收穫之一。[19]

**9月　齊同的《新生代》由上海生活書店出版。**

作者在《新生代第一部「一二‧九」發刊小引》中寫道：

「我想，我還是在寫歷史。」

「想起『一二‧九』，令人戰慄，這真是值得紀念的日子！但是這個戰慄漸漸被民族戰爭的狂喜所掩蓋了！甚至可以說已經被忘

---

[18] 《直立起來的〈科爾沁旗草原〉》，《望》（文學集林第 2 輯），文學集林社 1939 年 12 月版第 97－104 頁。

[19] 《科爾沁旗草原》，1940 年 4 月 25 日《學習生活》第 1 卷第 2 期。

卻了！這是冤枉的事情！這個運動雖然還未成僵屍，卻已經有人把它當做化石看了，這是錯誤！假若你在炮火停息的瞬間，平下心去仔細思索一下，便會曉得『一二·九』對於今日民族戰爭的贈與是何等偉大，而且它對於最近四五年來中國青年思想變動曾經做過怎樣的橋樑！」

「於是將從『一二·九』到『七·七』北方青年的思想變動忠誠地告訴讀者，便成了筆者的任務。」

「這個階段雖然不過是短短的十九個月；但它的內容卻是博大，多變，而且淵深。像海潮一樣，像旋風一樣，像暴風雨之前的陰雲一樣，在這樣的瞬間，真會使你想到奇跡了！」

「但，造成這奇跡的，卻不是神，而是有血有肉的人類！」

「這期間，青年思想之所以如此動盪，也正是因為他們都是平常的人類。他們有人類的優點，有人類的缺點，也有人類所應有的進步。因此，從「一二·九」到「七·七」便織成了思想變化的重要線索。」

「寫出來這個重要線索便是《新生代》全部的企圖。」

「完成這個企圖，我知道，是一件煩難的事情。但是在『輕易』早已被人家搶走了的時候，我寧愛這煩難。」

「現在，這部書得到了它的付印的機會，在讀者還未開始揭翻第一頁的時候，我願意有幾點聲明——」

「一，我既然想著寫出戰前思想變動的連索，可且著重的應該是現實；但卻又不是瑣碎的事實，而是當時所應有的實情。因此，假若讀者有著過分的要求，例如想把它當做風景照片之類，那結果將很容易是失望。在三部完成的時候，是否能達到完全透

視的目的，還無把握。為了補足這個缺陷，有些話，我想留到總序裏去說。」

「二，這三部裏所要寫出的人物，幾乎都是屬於第四代的。筆者自己並不屬於這一代，雖然常常和它們發生著並不疏遠的關係，自信未必有十分把握，所以只好說還是一種嘗試。至於是否失之於想像的造作，或過火的誇張，只好留待讀者去鑒別。好在這些英雄們現在多半還活著，而且正在英勇地執行著他們的鬥爭任務。」

「三，關於思想的變化，是有著定命的過程的。人總是人，有優點，也有缺點，所以這裏面不會有一個完全無缺的人物。但進步卻是有的，而且是不斷的。在這一點上，筆者願意盡最大的力量把『一二・九』運動和『七・七』烽火的銜接告訴讀者，把人民與政府的由離心到向心的意見的發展告訴讀者。那，就要請讀者耐下心去一直看到第三部。」

「四，在第一部裏，我並不想寫出一個令讀者一見就會滿意的英雄，而是一些帶有缺點的平常的人，因為這件事情就是這樣平常的做出來的。但是他們都會進步或者落伍，那是因為他們都站在時代篩子上面的原故。所以，讀者若能常常把故事裏英雄們的開頭和結末比較一下，能夠多看出一點血肉的性格來，筆者便十分滿意了。」

巴人認為，齊同採取的是全體主義的方法把握事件，而且他所採取的方法是「透視」，也就是從「全體」中來「透視」思想變動的連索。從「這裏我們所能看到的是一種風氣，一種行動，一種以語言道白所傳出的思想觀念」。他還認為，小說的「一切人物，作者都以『一二・九』這一運動為中心而展開，路線是從學生群眾運動向

學生的農民運動發展下去。而作者又把這一些人物，提到與『新邊政委』的成立而展開鬥爭的場面上。這安排，我以為很好。不，這不是安排，這是歷史的『實情』。這也就是作者的歷史主義。」他還分析了作品的不足，認為，「籠統地說，民主派與非民主派的思想的尖銳的對立，是中國這一階段裏的歷史鬥爭的悠長的過程。在這《新生代》的第一部的時代裏，是存在著這一鬥爭的；在今天抗戰的第二階段，還是存在著這一鬥爭的。沒有形象地把這一種思想的對立予以根本地把握，卻僅僅把它展開在『抗日』與『對日妥協』的鬥爭上去（固然，我們須要這樣展開的），那雖然是歷史的實情，卻忽略了歷史的最本質的東西。我是這樣的想。而且以這為《新生代》的主要的缺點了。」「其次，我以為，作者對於這作品藝術的加工，還不夠。」[20]

　　《文藝陣地》的廣告詞：「《新生代》第一部《一二‧九》出版。一部反映從「一二‧九」到「七‧七」華北青年思想變動過程的長篇小說。這是小說，同時也是活的歷史書。謹以此書獻給大時代中的青年們。《新生代》的企圖，是要反映從「一二‧九」到「七‧七」華北青年思想變動的過程。他們怎樣忠誠地勇敢地創造新的歷史紀錄，他們和政府的關係，怎樣由離心走到向心，都是這整部書的範圍。在一二‧九裏只能寫出這思想過程的第一部。他們曾怎樣與懦弱的外交鬥爭。在這裏面寫出新人物的成長，告訴讀者說，這運動並不是限於黨員，政治組織者的事情，而是一般青年所普遍的要求。在這運動中，使書呆旁觀者，漸漸變成革命家，這是歷史的必然結

---

[20]　《略評新生代第一部》，1939 年 12 月 1 日《文藝陣地》第 4 卷第 3 期。

果。平常人而能做出驚人的事業——在大街上忍饑鬥寒，做流血的抗爭，並非為著實現陰謀，而是為著爭取國家的抗戰。冒著風霜，到鄉下去，宣傳農民救國，打下了青年與農民聯合的遊擊隊的基礎。這是一部小說，同時也是一部活的歷史書。」[21]

**10月 駱賓基的《邊陲線上》由上海文化生活出版社出版（現代長篇小說叢書之四）。**

賀依認為：「作者極其正確的發掘了並且形象化的描繪了『救國軍』的非民主的，官僚主義的、趁火打劫的、割據地方的、歧視異己的、掠奪弱小民族的罪狀——總之一句話：隱蔽在抗日的外表之下的——投降的本質。」（著重號為原文所有）他還認為，小說表現了高麗農民的生活，表現了山東移民的懷鄉情緒。當然，「在歷史書上所讀到的滿洲——清末以來中國移民的目的地之一的滿洲，現在我們從《邊陲線上》的形象裏看到了。這是這一作品的最大的特色。」當然，由於作者「太著重了場面，有時未免顯得沉煩。在結構上，還不免有點零亂。」[22]

**12月 張金壽的《路》由上海文潮月刊社出版。**

汪灩認為，作者「赤裸裸將人生的痛苦社會的畸形表露出來，使人目睹心酸，寫出來是那樣的緊張，一些不顯出來平凡與俗氣，這點可以說是作者在寫作上的成功。」[23]

---

[21] 1940 年 2 月 16 日《文藝陣地》第 4 卷第 8 號。

[22] 《邊陲線上》，1940 年 7 月 16 日《文藝陣地》第 5 卷第 1 期。

[23] 《讀〈路〉後——對作者的一點感言》，1941 年 1 月 1 日《華文大阪每日》第 6 卷第 1 期。

# 1940 年

**1 月　小松的《無花的薔薇》由長春滿日文化協會出版。**

陳因認為：「它是滿洲文壇的第一部長篇。」不過「看本書內，只見到幾個簡短的故事，湊合到一處，凌亂的雜集而已！這些個故事分開來會成各個獨立短篇的。」「幾個角色又是被注意的時候，便捉他到紙上來，作者一時忘了，便忽略他的存在，這總都是連載長篇的缺欠！」所以，「在這裏看不到真如蓋樓房一樣，只看到一堆堆亂磚瓦塊而已！」人物描寫不真實，發展也不合理，只是作者用來充實他對大時代的眷戀的傾向而已。當然，有些地方的心理描寫、環境描寫也還生動，細膩。他最後寫道：「作者是有歷史的，不能以這一本連載長篇的《無花的薔薇》而忽略作者的過去，與將來的希望。也惟這一本《無花的薔薇》能影響了後來的長篇的增產，雖然還有他種關係，長篇已是看到若干部，可憐的是還不如本書。所以在滿洲文壇不但本書為長篇的第一部，迄現在還能保持，所有長篇作品中的第一地位。」[1]

**5 月　程造之的《地下》由香港海燕書店出版。**

巴人在《序》中寫道：「這是一冊不平常的作品，寫著不平常的故事。」「作者有他非常智慧的筆，但也有他非常殘忍的筆，寫自然與風習，婉約而妥貼，叫人感到一種難說的喜悅；寫戰爭與屠殺，

---

[1]　《無花的薔薇》，陳因編《滿洲作家論集》，大連實業印書館 1943 年版，第 53－67 頁。

可就叫人毛髮森然，不忍卒讀了。敘述多過描寫，描寫不是鋪張，
這作品給我的，沒有苦重之感，是一種新生的清新的喜悅。……我
在這裏多少看到了一些《毀滅》，《鐵流》，甚至於《被開墾的處女地》
的影子。」

**不里的《新人》由上海新地書店出版（新地文藝叢刊第
一種）。**

**7月　巴金的《秋》由上海開明書店出版。**

巴人認為：「巴金把這世界劃分為兩個壁壘。這邊是舊的，那
邊是新的。對立著。形而上學的絕對地對立著。巴金告訴每一個讀
者，毀棄那舊的，邁向那新的。這裏沒有優容，沒有徘徊，絕不妥
協。然而舊和新之間，沒有連續，也沒有嬗遞與關聯。他給予人以
非常大的勇氣，但沒有給予人以必要的堅毅。同樣，巴金在人物的
塑鑄上，給予新的一種定型，給予舊的一種定型，給予不新不舊的，
又是一種定型。這定型，機械地被描寫著，形而上學地給對立著。
但也因為這緣故，到兩者對抗的最後，巴金就拿出人類愛，給相互
寬恕起來，統一了。『就在電椅上，他還是願意寬恕那燒死他的人。』
（《滅亡》：序）於是巴金自己繳了自己的械。這是巴全的精神，也
正是巴金用以描寫這世界，充實這世界，創造這世界的。」但他也
認為，「巴金雖然把握了中國家族的崩潰是中國舊社會崩潰的核心，
可是他沒有更深入的掘發，使這小說的發展，沒有可能成為最高真
實的反映。」原因是：「第一，巴金在《家》三部曲裏，把中國家庭
的崩潰，是僅僅放在禮教傳統和新思想的鬥爭下崩潰的。他沒有在
那裏描出由於國際資本主義的侵入，因而摧毀了中國的封建經濟基
礎，使家族制度崩潰的畫面。」「第二，和家庭生活對置的社會生活，

巴金在《家》裏，有演劇，辦報，攻擊禮教和軍閥的混戰。但在《春》和《秋》裏，也還是演劇，辦報，開會——貫徹以無政府主義運動的側面的展開。這裏絲毫沒有中國社會中工人運動興起的影子和人民革命勢力擴大的政治活動的寫照。也許因為我們不很明白這一時期裏中國無政府主義的運動，但藝術家所要從事的，不僅在於為自己所信仰的主義作宣傳，而應該是忠實於歷史的真實。」「由於巴金對家庭崩潰底理解的片面性，和對社會情勢發展的把握底理想性，因而使巴金僅僅能在《家》三部曲裏寫出些兩個時代的衝突的外形，和新舊人物不同的風貌，卻沒有典型的情勢和典型的性格。」因此，「如其讓我們說，《家》是更多些浪漫主義的激情，那麼《春》和《秋》，則更多些自然主義的瑣碎與詳細情節之真實性。」他還認為：「《家》三部曲在主題的把握上，顯出不夠有全面性和現實性。……但也因為這緣故，再通過他從觀念論出發的現象學的創作方法，使在《家》三部曲裏所描寫的新舊兩方面人物，都非常的單純化。……他們全都是「類型」人而不是「典型」。或者說，只包含有可成為典型的若干因素，而沒有使這典型個性化。不論新舊兩方面，有如何不同的面目，但巴金是只把他們代表一種勢力，作為一種思想體系而存在著，沒有把他們代表一種勢力，作為一種思想體系而在各別不同的形象下面活動起來。」「在《家》三部曲裏，不論新舊人物，巴金都沒有做到那種藝術概括的地步。他用的方法，都是粗線條的勾劃，平面的敘述，沒有綜合的立體的描寫。所以他在另一場合上，又把舊派人物分開來寫。只顯出絕對的不同，沒有寫出同中有異，異中有同的那典型的各個側面。」「從作品的風格上說，《家》與《春》與《秋》，其間有顯然的不同。按照時間來說：《家》和《春》相隔

六年，《春》和《秋》相隔僅二年。是不是時間使這風格有所變換呢？
還是有別的原因，我們不知道。在大體上講，巴金作品的風格，不
是現實主義的。讀他的作品時，彷彿有一個熱情的傳教師，站在講
臺上，作激越的講演。那傳教師沒有理化教師那種冷靜，但他搬出
一副副標本，用教鞭指著它，一邊說明它，一邊熱情地批評它。以
這而吸引了每一個聽眾。」他還認為，「《家》三部曲中，那種說明
多於敘述，敘述多於描寫的表現方法，是減少巴金作品之藝術的形
象性的。」「最後，通過巴金的《家》三部曲，還可看到他對人性美
的形而上學的讚頌。將一切罪惡，全都歸結於制度，而寬恕了個人。」
（著重號為原文所有。）[2]

　　徐中玉認為：「巴金先生用了他那洶湧的熱情寫下了這個『正
在崩壞中的資產階級的大家庭底全部悲歡離合的歷史』，的確是真實
的歷史。他給我們展示了一幅五四以後一般青年反抗封建勢力，反
抗吃人禮教的鮮明動人的圖畫。這是一幅充滿著血與淚，愛與恨，
歡樂與受苦，有形的鬥爭與無形的鬥爭底圖畫。在這裏，一個舊家
庭的命運是漸漸地但是必然地沉落進滅亡的深淵中去了，一個不合
理的社會制度被宣告著死刑，但這裏也絕叫著這個家庭這個制度的
垂死的呼號，垂死的掙扎──它們在崩壞的途中也還捕獲了無數的
犧牲品，無數年青可愛的生命就這樣仍是慘苦地怨屈地結束了他們
短短的生涯。在這裏，有著無數的人在遭受著它們酷虐的摧殘，他
們忍受著，哭泣著，不敢憤怒，只以眼淚和歎息作為對於這種不公
平的命運的惟一反抗，到頭他們一個個都成為不必要的犧牲品慘痛

[2]　《略論巴金的〈家〉三部曲》，《窄門集》，香港誨燕書店 1941 年 5 月版，第
　　195－221 頁。

地死了；但這裏也終於透進來了新鮮的空氣和陽光，也終於在大批將要成為同樣的犧牲品裏出現了一些叛徒；他們幼稚，然而大膽，他們沒有具體的計畫，然而血淋淋的現實漸漸教訓著他們，使他們終於變成了十分堅決，他們絕不忍受，他們堅決反抗一切不公平的命運。在這裏，舊勢力在崩潰，在滅亡，然而它還在掙扎，更猛烈地掙扎；新勢力在萌芽、在發生，然而它還在受苦，更慘烈地受苦。不過舊勢力是一定要滅亡的，而新勢力，則正有著最好的前途。」所以，「這三部作品，事實上是要喚醒著大家起來向那封建勢力的最後幾個堡壘徹底進攻。只要反帝反封建的任務一天沒有完結，這三部作品就始終有它們重要的價值。」就人物而言，他認為：「我們不能同意巴金先生為了使他人物的色彩格外鮮明而給覺新安排成了這樣一種形狀，他差不多是故意取消了覺新在行為上一些可能成長可能積極起來的反抗的要素，只為了使覺新的形狀能和書中別的許多人物作一個觸目的對照。覺新的反抗對於他自己的命運並不會有多大改善，他在忍受了無數次的不義行為後漸漸促成了的反抗的動作可能仍是微弱無力的——例如《秋》的最後那一次反抗即是如此——這是明白的事實，然而我們卻不能不指出，取消了這些在他裏面必能發生的要素，卻使讀者在某程度上失掉了對這人物的同情和感動的基礎。」而「如果我們知道五四時代一般『叛逆』青年精神之根本的特點是天真和勇敢，那麼我們正不妨說，像覺慧這樣一個形象，的確可以代表這些特點，的確具有典型的價值。在覺慧身上，我們正可以看出五四時代一般叛逆青年的優點，以及他們的缺點。他們的優點是：熱情，勇敢，大膽，不斷的追求和反抗；他們的缺點就是：思想不深刻，觀察不精細，對於真正應走的道路還很茫然，

他們的鬥爭方法也多是個人主義的，雖然熱情，卻常常孤獨，雖然努力，卻常常不能持久。」而覺民則是一個由溫和派轉變為過激派的人物，「巴金先生寫這個轉變，非常仔細，很自然，和寫覺慧有相近的成功。」「如上所述，在這三部作品中的幾個男性人物，覺慧和覺民兩個是被雕塑得比較成功了，覺新（和劍雲）就不免是比較失敗。」[3]

王易庵認為：「巴金的作品之受人歡迎，同時也就是他成功的地方，是在於他具有豐富熱烈的感情，貫穿於他文字中間的是對人間的熱愛」。除此之外，「《家》,《春》,《秋》是一部記載大家庭制度的潰滅史，這裏面的環境正是現代中國多數人都曾經歷過的，這裏面所描寫的人物更有不少讀者可以從他們的身上找到自己的影子，不但是其中年青的一代如覺民，覺慧，琴，淑華等的命運為一般青年所關心，而且因為其中穿插著許多犧牲於宗法社會，封建制度之下的不幸的女性，如鳴鳳，梅等等，使得一批太太，奶奶，小姐都為她們一掬同情之淚，於是巴金的三部曲遂成為雅俗共賞，真正大眾化的文學作品，而擁有比張恨水的《啼笑姻緣》更多的讀者和觀眾了。」[4]

《中國作家》的廣告詞：「生活的激流永遠動盪著，發散出種種的水花，這裏面有愛，有恨，有歡樂，有苦難。這一套三部曲，就為我們展示了這樣一幅圖畫。全書共約一百萬字，分為《家》、《春》、

---

[3] 《評巴金的〈家〉〈春〉〈秋〉》,《藝文集刊》第 1 輯，中華正氣出版社 1942 年 8 月版。

[4] 《巴金的〈家・春・秋〉及其它》,1942 年 9 月 10 日上海《雜誌》月刊第 9 卷第 6 期。

《秋》三冊，這三部小說的內容，循著一貫的主題發展，寫的是一個正在崩壞中的大家庭底全部悲歡離合的故事。作者自己就是生長在這種大家庭裏的，他親眼目睹許多不合理的現象，他看出了不合理的舊家庭制度必然崩潰。可是，就在崩潰的途中，她還要糟踏更多的犧牲品，所以作者用這部著作為年輕的一代呼籲，為過去那些犧牲者喊冤，向這個垂死的制度提出控訴。我們願意把這部書推薦給無數的青年朋友。」[5]

**11月 老舍的《文博士》由香港作者書社出版。**

何涤認為：「《文博士》裏面所寫的一些人物都很生動。文博士自然是主要角色。作者在描寫他外表誇飾而心裏沒有一點學問這一點上，表現得異常成功。換句話說，『做假』的精神，是處處可以看出的。」他還認為，「文博士是一個不幸時代的不幸的人」。[6]

柳浪認為：「以私意揣度，老舍寫《選民》，未必不是一洗從先之『差不多』。以公正批判，《選民》寫得實有些過於鋪張，雖然，刻畫入微是個功夫，但寫得太細便有故意拉長線兒之嫌，寫有十六章之多，而文博士尚在一事無成中，則全書寫成之分量，料想當在《二馬》之上。而書店老闆等不及，忙忙的把它改頭換面印出來賣錢。」[7]

**12月 高詠的《隨糧代征》由上海文化生活出版社出版（文學叢刊第六集）。**

**谷斯範的《新水滸》由桂林文化供應社出版。**

---

[5] 1948 年 1 月《中國作家》第 1 卷第 2 期。

[6] 《文博士》，1941 年 5 月 5 日《中國文藝》第 4 卷第 3 期。

[7] 《〈文博士〉原名〈選民〉的介紹與批評》，1941 年 2 月 27 日《吾友》第 1 卷第 21 期。

　　胡愈之在《序》中認為：「這一本書的出版，至少是向文藝界提出一個關於民族形式的實例。我想，今天我們所需要的作品，應該是能夠教人笑，也教人哭；教人讀時感覺輕鬆，但也感覺緊張；應該提出問題，但同時也暗示一些答案。民族形式的作品似乎也不能忽略這些條件。因此《新水滸》這本小說是應該有它的地位的。」

　　巴人認為小說是真實的，而且「它裏面實在包含了很多新的因素。它抓住了一點是：舊小說中那種靈活的敘述——而去了新小說中那不大為大眾所歡迎的煩重的描寫。」[8]

　　茅盾認為：「這部小說的主題，便是：遊『吃』隊如何變成真正的遊擊隊。」不過，「作者已經暗示了『太湖遊擊隊』的改造經過將使一個敵後抗日根據地在雙橋出現，但是這個抗日政權的性質、方向，作者初無一語道及，作者並未使他書中的代表進步勢力的人物在這上頭（當然不是抽象的討論，而是在各種具體問題上反映出來）表示了他們的同中之異，然後如何又從『異』中取得了共同點。」所以人物單純，不太真實，像舊小說中的「員外」、「莊主」。但「在通俗化這點上，作者是做到了。用語、句法、結構，都是中國式的，沒有歐化的氣味。」不過，作者回避回敘與心理描寫，未必妥當。[9]

　　楊洪認為：「首先我們發現作者對於描繪人物所採取的手法，往往注重在習慣動作與語言的誇張與重覆。」而「對於人物性格的刻畫，作者的努力顯然地是極不夠，甚至於可以說是錯誤的。」「其次，作者為了形式的『通俗』，為了『教人笑』與『教人讀時感覺輕

---

[8]　《捫虱談》，上海世界書局 1939 年 7 月版，第 245—246 頁。

[9]　《關於〈新水滸〉——一部利用舊形式的長篇小說》，1940 年 6 月 25 日《中國文化》第 1 卷第 4 期。

鬆』，所以在他的筆下便出現了一些誇張過度的違背藝術的真實的場面。」「因此，我們可以說由胡愈之先生在序言裏所提出的幾個特點，幾乎被同樣作為特點的『教人笑』與『教人讀時感覺輕鬆』的緣故，部分地或全部地取消掉了。重覆地說，作者的企圖——或者還不如說，一個好的內容，被作者所採用的表現方法，所謂通俗的形式所限制，所埋沒。這種內容與形式相游離的結果是使作品失卻了活的生命。」他最後認為：「把《新水滸》當作民族形式的作品來看，便是把民族形式的問題當作單純的舊形式的利用問題看。《新水滸》儘量地利用了舊形式，不僅利用了它的優點，同時也利用了它的缺點。這樣的作品，距離我們所努力追求的民族形式很遠，更正確地說，跟我們所努力追求的民族形式根本是兩條不同的通路。但我們決不完全否認《新水滸》的另一方面的獨特的價值。那便是，我們必須確認目前利用舊形式的通俗文藝工作的價值。因為，這種工作在啟蒙的教育工作上是有著它的作用的，雖然《新水滸》在這一點上也還存在著一些嚴重的缺點。」[10]

---

[10] 《新水滸》，1940 年 8 月 25 日《現代文藝》第 1 卷第 5 期。

# 1941 年

**1 月　林語堂的《京華煙雲》由上海春秋社出版部出版。**
**蕭紅的《馬伯樂》由重慶大時代書局出版。**

　　讀者「辛」認為：「這是一部值得細心注意的完全新型的長篇。」
「這兒一點也沒有戰鬥的壯烈闊大的圖景，所有的只是一個灰淡，
無為，可憐的小人物的悲哀，而平凡的生活碎影。作為一篇小說，
作者也完全不注意一般小說的結構，佈置，情節或高潮，不能使讀
者拿到手裏，有捨不得放下的感覺。但是《馬伯樂》的好處也正在
這兒，作者用那麼一個平庸的人物來映照當前這個不平庸的時代，
實在有她極其深刻的透視現實的炯眼。全體的調子完全樸素，然而
樸素得使人新奇。筆觸的細緻，又特別透露出一位女作家的驚人的
才力。全書以馬伯樂為中心反映出一個完整的生活的情調，我們可
以說這種情調是一種幾乎無事的悲哀。它好像一幅水墨畫，充滿濃
濃淡淡的墨影，而注視每一個碎片，又都令人徘徊吟味。」[1]

　　松江認為，蕭紅在書中是「著重鑄造一個典型。一個自私，自
負，短見，狹小，而多空想的小資產階級的性格。」她「想寫成『哈
姆雷特』或『羅亭』，雖然魄力和經驗，稍感遜色。」他認為：「最值
得推崇的，是『馬伯樂』這位先生，的確是活躍在近二三十年的中國
社會中，雖然一般青年不盡都是完整的『馬伯樂』，但在每個市民層

---

[1]　《馬伯樂》，《直入》（奔流新集之一），奔流出版社 1941 年 11 月版，34—
　　36 頁。

中，總或多或少的潛流著『馬伯樂』的血液。這部作品像一般偉大的作品一樣，完成了指示『人類向上』的任務，它能使一般人知道做人的優劣，而使人知所取捨。」而馬伯樂其人則是「充滿著矛盾，而在表演悲劇的人物。」不過，由於「蕭紅並未能著重分析馬伯樂所身處的現實社會，未能透視社會各個階層間的關係，未能把握人與人間的這些多角關係，所以我們雖然看見了馬伯樂的一舉一動都很親切，熟識，卻未能曉得馬伯樂到底是怎樣造成的……其次，馬伯樂的性格，也不像十分統一……依一般情形而論，馬伯樂在戰前因為時代的苦悶，環境的影響，使他在社會上演著寄生的角色，這是很普遍的。但是這翻轉乾坤的抗戰，實在是曾經給予多少青年的生機，馬伯樂不因此而向前走，仍然是靠著太太逃難，這是有些出人意表的。」[2]

TS 認為：「這是一部值得注意的長篇小說。」「這兒一點也沒有戰鬥的壯烈闊大的圖景，所有的只是一個灰淡，無為，可憐的小人物的悲哀，而平凡的生活碎影。雖然作者似乎完全不注意一般小說的結構，佈置，情節或高潮，不能使讀者拿到手裏，有捨不得放下的感覺，但是《馬伯樂》的好處也正在這兒。作者用那樣一個平庸的人物來映照當前這極不平庸的時代實在有她極其深刻的透視現實的炯眼。全體的調子完全樸素，然而樸素得使人新奇，筆觸的細緻，又特別透露出一位女作家的驚人的才力。全書以馬伯樂為中心反映出一個完整的生活的情調，我們可以說這種情調是一種幾乎無事的悲哀。它好像一幅水墨畫充滿濃濃淡淡的黑影，而注視每一個碎片，又都令人徘徊吟味。」[3]

---

[2] 《馬伯樂》，1942 年 9 月 20 日《學習生活》第 3 卷第 4 期。
[3] 《馬伯樂：蕭紅的的遺著》，1943 年 1 月 31 日《新華日報》。

　　石懷池認為，蕭紅的三部小說（《生死場》、《馬伯樂》和《呼蘭河傳》）「是蕭紅留下來的寶貴文學遺產，然而這三部在不同時期寫成的長篇小說，也正反映出蕭紅本人底自我改造鬥爭的複雜過程：她怎樣以一般青年人的英勇氣慨投入鬥爭，與黑暗和庸俗的現實社會抗爭，但由於腳跟站得不穩，與人民大眾沒有血肉相依的連系，便感到黯然的悲哀和空漠的孤獨；最後，她終於滑出鬥爭的領域，她在現實生活裏無法汲取創作源泉，『生命已經像池水般失去活力，再沒有力量流入江河，流入大海。』她開始把視線拉向往昔回憶，雖然在主觀上還想寫出人民底樸質和沉重的苦難負擔，但事實上表現出來的，卻是一位田園詩人的沖淡恬適的風度，所謂『人民』是『愚昧』和『無知』的代名詞了。」《馬伯樂》「『敘述一個由無助，麻痺而致於形同浮屍的青年』。他在生活上是一個無所依靠的利己主義者，在公共場合上，他又是一個狡猾者和寄食者。他底朋友們也像他一般的懶惰，他們都是那些與群眾公共利益背道而馳的人們。充滿著對於私人利益的打算。在這部作品裏蕭紅企圖捏造一個失敗主義的小布林典型，像高爾基創造『奧古洛夫鎮』似的，把馬伯樂作為一切可恥的卑瑣人物底概括。在批判底意義上，馬伯樂是成功的。然而，如果我們把問題發掘得更深刻一些，這部從風格到內容──整體上都是灰沉，煩瑣的小說未嘗也不可認作這個時期底，蕭紅本人實際生活主觀情緒的反映。」[4]

　　袁大頓認為，小說筆調細膩，柔和，而又哀傷。[5]

　　**5 月**　蕭紅的《呼蘭河傳》由上海雜誌公司出版。

---

[4]　《論蕭紅》，《石懷池文學論文集》，耕耘出版社，第 99 - 101 頁。
[5]　《懷蕭紅：紀念她的六年祭》，1948 年 1 月 22 日香港《星島日報》。

　　谷虹認為：「與其說這是一部長篇的小說，倒不如說是連載的散文更來得恰當些，因為它是由於七篇可以各自獨立的，而又是有連貫性的散文所組成的，末後再由作者加上一個『尾聲』，作為總結。」「讀完了《呼蘭河傳》，不禁使人聯想了屠格涅夫的《獵人日記》來，《獵人日記》是取材自俄國的鄉村，以及它的風土與人物，《呼蘭河傳》是取材自北中國的鄉村，以及它的風土與人物的，而且在形式方面，同樣地是運用著沒有拘束的散文體裁寫成的，所不同的是，屠氏是以一個獵人的資格，把廣闊的俄羅斯鄉村的圖畫開展在讀者面前，而《呼蘭河傳》的作者，卻憑藉著童年的追憶，顯示出她故鄉裏的風土、習俗和人物，所表現的領域比較沒有那麼深廣。」「這裏有美的神秘的自然風景，還有各種純樸的人民，有些是腳踏實地埋頭苦幹的，有些是樂天知命逆來順受的，有些是耽於幻想不務實際的。這一切，交織成一幅幽美的圖畫。」就人物性格的描寫上來說，「《呼蘭河傳》裏人物性格最顯著的要算是有二伯了。」「作者的表現方法是不拘形式的，也可以說是不統一的。」「對於鄉下人的幸災樂禍心情，作者是描寫得很生動的。」「還有，作者對於風景描寫，也很細緻動人。」「顯然的，作者是受著屠格涅夫的影響的」。不過，在《獵人筆記》裏，我們至少還可以看到當時俄國農人的不幸，是由於農奴制度所賜予的。而「在《呼蘭河傳》裏，我們只能夠看到北中國鄉村裏人民的無知，迷信，窮困，不幸的生活，而且這一切也是輕描淡寫的，被幽美的風景，濃厚的地方情調，以及風俗人情所掩蓋著的。」[6]

---

[6]　《呼蘭河傳》，1941 年 10 月 25 日《現代文藝》第 4 卷第 1 期。

　　麥青認為，它不是一部完整的長篇小說，但「它卻是一篇優美的抒情詩，它由好多篇可以獨立的散文，連綴起來的。」「作者不是在用『故事』感動讀者，卻是忠實地講述著日常生活，使我們在這些生活的場面中，感到呼蘭河城是怎樣一個城：住在這個城中的人，是怎樣對待著生老病死。作者講述這些事物，態度很從容，而語言活潑動聽。」「《呼蘭河傳》全篇分為七章，這七章似乎都可以單獨成立。」「這七章裏面結構上雖然沒有必然的聯繫，但是它們被一個目的貫串了，不論在那一章裏，作者都是在表現著呼蘭河的住民的迷信與無知。他們習於那荒涼的貧乏的生活，他們對於生活，幾乎像沒有什麼感覺一樣。」「他們的生死態度總括起來就是：『人活著是為吃飯穿衣。人死了就完了。』」「這就是作者所要表現的骨梗，作者就是依這個骨梗，用許多材料給它充實起來的。」「從表現這一目的上來說，作者成功了，但是，如果要求高一點，好像還沒有剖析出這些現象的本質。讀過之後，在思想上所得的啟示，似乎過少一點。時代的背景也沒有烘托出來。」不過，「在讀《呼蘭河傳》的時候，最感到的特色，是作者語言上的活潑，清新。它們是那麼樸實，那麼自然，一點沒有拘束。在敘述裏摻和著描寫，在描寫裏流露著抒情。凝得住，化得開」。[7]

　　石懷池認為：「《呼蘭河傳》在某種程度上說，是受《獵人日記》底影響很大的，憑著她底童年的記憶，把北中國的風土人情勾畫出來，優美而動人。……作者的表現方式，常常轉換著，有時是敘述自己的見聞和印象，有時也讓作品裏人物單獨行動，給他們以自主的

[7]　《蕭紅的〈呼蘭河傳〉》，1942 年 10 月 10 日《青年文藝》第 1 卷第 1 期。

思想和活動，因而，記載著自己的童年生活，和她底親切慈愛的老祖父，都是散記式的敘述，……作者以一種娓娓動人的抒情的色彩，把所有這些敘述，描寫，人物和故事底片斷連結起來，『交織成一幅幽美的圖畫』。」「從《呼蘭河傳》裏，我們可以看出作家蕭紅底兩個無可奈何的走向支離破滅的特徵：首先，她已經與現實脫了節，這個驚天動地的民族解放戰爭事業對她已經是陌生的了，他底現實的創作源泉已經枯渴，甚至連智識分子對於時代的心靈的搏動也無法捉摸。她墮落在灰白的和空虛的生活泥淖裏。……她只得在往昔的記憶裏，搜尋寫作的素材，丟開眼前的現實鬥爭底豐富內容，拖回遙遠的逝去的田園生活，對於蕭紅說來，是一個含有無限深刻意味的悲劇。」[8]

　　茅盾認為：「它是一篇敘事詩，一幅多采的風土畫，一串淒婉的歌謠。」不過，「如果讓我們在《呼蘭河傳》找作者思想上的弱點，那麼，問題恐怕不在於作者所寫的人物都缺乏積極性，而在於作者寫這些人物的夢魘似的生活時給人們以這樣一個印象：除了因為愚昧保守而自食其果，這些人物的生活原也悠然自得其樂。在這裏我們看不見封建的剝削和壓迫，也看不見日本帝國主義那種血腥的侵略。而這兩重的鐵枷，在呼蘭河人民生活的比重上該也不會輕於他們自身的愚昧保守罷？」「蕭紅寫《呼蘭河傳》的時候，心境是寂寞的。」「這一心情投射在《呼蘭河傳》上的暗影不但見之於全書的情調，也見之於思想部份，這是可以惋惜的」。[9]

　　**7月　程造之的《沃野》由重慶海燕書店出版。**

---

[8]　《論蕭紅》，《石懷池文學論文集》，耕耘出版社，第 101－102 頁。

[9]　《論蕭紅的〈呼蘭河傳〉》，1946 年 12 月《文藝生活》新 10 期 12 月號。

公羊榖梁認為，《地下》太過「苦重」，「這是翻譯，而不是創作，作者是有意模仿歐化的句子，及文學史上的偉大詩篇，在此中，寫的雖是中國故事，卻沒有濃厚的中國氣息，到了第二冊《沃野》，引用任叔的介紹，恰恰相當，作者進步了，在描寫上不過分模仿，特別是對於故事本身的熟悉，到處引人入勝，給人以『清新的喜悅』。」《地下》「中間有許多片斷也是非常生動的，也是相當深刻的」而《沃野》「有些地方太支結，把故事任意發展，而不能得當的收束」。[10]

1946 年 3 月上海海燕書店新一版《地下》頁末廣告：「本書是作者繼《地下》而寫的第二部長篇小說，一部四十萬字的力作。主要是描寫敵後兩種的不同部隊：真正的人民抗敵隊伍，和假借名義擾民害民的不良隊伍。故事的生動，人物的刻劃，有獨到之處。愛讀《地下》的讀者，不應把它錯過的。」

**10 月 石軍的《沃土》由長春滿日文化協會出版。**

辛嘉認為，石軍的《沃土》表現了滿洲的風情與人物，是可以為滿洲文壇的一劃期作。[11]

大內隆雄認為：「作者寫《沃土》，無疑地是為了放逐他的煩悶與苦惱。值得我們注意的，也是這點在特殊情形下面產生出來的小說。沒有靈魂苦悶的經驗，是很難理解小說具有的藝術魅力。」「這小說不啻是一部當今滿洲青年苦悶底呼聲，它的內容值得注意的也是這點。」「就它形式去說。這該是一部教育小說的範疇，因為它是一個青年由少年期走向青年期成長途上的一部寶貴經驗記錄。」他

---

[10] 《〈地下〉與〈沃野〉──長篇創作選讀之八》，1943 年 9 月 8 日《國民公報·文學副刊》。

[11] 《讀〈沃土〉》，1941 年 11 月 5 日《盛京時報》。

認為：「《沃土》畢竟是一篇大作，作者的眼光，是如何的強烈啊！
觀察是怎樣的廣大啊！作者對於事物的批評又是多麼沉著而中肯
啊！並且描寫和敘述的力，更是顯著而在這小說的全篇，放在燦爛
的光芒來。」小說「寫出以陰鬱的魏曉嵐為中心的全篇小說來，對
於北滿的象徵，作者用野火和江流表現了，魏曉嵐是潛入了時代的
野火越過了社會的江流，向成長的途上走去。」「所以，《沃土》可
以說是一部創造出了代表今日的滿系青年的思維苦惱的典型而富於
示晙的近來的力作。」[12]

**茅盾的《腐蝕》由上海知識出版社出版。**

林莽說：「我愛那被腐蝕著的小昭，這個時代的殉道者」。「這
才是真正的中國人民的韌的精神」。[13]

無名認為：「《腐蝕》中以主角為代表，具體的，形象的刻畫出：
人性與惡魔戰鬥的情節，實在是一篇有永久價值的藝術品。」「茅盾
的技巧偉大的地方，在《腐蝕》中，是不僅形象的寫出了一些典型
人物的行為動作；而且更深刻的掘發了人性心靈底裏的矛盾和發
展。」「我們讀完了《腐蝕》，我們一定會立下信誓：要堅決反對和
徹底毀滅這罪惡的淵藪（特務），挽救社會，挽救人類。」「同時，《腐
蝕》中寫的小昭和 K，都是可敬的光明的象徵。」[14]

白蕻認為：「這部書的出版，就等於是一面照妖鏡，等於一部用
血寫成的特務反動份子罪行的記錄。」小說「實是把反動集團的種種

[12] 《關於石軍的〈沃土〉》，唐杜譯，陳因編《滿洲作家論集》，大連實業印書
館 1943 年版，第 151－154 頁。
[13] 《腐蝕》，見 1945 年 11 月 16 日《新文化》第 1 卷第 3 期。
[14] 《罪惡的淵藪》，1946 年 2 月 22 日《人民文藝》第 2 期。

出賣民族，違背人民意志罪行作一個公開的展覽。再擴大來說，也就是把腐敗的官僚政府，官僚政治作無情解剖，中國人民必須覺醒，中國人民不再需要一個腐敗野蠻的政府，不再被人作血腥的恐怖統治，中國人要有一個自由，民主，進步的政府！」在表現上，由於小說「採用了日記體的表現形式，在表現上使作者受了許多限制。……在讀完之後多少感到有點不滿足，好像在作品中，他還給我們留了點空白，叫我們自己去填補」。再者，由於作者「對特務內部生活還不太熟習，寫來就多少有點欠親切！作者也許在下筆前，早已有這種感覺，所以在寫作時，就避免對這些地方更深入的描寫。」[15]

思慕認為：「這一篇以『特』字型大小人物做題材的作品，是有強烈的政治性，但這種政治性是經過細膩的心理分析，典型人物的精練的造像，濃厚的人情味，以及複雜而現實的社會葛藤表現出來的。因而我們讀了，並不感到它是甚麼宣傳品，但確被激動了，確使我們對於特務和靠著特務的統治的裝飾政治者痛切地憤恨，而對於《腐蝕》的女主角——特務制度的犧牲者也不由的不深深地表同情。這就是成熟的藝術的效果。在這樣的作品裏，政治性和藝術性天衣無縫地統一起來。」[16]

沈起予認為，趙惠明「這種棄家而走的風氣是從『五四』以來就在反抗的青年間流行著的，但這種孤身奮鬥也容易遇到環境的惡劣而來的經濟壓迫及生活的誘惑之類，這是一個分水嶺，這時是須有一種堅決的意志和刻苦的習慣的青年，才能跨得上正確的一面。」

---

[15] 《讀〈腐蝕〉》，1946 年 4 月 10 日《文藝生括》光復版第 4 號。
[16] 《從〈腐蝕〉談起》，1946 年 4 月 15 日《華商報》。

小說「指導了腐蝕者以新生的道路，並明示讀者以社會必趨於光明。小說對於失足者和一般青年男女都有著教育的意義。」[17]

李伯釗認為，《腐蝕》「是一篇國民黨特務罪惡有力的控訴書。」「作者以細膩動人筆調，解剖特務分子的靈魂，暴露其醜無比的黑暗罪惡」。[18]

紀雲龍認為，第一，《腐蝕》它尖銳地有力地暴露了黑暗的一角。第二，作者非常同情趙惠明。第三，從茅盾先生這部偉大史詩中我們也學習到怎樣「歌頌光明與暴露黑暗」，如何掌握新的文藝方向——為工農民服務的方向。[19]

林銑認為：「在這本日記的記載中，使我們可以看到代表兩種不同的青年典型，一個是小昭，一個是小昭過去的愛人惠明，即日記的主人。」小昭是一個堅強有志的青年，而「惠明是一個小資產階級出身，具有小資產階級一般思想、情感和特點的青年知識份子。她有很多優點，但也有著相當不少的缺點和醜惡」。「軟弱、動搖、缺乏堅強的意志和毅力是她致命的弱點。她很多優點也在這種基本缺點之下相形減色了。」她的種種表現「都無足以說明為惠明是一個本質良好的青年。」[20]

陳岑認為，小說的「題材是新穎的，茅盾先生大膽地暴露了某些人的嘴臉：殘忍，狡猾，無恥。」「這一題材之所以沒有別人嘗試，除了限於經驗之外，還有一個重要的原因是當前的環境不容許作家

[17] 《讀〈腐蝕〉》，1946 年 7 月 15 日《萌芽》第 1 卷第 1 期。
[18] 《讀〈腐蝕〉》，1946 年 8 月 18 日《解放日報》。
[19] 《趙惠明還能走出來嗎》，1946 年 12 月 15 日《知識》第 2 卷第 3 期。
[20] 《讀〈腐蝕〉以後》，1947 年 2 月 1 日《東北文藝》第 1 卷第 3 期。

暢所欲言。茅盾先生雖然取了這一題材，自然也未能超然於當前的環境之外，可是他這部作品並沒有因此流入隱晦，他選了有用的人物，給他們以日常的存在，不捏造，不誇張，沒有故作神秘，也沒有過分的渲染。我們看那些不光明的人物擺佈密謀暗算，互相勾心鬥角，不覺得難以理解。同樣，我們看那些堅貞的革命者挺立在牛鬼蛇神之中，不躲閃，不退讓，也不覺得有絲毫的不自然。」「這本書題名《腐蝕》，是表示趙惠明的遭遇。可是在書的結尾，她的生命的腐蝕也快過去了，她已經有了新的希望和決心。這本書教給我們愛與憎，也讓我們聽到新中國脈搏的跳動。」[21]

海陵認為：「《腐蝕》的世界觀及現實主義的創作方法值得我們學習，《腐蝕》的成就在於它的現實性和進步的政治性，這樣便加強了它的藝術性。」[22]

嘉木（路翎）認為：「小說《腐蝕》，是茅盾先生在抗戰期間的創作之一。其中所取的材料，是法西斯特務底醜惡和黑暗，以及落在這醜惡和黑暗中的青年女子底痛苦。這作品告訴人們，法西斯特務是在怎樣進行它底統治的，但也止於這一點，而沒有進入和獲得較深的內容，更沒有能夠進入我們時代的歷史現實底本質的內容。」「要從它底社會階級底沒落性、歷史性上去把握它，才能使它獲得正面的典型的意義。」小說「沒有通過正面的歷史性的生活鬥爭和社會鬥爭，沒有能把它底題材放在廣大的階級鬥爭基礎上，茅盾先生底《腐蝕》，首先在激起人們對於法西斯特務底憎恨這一點上，是失敗了。」這是因為茅盾底創作方法，「顯然地受著西歐頹廢的寫實

---

[21] 《讀〈腐蝕〉》，1947 年 5 月 15 日《文藝知識連叢》一集之二。
[22] 《〈腐蝕〉研讀提要》，1948 年 3 月 13 日《華商報》。

文學——即一般稱做自然主義的——的影響。」「茅盾先生，通過他底落後底創作方法，是站在對歷史事變的旁觀的被動的地位，描寫了這些男女的。即使他們被寫成革命人物，但仍然會叫人覺得，他們是腐臭的——狗男女。這就是這樣的作家底苦悶。」「這種冷情文學，這種旁觀的創作方法，就是作者底無法把握現實底真實運動本質及鬥爭過程的一種表現。在這裏，作為社會的人底豐富的內容被抹殺了，人底價值被貶低了。色情的刺激性的描寫是這樣的作品的特色。而在這刺激性下面，是藏著作者對於現實的深刻的厭倦。」「《腐蝕》，也是一個很好的例子，可以證明出來給我們底盲目地攻擊『主觀精神要求』的理論家們看看，客觀——旁觀主義的冷情文學，『暴露黑暗』文學，是怎樣的東西。它因為沒有鬥爭要求，所以降低並歪曲了現實，因為沒有血肉的內在的這個時代的鬥爭感覺和要求，沒有能夠把新的思想在鬥爭實踐中化為自己底血肉，所以不能照明黑暗的現實事象，把握其中反映著偉大的人民鬥爭的人生鬥爭；因為沒有熱情，沒有主觀的精神要求，所以不能有真的強的憎恨和戰鬥、復仇和高歌，所以它一方面不能碰傷舊社會分毫，一方面不能增強人們底勇氣，——如果不是降低了的話。而這種作品裏的創作方法和藝術思想——不是其中暗示到的政治思想——基本上是舊的資產階級的創作方法和藝術思想。」[23]

蕭下認為，《腐蝕》「裏面所刻畫的人和事，令人初讀而緊張，繼而慘沮，終而悲憤；……這裏也隱藏著一部分的抗戰期間的史實，然而不是輝煌的，雖然有些人以為是『輝煌』的也說不定。但以作

---

[23]　《評茅盾底〈腐蝕〉兼論其創作道路》，1948 年 12 月《螞蟻小集》之五《迎著明天》。

者的意思乃至書中人物的意思，都認為這是一種不幸，一種錯誤，可以改過的，所以這本書是被確切地稱為『當前政治有力的諍言』；它是被以由『人性』發出的自拔行動來結束了的，顯示出以青年防止青年的作風之不能長久：真是令人感謝的指示！」[24]

**11 月　陳瘦竹的《春雷》由華中圖書公司出版。**

陳西瀅認為，這部抗戰小說，「所著重的卻在鄉村人物的描寫。故事的演變即從人物個性的發展中出來。我們可以說，這仍然是一部鄉土小說，只是所寫的不是平時的鄉村，而是抗戰中的鄉村。」人物多是心志遲疑不定的人，也無所謂主角，描寫得也不太成功。不過，「書中的許多人物，以馬郎蕩為最有趣味。這是一個別開生面的，有創造性的角色。」小說「比較大的缺點，是作者對於戰爭並沒有經驗，所以寫到了自衛軍的組織和行動，便不十分有把握。」[25]

周駿章認為，小說有兩個長處：一、情節緊張有趣；二、人物生動靈活。有三個弱點：一、佈局有漏洞；二、在技術上，《春雷》有三種缺陷：即著者不善於描寫戰爭戀愛和心理變化。三、小說的俚詞俗語有些不雅。「總之，《春雷》有長處，卻不是十全其美的。但這部小說是抗戰小說，是『含有用意的小說』，預先有了用意，就不容易寫得好。《春雷》已在水平線之上，似乎不必苛求了。」[26]

克寬認為，小說使用粗俗之語也是一種美，是生動性與真實性的體現，也是文藝大眾化與民族形式落到實處的一種體現。[27]

---

[24]　《〈腐蝕〉小談》，《龍蛇》，潮鋒出版社 1949 年 10 月版第 69 頁。

[25]　《春雷》，1942 年 5 月《中央週刊》第 39 期。

[26]　《陳瘦竹：〈春雷〉》，1942 年 6 月《文史雜誌》第 2 卷第 5—6 期。

[27]　《關於〈春雷〉的使用俚詞俗語》，1942 年 6 月《文史雜誌》第 2 卷第 5—6 期。

公羊穀梁認為，小說的宣傳意義大於藝術意義。[28]

《抗戰文藝》的廣告詞：「本書是一首素描的抗戰史詩，是一幅古樸的木炭畫，去年曾得中華全國文藝界抗敵協會徵求長篇小說的獎金，是抗戰文藝中難得的傑作。書中故事是抗戰以來日常發生的故事，人物是抗戰以來日常見到的人物，然而作者卻將每個人物寫到了靈魂的深處，而故事的演出也是從實生活中一步一步逐漸展開，讀了之後使我們落淚，然而更使我們興奮。」[29]

---

[28] 《〈春雷〉——長篇創作選讀之九》，1943 年 9 月 15 日《國民公報・文學副刊》。

[29] 1941 年 11 月 10 日《抗戰文藝》第 7 卷 4－5 期合刊。

# 1942 年

**3月 小松的《北歸》由長春藝文志事務會出版。**

天平認為:「《北歸》的樸素,單純,生動,挺秀,是一般作品所具而此具據了。」而且「《北歸》思想上不傳統,作法上不典型,不生硬,不滯泥,也不冗長,處處都是流露出朝氣的。」[1]

姚遠認為:「他的創作,都是美的構圖,所以就有人說小松有著繪畫的才藻,這評語是很恰當的,《北歸》是一幅很美的、很勻整的作品。」[2]

**9月 于逢、易鞏的《夥伴們》由桂林白虹書店出版。**

冷火認為,小說選材有意義,雖有些類似《新水滸》,但是另闢蹊徑的。小說的對話是本書的特色,不過運用得並不好。此外,景物描寫有些冗長。[3]

公羊穀梁認為,這部小說所要表現的是:「他們是英雄的人民,他們是夥伴們,他們鬥爭在珠江三角洲。」「他們參加著偉大而神聖的民族革命戰爭。」[4]

茅盾認為:「倘說《夥伴們》還不免於公式主義,那是太苛求了,不過人物的描寫總似乎不及《鄉下姑娘》那麼自然而真切,而

---

[1]　《〈北歸〉讀後的聯想》,1942 年 9 月 16 日《盛京時報》。

[2]　《東北十四年來的小說與小說人》,1946 年 1 月《東北文學》第 1 卷第 2 期。

[3]　《夥伴們》,1943 年 3 月 1 日《文學批評》第 2 號。

[4]　《〈夥伴們〉——長篇創作選讀之五》,1943 年 8 月 22 日《國民公報》。

對於那些『撈家』的轉變的過程也還不能有更深入的把握。正因為
如此，它那細膩的描寫就顯得有點累贅，而成為不必要的拉長。然
而又如我們所常見：太細膩而近乎冗長的描寫有時固然可以歸咎於
作者的不善於剪裁，但另一方面也適足以窺見作者才氣之發皇。我
以為《夥伴們》也就是這樣。這一部長篇小說的開頭一章寫珠江三
角洲的風土人情（本書的背景的總描寫，同時又作為引起本書故事
的楔子的），一下就是萬餘言，從小說的結構的觀點上說來，這固然
不一定可取，然而單看它那恣肆縱橫的筆墨，無論如何總是可喜可
愛的罷。」[5]

　　馮亦代認為：「作者以黃漢的一生為經，而以仁義堂和八鄉人
民抗日遊擊隊的活動為緯，織成了一幅生動的畫圖。」「這是本『撈
家』生活的實錄，紀錄下在抗戰的洪流中，『撈家』們從打家劫舍的
生活，進而到為民族解放的忠誠服役。作者們能把視角轉移到他們，
是一件可喜的事，因為他們忠實地紀錄了中華兒女一部份的生活群
像。但這裏卻也有個欠缺。或許作者的注意力太集中於這批『撈家』
了，他太少顧及『撈家』之外的大部人民生活，『撈家』的孤立生活
顯然是不可能的，那末人民怎樣看待他們呢？作者原意在於顯示這
群人民（包括『撈家』在內）在抗戰中被敵人殺戮而堅強挺立起來，
不過黃漢的鮮明形象引誘了他們。人民，我們看到太少的人民了。」
「這欠缺且連累了作者對於這批『撈家』的態度，是憎，是愛？無
疑地他們是熱衷於黃漢的，但是使柳雨亭可笑，使阿滿和吳有財可
憐。作者把自己目光時而移到這個人物，時而移到那個人物；於是

---

[5]　《讀〈鄉下姑娘〉》，1944 年 2 月 1 日《抗戰文藝》第 9 卷第 1－2 期合刊。

敘述不免累贅，且失了發展的平衡，若干處更嫌有了太多寫實的筆觸，那損害了故事進行的流暢。」他還認為小說告訴了我們一個真正人民的故事，是一本可讀的書，雖然沒皮柴這個人物刻畫不真實。[6]

**靳以的《前夕》由重慶文化生活出版社出版（現代長篇小說叢刊之五）。**

公羊毅梁認為，作者的短篇優於長篇，這部作品在氣勢、人物的安排及場面的穿插等方面尚有距離。[7]

李長之讀了前三部認為，《前夕》除主題可取外，其餘是失敗了。主要是三部書敘述時間分配不合理，每部四十章，太整，死板；枝節太多，淹沒了主題；補敘插敘太多，分散讀者的注意力；人物行動概念化、沉悶、呆板。[8]

芷茵認為：「就時代意義來講，這無疑是一部里程碑式的著作！」不過，「我們在這裏看不到一二個突出的，生動的，具有著容貌、思想、性格、習慣、語言等全部完整性的人物。」「這表現在另一方面的也就是：作者常常把許多筆墨擲在一些瑣碎的生活細節的交代上，擲在一些一般的、籠統的、沒有什麼特別意義可找的談話與動作上，而對於人物的心靈與精神的解剖工作，卻做得不很夠。」「我還覺得，許多地方一而再三的重複」。[9]

**10 月　陳銓的《狂飆》由重慶正中書局出版（建國文藝叢書第一集）。**

---

[6]　《評〈夥伴們〉》，1944 年 2 月 1 日《抗戰文藝》第 9 卷第 1−2 期合刊。

[7]　《〈前夕〉——長篇創作選讀之七》，1943 年 9 月 1 日《國民公報・文學副刊》。

[8]　《前夕》，1946 年 5 月 15 日《時與潮文藝》第 5 卷第 5 期。

[9]　《讀〈前夕〉》，1948 年 1 月 7 日天津《大公報》。

　　辛郭認為：「陳教授的思想前後是一致的（英雄與美人的崇拜），而《狂飆》的故事雖並未帶著濃厚的色彩，然而在字裏行間充分露出作者熱情的奔放與描寫人物的懇摯，是與寫《天問》時代的作者思想幾無兩樣。這裏我特別鄭重提出陳教授筆底無論什麼人物都是理想化的，他書中所寫的人物沒有一個不是值得稱讚而被諒解的；這因為他思想中有一貫的溫暖熱情和十分良善的偉大心胸，所以產生的作品會那麼純真超現實的給人以無限熱力在心中鼓舞。」小說「三十二章以後的六章，從結構上看來好像另起爐灶，不與以前各章相陪襯，只有以前各章人物的影子活動其中罷了。」「故事的本身，從開頭到三十一章為止，給與讀者的只是『愛』的變化，在興味上說只有三個『興味線』。第一是薛立群與王慧英的戀愛和訂婚與離婚；第二是王慧英與同學黃翠心的友誼，黃與薛立群的認識與發生戀愛以至成為夫妻的事實；第三是李國剛的竊愛王慧英以至和她的結婚。籠統說只有二個『興味線』，一是以薛立群為男性中心的三角戀愛，二是以王慧英為女性中心的三角戀愛。從三十二章起迄全書終結為止，純是注重『戰爭』的場面描寫，沒有個中心，有的那就是作者以『狂飆的興起』而發生的民族主義思想的強烈意識了。」「或者本書前面的三十一章是陳教授的舊作，為了趨時，抓著這個大戰爭，所以在三十一章後附上六章尾巴。」「陳教授寫熟了劇本，因此影響小說的對話，總是像劇本的臺詞，只是那樣樸素，一點也不加形容詞句。」「陳教授的故事敘述方法是『做』的，而不是『創作』，很有些文字在全書中毫無存在價值：『自我性』的文體，會使讀者們有種不好的觀感，覺得一切對話、文字，都是陳教授的，而不是屬於書中人物的。」他最後認為：「《狂飆》是五四運動以來反

映時代社會思想潮流演變，與其表現中國民族在此時代中民族意識的激進，它是強烈的表現出像狂飆卷起後呈著一番新氣象的大地，那樣具有正確意識的小說。」「它所表現的『民族意識』非常鮮明，強烈，值得說是『民族文學』的一部有力的作品。」[10]

**12 月 熊佛西的《鐵苗》由桂林文人出版社出版。**

《文學創作》的廣告詞：「大家知道作者是位戲劇工作者，以寫戲劇的手法來寫小說，另具一種獨特的風格。自神聖的民族解放戰爭揭開之始，作者即奔走前後方，以戲劇為武器服務於抗戰。作者以五年來親身經歷血淚交織的搏鬥史，以其一貫的明快、簡潔、樸實、緊湊的作風寫成斯書，洋洋二十萬言，實為近來文壇稀有之傑作。本書描述一群熱血沸騰的青年怎樣加入抗戰的洪流，怎樣艱辛地守護著崗位與環境搏鬥，在新穎的題材與嚴謹的結構中，反映出前線與後方生活的各面：有極壯烈的戰鬥場面，有纏綿悱惻的愛情故事；對光明新生的一面加以愛護，對社會黑暗面則予以暴露與打擊，更展示著如何爭取未來世界的坦途。」[11]

**歐陽山的《戰果》由桂林學藝出版社出版。**

[10] 《讀〈狂飆〉》，1943 年 7 月 7 日《民族文學》，第 1 卷第 1 期。
[11] 1942 年 10 月 15 日第 1 卷第 2 期。

# 1943 年

**1 月**　徐盈的《蘋果山》由重慶人間出版社出版。

**3 月**　吳組緗的《鴨嘴澇》（《山洪》）由重慶文藝獎助金管理委員會出版部出版（抗戰文藝叢書第三種）。

老舍認為：「書名起得不好。『鴨嘴』太老實了。『澇』，誰知道是啥東西！」「書，可是，寫得真好！」「組緗先生最會寫大場面。他會把同一事件下的許許多多人⋯⋯，都一一描寫出來；以形容，以口氣，以服裝，描寫出每個人的個性，及對此同一事件的看法——把這些不同的看法匯攏，使見出那社會的經濟、文化的形態來。在《鴨嘴澇》中，他仍用此手法。他叫我們看到不少活生生的人，也看見一個活的社會。」「在他所描寫的那些人中，他把力量都放在鴨嘴澇的鄉人身上，因為不詳寫這些人，則鴨嘴澇便不會明顯了。對外來的人，他沒用同等的力氣去寫；有的只一筆帶過，不便累贅。因此，人物中有重有輕，未能個個出色。可是，對一部不很長的小說，或者也只好這麼辦，否則賓主不分，大家擠在一處，誰也動彈不得矣。」「在文字方面，他極努力於利用口語，雖然他感到多少的苦痛與困難，雖然自己還不滿意，可是已經給我以最大的欣悅。專從文字上說，已足使我愛不釋手！辭彙，聲調，歇後語，諺語，我不單看到，而且聽到鴨嘴澇的人們怎樣不安，不服氣，與不肯投降。組緗先生教鄉民自己發出那最大的變動與期望。」[1]

---

[1]　《讀〈鴨嘴澇〉》，1943 年 6 月 18 日《時事新報》。

　　公羊縠梁認為，《鴨嘴澇》是一篇不可多得巨著，是一部史詩的序幕。[2]

　　韓侖認為，全書末尾戚先生和壽官的幾句話是全書的主題。「這是人民多年以來的深藏在心坎裏的話，是他們的希望，他們的要求。『一個人真正肯拿行動來愛他的國家，就是為謀取他自己的利益，保障他自己的利益……沒有人無所謂的愛一件東西，也沒有人無所謂的來愛國。』」「作者使我們看到，章三官如何同自己的農民根性鬥爭，而終於走上了軍民合作保衛鄉土的路。雖然他有許多缺點，這缺點使我們更覺得他可愛，我們更和他接近。他是活生生的人，不是可望而不可即的英雄。直起腰杆，大大方方的走路是章三官的願望，也是每一個中國人的願望。作者更進一步說出了應當怎樣辦。」「這裏每個人物，都有個性，每個人物的發展都是必然的。而語言的運用更是全書出色的地方，讀起來十分親切，加濃了鄉土風味。」[3]

　　以群認為：小說以主人公章三官的發展線索為中心，「也是這作品主題底所在。作品中其他的人物，都是環繞著這一個中心而發展。除了主人公章三官，作者用了極細膩的筆致刻畫了他底內部矛盾和發展過程，明確地表現了他底性格之外，其餘如東老爺，富黃瓜，壽官以及保長皮猴子，四狗子等，都寫得非常生動活潑，由此可以看出作者對於江南鄉村中的人物是十分熟悉的。然而，到後部一觸及那些來自外鄉的游擊隊人物，卻就顯得較為力弱。例如戚先生，薛先生及黃教官等人物，都寫得如浮光掠影，不能在讀者底腦

---

2　《〈鴨嘴澇〉——抗戰以來長篇創作選讀之一》，1943 年 6 月 20 日《國民公報‧文學副刊》。

3　《讀〈鴨嘴澇〉》，1943 年 8 月 5 日《新蜀報》。

中留下深刻的印象。下篇第六節至第十節，以游擊隊在鄉村間的活動為主的部分，大體都是平鋪的敘述，缺少具體的描寫，不能給讀者以生動有力的印象。」「作為這作品底優秀的特色，是作者對於鄉村風景、生活描繪底別致，以及民間口語底豐富的採用。」「此外，還有許多散見於篇中的出奇的形容」，「尤其值得提出來的，是作者吸收（採用）民間口語的方法和態度」，「作者從實踐上正確地解決了文學上的民間語言底採用問題。……揚棄了方言中說出來或寫出來也不懂的部分，而選取那些寫得出來並易為一般人瞭解的部分，……這是吸收民間口語（方言土話）豐富文學語言的正路；並且由此矯正了那種以記錄方音為滿足的偏向。」[4]

李長之認為：「《鴨嘴澇》這部小說，就是能夠把握這次戰爭的意義，而描寫表現於一個鄉村角落中的蛻變者。」他驚賞於書的寫景「茁壯而雄健」，主人公寫得出色，寫得典型，可以說其他人物都寫得栩栩如生。「然而正因為如此，我們有不勝其惋惜處。我們覺得這小說像片錦斷帛一樣，每一段都光彩照人，可是缺乏一種有起伏、有高峰的故事；又像一個角色頗齊全的劇團，但還不曾排演出滿足觀眾期待的戲。」「總之，作者對主題的把握，可說遠大而中肯，對農民的認識，可說逼真而不機械，不僵化，不簡單化，不漫畫化，這是讓人五體投地的，但缺的是振綱提領的有波瀾的故事，差的是沒除掉太反省，太抽象，並略顯概括之處的雜質！」[5]

鉗耳認為：「吳組緗先生的長篇小說《鴨嘴澇》是一部值得稱讚的作品。作者用樸實的手法處理了樸實的題材，這裏沒有誇張。

[4]　《〈鴨嘴澇〉讀後》，1944 年 2 月 1 日《抗戰文藝》第 9 卷第 1─2 期合刊。
[5]　《鴨嘴澇》，1944 年 9 月 15 日《時與潮文藝》第 4 卷第 1 期。

而且，也許還使人覺得作者對於他的人物，有了太多的懷疑和太少的信任吧，但，我們卻不能不從這裏感到一種堅強的力量、堅強的理解、和堅強的信念。」「中國的抗日民族解放戰爭支持了七年了！農民貢獻了他們最大的力量。我們未來的歷史學者，將不能不用充滿了感激的筆調來敘述這被壓抑、被凌辱的廣大人群的怎樣偉大奇妙的力量的！《鴨嘴澇》作者就對此提供了一個平凡的起點。平凡的起點事實上才正是真實的起點。通過了這個故事、這些人物，是說明了，是在戰爭的實際歷程中農村才站起來的！」人物中東老爹最為生動形象。方言的靈活運用是一個最大的成功。不過，事件的聯繫還不夠有力，敘述多於描寫，有些機械。[6]

余冠英認為：「本書激發讀者愛國情緒頗具力量，這是宣傳方面的成功，同時它表現農村人物生活極其生動鮮明，這是藝術上的成就。」「雖說宣傳，其中並無驚心動魄的場面，可歌可泣的情節；只是毫無粉飾，毫無誇張地寫出中國農民適當時機和適當教育下自然地『起來』抗敵而已。所謂適當時機便是在他們感覺到國家的利害和自己的利害相一致的時候；所謂適當的教育便是怎樣出力出錢的切實指導。」小說「自然而真實。」此外，「心理描寫的細緻深刻是本書長處之一，另一長處是語言的活潑傳神。本書所塑人物無一不活，無一不真，是絕大的藝術成就。正因為有此兩大長處所以才有此成就。」[7]

**巴雷的《群》由上海梅文書店出版。**

**梁三丁的《綠色的谷》由長春文化社出版。**

---

[6]　《評吳組緗的〈鴨嘴澇〉》，1944 年 9 月 30 日《群眾》第 9 卷第 18 期。

[7]　《評〈山洪〉》，1946 年 6 月 1 日《文藝復興》第 1 卷第 5 期。

　　姚遠認為：「山丁的《綠色的谷》，打開了過去的注重敘述故事的通病，而在故事裏滲入了作家的意識，在這一點上，它是比較成功的。尤其是作者的渾雄的氣魄與偉大的靈魂殆充沛於全篇。」[8]

　　勵行建認為：「《綠色的谷》裏所描寫的林家，不是破潰，也不能說是沒落，而是某一個劃期時代中的自然的趨勢，在這劃期時代中，對於心理上的性格上的以及行為上的展開，表現這故事是極其偉大的從作者的筆下產生出來的。」「我還能夠說這是一部滿洲事變前的農村經濟和都市經濟的歷史。」「《綠色的谷》留給我們一種滿洲農村的劃期時代的史的印象，留給我們許多滿洲農民的堅韌的性格的認識。作者對於這三個主人公在故事的展開裏的處理和描寫，是相當熟練的。」總之，「無論在內容方面或技巧方面，我感到《綠色的谷》確是一部成功的作品。」[9]

**4月　崔萬秋的《第二年代》由重慶文座出版社出版。**

　　公羊穀梁認為：「抗戰初期的報告文學是新聞性的，到了今天，我們更需要有綜合性的歷史性的著作出現，《第二年代》，可以說，是代表一種時代的趨勢的作品，作者以新聞筆調寫了這抗戰中最熱鬧的一幕。」「作者所取的雖然是小說體裁，而實在卻是歷史紀錄。」「歷史紀錄就要相當忠實於歷史，這樣一來，作者為了『真』，有時便不免疏忽了故事性的發展，本書的優點是因為它是『歷史的小說』，而缺點也就在於是『小說的歷史』」。[10]

---

[8]　《東北十四年來的小說與小說人》，1946 年 1 月《東北文學》第 1 卷第 2 期。
[9]　《〈綠色的穀〉給我的印象》，1943 年 1 月 1 日《藝文志》創刊號。
[10]　《由〈第二年代〉想起——長篇創作選讀之四》，1943 年 8 月 8 日《國民公報》。

**5 月　袁犀的《貝殼》由北平新民印書館出版（新進作家集第
　　　一集）。**

作者在《前記》中寫道：

「在這本小說裏，我寫了些知識青年男女的生活，寫著他們怎
樣在生活裏沉溺，寫著他們的思想的混亂和迷惑，善變與矛盾。由
於他們的教養造成他們的痛苦，由於他們的知識製作的罪惡，並且
人性的醜惡的一面是怎樣的被人類的教育程度以及現代生活所掩飾
而伸張著。」

「自然這不過是我的企圖而已，我想我也許很難做到我所想的
地步，因為我打算寫的原非一部『道德小說』，所以我繼續寫下去的
時候，立刻遇到許多問題，這是很艱難的。」

上官蓉認為：「《貝殼》是別具一風格的，我們說它是戀愛小說，
更詳確的說，是一部批評戀愛的戀愛小說。作者藉愛情的故事，述
說出他對愛情的看法，也就是對於人生的一點觀察。」「《貝殼》的
意義就在這一點上，它對於流行的戀愛觀念，給了一個猛烈而不客
氣的攻擊，把它的流毒坦白的揭發出來。」當然，它也有小缺點，「就
是故事的過於單純化。」「這裏所謂單純化可以分兩方面來說明，一
個是人物上的，一個是事實上的。」人物上，「大概作者筆下的女子
都可以李玫為代表，男子以白澍為代表。……因為這個關係，整個
的《貝殼》也就像是一二青年男女的故事而已。」事實上，「全書中
所寫大半是戀愛的故事，另外觸及到它方面的很少；很少，這正也
是為人物的單純化的所限制，使別的故事也不能充分展開。」「但是

《貝殼》是還沒有發展起來的長篇，作者是還要繼續寫下去的，所以這個單調也自然不能避免。」[11]

　　上官箏認為，《貝殼》「是一本好書，一本寫得很美麗而且很完整的好書。」它的「最大的價值就是『良心』的發現」。這本「嘲笑『文明人』」的小說，如果我們把它當作諷刺小說看的時候，自然作者成功了，不止成功，而且超越了理想的境地呢！」不過，作品中人物的刻畫並不突出，而且「《貝殼》有一個大的缺點，就是它缺乏深刻，這不是一本哲學的書，也不是一本暴露的書，因為這兩點作者都沒有作到。作者並沒有發掘到人類的心靈的深奧，更沒有能夠解釋出為了什麼智識階級的墮落和他們生活漸趨於無恥的原因，在感情的分析上，許多人很少有什麼特徵，他們雖然嘴裏說著上等的漂亮話，可卻都是一個一個沒有一點熱情，全然涼卻了的動物。」[12]

　　麥耶認為：「很顯然，作者的目的，是想藉這一本小說，暴露出現代知識份子的醜惡。」但由於作者對於知識與教養的價值的否定理解，使作者「沒有把握到它們的本質，只表面地看到了一些它們被歪曲施行了的一些醜惡的現象，便貿然發出這種『對人類的哭聲，對於人類的絕望。」於是，便陷入了悲觀主義的泥淖，在《貝殼》這本小說裏的人物，便全是『蒼白而貧血的』，而其思想，也是頹廢的，懷疑的。」藝術上，作家感覺細膩，心理描寫也細膩，深刻。不足是：「除了上前所提到的作者思想上的懷疑與困惑，人物的

---

[11] 《〈貝殼〉和〈予且短篇小說集〉》，1943 年 10 月 5 日《中國文藝》第 9 卷第 2 期。

[12] 《袁犀論——新作家論之二》，1943 年 11 月 5 日北京《中國文藝》第 9 卷第 3 期。

單純以外，便是文章與形式的歐化，對話都成文章，不夠口語化等
等。」[13]

志智嘉認為，《貝殼》獲大東亞文學獎並非說它是華北的代表
性作品。[14]

雪魂認為《貝殼》獲獎是合理的。[15]

呂奇認為：「這是一部戀愛遊戲的作品。」作者的戀愛觀是：「戀
愛是一種頂輕浮的無謂的舉動，是一群有閒者流的遊戲，他們遊來
遊去，並不能得到幸福，倒在精神上感到煩惱和悲哀，對於自己的
事業，毫無所補。」「根據這種戀愛觀，作者於是對於他的主角們，
處處加以冷嘲熱諷，加以詆毀蹂躪，沒有一個在他的筆下，得到了
幸福的結局。」「由此觀之，則作者雖在表面上描畫著一出戀愛的遊
戲，把那些遊戲裏的主角的感情底波動和心理角逐，描寫得精而又
精，活躍紙上，彷彿作者故意拿戀愛來引誘讀者的興趣似的；然而，
其實，作者卻存心在暴露著青年男女的輕浮的思想行為，以及戀愛
的種種醜陋的現象，而藉此對戀愛行為，加以嘲蔑，加以否定。」[16]

步南認為：「李玫——是個苦於戀愛而又熱情戀愛的懷疑主義的
智識女性。」「李瑛——一個驕傲的自命不凡而學生氣質非常濃厚的
女人。」「呂桐——一個不顧言行心懷不測，明君子暗小人的危險知
識份子。」「白澍——是現人生所謂大時代中許多智識青年理想的化
身。他是自由主義的渣滓，而又極端個人主義者。他是十足的小市

---

[13]　《貝殼》，1944 年 2 月《雜誌》第 12 卷第 5 期。

[14]　《以甚麼為基準而授賞了的呢》，1944 年 5 月《敦鄰》第 1 卷第 4－5 期。

[15]　《關於袁犀和貝殼》，1944 年 5 月《敦鄰》第 1 卷第 4－5 期。

[16]　《我的〈貝殼〉觀》，1944 年 9 月《國民雜誌》第 4 卷第 9 期。

民階級，在婦人和金錢外，也要名譽，故此難免虛偽，也許並非出於本心，然究其言語與態度，總免不掉博人歡心和掩遮自己。於是他看穿了人生，總以為自己在作戲，在心理方面，自然逃不脫懷疑，故此增加了許多空想與幻想，以至他得不到平靜的生活，所以造成易喜易悲的人。然而他年青，他漂亮，沒有真的滿足，也沒有真的懺悔，他有旺盛的精力，然而毫不珍惜的儘量消耗它。」「藉此幾個人物及思想的探討，我們很清楚的窺見了作者的企圖。他以最大的憎惡與最大的熱情，把一些在自由主義，個人主義所迫害之下，不健全蒼白而貧血的人們，有企劃的，具體的，且很藝術的排在我們的眼前，使我們在感傷氛圍裏，用憎惡的眼睛，再把它重新認識一次。」在技巧上，小說的心理描寫很細緻。「由於以上的內容及形式，我們知道袁犀是個天才作家。」「我覺得他的一句一字，不是由痛苦的思考中掙扎出來的。似乎他的筆尖，即是一張硬弓，而筆下的產物，又都像弓弦上所彈出來的冷箭，偏又射中真理的重點，與讀者之心。倘將來毀滅他的肉體，抑或創造上有所成就，我相信都是這天才；這不幸的天才。」「那麼，天才作家就沒有缺點嗎？卻也不然。譬如：文章與形式過於歐化。對話不與人物身份相合，甚至對話都是文章，以至在思想上羅曼蒂克的成分很濃等等。」「貝殼最大的缺點，就是個中人物都是蒼白而貧血的欲追求真理而又懷疑的。由懷疑的不可解釋而陷於絕望。所暗示給我們的，至少像李玫，白澍，呂桐都該滅亡。這是作者對人類的哭聲，對於人類的絕望。……倘就社會意識形態而言，頗有頹廢，陰暗，混亂，沒落之嫌。」[17]

---

[17] 《由〈貝殼〉談到新進作家集》，《華北作家月報》1943 年第 7 期。

**沙汀的《淘金記》由重慶文化生活出版社出版（現代長篇小說叢書之十一）。**

鸝溪認為，沙汀在文學上的特殊成就在於，他對四川小鎮的「風俗習慣，人情事理認識得如此清楚，瞭解得如此深刻，並且帶著那樣辛辣的諷刺來描寫了他們。同時他對於生長在山嶽中的居民底獨具的性格也刻劃得異常真切生動。」《淘金記》有兩個特點，一是「在這簡單的故事中清楚地提示了在抗戰過程中整個工業生產減縮的嚴重現象」，一是，「配合著作者對地方風俗人情的熟悉，他充分用了方言土語，使整部作品顯得異常和諧。」不足在於，「作者對他所描寫的人沒有充分的感情，因之也就不可能把他所認識的來感染讀者。」[18]

李長之認為：「作者在《淘金記》裏是更嚴肅地執行著寫實主義的任務：他對於各式各色的人物一無愛憎，他們各有優點，也如他們各有缺點。那些對話，都是深入地從那些人物的靈魂裏掘發出來的，這和敘述著他們的行動的文章很不同，顯然後者是在另一個世界裏，只有這樣，才見出作者是冷冷然的嚴肅的旁觀者。他沒有特意的譏諷，可是就是這樣，也許已經是作到了上乘的譏諷家的能事。」他又說：「在寫實的以農村為材的作品中，最近又有許多人專走地方色彩的路，我們不妨稱之為鄉土文學，作為農民文學的又一小類吧。《淘金記》者，卻是我們僅見的鄉土文學中之最上乘收穫了。」[19]

---

[18] 《〈淘金記〉讀後》，1944 年 2 月 1 日《抗戰文藝》第 9 卷第 1－2 期合刊。

[19] 《〈淘金記〉〈奇異的旅程〉》，1944 年 10 月 15 日《時與潮文藝》第 4 卷第 2 期。

　　石懷池認為：「沙汀底《淘金記》，是一本好書，不管是站在社會
學的立場或藝術的觀點，都是如此。特別是在目前幫閒和市儈把持著
文化市場，一些『進步者』流也隨波沉浮，帶著虛偽的浪漫主義的幌
子，在幹『色情加抗戰』的欺騙人民的勾當的時候，這部以拘謹的態
度來描畫四川——大後方的心臟——，它底荒涼落後，愚昧以及各種
人物型底掙扎和追求底世態的《淘金記》，也就更值得被推重了。雖
然，不可避免地，它本身也存在著許多缺點，某種程度地帶有幾絲自
然主義的陰暗的氣息，給與人們的是失望多於希望，莫名的憤怒多於
合理的抗爭的意志，很少能捉摸到將來的遠景；但是，這比起以戀愛
和花朵來裝飾蒼白的日常生活，因而自命為浪漫主義急先鋒之類的作
品，我們倒是寧願取此而舍彼的。」「沙汀生活在農民的海洋裏，挖
掘農村的爛瘡腫疤；敲打那些善良的人們的靈魂的門扉，更向那些農
村魔王（地主紳士和流氓）擲出毒辣的嘲諷和控訴。但是，如果要在
這許許多多的作品裏，找出一本最能代表沙汀底主要創作特質：——
他底對於農村的豐富的知識和透徹的理解，對於地主紳士和流氓底可
怕陰森的猙獰相貌的剝露——同時，卻也由於自己的出身地位和生活
現況，對廣大貧苦農民始終保持著一段小小的距離，常常把他們看作
愚昧和無知，最多也只是心地善良和靈魂潔白，再就是如同所有的農
民詩人一樣，沙汀在他底創作裏，也還無意間常常流露出幾聲傷感的
歎息。——這樣一本書，假如要找出的話，那就是《淘金記》。」「《淘
金記》這部作品，卻應該算是沙汀底對於整個不民主制度產物的農村
全面的抗議，是一個總的攻擊，要害的進攻。」「沙汀不僅是一位白
描聖手，是一位卓絕的解剖家，一位農民詩人，更是一位向不民主控
訴的戰士。」「讀著《淘金記》，一個生長在城市的讀者甚至會疑心走

入一個魔鬼的世界，是炫奇而陰森森的。這是沙汀底勝利。但是，這個世界是太絕望了，太可怕了，太陰暗了，甚至希望的影子也見不到，這固然是現實應擔負其全部責任，然而，沙汀沒有在那些朴質善良的人民的靈魂裏發掘出足以使自己和祖國新生的力量，即使是萌芽的新綠或一星星啟示也好，這卻不能不說是沙汀底小小的失敗。」另外，「他所接近的，大概以農村的上層份子居多，這或許也就是出現在《淘金記》裏的地主、士紳、保長和高級流氓之輩都栩栩若生，而一般貧苦農民則顯得愚昧無知，好像是白癡似的善良忠厚的緣故吧。這樣醜惡黑暗一面的剝露也就不可避免地要多於潛在力量和新生勢力的掘發。」「再，他自己常常承認是『一個帶點拘謹的人』，『頑固和保守的成份也不可少』，我想，這種農民式的性格傾向，也應該是沙汀創作底謹嚴甚至顯得呆板的風格原因之一。」「沙汀是一位優秀的農民詩人。但是，假如在他底作品裏，除去忠於現實和憤怒的控訴外，再有一種樂觀的遠景的期許，這豈不將更為健康的人民所樂於接受嗎？」[20]

　　卞之琳認為，《淘金記》是「抗戰以來所出版的最好的一部長篇小說。」「這本小說也似乎比別的任何小說都能屏絕旁騖，而集中本題，以致針線縝密，一筆不苟，洵屬形式與鉤心鬥角、花樣百出的內容，恰相一致的一出完整的戲劇。」「文字也相應的不作任何賣弄，任何違反自然的標新立異，簡潔到了一個難得的高度，而處處充滿了風趣，間或迸出一兩個樸實而新鮮的意象。」[21]

---

[20] 《評沙汀底〈淘金記〉》，1945 年 6 月 1 日《群眾》第 10 卷第 10 期。
[21] 《讀沙汀〈淘金記〉》，1945 年 7 月 5 日《文哨》第 1 卷第 2 期。

　　冰菱（路翎）認為，《淘金記》的內容「僅僅走到現象為止，在現象底結構上播弄著他底人物。」人物也「僅止於機智或風趣，缺乏著更深的熱情的探求。」「這表明了，作者，是被理論刺激著去看見人民的。而對於他底周圍的這些人民，作者是表示著被逼著非看見不可的，無感應的，淡漠而無可奈何的態度。正因為被逼著，作者底不甘滅亡的主觀，就變成了淡漠的嘲弄了。」「這種作品，是典型的客觀主義的作品。」[22]

**　　茅盾的《霜葉紅似二月花》由桂林華華書店出版。**

　　埃籃認為，記載「五四」前後的時代的人和事的，「從未有一本像《霜葉紅似二月花》中所分析的那樣詳盡真實，描寫得那樣親切，並且規模那樣宏大的。」不過，「《霜葉紅似二月花》是一部大創作的開始。在那兒我們已懂得了發端。伏下的幾根線也隱隱可以看到今天的影子。」[23]

　　李長之在《霜葉紅似二月花》一文中，援引了吳組緗的一段文字後說：「若問，茅盾先生作品底特點何在？筆者打算簡括地這樣回答，就是：取材方面，具有豐富的時代意義，敏銳的社會科學者的眼光；氣魄格局雄大；表現則明快而有力。他不止把這劇變中的時代社會底面目與趨勢指陳出來，讓人們瞭解，認識，而且有力地鼓舞著推動著人們參加到這時代與社會中來，不作一個袖手旁觀者。」「若從藝術的觀點評量，我個人對於茅盾先生的作品有一種直覺的看法。那就是，一般的說，他作品的主題，往往似乎從演繹而來，而不是從歸納下手；似乎不是全般從具體的現實著眼，而是受著抽

---

[22]　《淘金記》，1945 年 12 月《希望》第 1 集第 4 期。

[23]　《讀〈霜葉紅似二月花〉》，1944 年 1 月 3 日《新華日報》。

象概念的指引與限制。因此，他的一部小說，往往似乎只是為社會科學理論之類舉出一個例證；作為藝術的創作看，就似乎缺少一點活生生的動人心魄的什麼。最明顯的是他的人物描寫。他的幾部巨著中的人物，都似乎不能有血有肉的突出紙上，給人以具體真實之感。使人似乎覺得，這些人物都是作者根據推理設想出來的；使人對這些人物感覺隔膜，邈遠，不可把捉。」隨後李長之認為，小說取意不明；寫時間和空間的特質上，缺乏明確，甚而有些錯亂；人物性格雷同且耽於幻想；口語不純粹以及說明露且淺。[24]

田春認為，作者並不是寫一個縣城，而是寫一個時代。其主題是：「縉紳，實業家，地主這三者彼此間的相互鬥爭，彼此為著他們的利益而鬥爭。」「小說的組織是極其嚴密的，所有的事件都很適宜地相互關連著。而尤其是當兩個事件的交接處，作者使它銜接得不露痕跡。」缺點在於，第一，對話寫得太囉嗦，第二，有些地方不免刻板。他還認為，這是一本「充分的表現出了『中國氣派，中國作風』的一本『民族形式』的創作。」[25]

田玉認為，「霜葉」，象徵快要沒落的趙守義之流，但因為他們在那時尚很得勢，所以它的顏色幾乎超過二月花的紅色了。「就作者的氣魄來說，他的企圖確實相當大，這《霜葉紅似二月花》的第一部，彷彿像羅曼羅蘭的《約翰・克里斯朵夫》的第一部《清晨》。」「就創作的技術來說，從這本小說裏，可以看出中國化的痕跡，在中國舊小說中常見的詞句，一些為廣大的讀者群所熟悉的傳統的好處，在這本小說裏已經有很好的運用。」「在方法上，作者給每個人

---

[24] 1944 年 6 月 15 日《時與潮文藝》第 3 卷第 4 期。
[25] 《〈霜葉紅似二月花〉讀後》，1944 年 9 月 4 日《新華日報》。

物一個故事，這些人物有共同的一面，也有個人的一面。根據問題的中心發展他的人物。」「以家庭的細故反映主線，尤其寫來巧妙生動的，是作者對於人物環境和心理刻劃描寫。」「總之，這是一部值得注意的巨著，我們雖尚不能得窺全豹，但看作者的佈置，實可和托爾斯泰的《戰爭與和平》及羅曼羅蘭的《約翰‧克里斯朵夫》相提並論。」[26]

公羊桓認為：「現在出版的《霜葉紅似二月花》的第一部，只是一部偉大的長篇小說的開始，並不是一部完整的小說。只是一部以中國近代史作背景的歷史小說底序幕。」「在《霜葉紅似二月花》的當中，茅盾先生告訴我們，中國的民族資本家是怎麼起來的，資本主義的洪流——文化、宗教，思想、商品，等等——怎樣的在流入我國以後，氾濫在每一個角落裏，怎樣的與中國的舊勢力發生了衝突，發生了鬥爭，而又怎樣的生了根，沖毀舊的勢力。他用熟練的手法，正確的對社會科學的認識，對歷史的深刻而詳細的瞭解，把它的路線清楚的指了出來。而且我們相信將會告訴我們向什麼方向流去。到了《子夜》，茅盾先生早已告訴過我們，中國的民族資本家怎樣遭到了慘敗，資本主義的勢力怎樣在中國得了勢，而舊的一切勢力只有在絕望的掙扎中而趨於沒落與滅亡。所以拿茅盾先生的兩個長篇《子夜》與《霜葉紅似二月花》互相對照是非常有意思的事。《子夜》與《霜葉紅似二月花》是互相呼應的作品，是一部偉大史詩的開局與結尾。」「在技巧上，人物的描寫上，我們認為「老駝福」這個人物寫得最成功，輕輕的幾筆就把這個人物勾了出來，淡

---

[26]　《茅盾新作：〈霜葉紅似二月花〉》，《朝霧‧文藝春秋叢刊》之四，永祥印書館 1945 年 6 月版，第 19－21 頁。

淡的渲染這個人物就活生生的跳了出來。」他還認為，《霜葉紅似二月花》「是抗戰後中國文壇的一個大收穫。」因為「我認為在中國現在出版的描寫五四時代前後底小說當中，沒有一本能比得上茅盾先生的《霜葉紅似二月花》的，沒有一本能像它這樣在主題上是正確而明朗的。」[27]

　　石岩認為：「茅盾的《霜葉紅似二月花》這一部長篇小說，是我們這時代誠實的記載，一首樸實的史詩。」「讀完這一部作品，使人深深地感覺到作者心理的樸實，文字的樸實，觀察的樸實以及啟示的樸實，我們看到了歷史的變化的原因、現象及方向，被淘汰的一面暴露了怎樣的缺陷，新產生的一面受著怎樣的苦難以及怎樣的奮鬥，作者劃分得極其清晰，敘述得極其明朗，而更主要的，便是它的真實，讀完了它的時候，會被它的敘寫使人勾起了無盡的回憶。」「從全書的結構上看，作者也是在寫一部時代的歷史，它的情節，並不是一部完整的傳奇，它的開始，是歷史的過程中的新的現象的發生，並不兀突，它的經過，也只是一些平凡的現象，但它卻寓有歷史發展的規律，它的結束，也正如歷史一樣，並沒有完，仍舊還有發展和演變，傳奇是可以用文字的詞藻去堆砌的，意外的節目去構成的，可是這平凡的人生，真實的歷史，卻只有以自然的語言去表現，也只有以歷史的情節卻佈置，作者在這一點上的成就，也同樣的是這本書的優點，他努力的排斥修辭的文字而設法運用自然的語言，竭力的注意避免湊合的情節而設法按照歷史的經過。」「全書的內容，更有同樣的情形，歷史的敘述在文學上決不僅是往事的回

---

[27]　《論〈霜葉紅似二月花〉》，1945 年 6 月 29 日《人民週報》。

憶，而是作者對於歷史自覺的表現，從它的內容裏，我們看到了作者對於那時代的認識與批評，只是用事實來說明，他們的衰弱和趨於滅亡是歷史的法則，對於他新生的而仍舊在彷徨中的，則寄予以無限鼓勵，我們看到了那些青年在各種不同的環境中所遭遇到的生活的與事業的苦悶，這苦悶如何刺激了他們，鍛鍊了他們，而他們終於堅強起來，可是對於那正相反的人物，那些舊制度下和各種惡勢力的代表，土豪，劣紳，流氓，走狗等類人物，作者卻又用了最深的憎惡去記載他們的罪惡和陰謀；此外，還有一點值得我們注意的，便是作者的積極的，樂觀的，戰鬥的人生觀的表現，從幾個書中人物的性格中表現了出來，對於不可挽回的不幸必盡最大的努力，用理想慰藉自己，用行動實現理想。」「整個地說，這本書有著完整的敘寫和正確的認識，在技術上也相當熟練，作者不論是對於內容或是對於技術的態度，都極其嚴謹，可是也正是因此，它也造成了一種缺陷，前面曾經說過這部作品的樸實，那是它的優點，它的缺點便也正是在它的背面，它缺少光與影的佈置，以至於『無華』，在內容上，作者把握著自己思想的準繩和歷史的規則，在技術上，作者遵循自然的語言和樸實的要求，可是在選擇上與運用上，渲染上和配置上，還不得不承認仍沒有到達高度……這一部作品，還有不少地方使人覺得沉悶與枯燥，因此把它說作是史詩的話，它是史的成份超過了詩的成份。」[28]

魏友棐認為：「這一本書敘述是成功的，使讀者侵入於苦悶與陰暗的空氣中，感覺現社會的黑暗，彷徨無主。此書為第一部。希

---

[28] 《讀茅盾的〈霜葉紅似二月花〉》，1946 年 1 月 1 日《中堅》第 1 卷第 1 期。

望作者於第二部作品中，能指出青年應走的道路，給予豁然開朗的感覺。」[29]

姚隼認為：「這裏有著舊的地主階級和新的資產階級間的衝突，勾心鬥角，明槍暗箭；這裏有著較有正義感的智識青年的彷徨和苦悶。作者把這些連串著，交織著，寫成了一首動人的史詩。」他還認為，茅盾先生的小說是「吸收融化著中國舊小說中的優點的」。「茅盾先生的文體，是以白描見長，明快，平穩，細緻，逐層發展，一點不牽強做作，也沒有故作驚人之筆，而是深沉的，寫實的。這文體，不是細心的讀者，是不容易體會到的，因之而覺得有點沉悶。」[30]

稽山認為：「似乎有人批評過《腐蝕》的結構太鬆懈，太缺乏剪裁了，假使他看到本書定將感到加倍的失望；尤其是本書的前半部，幾乎只是一個舊式家庭中瑣屑的描寫。但是我仍認為這是一部很有文學價值的作品，他從平凡的故事中深刻地寫出各主角內心的苦悶——封建意識和買辦資本主義意識的衝突，似乎較《腐蝕》的技巧更為難能。一個有生活經驗的讀者，曾經受過封建意識的薰陶而正想掙扎這桎梏時，對本書必將發生共鳴。」[31]

朱潛認為：「如果說：魯迅先生《傷逝》是寫的『五四』以前的中國小資產階級在社會中生活的縮影；那麼茅盾先生今天所寫的便是『五四』以後的情形。」[32]

---

[29] 1946 年 5 月 1 日《上海文化》第 4 期《書報評介集錦》。

[30] 《〈霜葉紅似二月花〉評介》，1946 年 6 月 27 日《申報》。

[31] 《霜葉紅似二月花》，1946 年 9 月 10 日《青年與婦女》5 期。

[32] 《霜葉紅似二月花》，1947 年 9 月 29 日《時代日報》。

**7 月**　熊吉的《千年後》由成都復興書局出版。

**9 月**　司馬文森的《雨季》由桂林文獻出版社出版。

作者在《後記》中寫道：

「我想寫這部作品是在三年前，動機是由於產生在一個朋友家裏的一件平凡的悲劇深切地把我感動了。在那一件平凡的悲劇中，我看見一個真正的人性的覺醒。看見一個代表舊時代的牢籠，在一個堅強的不屈不撓的意志之前崩潰，解體了。我感動著，並且決心把它寫出來。」

「《雨季》寫的雖不是我自己的事，可是在那作品中，的確曾充分的洋溢者我當時的寂寞和孤寂的心情。」

「一年來，我沒有寫過一個短篇，至於《雨季》也是時輟時續。在『文生』上寫一期發一期，沒有充分構思和修改時間，這成了我多年來最痛苦的一件事！」

《雨季》出版預告：「作者費了兩年時間，完成他的第一個長篇。在這兒，他用優美的文筆描寫著這個時代中一個平凡家庭的悲劇。有一個年青而賢慧的女性，在抗戰中覺醒了，她不甘寂寞，不滿於籬下生活，她要擺脫這一切，她要飛，她要求熱情，要求用亢而戰鬥的愛，於是她大膽的向舊社會向幽囚過多少女性的牢籠宣戰了！在雨季中過日子是沉悶的，見不到陽光，也呼吸不到清新空氣，可是那陽光卻在雪層中隱藏著，隨時都可以衝出來，光照大地。作者在這部作品中，就像是隱藏在雪層中的陽光，在這沉悶時代，它將給我們帶來新的理想，新的希望。」[33]

---

[33] 1943 年 9 月 24 日桂林《大公報》。

**10月 仇章的《遭遇了支那間諜網》由廣東曲江圖騰出版社出版。**

張薑忱（自忠）將軍在《序》中寫道：

「吾一武夫耳！深謝作者嘉惠軍旅，輾轉戎行。尤是徐州撤退，臨沂大勝，潢川突圍，隨棗血戰諸役，皆得與作者馳騁沙場，大有文武合一，捍衛戰區之象。故作者不特為才淵學子，更不愧為宿將也。」

「仇章先生稔誦古今兵典，閒熟用間之道，以寶貴之資料，豐富之經驗，用生花妙筆，矯健姿態，費兩載心血，刻畫我國無名英雄之偉跡，以為『用間』取勝之宣導。故本書實為我國反侵略戰爭中的一部間諜戰鬥史，亦為我特工人員的一座紀功碑，情節動人，尤其餘事。」

「孫武云：『勇不足恃，用兵在先定謀，變枝曳柴以敗荊，莫教採樵以致絞，皆謀定也。』唯如何定謀？如何勝利？皆須『知彼』。『知彼知己』，然後才可以戰必勝，攻必克，此『知彼』者，『用間』云爾。」

「當今戰爭，實一間諜戰爭耳。德之『第五縱隊』，美之『情報業務』，日之『特務機關』，組織嚴密，收穫至多，而我之『特務工作』，在抗戰過程中，貢獻亦殊為重大，故仇章先生之『諜報文學』，不只有助於抗戰之今日，且有助於『用間』之將來。一再展讀，至感珍貴。」

「書至此，前方惡戰再起，不克留部，作者亦奉命他調。屢承囑序，苦未能文，匆匆書此，用留別後紀念。」

**梁國冠的《南海之濱》由重慶南方印書館出版。**

《作者附記》寫道：

「這小說題目：南海之濱，也可作：海的邊緣。」

「這是寫謎一樣的蠻荒海南島（南海上一個很富饒很優良的海島）民眾抗敵情形，知識份子幹救亡工作情形，及漢奸活動情形，黎人生活情形。雖有一部份是想像，但大部份是寫實。」

「現在把昌江崖縣一帶抗戰情形畫一輪廓，雖描寫技巧拙劣，但倘能把瓊島漢黎同胞英勇抗戰情形傳神萬一，亦差足自慰！」

「謹以這篇粗劣作品，敬獻於海南島我們英勇鬥士之前！」

**11 月　司馬文森的《人的希望》由桂林國光書店出版。**

# 1944 年

**2 月　王餘杞的《海河汩汩流》由重慶建中出版社出版。**

　　長之認為：「這部小說有果戈理風。」小說的地方色彩很濃郁，不可替換。語言「是神氣活現的地方語，在以前的創作中是少見的。」「全書的生動，還有兩個得力處：一是它的人物單純，卻又色色俱全……二是在這個大時代的變動的寫照中，卻有一股時時流著的汩汩的海河，當作了全書的節奏……因為有這節奏，給全書增加了活力，增加了韻致，讓全書不只是諷刺，而且在根底上像首詩。——民族的潛力就彷彿是那『不廢江河萬古流』的海河似的！」「至於全書的缺點，除了有時嫌贅，嫌過分之外，便是因為採取一種鏡頭式的敘述之故，轉換太匆促，便免不掉有輪廓模糊之處。」[1]

　　讀者「泉」說：「《海河汩汩流》這本書銷路似乎不大好，但確寫得幽默而親切，令人叫好。」[2]

　　東方書社版《自流井》插頁的廣告曰：「本書係以天津為背景，刻畫出了天津當地的風土人物，最多情趣。——國內文藝作品，以天津為背景的本來就少，而加以詳盡刻畫的尤不多見，這在本書，算是一個特色。至於書中故事，係取材於『雙十二』後到平津事變的近一年間，那一年間的天津，情形已大不同，因為天津原是敵軍在華北的根據地呀！且看那一班牛鬼蛇神在這根據地上幹著些什麼吧！」

---

[1]　《海河汩汩流》，1944 年 5 月 15 日《時與潮文藝》第 3 卷第 3 期。
[2]　「我喜歡的書志」，1945 年 4 月《突兀文藝》新 4 期。

**3 月　曼因的《自流井》由成都東方書社出版。**

1936 年《中心評論》創刊號《編輯後記》中寫道：「這一篇小說，約十五萬字，作者或就是一個中心人物。自流井。這是四川產鹽的一個地方，作者的主意是，描寫一個在自流井的封建式的家庭，如何為現社會所不容，而最終走到崩潰的道路。關於自流井，開井、熬鹽、生產、銷費等情形，作者亦打算在這裏介紹出來。」

該書後的廣告曰：「本書是一部鄉土文學作品，寫出了一家豪族由興盛而衰敗的故事。一般地說，生產手段提高，經濟條件改易，對封建家庭沒落，自是必然之理，在自流井亦不例外。本書便細寫出了那沒落的過程。文中並且穿插鹽場辦井燒灶的各樣情況，更足使讀者多獲得一些井鹽知識，不為無益。」

**碧野的《肥沃的土地》由桂林三戶圖書社出版。**

李若（李長之）認為，小說人物情節與刻畫都具匠心，但缺乏剪裁，有些肉感描寫失實，文辭不精到。由之想到：「碧野的作風則是：很輕淡，很周詳，有些溫暖，卻沒有幽默，而且有時還嫌鬆弛些。」[3]

鉗耳認為，讀完小說有點失望。小說的主題是一個鄉村的曲折的戀愛故事，是一個失敗的立意。對農村中的人物把握也欠準確。他認為：「在饑餓的農村，農民們生活中最主要的是怎樣從這種饑餓中解放出來，從這種悲苦命運中解放出來。而所有這些，在這部小說的人物身上，似乎都善意化了，都忽略了給予它正確的估價。」「我想，作者是沒有給他的人物以真誠的瞭解和透視的。作者沒有

---

[3]　《肥沃的土地》，1944 年 9 月 15 日《時與潮文藝》第 4 卷第 1 期。

把那些最平常，最重要的許多現象加以深刻思考與分析。反之，作者著重點，卻過份知識份子化了，過份注意那種少男少女們的戀愛故事了。我們承認農民們有這樣的熱情，但卻不是說農民們在任何環境下都能有這樣的閒情逸致呵！」作者應真正的體驗農民，擁抱他們。[4]

茅盾認為：破籮筐和黃老五是寫得最好的兩個人。「書中人物的對話都是活的語言，善於運用民間的活字彙，故如聞其聲。」「風景描寫能從農民眼中去看，不是知識份子眼中所見的風景，不是詩意的，而是充滿了泥土香的，聯繫著農業生產的，飽和著農民的血汗的。」「但本書所寫，尚屬抗戰以前的事，——究竟是抗戰的前一年或前兩年呢？還看不出來，書中沒有暗示這一件大事在農村中起了什麼『山雨欲來風滿樓』的情形。」[5]

冰菱認為，《肥沃的土地》「是表徵著目前的新文學創作上的一種惡劣的傾向的作品」。這種傾向，基本上是生活的空虛及對這種空虛的生活的虛偽的，自欺欺人的態度，以及思想能力，實感能力底缺乏。從這種空虛和缺乏，產生了對於政治理論和社會理論作著盲目的適應和投機的八股文學；用來點綴這八股文學的，是一種表現著作者自身底可憐的苦悶的色情主義。[6]

**嚴文井的《一個人的煩惱》由重慶建國書店出版。**

茅盾在《序》中寫道：「小說《一個人的煩惱》就是想從一個青年知識份子參加抗戰工作的經過，來說明凡是不能認清現實，只

---

[4]　《評〈肥沃的土地〉》，1945 年 1 月 15 日《群眾》第 10 卷第 1 期。

[5]　《讀書雜記》，1945 年 5 月 4 日《文哨》第 1 卷第 1 期。

[6]　《談「色情文學」》，1945 年 5 月《希望》第 1 卷第 2 期。

憑一時的衝動，而且愛以幻想餵養他心靈的人們，將落到怎樣萎靡消沉的地步。」「從劉明的故事所得出的教訓的原則，在今天依然足資我們借鏡。這一點，可說是這本小說對於今天的現實的意義，同時也是我們讀這本小說的時候不應該忽略的地方。至於此書文字之樸素而委宛多姿，人物描寫（如主人公劉明）之細膩而生動，則有目共賞」。

石懷池認為：「《一個人的煩惱》的作者在精神搏鬥的過程中，沒有做成生活的主人，卻被生活拖累，而深陷在生活的泥淖裏。從這裏面，我們感覺到一種『思想力底灰白』，一種『藝術力底死滅』。他還困守著舊的現實主義──自然主義的創作方法。」而且「《一個人的煩惱》是一種平板的，煩瑣的，客觀自然主義的產物，這卻是一個不可否認的事實。」由於作家缺乏提煉，缺乏典型化，削弱了作品的藝術性。劉明這一否定人物刻畫不成功。他說：「我覺得，作者嚴文井在《一個人的煩惱》裏處理生活（精神創造的對象）時，還深深地掉落在左拉的，自然主義的窠臼裏，舊的自然主義必須放逐，而現實主義（托爾斯泰）特別是新的革命的現實主義（高爾基）底處理生活，不應是生活的從僕，生活的平板的照像，而該是生活的有力的主人，生活的藝術的彩畫。」當然，「沒有問題，《一個人的煩惱》是一部暴露作品，作者在劉明身上批判著抗戰陣營內的某一些進步智識分子。但是，由於作者沒有把握住前面所提的新現實主義創作方法的原則，也就是沒有如高爾基所一再宣稱的從『高處俯認現實』，而僅僅軟弱無力地剖析生活，沒有向生活搏鬥（戰鬥氣氛的不夠），沒有作主體的把握（對劉明的原諒──小布爾喬亞的劣根性的不夠強調），沒有從黑暗中看出光明（劉明是無望的，其他所

有的人物也都深陷在絕望的泥沼中），總之，作者所運用的，還是客觀（自然）主義的創作方法。我們提出：放逐自然主義。」[7]

**周彥的《我們是戲劇的鐵軍》由重慶新生圖書文具公司出版。**

作者在書中的《試筆小記》中寫道：

「今春，偶然興至，更得了餘暇，於是把從事戲劇十餘年所見所聞織成《我們是戲劇的鐵軍》這篇小說。描寫從『九・一八』到現這十二年中戲劇運動是在多麼苦難中發展，而支持這戲劇運動的同志們又是如何在艱困的環境中掙扎，一直到今天，話劇才有這澎湃的氣象。可惜的是我的文筆拙劣，不足以表達。」

「這小說裏的許多人物，也許某部分正與戲劇界某人有些符合，但決非全部是某人，勿勞讀者費時間去索隱，更望事蹟與他符合的某人不要怪罪。」

**王西彥的《村野戀人》由桂林良友復興圖書印刷公司出版。**

作者在該書晨光圖書公司 1947 年 6 月版的《改版後記》中寫道：

「我必須認真聲明，我的主旨並不在探究抗戰現實的本質，或是表現抗戰時期農村社會的變化（雖然這種探究和表現都很可貴）。……我所要寫的，乃是另一種對我強有力的誘惑。」

「這種誘惑，我想我應該名之為堅韌的人性。生命的美麗和莊嚴，就在於它的忍受和反抗，執著和追求。我的努力很簡單，我企圖借用一個發生在山僻農村的小故事，寫出生命的堅韌忍受和可敬的執著追求。我挑選了一些卑微的人，一些不幸的人，一些命運的

---

[7] 《評〈一個人的煩惱〉——目前創作上自然（客觀）主義傾向的一個例子底剖析》，1945 年 5 月《希望》第 1 集第 2 期。

犧牲者。出現在這個小故事裏的人物，不論是安隆奶奶或是小金蘭，
她們都是我們偏愛的寄託者。誠然卑微和不幸，然而，她們都曾經
有過忍受和反抗，或是正在忍受和反抗；在她們的生命裏，充滿著
執著和追求，這就夠了。這就是我所要讚美，想要表現的。就拿安
隆奶奶和小金蘭來說，一個是將退出人生舞臺的老祖母，一個是初
嘗人生辛酸的少女；一個久經命運的酷待，一個卻準備去忍受。她
們就這樣生活到世界上來，又複離開了這世界。這是一個宿命。這
宿命是否可以打破？應該如何打破？我不想作任何答案。我只寫出
這樣一個被遺忘了的貧窮的農村，這樣一群被忽視了的寒傖的農
民，他們在怎樣編織著自己的神話，訴唱著自己的怨慕。在他們的
生活之中，有他們的愛情和夢想，也有他們的『橋』和『竹林』。他
們在那『橋』上來往，在那『竹林』裏進出。而『命運』，則冷眼旁
觀，在對他們作著殘酷無情的考驗。從這種考驗，我完成了我的表
現。我所表現的，雖只是他們生活的一面；幸運的是，我終於把故
事中人物的不幸的成因，有機會歸給殘暴無人性的戰爭。然而，這
並不是說，我想使這部小說成為對戰爭罪惡的控訴。我不妨直率承
認，我不願意遵從某些堂皇理論，把若干公式，──無遺漏地容納
到小說裏去。我只求所寫的故事，能夠近於真實。我所要完成的，
乃是我自己。我的主旨非常單純，我覺得，僅僅這樣，我足夠獻出
我的全力了。」

「我這樣說，可能招來的非議是想得到的，尤其是我提到了『真
實』。我想，所謂『真實』，就農民生活說，不應該單單是他們牛一
般的勤勞，豬一般的愚蠢，野獸一般的粗魯無禮。他們不同樣是『人』
嗎？不同樣有熱望，有追求，有執著，有忍受嗎？或許我把貧窮的

農村寫得太美好了，把寒傖的農民寫得太熱情了；不過，我要告訴讀者，我們所身經目睹的醜惡太多了。浮沉在廣大的醜惡之中，難道不允許我們對那自然景物和善良人性作一次憧憬？這是一個失去的美夢？一種牧歌生活的幻滅？一場絕望的嚮往？都是的，然而完全屬於真實，應該屬於真實。我並沒有忘記農村經濟的破產，鄉保甲長的淫威，酷捐雜稅的剝削，抽丁征糧的悲慘；愈是因為有如許眾多的『醜惡』，我才愈要表現那些自然景物和善良人性。這實在是我的偏愛。我承認自己未能把『醜惡』和『美好』等量齊觀，揉合得當；但同時也要請讀者別忘記了，這部小說的原稿，曾經經過審查機關的細心推敲，刪去了二十餘處。」

許傑在給王西彥的信中寫道，《村野戀人》人物生動，刻畫周到，故事動人，結構嚴謹，鄉村風物描寫美麗。但也有一些問題，主要表現要：「一，庚虎他們的悲劇，不應該是命運悲劇，而應該強調著時代的意義，使之造成一個時代悲劇。二，庚虎的結局，不應由這種偶然性很大的遭際所支配，所造成，而應該出於一種悲劇的必然的安排，使他不得不走上這一個結局。三，全書對悲劇的氣氛的渲染，似乎不應該如此強烈。」「其次，我說你把落後的鄉村生活和帶著原始風味的農民意識，沒有和這抗建時代的時代精神和時代意識，調劑得非常貼合；也就是說，你要使這鄉村男女的戀愛故事，和這抗戰建國的大時代連結起來，要以那種鄉村男女的戀愛的內容，通過這個大時代的洗禮，再把他創造成一個時代悲劇的這一種企圖，是並不怎樣成功的。」信中還說：「我說你在寫作中有一種矛盾，有一條裂痕。你不能把你現實的認識，去調遣你腦中原有的題材，你不能克服，也不能調和這些矛盾，你更不能操縱這些題材，

使它服從於你的主觀，作為你的主觀的注釋，完成你的創作的企圖，因而你的作品，就生出這種裂痕來了。」再是，牧歌生活的幻滅，寫農村中的農民生活，忽略了他們的經濟全貌，把一些命定的，原始的，封建的意識，以及許多陋俗的故事，也不加批判的給接受過來。再有，「你一面不肯放棄現代的觀點，一面又憧憬著鄉村的純樸而可愛的生活，你是把這些原先的故事式的故事，編織入抗戰建國時代的故事裏，而你的寫作實踐，又不能克服這種矛盾，不能操縱支配，甚至於批判這些題材，使他們為你所利用，因而就在無意之間流露出這條裂縫來了。」[8]

　　薛汕認為：「在廣告上，曾經有這麼一句話：戰爭與戀愛的羅曼斯，但我的感覺：連這一看法都配不上，戰爭在作品裏，只不過是配角，是一種點綴，而青年農民呢，生活的最大部份都被忽略，縱有，也只是拿起來湊『戀愛』的景色，──這一點，我並不反對不可以寫戀愛，只是這樣沒有通過正確分析農民生活基礎，而平白無故地寫起羅曼斯想無疑地賣好了落後的小資產階級那種對愛的幻想，而對農家女開一個大玩笑。」所以，小說「落得一個非常大的漏洞：企圖戰爭來使羅曼斯，說是戰爭害了這些農民的男女呀，完全失敗了，戰爭只不外曇花一現，變成可有可無的插曲；企圖以封建的觀念來殘害了羅曼斯吧，也失敗了，因為作者忽然解答封建中最頑固的代表金魁爺，應承了金魁虎與豹妹結婚，說是開始轉變了，據說封建勢力因此減弱了，更是毫無根據，在最現實的教訓裏，作為封建的基礎，沒有狂暴的力量去摧毀，一切改變都不可能的，而

---

[8]　《論鄉村小說的寫作》，1945 年 8 月 27 日南平版《東南日報‧筆壘》。

這裏，卻偏偏在不可能中去建立起金字塔，難免要塌下來了。」他認為作者對農村人物的描寫概念化，而且，「單從以智識份子來對農民作說白，已經是對藝術損害了，特別是所謂戰鬥的人生藝術，蒙上了不白之冤。客觀上就是起了麻痺作用，雖未到『色情文學』的罪孽之重，但卻不能推去『討好』，『不老實』的嫌疑，這一點，在各方面分別對有毒素的作品加以清刷的時候，王西彥如不寫工農的題材則已，否則，向生活作更深的發掘，對幫助他向健康的路邁進，不至毫無用處吧！」[9]

袁微子認為，《村野戀人》「故事很美麗，像一首農村的牧歌，不過覺得在色調上鮮豔了些，而本質的表現上卻不夠濃。」[10]

晨光文學叢書的廣告詞：「這是抗戰期間發生於湘南一個小鄉村中二對兄妹的戀愛故事，作者把它安置在一個神秘的氛圍中，故事進行得迂迴曲折，讀之令人神往；而農民性的愛和恨，在作者的筆底下更發揮無餘。」[11]

**荊有麟的《間諜夫人》由重慶作家書屋出版。**

微程認為：這是一本惡劣的書。它「一面想在『間諜』的名義下寫離奇曲折的故事，一面想在『夫人』的名義下作色情的描寫。」其「用意是更在『離奇』和『色情』以上的。」「我們絕不能容許在抗戰的名義下販賣色情和奇情，更不能容許在抗戰的名義下給人民的敵人粉飾、宣揚。」[12]

---

[9]　《〈村野戀人〉表現了什麼》，1946 年 4 月 10 日《文藝新聞》第 7 期。

[10]　《關於〈古屋〉》，1946 年 12 月 2 日福建《時報・文藝專刊》。

[11]　1947 年 5 月 1 日《文藝復興》第 3 卷第 3 期，封底。

[12]　《在「色情」以上》，1944 年 10 月 9 日《新華日報》。

王梅汀認為：「抗戰只是它的外衣，和一顆裏著糖衣的毒藥一樣，它裏面含著的是毒物！它擺弄著『間諜』的離奇和無恥的『夫人』的色情。尤其它在向我們宣揚反動！向我們蒙蔽，向我們欺騙。」「這是超過『色情』以上的犯罪！是文藝戰線上一個危險的事實。」[13]

**4月　端木蕻良的《大江》由桂林良友復興圖書印刷公司出版。**

作者在《後記》中寫道：

「我寫大江的時候，我便充分的寫了大江，我沒有混同的去寫成黃河或珠江，而也寫出了它的季候。」

「我寫的人物和他的理想必然的限制於他們自己的命運的圈子裏，不管他自己怎樣解釋自己的生活，他也不能從中國人的命運的範疇裏游離開去。鐵嶺對於自己的命運是茫然的，他覺得自己最正當的命運是農夫，這個理由是非常單純的，因為他自己就是農夫呀，或者說他是比農夫更單純的一個獵人。他對民族國家這些觀念的東西，是頗難於理解的。他並不是個大勇者，他可能逃避的時候就儘量逃避，可能不去理解什麼東西，他也不必去理解，他的思維是平面的，代數學的，不是建築性的，非螺旋線的。」

「李三麻子是個生命的滲透者，失意者，畸零者，他的嘲弄的意味，甚於他對人生所要求的。他的求生的技術是高明的，他可以在人生的夾縫裏鑽來鑽去。在主觀上他是與人生的善的一面，全不相容的，但在客觀上，他卻常常反被善的那方面所吸收，因為他是一個徹底的世故者。對於惡的洞穿，他是也深入的，浪費別人而至於對自己無益，他是不作的。毋寧說他對自己是個哀憫者，他對自

---

13　《從讀者中來──〈在色情以上〉一文的反響》，1944 年 10 月 16 日《新華日報》。

己也是從純自然觀的觀點來處置的。對於鐵嶺的友誼，乃是以共同力量來克復當前困難的行進群所具有的一種必然的同志愛。為了必要求生存而發生的同志愛，這在李三麻子是樸素的，他的正直是有點傾向性的，他也需要溫暖。鐵嶺則對這些無所感，這種情感曾被他認為無價值，而予以捨棄。捨棄之後，又被孤零所逆襲，而重新屈服於這種感情。因為單憑他一個人的奮鬥，他的困難是要加倍的。環境規定了他必須對於同伴結合。鐵嶺是個人主義為群眾的力的屈服者，李三麻子則是愛群的合群的，但他對群沒有尊重心，然而他們兩個卻都被群給征服，不管怎樣掙扎和絕望，都不能逃出群的創造。」

「他們有著中國農民的一切弱點，他們也有著脫離了生產關係（長期的或短期的）遊蕩的惰性，但事實卻把這些個打得粉碎，他們唯一的可能只有服從事實。酷熱是事實，苦鬥是事實，生活或者死亡。而他們必得服從他們所屬於的群的大流，他們必得被群所創造。他們兩個的過去的凝固性該多麼強烈呀，但在群的創造之下，他們都成了英勇的戰士，而他們這些原始的野生的力，表現在這個當兒，反而更能看出我們這個民族所蘊蓄的力。一些個夢囈者說我們的民族已經腐朽，請他們睜開眼看看這個民族的各色各樣的野力吧，多麼新鮮，又多麼驃悍！任何民族恐怕都沒有這樣韌性的戰鬥的人民！」

「他們的某幾種性格也是可以複現的，但也可以在不斷的克服的過程中退消以至於零。他們都是粗鄙的人，原不是什麼閥閱世家出身，所以他們要把最細膩的感情也都得靠粗魯的手勢和言語來傳達。他們的自覺常常起於直覺。」

「我寫的是一種要求。什麼要求呢？……要求也者，是和人類的貪饞的渴望可以相比擬的。」

「我以為要求的內容，就是滿足其生活的意志。所謂意志的限定是從最初的本能到最高的求生權，那等差則由依附他的社會距離來決定它。」

**5月　老舍的《火葬》由重慶晨光出版公司出版（晨光文學叢書之二十三種）。**

作者在《序》中寫道：

「寫完，從頭讀閱一遍，自下判語：要不得！有種種原因使此書失敗；（一）五年多未寫長篇，執筆即有畏心；越怕越慌，致失去自信。（二）天氣奇暑，又多病痛，非極勉強的把自己機械化了，便沒法寫下去。……（三）故事的地方背景是文城。文城是地圖上找不出的一個地方，這就是說，它並不存在，而是由我心裏鑽出來的。我要寫一個被敵人侵佔了的城市，可是抗戰數年來，我並沒在任何淪陷過的地方住過。只好瞎說吧。這樣一來，我的『地方』便失去使讀者連那裏的味道都可以聞見的真切。」

「不過，上述的一些還不是致命傷。最要命的是我寫任何一點都沒有入骨。我要寫的方面很多，可是我對任何一方面都不敢深入，因為我沒有足以深入的知識與經驗。我只畫了個輪廓，而沒能絲絲入扣的把裏面填滿。」

李長之認為：「假如文藝的創作是建築在兩方面，一是理解，一是體驗，那麼，至少這本書在前一方面是成功的。不錯，這本書沒有反映這次戰爭之大場面（轟轟烈烈的大場面）或特質（在時間上或空間上有別於其他戰爭的最本質的地方），可是它確已充分理解

到戰爭是怎麼一回事，以及這次戰爭在中國人民的心理的轉變過程上有如何的意義的。」「撇開戰爭的題材論，我們認為這部小說在寫人物和心理上卻都是傑出的。」「在寫人物的成功之上，乃是作者寫人的心理狀態。假若容許我們武斷說一句的話，作者在這本書裏的心理描寫或竟是即使較作者自己以前的作品中所表現者也更為進步的。最難得的，是在這本書裏面表現一種優越地把握人們在行動時的意識狀態。……作者在這方面彷彿有心靈照相師似的本領，他把握到了，他記錄下了，他成功了。」「因為這本書是寫戰爭，戰爭的氛圍是緊張，所以有時老舍先生的本來面目不免為情節的波濤所淹沒，然而在情節略一從容的時候，那本來面目就又出現了。」他認為，小說足以代表作者的風格。主要表現在：一是，非常斬截，一點也不拖泥帶水。二是，作者往往想得很快，在曲折的描寫一番之後，回頭恰兜到原題，在「水到渠成」之中，而讓人有一種似乎發現了什麼的快樂。三是幽默與諷刺。他在這方面決不毒辣，但總頗智慧！[14]

**駱賓基的《混沌》（《幼年》）由桂林三戶書店出版。**

華君認為：「作者透過幼年姜步畏底心靈來寫他母親，沒有一筆不帶著深情摯愛，乃至敬崇的情緒，然而讀者卻仍舊不難看出她底精幹尖刻的一面，這正是作者手法底高妙處。」「另一個生動感人的人物是他家底年老女傭崔婆。」「全書沒有一個自成起迄，『引人入勝』的故事，作者只是按著時間底程式，透過那個幼童（姜步畏）底心靈，素樸地描繪著他周圍的日常生活底進展，就像一條精緻美

---

[14] 《火葬》，1946 年 5 月 15 日《時與潮文藝》第 5 卷第 5 期。

麗的溪流一樣，涓涓不絕地流著，沒有驚濤駭浪，然而卻無時不給人一個生動難忘的印象。尤其是透過主人翁底心理反映出來的作者底純真淡樸的心，和對於現實的摯誠的感情，是非常值得推崇的。」「作者對於人物心理波動的描畫，非常自然別致，寫來好像毫不費力，卻又深刻動人。」「用語十分簡練樸素，沒複雜冗長的歐化的語法，對話和敘述處理得勻稱而調和。」[15]

公方苓（李長之）認為：《姜步畏家史》「『寫的雖是一些平凡的家庭瑣事，然而卻是一本很值得推薦：十分精美的作品！』」「本來，這些平平凡凡的家庭瑣事若是放在一個拙劣的小說家的手裏，一定寫得非常瑣碎，非常零亂，讀著令人極端生厭。然而在駱賓基的筆下卻完全是另一副樣子，他將這些瑣碎處理得有條不紊，他用一枝明快的筆將繁瑣變成為細膩，使我們讀著不惟不生厭，並且感到十分的親切。」不獨人物「無一不栩栩如生，無一不有著清晰的面貌，也無一不令人覺得可愛並可親。而且……那些家畜，也都寫得活靈活現。對我們也覺得是可愛可親的。」於是，「我們便深深覺得作者是用充滿溫情的筆調寫著這本小說的。惟其如此，所以我們讀著它時感覺到無比的親切，如像冬夜圍爐閒話一樣，使我們覺得充滿了融融的天倫的樂趣，充滿了熙熙的骨肉的溫愛」。「是這樣一些可愛的人物，是這樣一些可愛的家畜，混雜著家庭間一些小小的瑣事，再襯托上濃重的海霧，邊城的風光，於是便交織成一幅鮮明而精美的畫圖。這幅畫圖，淡雅、諧和，有著濃淡適中的色彩，有著均稱勻調的安排，一閉眼睛我們就會清清楚

---

[15] 《駱賓基的長篇小說〈姜步畏家史〉第一部讀後》，1944 年 9 月 25 日《新華日報》。

楚的看見它。說到這裏，我們就不能不歸功於作者對過往事物保留印象的鮮明和準確了。」「本書的另一個優長便是描寫的細膩，不論是一件事物或一個動作，都往往描寫到入微的地步。」「其次，作者的文字樸素，明快，行文流利而不輕飄，清淡而有色彩。篇中時時發現精巧的譬喻，隨處流露著才華，對話也大都逼真而生動，而且敘述和對話也都分配勻整，恰如其分。」「但本書也並非沒有缺點的。我覺得本書的第一個缺點是地方色彩還不夠濃烈」「其次書中的時代氛圍也太淡。」[16]

流金認為，《混沌》文字質樸流利，描繪出了真實的生活與孩子們宛轉的心情，精神基調健康向上。[17]

**6 月　碧野的《風砂之戀》由重慶群益出版社出版。**

作者在《前記》中寫道：

「《風砂之戀》裏邊的人物共有十多個，這些人物差不多都是當年在隴海線上最活躍的青年男女；其中尤其是兩個女主角林晶和蘇紅，是曾經風聞一時的。這兩個女主角跟我都有過深厚的友情，因此我理解她們也來得更為深刻。前者是一個生長在都市的女郎，驕傲自得，而以她的聰明和美貌炫耀於人間，她被許多青年男子崇拜過，但她終於不可挽救地墮落下去；後者是一個生長在農村的姑娘，抗戰的浪潮把她捲到救亡的團體裏來，她受人歧視，但是在艱苦的學習中，她終於成為一個堅強的女戰士。」

「在這些人物之中，倪明是一個最可愛的青年，但是他終於帶著他的未完成的工作和崇高的理想被迫入墳墓。他是我的最知己的

---

16　《姜步畏家史》，1945 年 2 月 15 日《時與潮文藝》第 4 卷第 6 期。
17　《談〈混沌〉》，1948 年 7 月 10 日《人世間》第 2 卷 5-6 期合刊。

友人，跟我同走過一段辛酸的人生路程。他那在大雁塔邊的墓草，在這陣陣秋風中，又一度枯萎了吧。在這裏我寄予他的英靈以衷心的哀悼。」

「《風砂之戀》，一方面是指那在隴海線彌漫的風砂中迷失了道路的一些青年，他們的眼睛有些被風砂打瞎了，因此而彷徨而墮落；另一方面是指那奮鬥的一群，勇敢地踏上了征途，投奔到那大風砂的地方去。」

朱濤認為：小說表現青年因迷失而彷徨墮落寫得相當充分，但人物只是一些飄忽的影子，未見其根。而且「作者寫這些人物，大半是把他們當作『背景』的一部分來寫的，並沒有把他們當作『人物』來寫。而且，在作者的筆下寫來，這些人都是可悲的『愚昧』的，而且很多是使人覺得很有點可憎或可笑的。」作者也沒有揭示其原因。[18]

石懷池認為：「首先，我覺得作者在能夠決定一部小說的成功與否的塑造人物方面的努力不夠。」「再說，在人物的性格、對話及動作的和諧一致上，作者疏忽的地方也是很多的。」「在結構上，作者似乎是在有意識地仿照《安娜‧卡列尼娜》的寫法，用兩個有關而又並不十分關係密切的故事和人物群來展開畫面……但是，嚴格地說來，《風砂之戀》整個小說的佈局還是不夠謹嚴的，某些小輪環甚至顯得鬆懈無力，兩組人物的連系，還應該加上更多的有機的關係。人物底出場，結局和其生活過程都沒有精細地全盤計畫過，而小情節底展開和收攏，也都顯出不自然和太著重偶然性的痕跡。」[19]

---

[18] 《風砂之戀（一）》，1944 年 7 月 24 日《新華日報》。
[19] 《風砂之戀》（二），1944 年 7 月 24 日《新華日報》。

　　李長之認為，這部小說不如《肥沃的土地》，主要原因在於「作者對於真正的感情還不十分瞭解——至少是瞭解得不正確。」「真正的感情是鼓勵人向前進的，是健朗的，是使生命更充實的。因為作者的認識如此，所以他寫林晶一方面的肉感的意味大，而寫趙力達蘇紅一面的精神上的鼓舞便少了。」[20]

　　茅盾認為：「本書寫林晶部分之太多的色情，實在超過了襯托林晶墮落所需要的程度了。」「『風砂之戀』，一方面是指那在隴海線彌漫的風砂中迷失了道路的一些青年，他們的眼睛有些放風砂打瞎了，因此而徬徨而墮落，另一方面是指那奮鬥的一群，勇敢地踏上了征途，投奔到那大風砂的地方去。」這裏前後兩個『風砂』意義頗不清楚。姑置不論，姑認為這便是本書的主題罷，但作者惜末完成任務，作者寫了個林晶，『完成』了林晶的墮落，可是，在墮落的林晶四周的社會，也已寫得太少，或者太表面的了，更不用說那『風砂』本身了（使一些青年迷失了道路的那風砂）。而『勇敢地踏上征途』的一群則前已說過，寫得太少，又太閃爍。」「全書結構頗多潦草之處，若干人物及其行動勾聯不緊，且有隨手拈來，就地生髮之病。寫景處亦有甚為累贅者。對話亦不如《肥沃的土地》那樣生動。」[21]

**7 月　蘇青的《結婚十年》由上海天地出版社出版。**

　　何若認為：作者的寫法不算膽大，希望作者續書時使主人公徐崇賢與蘇懷青再重婚。[22]

　　　**丘石木的《網》由南京中央書報發行所出版。**

---

[20]　《風砂之戀》，1944 年 9 月 15 日《時與潮文藝》第 4 卷第 1 期。

[21]　《讀書雜記》，1945 年 5 月 4 日《文哨》第 1 卷第 1 期。

[22]　《讀〈結婚十年〉》，1944 年 8 月 10 日《雜誌》第 13 卷第 5 期。

**9月　姚雪垠的《春暖花開的時候》由重慶現代出版社出版。**

　　李長之認為第二分冊的好處「是見出已經入於沉著，刻畫，但卻希望下文還再輕鬆，洗煉些。至於主題的側重點和背景的選擇，那卻是不容易更易的了。」[23]

　　茅盾認為：「第一分冊太多了小兒女（都是救亡青年）的私情密意，說得好些，這倒有點象春暖花開的時候一群小鳥在枝頭跳躍，啾唧不歇」。「所以，第一分冊的調子宛然就是濫熟的『抗戰不忘戀愛』，或者，『也有抗戰，也有戀愛』」。「幸而在第二三分冊中，兒女私情漸漸退居次要地位，一些問題被提出來了。……使得第二三分冊——特別是第三分冊——在小鳥啾唧之中有了金戈鐵馬之聲，甚至不妨說金戈鐵馬之聲終於成為基本的音調了。」「作者終於把這部書挽救過來，不使成為抗戰紅樓夢。」「但是，本書中雖然有不少地方寫得相當細膩而深入（例如寫羅蘭的矛盾的心情，林夢雲的戀情等等），有不少寫景抒情的片段看得出作者頗費了匠心，然而從整個看來，不能不說這部書還是寫得潦草的。」先看結構：「本書之結構缺乏計劃性，乃是隨想隨寫的。」「次看人物，本書人物甚多，但作者致力描寫者，第一分冊中幾全為女性，第二三分冊中雖亦分力寫男性，但比重上仍不及女性。而女性之中，作者尤所致力描寫者，便是他借了書中一個人物的嘴巴所說的『女性三型』。所謂女性三型，第一個比喻是太陽，月亮，星星；第二個比喻是瀑布，溪流，寒泉；第三個比喻是散文，韻文，情詩……。而黃梅是屬於第一型，林夢雲屬於第二型，羅蘭是屬於第三型的。在另一處，作者又借另

---

[23]　《春暖花開的時候（第二部）》，1944 年 8 月 15 日《時與潮文藝》第 3 卷第 6 期。

一人物的嘴說：譬如花草，黃梅是在山野中風吹雨打下長成起來的，小林在溫暖的陽光下，而羅蘭直是生於溫室。三型之論是否恰當，乃另一問題，這裏所欲指出來的，乃是三型之中，作者寫羅蘭最多，且亦最好，小林次之，寫黃梅則失敗了。從理論上說來，此三型的女性，各階層中都可以有，構成此三型之各別的品性是為個性，而階級性不算在內。作者要寫的黃梅是佃農的女兒，幼年在革命的大風暴中打過滾，父兄均死於革命，黃梅後來又在工人區域中長大，念過初中，──這樣一個姑娘當然有其個性，也有其階級性，但作者告訴了我們些什麼呢？作者告訴我們：黃梅作事痛快，看事實際，痛快與實際，前者如果可視為個性，則後者亦可說是點出了階級性的一部分。所可惜者，未能充分發揮，描寫得入木三分。」「同時，另有一點也不能不指出：作者把第三型女性（星星，寒泉，情詩）分配給一個豪紳大地主的「叛逆」的女兒，把第二型（月亮，溪流，韻文）分配給一個小康的相當開明的家庭的女兒，把黃梅作為第一型（太陽，瀑布，散文）的代表，這樣一來，便有引導讀者混淆了個性與階級性的毛病。」男性人物方面，「和女性人物一比較，總覺得是陪客而已。這些男性人物的性格還不夠立體化」。總之，茅盾認為：「作者最大的失算在於未曾精密計畫了全書的總結構。這一失算，再加以『且寫且排』，那麼，周章狼狽的後果是大概難以避免的。」「即使單從技巧上說，本書既有這麼多的人物，長至三四十萬言，倘沒有個大開大闔，波瀾壯闊的結構，畢竟是支撐不住的。」加之「配搭欠妥貼，輕重失斟酌，雖用十分力，讀者所感得者乃不及半耳」[24]

---

[24] 《讀書雜記》，1945 年 5 月 4 日《文哨》第 1 卷第 1 期。

　　未民（路翎）認為：《春暖花開的時候》「裏面的『救亡女性』，
是作者底風情賣乖的傀儡，有人說這是抗戰紅樓夢，其實是不對的。
這樣的作者何嘗懂得紅樓夢裏面的人生底大悲涼和那一顆因生活失
望而愛撫的，含淚的高貴的心！」「而這裏的『救亡男性』則是完全
的空洞無物，讀了下來連名字都少有印象，他們不過是作用來背誦
投機公式的傀儡而已。」[25]

　　胡繩認為，《春暖花開的時候》是一本應受到最嚴屬批判的書。
「在《春暖》中，作者對佃戶女兒黃梅（一個父兄都在革命內戰中
犧牲，從小抱著強烈的階級仇恨的女孩子）的描畫，最足以顯出作
者在這本書裏任意地狎弄他所表現的人物。」「作者在這書裏誠然也
寫了農村宣傳工作，寫了舊勢力對青年救亡工作的壓迫等等，然而
這些好像不過是作為背景的可有可無的畫布，在這背景前出現的是
一群集中興趣於男女關係與戀愛事件的青年。抗戰初期的救亡運動中
也的確有許多缺點，青年們的確抱著各種各樣的思想和生活習慣而湧
入這運動；但照作者的寫法，卻斷然是對於救亡運動的歪曲與侮弄。」
「我們或許可以這樣大膽地斷言：作者本來並不是想表現江湖義氣在
抗日遊擊戰中向革命責任感的轉移，而只是欣賞著北方人的豪放性
格；也本來並不是要表現一個有階級意識的佃戶女兒和別的地主家的
女兒們在抗日統一戰線中的發展，而不過要為爽直明快的女孩的性
格，纖細忸怩、溫柔嬌弱的女孩子性格『創造』具體的人身而已。」
可以說，「作者是並沒有努力去求得真實的表現。他所全力去描畫的
人物性格並不是從這種歷史現實中概括、提煉出來的；相反的，他

---

[25]　《市儈主義的路線》，1945 年 8 月《希望》第 1 集第 3 期。

只是欣賞著，描畫著抽象的人物性格，而把他所描出的畫裝置在歷史現實的框子中。」「抗戰與救亡運動的歷史現實並沒有成為他創作的原動力，他只是按自己的趣味與方便來表現幾種抽象的人物性格。正因此，他並不把農民遊擊隊員擺在複雜的鬥爭過程中而寫他們的矛盾發展，卻只能把他們擺在比真實的歷史現實無限單純化了的環境之中；而在寫到救亡運動中的女孩子時，只能夠從戀愛中來分別她們的不同的性格。……《春暖》的作者如此做，就是徹頭徹尾地歪曲了歷史現實。」「作者儘管也接觸到現實，但是很明白的，並不是讓人民群眾的覺醒與鬥爭的巨浪來淹沒自己的小資產階級知識份子的狹窄的心靈，而只是借歷史現實中的片斷作題材來表現和抒寫自己。在這裏，我們應該說，表現於……《春暖》中的創作態度不是向人民負責，向歷史現實負責的態度。」所以，「作為抗戰中國的農民與知識份子的發展的畫像，……《春暖》更是個畸形的哈哈鏡。」[26]

**10 月　巴金的《憩園》由重慶文化生活出版社出版。**

李長之認為，以《憩園》看，巴金有點像陀思妥耶夫斯基，「最顯著是人道主義的濃厚色彩。他們的同情心之強，也幾乎可以相比並。」他認為：「單就這本小說論，最可稱道的自然是作者那慣有的熱情和悲憫；其次是楊家那個故事之次第展開，彷彿剝筍似的，一層一層地揭出，讓讀者在期待與驚愕中逼近那核心；還有，是他創造了那末一個可愛的人物——姚太太，或者就是給人類一點溫暖的象徵了。……中國現代小說中，在大部分是寫實主義底之外，巴金之理想主義底色彩，可說幾乎是唯一的人。這都是我們應該予以重

---

26　《評姚雪垠的幾本小說》，喬木等：《人民與文藝》，《大眾文藝叢刊》第 2 輯，香港大眾文藝叢刊社 1948 年 5 月版，第 33－40 頁。

視處。」「然而令人不滿足的是，它的內容猶如它的筆調，太輕易，太流暢，有些滑過的光景。缺的是曲折，是深，是含蓄。它讓讀者讀去，幾乎一無停留，一無鑽探，一無掩卷而思的崎嶇。再則他的小說中自我表現太多，多得使讀者厭倦，而達不到本來可能喚起共鳴的程度。」[27]

讀者「邨」說：「《憩園》：一株結實的稻！雖然作者（巴金）仍是在舊家庭的悲劇中旋轉的產品，但能以平凡的人物，平凡的故事，平凡的筆法，給予我們以不平凡的撼人的熱力。」[28]

旭旦對楊三爺的人性不太理解，認為女主人楊昭華是一篇新的福音書，崇高而美麗。而小說的結尾是一個突然的變故，大概是作者不忍心悲劇重演吧。[29]

韋蕪認為，小說「在黑暗的地方放光，在寒冷的地方放出溫暖。」[30]

巴金撰寫的廣告：「這是作者最近完成的一部長篇，在這長篇裏作者似乎更往前走了一步，往人心深處走了一步。這裏沒有太多的激動，使你哭我笑，然而更深的同情卻抓住你我。我們且記著作者往日說過：他在發掘人性。我們也許可以讀到憤怒，但決沒有悲哀。該死的已經死了。愛沒有死，死完成了愛。全書十余萬字，定價六元。」[31]

---

[27] 《憩園》，1944 年 11 月 15 日《時與潮文藝》第 4 卷第 3 期。

[28] 「我喜歡的書志」，1945 年 4 月《突兀文藝》新 4 期。

[29] 《評〈憩園〉》，1946 年 7 月 9 日上海《大公報》。

[30] 《憩園》，1946 年 9 月 11 日《文匯報》。

[31] 李濟生編著：《巴金與文化生活出版社》，上海文藝出版社 2003 年 11 月版，第 94—95 頁。

**田濤的《潮》由重慶建國書店出版。**

**徐昌霖的《年青的 RC》由重慶當今出版社出版。**

魯峰認為：「他選擇了的此現實的主題，藉一個特殊的故事反映了社會上的一般現象，這更是作者可佩的地方；但他未能在一個普通的光明的尾巴以外，指出一條更積極，更好的路子，這實不能不認為是一種遺憾。」「不過，這主題處理上的瑕疵，是絕影響不了作者的寫作技巧的；從人物的刻畫，故事的結構，表現的手法各方面來看，我們都可尋出作者的藝術修養和態度認真的痕跡。而作者對工廠一切的熟悉，和對許多社會中的黑幕的明瞭，更是令人羨慕不止。」「談到人物的刻畫，丁任傑，我認為是本書中最成功的一個。他的圓滑虛偽陰謀，是被表現得那麼生動，讓我們讀到了他，似乎就看到了他。……黃中青，當然，也是一個相當成功的人物，雖然似乎較前者的刻畫為遜色，不過那可能是因為正面人物本來不如反面人物寫來容易討好。」「關於故事的剪裁，作者用的實在是一個經濟而又巧妙的辦法：他正面只寫了一個青年，和他所走的路，而另外幾個青年所走的路，卻只從短短的幾封信上說了出來。但這種手法所表現的卻並未使讀者感到陌生或意外；因為，從一個工廠的工程處，我們看到了整個的社會，同樣的，從黃中青的經歷，我們想到了許多青年們可能走上的路，而從他身上，我們更看到了許多青年的影子。」「所以從大體上看來，這本書，不論是主題的選擇或是技巧的應用，都是相當成功的。」[32]

**11 月 丘石木的《黃梅青》由上海雜誌社出版。**

---

[32] 《徐昌霖的〈年青的 RC〉》，1945 年 8 月《世界文藝季刊》第 1 卷第 1 期。

**列躬射的《白莎哀史》由重慶進文書店出版。**

《大公報》廣告:「本書取材於近年在重慶發生的一個戀愛大悲劇。寫一白嬌美慧之少婦,因不安薪金階級清苦生活,為愛情與虛榮所誤,致演成慘不忍聞之結局。訴盡薪金階級之悲遇,是一幅大重慶最深切深入的寫生畫,反映抗戰中暴富暴貧懸殊之危機;對人生與愛情問題,尤發抒精微,具深刻教訓意義。故事極盡曲折自然,文筆靈麗素美,意景深遠,如詩如畫,實為風格高超,藝術輝煌之巨作。欲窺時代焦點,與欲尋驚心動魄之作品者,不可不讀。」[33]

---

[33] 1945 年 1 月 28 日《大公報》。

# 1945 年

**2 月** 林語堂的《風聲鶴唳》由重慶林氏出版社出版。

**4 月** 茅盾的《第一階段的故事》由重慶亞洲圖書社出版。

鉗耳說:「我讀茅盾先生的小說,常感覺到它很可能是現代小說之向中國舊式章回小說吸收融化的一個合理的雛形」。在這部小說中,茅盾「擅長於白描,以明快見長。」其次「是在許多地方都顯得『論文化』了。」作者認為:「我以為這是一本極好的報告文學,作者提出問題,直接透過論辯和行動來解答它,由於問題太多,一切人物之間的聯繫都不是必要的了,故事外表上的中心雖說是在何氏三兄妹之間,但這三個人物其性格和其在故事中的地位,事實上都是次要的,真正的中心人物是沒有的,作者的任務是替那壯烈的三個月的歷史作一次粗輪廓的紀錄──假使是如此的話,那麼我上面指出的幾種弱點似乎就並不十分重要了。」總之,「當作一本忠實地報導上海戰爭中三個月的歷史真實的書讀,茅盾先生這本書實在有重大的價值。」[1]

唐弢認為:「在這一部作品裏,我們卻可以看到各個人物對抗戰有互異的觀點的不同的典型性。也正因為此,就深切地表現了含有普遍性的抗戰現實中的真實的生活樣相,活生生的人物。」[2]

**黎光的《海風》由重慶正中書局出版。**

**5 月** 袁犀的《面紗》由北平新民印書館出版。

---

[1] 《評〈第一階段的故事〉》,1946 年 1 月 20 日《文聯》第 1 卷第 2 期。

[2] 《第一階段的故事》,1946 年 12 月 26 日香港《大公報》。

　　常風在《跋》中認為：「這部小說的題材比之《貝殼》龐雜的多，他想用來作為故事的中心與一個偉大的背景的事件，為了方便，他沒有寫進去。只是輕輕描下那麼一點影子。」所以，小說中的「人物失掉了彼此的聯繫，許多穿插也現出突兀。但是這些人物卻都沾染著袁犀的憂鬱與熱情，他們都分享著袁犀的精神，盤據著袁犀的世界。正因為這個原故，《面紗》仍然要為我們愛好，使我們感覺著親切。在這部小說裏，袁犀將真正現代的中國青年的面貌與靈魂忠實地保存了。」

　　**丁諦的《前程》由上海知行編譯社出版。**

　　**趙清閣的《月上柳梢》由重慶黃河書局出版。**

　　**沙汀的《困獸記》由重慶新地出版社出版。**

　　作者以書中的《題記》裏寫道：

　　「我寫這部小說的動機，遠在五年以前，就有過了，那時候我正由前線回來，一般鄉村小學校的沉悶，厭倦，很使我吃一驚，不僅比不上『七七』以後，便連武漢會戰時期的蓬勃活躍也相差很遠的。然而，因為物價的不斷高漲，某些條件的每況愈下，一年以後，當我再走向內地的時候，情形就更壞了。有的在生活的高壓下，有的和粉筆絕了緣，一般勉強挺得住的，也都悶氣重重，把自己的職業看著一種無可奈何的苦役。」

　　「此後一兩年間，我對他們的情形知道得更多了，其時，我的一個平平穩穩教了十幾年書的親眷，恰巧發生了一椿不幸的戀愛故事，好幾個人弄得來瀕於毀滅。於是，我就在這個強烈的激動下獲致了《困獸記》的整個概念。但自然，因為人物有著改動，我所寫出來的結果，同實際相差得很遠的，可是我卻另外穿插了兩個人，一個勇敢的出去了，一個則一直勤勤懇懇的固守著崗位。」

「若果說一篇作品須得向讀者指明一條道路，這點穿插，也許可能擔當點這項任務罷。然而，這在諷刺暴露的作品裏卻不必一定有的，因為作者所能引起的憤怒，以及嘲笑，便相當於別樣作品裏的對於所謂出路的暗示。他叫你恨他所曾表現的一切。更從而消滅它，這還不很夠麼？因此關於這個問題，我很同意一位朋友對於《淘金記》的極為通達的意見。」

「在全書中關於物質生活的困頓情節，我有意寫得很少。這是跟我對於題材的理解來的，因為從我看來，小學教師的待遇，自然是該提高，但主要的還在別方面。戰爭激起了他們更多的力量，單調枯燥，成效緩慢的教書生活已經無法滿足他們。然而，他們卻又別無可為，於是一切煩惱，也就隨之而滋生了。而生計問題，以及種種反乎抗戰的社會現象更加加重了他們的苦悶。」

「上面所說的兩個陪襯人物，我著重在牛祚。若果讀者喜歡他的言談風度，敬重他的真實堅韌的性格，那便使我感到無上的高興。這種人在農村社會裏是很多的，他們的時代似已過去，然而，在他們的不忮不求，無怨無艾，切切實實致力於一種平凡寂寞的工作這一點上，他們卻無疑的保存了不少中國智識份子的傳統美德。然而田疇也並非壞人，害了他的是他的出身，他的性格和他的環境，而以他的精力之旺，他只在愛情上覆敗了許是一椿幸事！」

渥丹認為：「《困獸記》底成功，在於作者對主題底發揮，人物描寫之深刻細膩，以及語言運用底確切，增加人物身份之明確性等。」[3]

---

[3]　《〈困獸記〉讀後感》，1945 年 6 月 13 日《新華日報》。

穆海清認為：「農民與農村知識份子，是《困獸記》裏的困獸，也就是詩料。」「這一部四百餘頁的大著，其作法是的確客觀得很的！冗長，冗長地在瑣屑現象上『嚼爛牙巴骨』，『說得那麼津津有味，夾雜著大量的嘲諷』，甚至重複又重複，說得你硬是要眼皮往下壓了。情節每到吃緊之時，稍一涉及『主觀』，便馬上把它拉開，拿出看家本領來：把吃茶的，擺龍門陣的場面擺開，把玩笑開起。」「憑著他的經驗與機智，沙汀先生是會觸著某些生活樣相及性格特徵的，但這些彷彿是魚鱗一樣，一片片閃一下光就完了。而且是死魚的鱗！」「於是我們看到：沙汀先生，老漁翁，破漁網，傍山崖，靠水灣，往泥沼裏捉到一條條死魚，展開網，網上面是一片片死魚的鱗！」[4]

蘆蕻認為：「糾結在全書的兩條主線是鄉村小學教師們為籌備暑期演劇，及田疇、吳楣和孟瑜的戀愛糾紛；而全書情節的展開又是以籌備演劇的始末來貫穿的。」「作為出路的啟示，作者穿插了兩個人，一個是勇敢的出去了的章桐，一個是勤勤懇懇固守著崗位的牛祚，但無論是人物性格的塑造和作為出路的啟示，都不能不說是不夠的。如果要章桐來擔負出路的暗示，在人物的形象上就感到思想力的深度不夠。」「較之於《淘金記》，在人物形象上，《困獸記》也許還沒有前者的栩栩如生；我想，這是因為在新文藝創作的領域裏，對於這些鄉村食血者的面貌，《淘金記》是作了很精湛的剝露；對於一些長期生活在城市裏的善良的知識份子，這種陰森可怖是往往難於置信的，正因為在自己的知識以外，通過作者的藝術形象力，

---

[4]　《死魚的鱗──讀〈困獸記〉兩遍之後的若干印象》，1946 年 11 月 1 日《呼吸》創刊號。

這些食血者的猙獰面貌就更容易深中人心。……但《困獸記》是比《淘金記》是更向前跨越了一步的，在《淘金記》裏，我們還感到殘存的幾絲自然主義的陰暗氣息，無望的憤怒多於合理抗爭，以及由這種抗爭所展示的道路。在《困獸記》裏，作者已經清除了這種陰暗和無望的氣息。這倒不是因為作者安排了一段「穿插」作為出路的暗示，而是這幕「悲劇」的本身就啟示了一條生活的道路。……而這些人物之成為富有生命的形象又是由於作者對自己的人物的創傷、蹉跌的一種感同身受的情緒。」「正因為這種滲透和燃燒的過程，這些知識份子的苦難才和我們這樣相通，他們的靈魂才和我們這樣貼近。」所以「《困獸記》在這一點是超越《淘金記》的。」他還認為：「《困獸記》的成功是因為他寫出了這一個時代知識份子們共同的抑鬱、憤怒、苦悶、追求，作者所寫的雖然是一個鄉村，但這不是一個鄉村，而是大後方知識份子生活的縮影。作者沙汀沒有為著獵取市場的銷路，迎合那些疲乏透了的小市民的胃口而放棄了對於自己的藝術水準的堅持。他保持著一貫的『拘謹』和喜歡在『一個狹小的範圍內看的更深一點，更久一點』的生活方式，創作方式。他保持著語言運用上的成功，但他並沒有炫奇，沒有賣弄；他細緻的刻畫人物，尤其是對於情緒變異的把捉，但他並沒有刻意的去寫一些與人物性格與情節發展無關的多餘的片段。」[5]

藍海認為：「作者對讀者介紹他的人物和事件，都顯得那末熟知。只可惜對問題的認識，未能更超出一般的見解，因此掘發得也就不夠深。」[6]

---

[5] 《沙汀的〈困獸記〉》，1947 年 7 月 1 日《文藝復興》第 3 卷第 5 期。
[6] 《中國抗戰文藝史》，現代出版社 1947 年 9 月版，第 118 頁。

**6月　王西彥的《尋夢者》由上海中原出版社出版。**

**7月　巴金的《火》由重慶開明書店出版。**

蘇叔端認為，田惠世「是一群青年人最要好的朋友，他是一個極美滿而幸福的家庭的父親，他是一個社會上苦掙苦鬥的忠實服務的文化戰士，他更是一個堅信不疑的宗教信徒。……正因為他是一個真正的基督教徒，所以，他的一切的作為，都得循著上帝指示他的善的美的道路上做，他有信仰，他的意志從不動搖，於是，他在家庭裏活著，這個家庭便充滿了幸福和快樂的空氣，他在社會裏活著，這個社會也增長了許多積極向上的生機……田惠世是一個極有革命性的宗教徒。我愛他不虛偽，不玩世，做實事，講真話，這就是人類社會極需要的支援啊！」「這部《火》和他的《家》，呈現出了兩個不同的家的縮影，後者是描寫一個沒落時期的家庭，在怎樣受著時代的敲打而崩潰，前者卻是另一個理想的幸福的家庭在時代的進步中誕生。我愛田惠世，我也愛覺慧，在《火》裏田惠世是一個顯現了的活生生的人物，他給了我們無限的人生的啟示。在《家》裏，覺慧留給我們一線未來的希望，我們嚮往著他離開家以後怎樣的去發掘新的人生，創造一個新的家。」[7]

《中國作家》的廣告詞：「這是巴金先生在抗戰期間的力作。第一部寫戰事發生後上海青年怎樣發動抗敵救亡的工作。第二部寫上海青年所組織的戰地工作隊，怎樣離開淪陷了的上海，深入戰地，從事各種宣傳工作。第三部寫戰地工作隊的一個隊員回到後方來，遇見一位仁慈的老宗教家，於是展開心靈的世界。這裏告訴我們，

---

[7] 《田惠世——巴金近著〈火〉第三部讀後》，1946年3月21日《中央日報·中央副刊》。

有許多平凡的青年，在祖國的解放鬥爭中獻出了自己的一切，他們為我們帶來黎明中國的希望，也讓我們看到綿延不絕的生命怎樣誇耀地展示永生的美景。這三部書各成段落，可以分開來讀，也可以合起來讀。這是三把『火』，蓬勃的熱情的火，它會使你的心得到溫暖，它會使你的勇氣得到鼓舞。」[8]

**8 月　高植的《中學時代》上海大東書局出版。**

**　　　宋霖的《灘》由重慶開明書店出版。**

茅盾認為：「直到現在為止，反映了大後方近年來經濟動態的文學作品，還是寥寥可數。宋霖的小說《灘》是這一類作品中最值得注意的一部。」「《灘》所反映的，只是大後方戰時工業的一部門，只是戰時中國前期的正走著下坡路的鋼鐵工業如何受到商業投機狂潮的衝擊。這只是戰時中國經濟的一個環節，然而不能不承認這是中心的環節。」「作者對於這主人公的性格，有褒有貶，寫得淋漓盡致。可是，我總覺得這一位主人公在中國的民族工業家中所代表的特殊性實在比普遍性為多些。換言之，倘若作為中國民族工業家的典型來看，這還有多少缺憾。」[9]

渥丹認為：「宋霖的《灘》，是以大後方工業底遭遇作為主題的小說，在稀有的，描寫戰時經濟生產的文藝創作中，這是一部難得的作品。」也「算是給今天主持『民生』者，提出了一個重大的問題。」在人物形象上，「蕭鶴聲應該說是一個理想主義的工業家。」「然而，從另一方面看，彷彿作者是有意把他底主人公寫得那麼剛愎自用，專橫獨斷，任性放肆。因此，他所把握的人物，便不

[8]　1948 年 1 月《中國作家》第 1 卷第 2 期。

[9]　《讀宋霖的小說〈灘〉》，1945 年 9 月 16 日重慶《大公報》。

免過於特殊，過於偶然。在表現整個工業界與惡勢力的鬥爭這一點上，顯得薄弱。雖然這裏面也曾用回憶的方式提到過一點關於遷川工廠聯合會共同表示抗議政府處置過份利得稅的問題，似乎作者也有這樣一個企圖，把場面展開，但作者立刻又把他底視野收回去了。這確是很可惜的。」人物上，「蕭鶴聲不但在他底『建成煉鋼廠』裏唱著獨角戲。就是在整個作品中也差不多是唱著獨角戲的。」陳慕敏只是「為了陪襯蕭鶴聲之專制獨裁而已。作者沒有把握住這個人物，而給他以血肉。」就全書而言，「假如作者底憎恨是要我們更嚴厲地去朝向銀行資本家，一切惡勢力和不民主的政治制度，而作者底同情是要我們更多地去同情這個雖然帶有弱點的民族工業家底話，則作者在這點意義上是失敗了的。一般的讀者結果是同情更少於憎恨。」[10]

茅盾認為，《灘》「有一個很重要的優點，——這便是它把抗戰期間中國民族工業的受難情形很真實地告訴了我們。它代中國的民族工業作了有力的控訴。」「《灘》又告訴我們，為什麼政治不民主，工業就不能發展。」[11]

楊西濛認為：「這部小說故事很簡單，文章也很質樸；這裏我們看不到綺麗的風光，也看不到風雲譎變的鬥爭場面。但從作者質樸的敘述中，我們看到了大後方工業界慘澹經營的艱苦萬狀。作者極理智地處理她的題材，不滲入一點感情的煊染，這樣織成的一幅縮影，因之倒更真實更動人。」他還認為主角蕭鶴聲最成功，是典型人物，而懿芳夫人和程天頤則是失敗的人物。另外，「這部小說的

---

[10] 《評宋霖底〈灘〉》，1946 年 4 月 15 日《文聯》第 1 卷第 6 期。

[11] 《〈灘〉——戰時民族工業受難的記錄》，1946 年 8 月 16 日上海《文匯報》。

主題是指示工業建設的困難以及困難之所在；桃色事件的穿插，就主題言實在並無必要。」「看著自己手創的基業拱手讓人，這確是一個悲劇。但這不是一個個人的悲劇，這是中國民族工業的悲劇。」[12]

李影心認為：「全書有個較為深遠廣大的企圖。它的作者想在這部長篇裏顯露出促使民族工業衰敗夭亡的癥結，也昭示那今後可能的發展路徑。而在這種主幹的網路下，我們見出那細密而蕤茂的枝葉，以重工業鋼廠的胚育，生長，挫敗，和夭折為經，以意志剛強的鐵腕的思想，理念，生活，行為為緯，交織錯綜糾結在一起的人事關係的輪廓。」他認為《灘》是一部成功之作，其人物情節，「足能顯出作者雄偉的氣魄和遠大的企圖。」「此外，他還安排下旁襯的人物和枝節，推進整個人事發展。但是和主題的巨流相較，便顯出支流的細弱，多數人物的插入僅只是作為不可或缺的陪襯，缺乏一點本身上應該屬有的生命。若以戲劇作比，《灘》裏所寫的可以說是一出不折不扣的寫實劇，而且又是側重在主角的動作和獨白上，但因為劇情的繁重和限制，顯得主角太為吃力，做戲太多，相形之下便把配角冷淡在臺上了。」「幸而作者的那種嫻熟的技巧和精心的處理掩住了一切的生疏和空隙，所以故事發展終會達到一種圓熟的飽和，戛然而起，戛然而落，始終一氣貫成，渾然無間，毫無雕琢生硬的跡象，為珍貴的藝術致力。」[13]

1948 年 12 月開明書店《動搖》頁末廣告：「中國正想走進工業社會裏去，但是到目前為止，拿工業做題材的小說卻還不多。作者對於工業界很熟悉，這本小說正給剛萌芽卻不能順利發展下去的中國工業寫了個照。在作者看來，中國工業就像大霧裏過灘的船，真

---

[12] 《灘》，1947 年 4 月 1 日《文藝復興》第 3 卷第 2 期。
[13] 《灘》，1947 年 9 月《文學雜誌》第 2 卷第 4 期。

是困難而且危險非常的。圍在我們工業周圍的霧是：不合理的法規，金融投機家，貪官污吏，波動，物價，從業人員的官僚習氣與腐化生活⋯⋯多少的工業就在這彌天大霧中翻了船。全書十萬言，是近年文壇上的一個新收穫。」

**10月 王西彥的《神的失落》由永安新禾出版社出版（新禾文叢第一種）。**

作者在中興出版社 1948 年 11 月版的《後記》中寫道：

「我要寫一個故事來對我們『大時代』表示抗議。」

「馬立剛和高小筠，這個簡單的故事裏那一對不幸的男女。我和他們兩人是在一起的⋯⋯他們不是我的創造物，乃是我們所生活著的這時代或社會的創造物。⋯⋯和我們大家一樣，馬立剛決不是一個懦弱的人，高小筠也不是的。如果我們有譴責，我們的譴責不應該投向他們。」

「只要我們不是瞎了眼的，觸目都是罪惡，都是不平。正因為這樣，我才寫出它來。我們必須認清：這便是我們所生活著的時代和社會！我很願意給我們這時代和社會安一個名詞，叫做『悲劇的時代』或『悲劇的社會』。我們大家都站在舞臺上面，都扮演著其中的角色。」

「那麼，我為什麼要把這個故事安排得如此不公平？⋯⋯我們必須認清：這幾乎是我們不可逃避的宿命！⋯⋯我們是和馬立剛在一起的，我們的遭遇相若。」

「高小筠那位表哥，⋯⋯他只是一個代表，一個符號，一個象徵。他本身並沒有權力，我們所生活著的這個時代或社會賦予他的權力。⋯⋯至於高小筠，她自然是一個純潔的靈魂，但她的屈服，說明了靈魂的純潔並不能拯救她的受難。」

「但我並沒有絕望，我想我們大家都不應該絕望。我寫了另一個人，馬海蘭。她可能是我們希望的化身——然而，也可能不是。……她是對的。我原想在她身上多塗點色彩，但我竟沒有那樣做。」

勞寧認為：「本書只是在顯示高小筠之為神，為主宰馬立剛生命的神；和這位神之失去，被她的表哥奪去底經過，就是這麼一回事。這麼一回事當然未嘗不可以表現，只要它確實有意義；然而它是表現得不真實（真實不是事實），不能實現人生的某一面底真理。所以它（這麼一回事）是不值得寫的，至少寫得不夠。」「再就結構來考察一下，作者以配角的視點來講述事件，……陷於知與抽象，無法將事件具象化，使現於讀者眼前得有目睹之感；作者對事件時加批判，不容讀者自裁，不免有強人意之嫌；作者不可能客觀地再詳細地解剖其中人物性格，令讀者抱有無法窺見高小筠的內心，甚至馬立剛的心理變化的遺憾。其次在結構中還有個缺點值得一提的是全篇中『偶然』太多了。」[14]

任柯認為：「在保衛祖國的神聖戰爭期間，作者所揭示的我們的業已變質了的社會的一方面，透露著作者所看到的一種時代的苦痛，一切有良心的人的內心的憤怒和同情。這在今天看來，在一切社會現象依然顛倒不堪的時候，這種揭示，是有意義的。」「文章是光滑，明朗，犀利而有力的，對話中議論多，讀來略感沉悶。」[15]

**慈燈的《入伍》由上海中華圖書公司出版。**

**劉盛亞的《夜霧》由重慶群益出版社出版。**

---

[14] 《〈神的失落〉讀後》，1946 年 10 月上海《東南日報・筆壘》。

[15] 《神的失落》，1947 年 1 月 21 日上海《大公報》。

　　王瓚認為，小說中的人物「如果我們說他們有如何偉大的歷史的典型的意義，那是過分的譽揚，但每個人物都各有各的性格和感情，心靈和慾望，面貌清楚，在那個性不同的方面，寫得可以說相當成功。但作者對於這些人物的描寫，那最大的特色是在於：他一反恆常的觀念，不把他們看成普通的人，在他們特定的生活裏，有著真正人類的向善向上，向光明向正義的欲求，有那樣並不完全是卑瑣苟賤的想頭，有一切生活中都有的喜，怒，哀樂和純真的愛。至於作者對於梨園生活的深密的知識，自然更是作者的特色，作者在這裏揭開了新文藝不常揭發過的社會生活之一角，並恰如其真的揭開活生生的顯示出來。」他還認為，小說關於北平生活和梨園生活的描寫，生動，細膩，逼真，自然，文字簡單，明瞭，穩妥，凝練，平易，且富有情味和情調，差不多造成了一種清曠自然的風格。其他描寫則不然。而「又因為太貪於暴露上流社會的生活，以致對於中心主角們的描寫變得比較蒼促，稀少，零碎，薄弱而鬆解了一些。」[16]

　　洪鐘認為：「這不是一部輕率的小說，故事的編造就頗具匠心。這兒雖然寫的是一個女戲子的經歷，可這經歷中卻貫穿著知識份子的一般生活和時代的動跡，這兒雖然寫的是位女戲子在『夜霧』似的氛圍裏的悲歡離合的故事，可是這些『夜霧』中的故事正是以代表現代人生的迷茫。」它的不足在於：「不能夠深入到社會的裏層，不能夠以社會的裏層作基礎而處理這些悲歡離合的人生現象。」「在《夜霧》裏，作者所表現出來的態度，是對於書中的人物無關者的

---

[16]　《評〈夜霧〉第一冊》，1943 年 4 月 5－6 日《華西晚報》。

愛憎。作者對正派人物並不特別同情，對否定人物也並不特別的討厭。作者好像是站在超然的地位，對於每個人物的靈魂都試想去把握，試想去表現。對於好人的同情是漠然的，對於壞人的譴責也是漠然的。好人是現實，壞人也是現實，作者的工作有如一面鏡子，把他們都忠實地攝照起來，並未在裏面表現出一點自己的主觀來。這態度看來好像是很客觀了，其實這乃是僭偽的客觀。是決然不會得到很好的藝術效果的。」「《夜霧》的作者就持著這種態度，所以書中的悲歡離合看不出根源來，麗英的悲劇生涯，也找不出悲劇的製造者。書中雖也曾寫出了壞人，可是作者只不過寫出他們是偶然地出現而已，因而使悲劇的責任迷茫起來了。」[17]

**11 月 李輝英的《松花江上》由重慶建國書店出版。**

---

[17] 《評〈夜霧〉》，1946 年 12 月 26 日上海《大公報》。

# 1946 年

**1月　徐仲年的《彼美人兮》由上海正風出版社出版（正風文藝創作叢書）。**

**艾蕪的《豐饒的原野》由重慶自強出版社出版。**

茅盾說，《春天》「展開給我們看的，卻是眾多人物的面相以及農村中各階層的複雜的關係。這一切，作者都能給以充分的形象化；人物是活人，故事是自然渾成，不露斧鑿的痕跡。」[1]

立波認為：《春天》「是南國田舍的新歌，是平靜的農村裏面並不平靜的農民心理的申告；作者用了他所深深熟悉的南方的土話和農民慣有的戲謔，描繪了幾個各有特色的南方人，又用著畫家取景一樣的靜穆的神情，繪出了春天鄉野的許多「綺麗」的景色。」「《春天》沒有描寫農民和田主之間的直接的經濟的爭鬥，卻暴露了田主們給與農民的這種精神的傷害，我以為這是作者對於農民生活觀察深刻的地方。」[2]

向秀說：「讀艾蕪先生的小說，一開頭就會帶你進入繁複的人生裏，眼前展開一幅幅人生真實的畫面。他的作品自始至終貫徹著一種誘力，迫你非接受它不可。而這種誘力，卻絕對不同於他以離奇情節吸引讀者的東西。它也沒有用驚心動魄的事件刺激你。正如

---

[1]　《春天》、《原野》、《工作與學習叢刊》2 輯，上海生活書店 1937 年 3 月版，第 191 頁。

[2]　《論〈春天〉》，1937 年 3 月 10 日上海《希望》第 1 期。

作者自己所說，他的作品是以白描為主。他在人物的刻畫上，心理描寫與自然環境是同樣重要。他唯一信奉的是真實，在求真上是成功的。」「他是個農民型的作家。這有兩重意義：作者本人具有深厚的農民的氣質，充滿了農民的感情，因此，他的作品，基於他對農民感情理解的深刻，愛之誠篤，但又不蔽其所愛，恕其所好，他才能創造出農民的典型。對於他的作品，不妨借用伯林斯基的話，較為恰當的定義是：『在那一切真實上的現實的再現』」。「我推想在屠格涅夫全部作品中，只有《獵人日記》多少影響了他的創作。豈僅是影響，屠氏在那部鄉村小說中各種的表現手法，幾乎不露絲毫痕跡地溶合在《豐饒的原野》裏了。而我們的作者，更聰敏更技巧地運用他藝術的手腕，縷述了中國農民痛苦的申訴，悲慘的命運。同時，更重要的一點，刻畫了農民淳樸的性格，剖示出他們高貴而富於人性的情感。」小說「真是一首朴質清麗而交織著憤恨情調的新歌，它歌頌了豐饒的原野，它歌頌了坦直純潔的原野之子——農民。但又為他們悲苦的生活唱出一支挽歌，送葬了邵歲娃，和他的時代！」[3]

**2月　李輝英的《複戀的花果》由重慶建國書店出版。**

**程造之的《烽火天涯》由上海海燕書店出版。**

1946年3月上海海燕書店新一版《地下》頁末廣告：「本書是作者蟄居滬上數年，三易其稿的四十萬字的巨著。作風和《地下》、《沃野》，稍見不同。本書裏的人物大都是知識青年。故事敘述，自上海第一屆學生集訓時起，接著抗戰開始，南京淪陷，以迄武漢撤退前的許多愛國青年的奮鬥歷程。書內人物、描畫、情節，曲折緊

---

[3] 《艾蕪的〈豐饒的原野〉》，1946年5月22日《東南日報》。

張，熱烈處令你振奮，淒涼時令你落淚，直可與《飄》相媲美。本書文筆美麗婉約，巴人先生曾評為『深刻』的特點，還一貫保存。」

**4月　王西彥的《古屋》由上海文化生活出版社出版（文學叢刊第八集）。**

袁微子認為：「以這小說作為舊中國的縮影，這是個大氣魄，作者的一個不小的企圖。」「從『古屋』中，作者有意構造一個由古老的半封建走向新路子的國家的縮影。……借一個家族的故事，敘述一個時代的典型人物及典型事件。」[4]

知喬認為：「《古屋》是這樣一部長篇小說，它以一個舊家庭的主人在末日的掙扎過程，表現出對於整個封建社會體制的維護之徒勞」。「在創造孫尚憲這個典型上，作者是成功的。我們在《古屋》中隨時都見得到這位冷酷的偽君子，他對於神聖的抗戰抱著旁觀的態度，他對於別人的喜怒哀樂完全無動於衷，他的關注的只是如何維持這個家庭——他自己這個家長的顏面，為此他可以斷送一個女人然後再斷送一個。作者又巧妙地從若斷若續的故事穿插中抓住讀者緊張的情緒，用大自然的開闊與光明，難童學校的萌芽與滋長，來襯托古屋的陰森黑暗，腐朽沒落。從技巧上說，這都是值得誇耀的地方。」「這本書的缺點，不在技巧而在內容，作者對於古屋的表現是不夠深刻的，他只寫出古屋中家長對於子弟，男子對於女性的壓迫關係，卻沒有表現——甚至沒有暗示這古屋腳下的經濟基礎是怎樣的。……其次，除了孫尚憲之外，作者所寫的末代子孫裏面，只有抵押房子的孫宏蔭是成功的，大學生在古屋中扮演的角色是不

---

[4]　《關於〈古屋〉》，1946 年 12 月 2 日福建《時報·文藝專刊》。

重要的，而比較重要的啞巴又帶著濃厚的偶然性，其實作者是很可用力再創造另外兩個典型的末代子孫的。最後，那叛逆的以侄媳的出走，在作者是鄭重地描寫的，以見其掙脫之難，而在讀者卻並沒有這種感覺。」[5]

**5月　鳳子的《無聲的歌女》由上海正言出版社出版。**

**6月　田濤的《金黃色的小米》由上海建國書店出版。**

藍海認為：「田濤經《潮》後寫了《金黃色的小米》，仍然保持著他一貫的質樸的風格。」[6]

**豐村的《大地的城》由上海新豐出版公司出版。**

**碧野的《沒有花的春天》由上海建國書店出版。**

洪鐘說：「《沒有花的春天》是碧野先生的第三個長篇。寫作的時代當是作者留住重慶時的產品。在這個作品裏面，作者的筆觸由知識份子回返到農民大眾了，由外鄉的感受的寫作領域複返到故鄉的童年的回憶當中來了。在童年的回憶的生活實感的引領之下，作者的創作歷程向現實主義更跨進了一步，存在於作者以前作品裏的浪漫主義情調，在這兒是相對地減輕了。這是作者在創作方法上的一大躍進。」「碧野先生是帶著詩人的激情和抒情詩的調子來開始製作這部小說的。」「作者把客族的械鬥，下層人民在艱苦絕望之中的求生的掙扎，表現得栩栩如生，下層人民所忍受的艱苦生活，表現得淋漓盡致。作者固有的，善於編造故事的才能也在這兒得到了很巧妙的應用。」「這是作者的成功處。但典型的刻畫則嫌不足。」「由於這種典型性格把握的不健全，也就影響及故事的發展缺乏現實

---

5　《箍不住的舊木桶——〈古屋〉讀後記》，1948 年 6 月 4 日上海《大公報》。

6　《中國抗戰文藝史》，中國現代出版社 1947 年版，第 118 頁。

性。」「雖是如此，可是本書在藝術成果上仍有相當的造就：作者以他那特長的抒情手法，在某些場面上展開了生動的畫面。作者對下層人民帶著強烈的同情，這看出了作者創作動機之純正，也透露了作者對下層人民生活的相對地忠實的寫出。而且，更多多少少反映了時代的風貌。」[7]

**9 月　黃賢俊的《雷聲》由上海新群出版社出版。**

**蕭蕭的《奮鬥之路》由上海大方書局出版。**

**10 月　徐訏的《風蕭蕭》由上海懷正文化社出版。**

老白認為：「《風蕭蕭》這一本小說是寫淪陷時期上海租界中的故事，從太平洋戰爭爆發之前到戰爭爆發之後，徐訏所寫的是空虛的心境，奇怪的女間諜，『美好的』矯揉造作，以及，徐訏先生自己的『企慕』，『熱情』，『理想與夢』。」徐訏先生的「美」是享受，是歡娛，是浮華，是女人，「包括了幻想，以幻想來轉移現實中的苦痛，以幻想來麻醉自己，在幻想中消沉墮落。」他還認為，「徐訏描寫罪惡，而不否定罪惡。卻否定『庸俗』、『粗俗』，凡是不『美』的都是庸俗的。」作者筆下的主角說不出什麼哲學來，就發明了一種「文化享受」以應付，而「文化在徐訏看來，是一種給人享受的，製造『美感』令人歡娛的東西。一切藝術、哲學、宗教，在這裏全是點綴，就同這裏的『異國情調』一樣，是一種新奇的供作者炫耀的工具。」由此可見，「不管筆調寫得怎樣油滑，不管怎樣胡亂引用與歪曲別人的見解，作者的貧乏和矯飾仍隨時可被發現。」作者用「美」來遮蔽自己的墮落，用「獨身主義」來遮蓋自己的色情是顯而易見的。[8]

---

[7]　《沒有花的春天》，1948 年 10 月 8 日上海《大公報》。

[8]　《論洋場才子的「唯美」戀愛觀──評徐訏的〈風蕭蕭〉》，1948 年 1 月 27

**11月 老舍的《偷生》（《四世同堂》第二部）由上海晨光出
版公司出版。**

木白認為：「在呈現在我們眼前的，就是一幅在敵人底兇暴到
了極點的壓迫和侵略下面，中國人民對於民族危機感到憤激，苦悶，
同時又忍受著生活底不安和痛苦的真實的畫面。」「作者對每個人物
性格的刻畫是極其深刻的，語氣的生動和描寫的細膩，更顯示出作
者特有的風格。」[9]

堵世初認為，《四世同堂》第一部《惶惑》的成就主要表現在
以下三個方面：首先是對北平風物精緻的描寫；其次是對北平文化
準確的看法；再次是塑造了幾個典型的北平市民人物形象。[10]

宗魯認為：「老舍這部《四世同堂》長篇小說，就題材方面說，
已是過去了的時代的記錄，但在主題的思想內容上考察起來，那主
人公祁瑞宣的在倫理的家庭責任觀念和革命的民族意識之間的矛盾
由之而起的惶惑以及覷覥偷生的苦悶等等，在革命形勢從民族革命
推展到民主革命為主要任務的現階段，那種祁瑞宣式的人物底思想
性格，仍不失為中國目前思想戰線上的一個主要對象。」「因此，老
舍這部創作，可以作為中國革命過程中小資產階級知識份子底意識
形態的剖示和刻畫，這和高爾基的《四十年代》描寫俄國革命前夜
的知識份子底心理動態，有著相似的創作意圖。」「在第一部《惶惑》
中，作者通過了祁瑞宣這一人物的形象，示現著中間層的小市民對
於革命實踐的限制性，在這部《偷生》中，作者更以細緻尖銳而絢

---

日天津《大公報》。
[9]　《四世同堂》，1946 年 2 月 15 日《讀書與出版》第 2 期。
[10]　《四世同堂——第一部上半本〈惶惑〉》，1946 年 4 月 6 日《人民世紀》第
　　 6 期。

爛的筆，描繪了苟安在淪陷區的偷生者群底各式各樣的姿態。」「作者對祁瑞宣這一人物有同情的敘述，也有嚴正的譴責，用欲擒故縱的戰術用理性的解剖刀，來使主人公的性格——知識份子的雙重性格，浮雕似的明顯，突出。同時把祁瑞宣精神上的嚴肅的痛苦，來陪襯出陳野求的墮落，老二的懦怯，大赤包藍東陽等的荒淫無恥。這在表面上是一個鮮明的對照。……讀者通過了這一系列的意識的批判過程，更可以明白：在革命的要求下，是沒有推諉和猶豫或是超然的理由可說的。所謂『愛和平的人而沒有勇敢，和平便變成屈辱，保身便變為偷生』。」他還認為：「如果我們認定『瑞宣純粹的是個民國的人』，是現時代的知識份子的代表，那末，祁瑞宣的惶惑、偷生，卻正是把中間層的知識份子在革命中臨陣脫逃的懦弱，動搖及其自身階層的向兩極端分化的軌跡顯示了。」「本書中場景的轉換，作者數數以北平底風習的細膩的描寫來開始，使小說帶著濃厚的鄉土感。把小市民層在異族人暴力侵凌之下對祖國的傳統文化底渴想，珍愛，強烈地的表達是老舍小說所具風格底特點之一。」「老舍本來想把祁老人這一家族作為激變中的中國近代史的反映這一願望是失敗的。祁瑞宣的形象，卻是唱出了困乏於封建經濟狹隘的倫理觀念的重負下的小資產階級漸趨沒落的哀歌。」[11]

《四世同堂》預告：「故事發生在北平。時間是從『七七』抗戰到抗戰的第七年。人物以四世同堂的祁家老幼為主，而佐以十來家近鄰，約有五十人，或更多一些。其中有詩人，汽車司機師，棚匠，人力車夫，扛肩兒的，票友，教員，庶務，掌櫃的，擺台的，

---

[11] 《評〈偷生〉》（《四世同堂》第二部），1947 年 2 月 21 日上海《大公報》。

剃頭匠，老寡婦，小媳婦……他們和她們都有個人的生活與性格，又都有北平給他們與她們的特殊的文化和習慣。他們與她們所受的苦難，一半『咎由自取』，一半也因深受了北平的文化病的毒。故事分三大段：1、自『七七』至南京陷落──大家惶惑・不知所從；2、南京陷落後，珍珠港被炸以前──惶惑改為消沉，任敵人的宰割；3、英美對日宣戰後──敵人製造饑荒，四世同堂變成四世同亡！每段約有廿五萬字，全書可能的達到百萬字。」[12]

晨光文學叢書《惶惑》廣告：「這是四世同堂的第一部，以陷落後北平城的一角──小羊圈裏面各種人物的動態作中心，寫祁老人一家祖孫父子四代人物在這個大時代的動亂中如何各自抱定各自的生活態度去應付這個偉大的民族戰爭的故事。《惶惑》自北平淪陷寫起到南京失守為止。」[13]

晨光文學叢書《偷生》廣告：「這是繼《惶惑》後《四世同堂》的第二部，故事向前進展，廣州陷落，武漢撤退，華北被敵人視為一把拿定的苦難日子中，祁老人一家和他的鄰居們遭遇了更慘酷的命運。國內各報一致評論本書為抗戰以來一部最偉大的文藝作品。」[14]

晨光文學叢書《饑荒》預告：「《四世同堂》是一部中國文學史上空前未有的大長篇。分一百章，三大部。第一部《惶惑》容納三十四章，第二部《偷生》容納三十三章，最後一部《饑荒》也是三十三章，每章約一萬字，所以全書共一百萬字。第一二部出版後，國內論壇一

---

[12] 1944 年 11 月 18 日重慶《掃蕩報》。

[13] 1947 年 5 月 1 日《文藝復興》第 3 卷第 3 期，封底。

[14] 1947 年 5 月 1 日《文藝復興》第 3 卷第 3 期，封底。

致推崇。最後一部的《饑荒》已由作者在美國完成中。即將由本公司
出版。」[15]

**12 月 無名氏的《野獸 野獸 野獸》由上海時代生活出版社
出版。**

---

[15] 1947 年 5 月 1 日《文藝復興》第 3 卷第 3 期，封底。

# 1947 年

**1 月　丁易的《過渡》由上海知識出版社出版。**

　　勞辛認為：「《過渡》是說明一個時代的『過渡』，也企圖說明在這過渡時期人的思想轉變的過渡情形。這本書是多頭主人翁制，作者平行地描寫幾個人物並不是著力於刻畫一個神化入聖超凡的英雄典型，而是典型與個性之間的有聯帶關係和諧得渾然一致。這主要的是本書存有時代的真實精神。《過渡》裏同時企圖解決發生在抗戰開始時在青年學生意見最紛歧的『戀愛與工作』的這一個問題。作者正面肯定了這兩個問題並不衝突的地方。」小說「最重要的便是說明了一個小資產階級在革命過程中所發生的幻想，動搖和英雄主義個人主義等壞根性都借陳家壁的行為表現出來了。這是本書的很重要的教育意義。」「過渡的作者很為著意於刻畫自然環境；而且都能很自然的描寫恰當地配合當時的人物的思想，感情和行動。這些雖都是充滿了一般知識份子的感覺；但因為書中的人物都是知識份子，所以使人感到異常和諧。」「本書作者在將要結束的當兒都把每一個人物的未來的變化用暗示的方法置在相當的鬥爭位置上。這是一種很好的表現手法。尤其值得一提的。」「總之，這本書能把生活上的真實和藝術上的真實很適合地表現出來使我們讀後有著濃厚的真實感。尤其在抗戰中經過流亡那一段生活的學生讀來更感到親切。」[1]

---

[1]　《讀〈過渡〉》，1947 年 7 月 4 日天津《大公報》。

　　趙文娟認為，從小說的幾個主要人物的「例子可以見到，小資產階級在走向人民，以全身心獻給人民的利益時，要經過一個多麼現實而殘酷的內心鬥爭過程。」而且，「不見到人民大眾的力量，不服從人民大眾的利益，就無從建立起健全的生活態度。」而「沒有健全的生活態度，健全的戀愛態度無從建立。」作者還認為：「這本書有一個缺點，就是太偏重寫人物的思想意識轉變過程，而把他們的抗日工作少寫了。這也許是因為小資產者的意識轉變過程是比勞苦大眾更複雜多樣。」[2]

**2月　羅洪的《孤島時代》由上海中華書局出版（中華文藝叢刊第3種）。**

　　　　**蘇青的《續結婚十年》由上海四海出版社出版。**

　　　　**焦菊隱的《重慶小夜曲》由上海中國文化事業社出版。**

　　作者在《後記》中寫道：

　　「這是我的一個長篇習作的第一部分。在這一部分裏，我想把主宰著這個轉變中的社會的那個東西，和它所造成的各種現象，描寫出來。換句話說，要追尋形成這個社會中各種現象的原因是什麼？在哪裡？同時，我也想把受支配於這個主宰勢力下的各階層人們，都是怎樣地活著？怎樣地思想著？怎樣地反應著？而，最重要的，又怎樣地隨著支配力在轉動而不自覺，和受支配的人們怎樣認為反抗這個力量反則是不合理？所謂故事，所謂佈局，所謂性格，都是為了這個目的才存在的。因此，我的出發點，就不以故事、佈局和性格為第一。然而，這是很艱難的一個試驗，何況我

---

[2]　《〈過渡〉的主題及其它》，1948年3月15日《讀書與出版》第3年第3期。

的技巧，又這麼粗糙，這麼不精煉。我近年來多致力於論文和翻譯，造句和字詞，習染了極強的歐化格調，這是自己所深知道的又一個缺點。」

**3 月　巴金的《寒夜》由上海晨光出版公司出版。**

康永年認為：「在《寒夜》裏我們幾乎看到了陀思妥益夫斯基的人物，那種病態的，反常的，殘忍的，個別的講卻又是善良的靈魂。我說『幾乎』，是意味著兩者中間還有許多不同的東西在。陀思妥益夫斯基的人物叫你絕望；《寒夜》的人物在被壓迫、奚落、摧殘的時候，內心充滿了憤怒和不平，甚至見諸行動，例如曾樹生（文宣的妻）毅然離開這個家庭就是。作者通過了他的小說告訴了我們：在寒夜——黑暗，寂寞，冷靜——裏掙扎反抗的人們，退卻妥協的就會自己毀滅，勇敢堅定的可以生活到明天去。」「在汪文宣身上我們體驗了失望，曾樹生卻給人帶來一絲溫暖和活下去的勇氣。……樹生追求的不是豪華的物質生活而在精神的幸福，自由」。[3]

晨光文學叢書的廣告詞：「這是作者最近脫稿的長篇小說，曾在上海《文藝復興》連續刊載，極得讀者的好評。作者用樸素無華的筆，寫湘桂戰爭高潮時，重慶山城中幾個渺小人物的平凡故事。雖然沒有壯烈的犧牲，熱鬧的場面，卻吐露了平凡人的願望，痛苦和哀愁。愛讀巴金作品的人，這部近作不能錯過。」[4]

**艾明之的《霧城秋》由上海新群出版社出版（新群文藝叢書）。**

---

[3]　《寒夜》)，1948 年 5 月 20 日《文藝工作》第 1 期。
[4]　1947 年 5 月 1 日《文藝復興》第 3 卷第 3 期。

寒蘋認為：「如果說今天的現實是小說的再版，那末《霧城秋》該是一個最好的初版了。」[5]

**蕭蔓若的《解凍》上海文光書店出版。**

**4 月　艾蕪的《故鄉》上海自強出版社出版。**

作者在《故鄉校後題記》中寫道：

「書裏寫的故鄉，讀者怕很容易當成作者的故鄉吧？這不是我的故鄉。……這裏面只是描寫書中幾個人物的故鄉。」

「在這部作品裏，我並沒有企圖要寫出中國一切小縣份的面貌，我沒有這樣的能力，而且也不敢起這樣的雄心。就連寫這個不十分確定的小縣份的時候，也只是取它二十天左右一個極短的期間，因之可以說，要寫這個小縣份的面貌，也算不上。至於裏面出現的人物，更不能說是可以代表幾部份的中國人，他只算是作者所寫的幾個普普通通的人而已。」

向秀在《艾蕪的〈故鄉〉》中認為：「艾蕪的作品，向以人物刻畫，文字清新，語言精煉見稱。這些特點，在《故鄉》裏顯得更凸出。這裏幾乎寫出了一個縣份的全貌，有中國官僚政治的縮影，也有農民痛苦的控訴狀。」「在貧瘠的中國文壇，《故鄉》可算是較豐碩的果實了。」[6]

勞辛認為：「艾蕪的《故鄉》是一本忠實地反映現實的長篇小說。它觸及到中國底社會本質的核心，並把它展露開來，似一篇社會科學的論文所給予我們的知識，縷析條分的說明『半封建性』的中國社會性質。《故鄉》包涵著豐富的思想性和明確的主題，這是它值得珍視的

---

[5]　《讀〈霧城秋〉後》，1948 年 12 月 26 日《寧波日報》。

[6]　1947 年 5 月 29 日《東南日報・筆壘》1279 期。

地方。」「作者把一種生活鬥爭的意志賦予《故鄉》中的新生代人物身上，這就是作者對於新中國的祈望和他的信念。在反帝反封建的旗幟下，中國的新生代是演著重要的腳色的。」「作者在這部有著明確的主題和豐富的思想性的長篇裏企圖表現：（一）在半封建半殖民地的中國社會裏，當抗戰展開之後，在新的高潮情況下，新舊力量的鬥爭。（二）知識份子在革命過程中所表現的動搖，和他的不透徹劣根性。（三）封建勢力通過他的特殊的關係，積極地向正直無知的農民剝削與壓榨，造成農村中可怕窮窘現象。」他還認為，余峻廷是一個典型的良善知識份子的性格人物，但寫得最生動而又合乎人情的要算是餘峻廷的母親余老太太。「《故鄉》從故事和人物方面來說都算得枝葉扶疏的長篇小說，作者以繁複的故事來表現多方面的個性，而且又接觸到人物的階級性；固然，他還未能充分地表觀這一點；但已是難能可貴的了。嚴格說起來，這部小說的主題缺乏積極鬥爭性，只是消極的暴露，但在新民主主義的文藝運動方針來說，暴露黑暗也是重要的任務之一。大概作者的思想頗向在於一種田園的原始性的自然生活，於是在書中所賦予主人翁余峻廷的心理狀態的敘述表現出來了。」作品的不足在於，「作者沒有在《故鄉》中充分地真實地寫出中國農民的困苦情形，我們讀後的感覺似乎不滿足，而他對於這方面著筆嫌太少了。」[7]

**孫陵的《大風雪》由上海萬葉書店出版。**

**5 月　錢鍾書的《圍城》由上海晨光出版公司出版。**

作者在《序》中寫道：

---

[7]　《評〈故鄉〉》，1947 年 11 月 15 日《文訊》第 7 卷第 5 期。

「在這本書裏，我想寫現代中國某一部分社會，某一類人物。寫這類人，我沒忘記他們是人類，還是人類，具有無毛兩足動物的基本根性。人物當然是虛構的，有歷史癖的人不用費心考訂。」

屏溪認為：「人物性格的刻劃，一般講來是成功的。作者筆下的那輩留學生，大學教授，女博士，以及其他不容易歸類的角色，都被心理地描寫出了他們或她們潛意識領域的秘密，寫出了他或她的長處及瑕疵。從這些人物的活動上，一幅現社會某個隅落的世態也給發掘了，如同他們的歡樂，希望和悲哀。」「有人對這本書鼓掌也許還因為文字鋪展的技巧。每一對話，每一朵況喻，都如珠璣似地射著晶瑩的光芒，使讀者不敢逼視而又不得不睜上去，不相干的引典，砌在稜刺畢備的岩石縫裏，則又不覺得勉強。作者的想像力是豐富的，豐富得不暇採擷，於是在庸凡的塵寰剪影裏擠滿了拊掇不盡的花果，隨意地熟墮在每一行，每一章。」「但作者並未著重他的故事。他的故事只是一種紓延文字的手段，牧童吹著狡猾的竹笛，只使得韻律生動，可人，對於唱的內容可並未介意。因此，在衡量整篇的價格時便費躊跼了。一想到這是小說，我們閱讀時所樹植在內心的微笑便一齊隕了價，不能不令人生出深深的惋惜和遺憾。固然作者也給我們窺睨到了片面的現實，但這些已褪了彩的霞靄實不必留戀，作者用在這方面的諷語未免慷慨得有些浪費了。」[8]

鄒琪說：「長篇小說往往不容半途讀起，但《文藝復興》裏面的《圍城》，至少是一個例外。作者錢鍾書散文寫得字字珠璣，這些東西搬在小說裏還是一樣燦爛可愛。這並不是說他喜歡掉書袋。他

---

[8] 《〈圍城〉讀後》，1947 年 8 月 19 日上海《大公報》。

把書本給融化了，像草一樣吃了下去，擠出來的奶還是有書卷氣的。讀《圍城》，彷彿讀狄更司同時代的薩克萊；拿中國小說來比，第六期的那一部份很像儒林外史。即使前面的沒有看，你還是愛看這一部份。看了這一部份，你就想看前面，等著後面。故事並不緊張，它是寫出來讓你慢慢看的。」[9]

彭斐認為：「《圍城》之妙，該是妙在作者錢鍾書先生的超人機智，和他那五車的才學，以及透過那重機智的冷嘲熱諷的筆調上。縱觀全書，內容豐富精彩，寫得又極輕快活潑，淋漓盡致，在目迷神眩之餘，讀者們往往捉摸不到全書的主題，忽略了故事的進展，甚至記不起人物的性格，只是被動地隨著作者的笑嬉怒罵而前進，及至讀完全書，在我們的印象中，卻只記著一個人，一件事，這便是作者錢鍾書本人，和他的聰明風趣。」何況「《圍城》一書，故事很簡單，人物也未見複雜，然而我想讀過諸君沒有一個會不承認，這本書很有份量，很能引人入勝：不管各人的批評是讚美，還是責難，《圍城》之能給讀者一個很深的印象，終是一件無可懷疑的事實。至於它的所以引人入勝，令人不忍釋手的理由，一般說起來，大概只有一項，就是作者的穿插，以及穿插中所表演的幽默風趣和機智。全書中耐人尋味的地方很多，說得上俯拾即是──當然有時候我們也會覺得囉嗦與過火，認為穿插得不必要──大體說來，精彩畢竟精彩。」另外，「錢鍾書的文字，清麗之好，又頗洗練流暢」。「其實，進一步看清涼暢快這四個字正好來形容《圍城》這本小說」。[10]

---

9　《佳作推薦》，1946 年 6 月《小說世界》第 3 期。
10　《〈圍城〉評價》，1947 年 11 月 30 日《文藝先鋒》第 11 卷第 3－4 期合刊。

　　方典（王元化）認為：「在這篇小說裏看不到人生，看到的只是像萬牲園裏野獸般的那種盲目騷動著的低級的慾望……這裏沒有可以使你精神昇華的真正的歡樂和真正的痛苦，有的只是色情，再有，就是黴雨下不停止似的油腔滑調的俏皮話了。」[11]

　　唐湜認為：「《圍城》很像十八世紀英法的小說，如高爾斯密斯們的作品。一種健強者的風度與太豐富了的比喻與機智會使我們放不下書，可是也正因為作者太愛自己出場，瀟灑的談吐就不能不成為小說進展的絆腳石，結果是一盤散沙，草草收場。」[12]

　　張羽認為：「錢鍾書及其夥友們，拿那些陳腐發黴的感情，哼哼唧唧的製造些新的悲歡離合，新的鴛鴦蝴蝶，新的妹妹風月，又用『錯配了姻緣』的公式，想搏取一點同情，一滴眼淚，一絲輕微的歎息，而把自己隱伏在現實的外面，想從極端混亂而複雜的世界裏，去找一席山林隱士的棲足處。好像錢鍾書的寫作是專為那些皺眉苦臉，穿上長袍短褂，吟兩句歪詩，畫一幅水墨畫，唱幾句二簧，喝半杯牛奶咖啡，吹幾個煙圈，搓八圈麻將……的同道者同聲一歎，彼此再此吹彼擂，煞有介事的道賀一番，聊以解嘲。這樣的文章，只有送給這樣的人物，作枕畔消遣的資料。想從這樣的作品中，吸取營養，得到啟示的青年，准會失望的。」「所以，錢鍾書的《圍城》，是一幅有美皆臻無美不備的春宮畫，是一劑外包糖衣內含毒素的滋陰補腎丸。它會引你進迷穀，動邪火，陷情網。要是你讀厭了笑話三千、還準備去找尋點趣味和幽默的話，它會使你滿足的。」[13]

---

[11] 《論香粉鋪之類》，1948 年 2 月 25 日《橫眉小輯》第 1 輯。
[12] 《師陀的〈結婚〉》，1948 年 3 月 15 日《文訊》第 8 卷第 3 期。
[13] 《從圍城看錢鍾書》，1948 年 4 月 20 日《同代人文藝叢刊》第 1 年第 1 集《由於愛》。

　　林海認為：「錢鍾書和菲爾丁至少有兩點相同：第一，他們都是天生的諷刺家或幽默家，揭發虛偽和嘲笑愚昧是他們最擅長的同時也最願意幹的事情；第二，他們都不是妙手空空的作家，肚子裏有的是書卷，同時又都不贊成『別材非學』的主張，所以連做小說也還要掉些書袋。這兩點，前者決定內容，後者決定外表，他們作品的『質』與『形』可由此推知了。」「一部《圍城》便是專門預備給糞窖中的人物畫臉譜的。臉譜有三副，用韓非子的字眼來形容：一副代表『愚』，一副代表『誣』，還有一副則是兩美並全『愚而兼誣』。恰似但丁對待『地獄』中鬼魂的態度，《圍城》的作者對於糞窖中的三類人還要加以區別。他比較最能同情的是第一類的『愚』。這類人物的毛病只在抵擋不住肉體的引誘，正合老子所說『吾所以有大患者，惟吾有身』，准情酌理是可以原諒的；書中的方鴻漸和趙辛楣屬於這一類。第二類的『誣，病在心術，在『地獄』中應屈居下層，自然更要厚加呵斥；書中的韓學愈屬於這一類。至於第三類的『愚而兼誣』，那是窮兇極惡，不可救藥，只好用大棒子來痛打了；書中的李梅亭屬於這一類。《圍城》中所有人物不出這三類，中間只有一個例外——唐曉芙。作者對於唐小姐特表好感，似乎有心發慈悲，給糞窖安上一朵花，藉以略解穢氣。」「《圍城》和《湯姆·鍾斯傳》同樣的是以幽默諷刺的筆調來寫的，這筆調浸透全書，成了一種不可須臾離的原質；偶然一離，讀者立刻便有異樣之感。而也就在這裏，這兩位作家稍微有些不同。菲爾丁雖好諷刺，卻並不悲觀。他不喜歡板起臉孔來教訓，但有時也說正經話。因此，每逢他轉換口氣，總是從『幽默』改為『正經』。錢先生則是個徹底的悲觀家，『諷刺』之外，惟有『感傷』，這情形從兩書的結局處看得最清

楚。」「以體裁來說，這兩部作品都是所謂惡漢體的小說（The Picaresque novel）。這派小說有個特點，便是不大注重故事，因而也無所謂結構。作者照例是利用主人翁作線索，來貫串全書，這主人翁又照例是天生一副驢馬命，永遠不會安逸。作者便借著他到處漂泊的機會，來刻畫社會各階層的形形色色。在這一點上，《圍城》和《湯姆‧鍾斯傳》可說是完全一致的。……比較起來，還是《圍城》接近人生。這書的結構非常簡單，只是把一位留學生從國外回來後的二年半裏面的經歷，挨著次序敘述出來，中間既無曲折，又無叫應，老派小說家慣用的那些解數，這兒一概豁免。書中的事實，除了方鴻漸和孫小姐同在火鋪裏夢魘那一椿有點神秘外，其餘全是太陽光底下習聞慣見的。可知作者的興趣並不在事實和結構上面，而是另有所在了。」「說到這裏，我們才真正觸及錢鍾書和菲爾丁的根本相通之處，這兩位小說家有個共同的信念，便是題材無關緊要，要緊的是處理這題材的手腕。……錢鍾書的真正野心是想拿藝術去對抗自然，把上帝創造天地時的疏忽給彌補起來。《圍城》一書，除了臭人醜事外，還特地挑出宇宙間最惹厭的一些東西，如鼾聲、狐臭、跳虱、饑餓、夢魘、鬍子、喉核、廁所之類，來加工描寫。揣作者的用意，無非想化臭腐為神奇，拿糞窖中的材料來蓋造八寶樓臺。平心而論，這書在題材、意識諸方面，可攻之點自然不少，但作者感覺的靈敏和筆墨的精妙，卻是無論如何難以否認的。」至於技巧，明比和描寫文是這兩部作品大部分的血肉和生命。「以上是就二書相同之點來作比較。假如還要更進一步地去討論他們的互異之點，那我們可以簡單地說：《湯姆‧鍾斯傳》中的事實多於議論；《圍城》剛剛相反，議論多於事實。這分別是植根於兩位作家生活經驗

廣狹的不同。菲爾丁的經驗比較豐富，所以他的作品雖也一樣的以『批評人生』為主要目的，卻多少總帶點『表現人生』的傾向，儘量把來自多方面的事實填塞進去。錢先生所見的人生似乎不多，於是他更珍惜這僅有的一點點經驗，要把它蒸熟、煮爛，用詩人的神經來感覺它，用哲學家的頭腦來思索它。其結果，事實不能僅僅是事實，而必須配上一連串的議論。這議論由三方面表達出來：作者的解釋、人物的對話、主人翁的自我分析。說到這裏，不由的令人想出一個新的名詞：『學人之小說。』」[14]

無咎認為：「如果說，圍城是一冊以戀愛為主題的小說，那麼，我們還可以加添注釋道，戀愛正是新儒林外史人物的新課程，它和舊儒林外史顛倒於學而優則仕的闈墨中人的描寫，劃出了新舊時代的兩個風貌，作者以方鴻漸為中心，而展開了戀愛的攻防戰。」不過，「我們的作者即使有巴爾扎克式的縱談一切漫不經心的才華，但在這裏卻偏缺少巴爾扎克抓住資本主義社會的靈魂（金錢）的特質的那種初步的社會學觀點。而我們的作者之所以能撇開這一個極度動盪的社會場景，甚至將後方人民生活的落後，也加以惡意的西方人士式的嘲弄（在金華路上所見的描寫）而情願抓取不甚動盪的社會的一角材料，來寫出幾個爭風吃醋的小場面，我們不能不說作者這一觀點──單純的生物學觀點，作了他的羅盤針，一切以戀愛為藝術的主要主題的作者都是這樣，他只看到一切生存競爭的動物性，而忽略了一切生存競爭的社會階段階級鬥爭意義，我們作者這一羅盤針是需要改造了。」而「圍城作者在他們所描摹的人物中，

<hr>

[14] 《〈圍城〉與「Tom Jones」》，1948 年 11 月 27 日《觀察》第 5 卷第 14 期。

給我們一個深刻的印象：不論是鮑小姐、蘇文紈、孫柔嘉，也不論
是李梅亭、曹元朗、韓學愈、高松年與汪處厚，都該是他要否定的
新男女儒林中的人物。作者給予溫情主義的撫摩的，是唐曉芙、趙
辛楣和放下作者自己靈魂的方鴻漸。但一樣也是並無真理奮鬥的精
神，執著於人生特定方面戰鬥的意識。⋯⋯所有作者筆下的人物，
或者是假抗戰牌頭的滑稽玩世，或者是認民賊作父的和同隨俗。而
作者一樣以否定的筆調否定他們存在的價值了，每一個讀者將不能
在這裏找到一個可愛的人物，用作他們人生的楷模。在這一意義上，
這作品是可以作一些人的反省的。」他還寫道：「一大群小資產階級
的智識分子，或出身於封建世家，或出身於買辦寶殿，⋯⋯這是作
者筆下人物的階級性而徘徊於西方資本主義與東方封建主義相互交
融的空間裏的人物，除出向上摸索，努力抱住官僚主義的石柱，或
喘息於買辦主義的大廈裏面外，就沒有他們的路，沒落是他們唯一
的路，作者沒有有意告訴我們這一點，而我們是可以得到這樣印象
的。」[15]

　　晨光文學叢書廣告：「這部長篇小說去年在《文藝復興》連載
時，立刻引起廣大的注意和愛好。人物和對話的生動，心理描寫的
細膩，人情世態觀察的深刻，由作者那枝特具的清新辛辣的文筆，
寫得飽滿而妥適。零星片段，充滿了機智和幽默，而整篇小說的氣
氛卻是悲涼而又憤鬱。故事的引人入勝，每個《文藝復興》的讀者
都能作證的。」[16]

　　**姚雪垠的《長夜》由上海懷正文化社出版。**

---

[15] 《讀〈圍城〉》，1948 年 7 月 1 日《小說》第 1 卷第 1 期。
[16] 1947 年 5 月 1 日《文藝復興》第 3 卷第 3 期，封底。

　　胡繩認為：「在這裏面活躍的人物不僅是抽象性格的負荷者，而且是反映了歷史現實的一側面。」作者能給我們「具現著歷史生命的立體雕像。」因為「能夠使人感到從這裏面新的東西是可能成長起來的。」不過，由於作者抱著「浪漫性格」和「英雄主義」的情趣觀望土匪生活，並以此為創作態度來對待他的題材，就不能不和正確地反映人民群眾的歷史的企圖發生嚴重的矛盾。「由此可見，即使從有著若干成功的《長夜》，也仍舊證明了，一個作家，如果不能真正抱著向人民負責的嚴肅態度，而以欣賞態度對待生活，根據自己的趣味來描寫人物性格，以自我陶醉來代替了對歷史真實的把握，那就不能不形成為創作生命的致命傷。」[17]

**6月　李廣田的《引力》由上海晨光出版公司出版。**

　　李長之認為：「單以主題論，作者是抓住了一個歷史意義的主題的。」「可是主題的選擇有時和藝術上的製作也許不能平衡。」作者在細節上「太拘牽於事實」。可以說，「事實的拘牽，和枝節上的繁瑣，是讓這本有健康的思想所灌漑的書受了些委屈！」「此外，我們感到作者在這本書裏長於寫心情，而拙於編故事。」「就全書論，黃夢華那得到的新啟示，以及這轉變的過程，這應該是全部的重心，卻總令人覺得分量還少些似的。」[18]

　　無咎認為：「過多的街坊傳聞的故事的穿插，非直接場面的展開，和以談話，書信，周記，來轉述入物的思索和性格：這使《引力》在作品的完整上失了勻諧，在人物性格和行動的表現上失了活

---

[17]　《評姚雪垠的幾本小說》，喬木等著：《人民與文藝》，《大眾文藝叢刊》（第2輯），香港大眾文藝叢刊社 1948 年 5 月版，第 35－40 頁。

[18]　《評李廣田創作〈引力〉》，1948 年 9 月 25 日《觀察》第 5 卷第 5 期。

力。」從小說的故事的發展中，「我們可看到一條分明的線條：從鄉土的、家庭的愛，引向了祖國的愛，引向人民的愛。然而對人民的愛，在作者筆下只有暗示，只有空漠的嚮往之情，我們沒有看到它那場面的展開。」「那麼，形成作者在這作品中那種自然主義的故事的堆積的原因，又在哪裡呢？」「我們不能不指出：它是有關於作者宇宙觀的。」通過《引力》，「作者有那樣一份宇宙觀：對自然，美，愛與永恆的真理的追求。或者說，我們的作者常常是將他對人間的抽象的愛，結合於自然的具體的美，淡化了人間的醜惡，建築起他那永垣的真理的世界。而這永恆的真理的世界，無疑也是抽象的，不是具體，這也許可以說是一種泛神論的宇宙觀」。「沒有問題，有不少的人，是將人類的愛植根於男女的愛上面；而我們的作者，則又造出了這樣的一種意境；讓自然活動起來和他們的愛融而為一。自然，美與愛的抱擁，永恆的真理世界的建立！我們的作者足有這樣的充滿著人類愛的精神，一付善良的心腸的！所以當他寫到老奸巨滑的校長，陰險的日本軍官和日本軍閥的殘酷時，他的筆顯得異常無力，因為我們的作者不理解也不熟稔這一階級的人類社會的黑暗面，而又因為我們的作者對於人類愛是一種抽象的愛，一種和自然的混融境界合而為一的愛，所以他寫健康的人民的反帝鬥爭，也只能做戲劇性的出現……，寫孟堅家鄉辦民們的自衛鬥爭，也只能作傳閱式的敘述……作者對這一特定的階級的人民是生疏的，只有一種嚮往的感情和愛，沒有一種擁抱的熱和力。」「民族的危難的到來，我們有善良的心腸的詩人，就把這愛移向民族這一個概念上去了。而這裏青天白日滿地紅的旗子，作為了他愛的寄託。」「但我們不能不說，這樣的民族愛，依然是抽象的，非具體的；而我們民族

最大多數人民的抗暴反帝鬥爭，固然要有一個象徵獨立國家的旗子，但更需要的則是自身被壓迫被勞役的束縛得以解放。作者明智是看到這一個方向了，而作者的感情不能不為旗子，這民族主義的象徵物而歌頌。這就顯示他還沒有揚棄他過去的宇宙觀的支配力量。——自然美，愛與永恆的抽象世界，轉向了民族愛的抽象觀念。」而「自然、美、愛與永恆相結合的這一種宇宙觀，從其本質上說，是封建思想一個派系的傳統。」他還認為：「過去八年的抗日戰爭，決不是單純的民族自衛戰爭；本質上，毋寧說是發揮人民力量具有革命性質的民族戰爭。在這一點上說，單純的對祖國愛的歸向，便落入於抽象的境界了。《引力》作者似乎沒有把握這樣一個主題。」作者進而認為：「階級論的宇宙觀，也是一切文藝作家的必要武器，我們的作者，在《引力》中還缺少這一觀點，所以我們也很難看到有生命的人物，其間只有一個洪太太，這是一個潑辣的而有鬥爭勇氣的女人，所以也是《引力》中寫得最為成功的人物」。[19]

**師陀的《結婚》由上海晨光出版公司出版。**

唐湜認為，《結婚》「是作者對鄉村的留戀與對都市的失望的表現，兩個世界，兩個時代不能調合，重合；鄉村不能進入都市，與都市融合，和靜的鄉村時代不能與冒險的都市時代並存。」「這在結構上看得最清楚了，上卷用書箚的方式抒情，作者想用力克服敘述都市生活的困難的苦心是可以看得很明白的，但他的失敗也非常自然。這裏是散漫，鬆弛，無力，雖還殘存一些詩人過去有的寧靜的氣質，但多不調合，多麼顯得進退失據，多狼狽，當然夠不上稱為

---

[19] 《讀〈引力〉並論及其他》，1948 年 9 月 1 日《小說》第 1 卷第 3 期。

史詩式的。下卷用普通的分章法，作者最初似乎想努力完成一個戲劇式的循環，以期去惡滿身瘡痍地退出都市，退向內地，回到林佩芳的身邊，回到鄉村的愛裏，……復仇可以如此完成，但天啊，這局面竟急轉直下，以血案與同歸於盡作了這可憐的與冒險的結束，多不自然，在心理情緒上我們還是毫無準備呵。」「這個過火的戲劇性的尾巴，雖然有著歷史性的意義，作者到底還是認識都市社會的必然發展的趨勢與毀滅一切妄想的力量，卻破毀了一個戲劇式的結構的完成。這是一個無可解脫的矛盾，作者的落後的生活態度與世界觀的具體觀念跟他的現實的題材，市儈主義的都市的矛盾，這使他走向巴爾扎克式的悲劇：作為主題詩的浪漫又純潔的傳奇與作為散文題材的市儈主義的氛圍的不能和諧地形成藝術的完整的悲劇。到處可以看到詩人的力不從心的掙扎。而他又沒有巴爾扎克那樣巨大的浪漫熱情來克服，壓倒一切障礙，於是，改組派小足式的敘述便到處發現，這多麼可悲，這不僅是胡去惡的悲劇，而竟更是現代的牧歌詩人的悲劇。而這又形成了風格上的零亂與不夠沉潛凝練與結構上的更可怕的不調和與不完整，而更因此，人物的具象的個性便也黯淡了，他們只成了浮淺的象徵，不能有太實際的意味，許多過火的描寫與談吐，與缺乏深厚的力，使人起了在淺水裏游泳的感覺。」「不過，在中國目前貧乏的文壇上，這到底還是可喜的收穫。而在作者自己，更是一個新的起點，一個進步的蛻變，同一次新的擁抱，擁抱新的視野與題材。我希望作者能擺脫田園詩人的氣質，加大加深他的擁抱，這樣，我們也許含有一個巴爾扎克———一個左拉。」[20]

---

20 《師陀的〈結婚〉》，1948 年 3 月 15 日《文訊》第 8 卷第 3 期。

　　晨光文學叢書的預告：「這部長篇小說，曾連續刊載於上海文匯報上，讀者一致推崇，單行本發行權已由本公司獲得。已開始排印，短期內即可出版。作者過去曾用『蘆焚』筆名寫過許多散文和小說，抗戰後期和勝利後，著有《果園城記》及《夜店》等，銷行極廣。本書是作者最近脫筆的二十萬字長篇小說。」[21]

　　**王小石的《苦女奮鬥記》由上海少年社出版。**

　　**熊佛西的《鐵花》由上海懷正文化社出版。**

　　**7 月　柳青的《種穀記》由大連光華書店出版。**

　　雪葦認為：「這是一部比較成功的傑出的作品，是實踐了文學工農兵方向的作品，而且，就藝術上說來，是目下實踐這一方向作品中的最好成就。」他認為：「作者的注意力，顯然主要不是在想給我們講這一個簡單的故事，而是在借這個故事給我們介紹初步的新民主義社會建設裏農村階級力量的變化，給我們介紹農村中各農民階層的人物及其複雜的鬥爭。作者以他深入的豐富的生活體驗，純熟的農民語言的掌握，細膩的、淋漓盡致的描寫，勝利達到了這一目的。」《種穀記》「以體驗的深刻與技巧的優越突破了從文學來表現革命的農民及其生活和鬥爭的作品的一般水準，給《在延安文藝座談會上的講話》立下了一座實踐的豐碑。」他還認為，《種穀記》值得重視的方面有：一、真實的實踐了《在延安文藝座談會上的講話》——文學之工農兵方向的作品（著重號為原文所有，下同）；二、自始自終將群眾——農民群眾作充分主動的、積極活動著的人們來處理；三、原則上正確的解決了語言問題。不足在於：一是沒有寫

---

[21] 1947 年 5 月 1 日《文藝復興》第 3 卷第 3 期。

出黨的作用，沒有寫出作為農村活動核心的農村支部底作用；二是
農民的階級面貌還處理得有些模糊，及作者在這一問題上的思想
認識不夠；三是尚留有知識份子氣的殘餘。這在語言上的表現，
是尚有一些不必要那樣「文縐縐」的歐化語法和古語。[22]

　　方成、李岳南、陽太陽、單復、蒂克、端木蕻良六作者認為：
「作者的著力點，顯然不是描繪一張邊區的風影畫，更不是單純的
傳達一個故事，而是在企圖把初步的新民主主義社會建設過程當中
農村階級力量的變化，和各農民階層的人物活動和他們相互間的鬥
爭傳達出來。中國農村怎樣在擊退，生長在頑強的糾纏不清的封建
社會的基礎上的私有觀念，而開始跨進集體勞動集體生產的第一
步，這一個轉形期的變革的成功。」「《種穀記》描寫的是在革命的
動力下，在變工隊的基礎上，怎樣克服了種種歷史上的難題，而完
成了定期的集體種穀。」「作者柳青站在新民主主義的觀點，正確的
刻畫一個新時代的舊課題，他不是『把自己的作品當作小資產階級
的自我表現在創作的』。他是誠心誠意為工農兵而寫作。」「我們認
為《種穀記》的作者，是儲蓄了一段真實的生活經驗，他甚至瞭解
了熟習了那生活的最細微的小節，所以在他寫作的辰光，他能夠使
一件極平凡的事件，生動活潑而又有趣的呈現在讀者面前；他把這
件事情中的錯綜複雜的線索，曲折迷離的來龍去脈，寫得很細膩，
很透徹，而又有條不紊。這就是我們要首先指出來的，生活怎樣給
予一個作家以無窮的力量的地方。」「人民的語言，貫穿著全書的發
展，語言在這裏，不再是屬於技巧的範疇裏的東西，也不是複是單

---

[22] 《讀〈種穀記〉》，《論文學的工農兵方向》，光華書店，1948 年大連版，第
157－199 頁。

純的思維的代表符號，而是和形象與故事取得血肉的關係，一切都是拆不開，完整而具體凸現出藝術的形象來。」「在作者筆下，人物是從生活的活的聯結裏面刻畫出來的，樸素而實在，人物沒有和每個生活細節孤立起來或是游離起來，生活在這裏活現出人物來，而人物又在創造著生活。這點可以說最值得我們首先來指出的。」「在作者筆下，群眾的場面也處理得很好，毫不誇張，而生動有致，每條線路都很清楚，而集體的氣味，又十分濃厚。」「在作者的筆下，我們看見了陝北那一幅飽滿而富有生命力的鄉村畫面。」「在作者筆下，寫景占了極少的份量。但是景致都和人物，情節配合得很融洽，很自然，好像王家溝的景致也有了靈魂，在配合著人民跳躍著。」「《種穀記》優良的成就，是他能夠把人物的刻畫，融合在故事的發展裏，而故事發展又都合情合理，有著他的必然的脈絡，作者處處用景物和生活上的細節故事生動而真切的交織出來，因而加強了藝術的實感，緊緊的抓著每一個讀者，使他不得不激情的順著這鮮明的主題一口氣追尋下去。在每個不同的場面，我們看來就如新臨其境一樣。」「假如允許我們吹毛求疵的話，我們覺得《種穀記》裏面對於變工隊所要克服的困難過程不夠突出。那就是說作者對於阻礙群眾力量發展的反動力量，概括的不夠具體，批判的不夠清楚。」「作為王家溝的變工運動的障礙對象來處理的，我們歸納起王克儉和『老X』。這兩個人物來看，就顯得薄弱和不夠分量。因此在變工隊順利的完成任務之後，讀者得到的喜悅和感慰也就相對的減弱了。」「總結著上面的因素，自然就會發展成為另外一種偏向，這就是作者對於不利於群眾方面發展的一些事物，缺乏適度的清晰的批判力量。……由於對於正面人物批判不夠，反而使讀者對王克儉這

種人物惹起了同情和憐憫，得到了反效果。」「……也使讀者陷入對於農民落後性過分的估計和對於村幹部不中用的判斷，這一類的錯覺裏去。」此外，個別過於粗俗的語言還須提煉，婦女形象寫得也不夠，「但是由於這本書符合現階段的政治要求，他已經在新民主主義的寫作方向裏找到了一條路，而且顯示了他的優美的成績給我們看，而在未來的發展上，他一定會有更光輝的勞動的果實，符合了為人民服務的最高理想，那是沒有話可說的。」[23]

　　**謝文炳的《詩亡》由四川大學華西村 18 號自印出版。**

　　**8 月　歐陽山的《高幹大》由華北新華書店出版。**

　　趙樹理認為，《高幹大》「是一本反主觀主義和官僚主義的小說。」「主觀主義、官僚主義，在一九四四年至四五年，雖在解放區到處遭到反對，可是據我所見，還沒有任何一個作品能像本書揭發得那樣徹底。」可以說，「主觀主義和官僚主義是本書的中心主題。此外還附帶提出了兩個問題，一個是對新民主主義經濟的瞭解問題，一個是對反封建迷信的重視問題。這兩個問題在本書中都得到合理的解決。」[24]

　　李方立認為：「這部小說所表現的主要思想，便是深刻而尖銳的揭發批判了主觀主義和官僚主義。」「提到高幹大，他的群眾觀點，高度的為人民服務的精神，貫穿了他在小說中的整個活動裏，雖然，在他這些優良的品質中，同時還帶有一定的缺點出現，但這並不妨礙他成為一個群眾英雄與模範。而正因為這樣，他才成為一個活的真實的人。」「從高幹大身上，還可以體會到，產生一個群眾

---

[23] 《評〈種穀記〉》，1949 年 8 月 1 日香港《大公報》。

[24] 《介紹一本好小說——〈高幹大〉》，1948 年 10 月 7 日《人民日報》。

英雄和模範要經過怎樣一個歷程。高幹大雖然經過革命鍛煉，為群眾
服務的精神很強，但他在工作中不會沒有客觀困難，而在他私人方
面，也有一定的舊社會殘餘的累贅，他必須把這些東西都征服以後，
才能成長起來。」「我這樣想：經過土地改革，群眾翻了身，目前正
在開展生產大運動，各地都會產生像高幹大似的人物，各地也會產
生像任家溝合作社似的工作創造。今後，我們怎麼向工農幹部學習，
怎樣培養工農幹部，怎樣發揚工作上的創造，都會在這部小說裏找到
解決某些問題的辦法和啟示。」「至於小說中，對上述問題的處理和
描寫，及其他方面的好處，並不是簡單、概念的敘述或片面的摘引所
能傳達出來的，請讀讀這本小說，直接在書中去領會。」[25]

　　胡椒認為：「作者描寫巫神太過分強調了，未免有些小題大做，
尤其是後部寫鬧鬼的篇幅，實在太冗長，而有沉悶之感。」作者將
官僚主義與巫神主義的兩個否定人物都處理為「一死了之」，並不妥
當。失敗者得到教育、改造，才是積極的收場。[26]

**11 月　夏衍的《春寒》由香港人間書屋出版。**

　　中山大學文學院同學認為，小說的主題是：「作者企圖記錄『真』、
『偽』抗戰兩條路線的鬥爭。透過偽抗戰者的兇暴，知識青年的自我
鬥爭和所遭受的迫害……種種具體事實，把這時代的真面目反映出
來。」「在表現方法上，本書底最大特點是敘述多於描寫，發展整個
故事的主要線索是『事』而不是『人』。由於作者採用這樣的手法，
他必須以第三人稱來處理題材。但由於用第一人稱可更方便地刻劃人
物底心理鬥爭過程，他另外又採用了佩蘭的日記和信件的形式來寫了

---

25　《介紹〈高幹大〉》，1948 年 11 月 1 日《平原》第 1 卷第 1 期。
26　《讀了〈高幹大〉的兩三點意見》，1948 年 12 月 5 日《華北文藝》創刊號。

一段，這種人稱混用的手法很新鮮，在其他小說裏並不多見。」「在處理場面方面，作者用新寫實主義的手法，令人看來感到自然真實，並不覺得曲折離奇。」他們還認為「本書的最高點應該是從蔡潔的出走開始，吳佩蘭在酒店拒絕唱歌到徐璞被捕為止。」對於人物，他們認為，吳佩蘭「是一個超過了『初期覺醒』程度的小資產階級知識份子，……不庸俗，不輕浮，她已經懂得怎樣生活。」她的成長道路有英雄主義色彩。「徐璞：小資主階級出身的文化工作者，代表進步的革命小資產階級份子，性格孤獨，堅強，……像其他智識份子一樣，多少染有個人主義的作風，他底進步是穩健的，性格發展合理，但描寫得不深刻。」「蔡潔：小資產階級出身的青年，……作者把這人寫得比較生動，但還是不大夠。」「黃老夫子與蕭琛，他們是相似的，代表自由主義的智識份子，在環境好的時候還可以幹一下，在環境壞時，只有苦悶焦燥。」「馮燕卿：好高談闊論的狂熱家，庸俗，投機，愛熱鬧，在興奮的空洞的雲霧裏過日子，代表文化界的投機份子，市儈主義者。」小說的優點是：「1、充分地揭開了真偽抗戰之謎，打擊了所謂領導抗戰的騙人技倆，粉碎了有些人對於所謂『民族英雄』的盲目崇拜，在教育意義上獲得很大的成功。2、新寫實主義的手法，使讀者有真實親切之感。3、文字洗練，優美。」「美中不足的地方：1、只注意到上層知識份子，讀者沒有看到真正出力抗戰的廣大人民鬥爭的場面，使讀者覺得寒得可怕，春意不夠。2、只著重幾個人，忽略群眾……3、心理描寫不夠……4、作者把好人都從南中國調走，似乎南中國不值得留戀似的，他沒有指出誰使南中國的土地解放。」[27]

---

[27] 《〈春寒〉討論總結》，1948 年 7 月 1 日《青年知識》第 35 期。

**12 月 碧野的《湛藍的海》由上海新新出版社出版。**

作者在《序》中寫道：

「這個作品是描寫南海漁民的生活動態的。我出生在南海的邊沿，因此我愛海；尤其愛我故鄉的南海。那澄波碧浪，那蘊藏著生命的奧秘的大海，曾昭示過我的人生。」

「書中的男主角阿鵬，是作為我紀念我那從事了十幾年解放鬥爭的大哥的，但他最終被謀害了；女主角小琤是我敬佩的一個女性，她曾在那革命烽火的『南山』上做過最艱苦的工作，但她也被謀殺了，墳墓在『南山』腳。死了的戰士，光輪仍照耀在血淋淋的人間。」

「我本來企圖把南海邊的海陸豐——那東方的聖地的漁民初期革命寫到抗戰時期的血肉搏鬥，但事實上我只著重後邊一段的描寫，原因正是漁民初期革命史詩在今天還不允許被歌頌。」

「這個作品應該是《沒有花的春天》的兄弟篇，同是取材於廣東；不過《沒有花的春天》是寫農民層的。在我的創作過程上，這是我描寫故鄉人民生活僅有的兩個長篇。在個人說來，我比較更喜愛這《湛藍的海》的。」

《文學創作》預告：這是一部描寫沿海漁民抗敵的長篇小說，以我國南海一帶的漁民生活為背景，故事曲折生動，述敘一個前為殺人不眨眼的海盜的大地主，怎樣榨取勞動者，怎樣無辜的虐殺農民，使整個半島的佃農過著陰沉而無休止的勞作底牛馬生活，但新生的光明的人物同時也突破萬難，射出了光輝的一面，在抗戰巨浪中，一個目不識丁的粗憨的莊稼漢在合理的指導下怎樣成為人民的領袖……。

# 1948 年

**1月 師陀的《馬蘭》由上海文化生活出版社出版（現代長篇小說叢書之十二）。**

作者在《〈馬蘭〉成書後錄》中寫道：

「李伯唐當然另外有一個名字，他的歷史，為人，性情，我全不知道。他本人跟我的小說完全沒有關係，我取的僅僅是他的相貌，根據他的相貌我製造一個性格。」

「馬蘭恰好相反，我先有人物內容，然後找的外表。外表的馬蘭同小說中的馬蘭更不相干。先前我見過也聽說過不少這種事情，她們被環境逼迫或被希望刺激，有的學生跟他們的先生逃出來了。男女兩方都有我的熟人，他們自然不曾為他們的將來詳細思考準備，結果雙方或一方感到失望。這是一樣的。我根據這種事情展開馬蘭的歷史，或是說展開我的想像。」

「寫這小說的最初動機是根據這句話：你不要的你永遠得不到。說得更明白些，應該是——先前你放棄的，你將永遠得不到，它的正當解釋，應該跟你不能跳入同一的水中兩次同義，等到我應用的時候，它的意思變了，我解釋成粗俗的，成為先前你不要的你將永遠求之不得了。根據上面的意思，我想起的第一個人物是馬蘭。……後來看見李伯唐，在我面前忽然出現了小說中的騎士，一個『空想派』的（自然不是絕對的）男人中的男人，任何人看了他一眼就能看出幸運常常落到他頭上，常常在空中照耀著他，而同時，

一個矛盾人物，『小資產階級』，生活上的失敗者（這說的自然仍舊是他的外表，他也許不如小說中的李伯唐純潔。我希望他本人並不為此倒楣）。從此這兩個人物沒有從我心裏分開過，他們生長得很慢，但是他們在慢慢長，中間經過將近五年，直到我動於寫第二稿為止。」

「我並不著意寫典型人物。」[1]

**2月　路翎的《財主底兒女們》由上海希望社出版。**

作者在《題記》中寫道：

「我所追求的，是光明、鬥爭的交響和青春的世界底強烈的歡樂。」

「我所檢討，並且批判、肯定的，是我們中國底知識份子們底某幾種物質的、精神的世界。這是要牽涉到中國底複雜的生活的；在這種生活裏面，又正激盪著民族解放戰爭底偉大的風暴。但由於我底限制，我沒有能力創造一部民族戰爭底史詩。我只是竭力地告訴我設想為我底對象的人們，並告訴我自己，在目前的這種生活裏——它不會很快地就過去——在這個『後方』，這個世界上，人們應當肯定，並且寶貴的，是什麼。」

「我不想隱瞞，我所設想為我底對象的，是那些蔣純祖們。對於他們，這個蔣純祖是舉起了他底整個的生命在呼喚著。我希望人們在批評他底缺點，憎惡他底罪惡的時候記著：他是因忠實和勇敢而致悲慘，並且是高貴的。他所看見的那個目標正是我們中間的多數人因憑信無辜的教條和勞碌於微小的打算而失去的。」

---

[1]　1943 年 3 月 15 日《文藝雜誌》第 2 卷第 3 期。

「我們現在是處在一個亟待毀滅，也亟待新生、創造的時代。一切東西，一切生命和藝術，都是達到未來的橋樑。人們底生命是一個鬥爭底過程。在世界上，沒有什麼永恆的宮殿，何況我們周圍的這些宮殿是紙糊的；沒有什麼恒久的監牢，何況我們周圍底這些監牢是偷偷地掩藏著的。年青的生命，敢於輕視、搖動、擊毀它們，這種輕視和攻擊，在我們就等於創造：它們自然要，也必得和這個世界上的那種深沉的、廣漠的，明確而偉大的東西聯結在一起的。但假如這些年青的生命們前進了幾步就期待著一勞永逸，豔羨起那些紙糊的宮殿和陰暗的監牢來了，那麼，不管他們臉上是掛著怎樣的笑容或眼淚，他們都必得被繼起的人們，以那個偉大的東西底名字，重重地擊倒。我希望告訴我設想為我底對象的人們，我希望我們都能夠真的知道，是渴望著這個民族和他們自己底新生的人們，就必得有怎樣的精神和勇氣！」

胡風認為：「時間將會證明，《財主底兒女們》底出版是中國新文學史上一個重大的事件。」「在這部不但是自戰爭以來，而且是自新文學運動以來的，規模最宏大的，可以堂皇地冠以史詩的名稱的長篇小說裏面，作者路翎所追求的是以青年知識份子為輻射中心點的現代中國歷史底動態。然而，路翎所要的並不是歷史事變底記錄，而是歷史事變下面的精神世界底洶湧的波瀾和它們底來根去向，是那些火辣辣的心靈在歷史運命這個無情的審判者前面搏鬥的經驗。」「在這裏，作者和他底人物們一道置身在民族解放戰爭底偉大的風暴裏面，面對著這悲痛的然而偉大的現實，用著驚人的力量執行了全面的追求也就是全面的批判。說全面的，當然不應是現象底巨大俱收的羅列，而是把握住精神現象底若干主要的傾向，橫可以通向全體，直可以由過去

通向未來的傾向。我們看到了封建主義底悲慘敗戰，兇惡的反撲，溫
柔的歎息，以及在偽裝下面再生了的醜惡的形狀，我們看到了殖民地
性個人主義底各種形式，一直到被動物性主宰著的最原始的形式，一
直到被教條主義武裝著的最現代的形式。在這中間掙扎著忠實而勇敢
的年青的生靈（們），雖然帶著錯誤甚至罪惡，但卻是兇猛地向過去
搏鬥，悲壯地向未來突進。這一切，被自『一‧二八』到蘇德戰爭底
爆發這個偉大的時代所照耀，被莊嚴而又痛苦的民族大戰爭所激盪，
被時代要求和戰爭要求鞭打著的這古國底各種生活觸手所糾纏。」作
者「所追求的『是光明、鬥爭的交響和青春的世界底強烈的歡樂』」。
「在那個蔣少祖身上，作者勇敢地提出了他底控訴：知識份子底反
叛，如果不走向和人民深刻結合的路，就不免要被中庸主義所戰敗而
走到復古主義的泥坑裏去。這是對於近幾十年的這種性格底各種類型
的一個總的沉痛的憑弔。而在那個蔣純祖身上，作者勇敢地提出了他
底號召：走向和人民深刻結合的真正的個性解放，不但要和封建主義
做殘酷的搏戰，而且要和身內的殘留的個人主義的成份以及身外的偽
裝的個人主義的壓力做殘酷的搏戰。這是這一代千千萬萬的青年知識
份子應該接受但卻大都不願誠實地接受，企圖用自欺欺人的抄小路的
辦法回避掉的命運。不用說，和一切真實的心靈一樣，作者是向著未
來，為了未來的，所以他底熱情的形象到了以蔣純祖底傳記為主音的
第二部，就更淒厲，更激盪，更痛苦，也更歡樂而莊嚴。」「所以，《財
主底兒女們》是一首青春底詩，在這首詩裏面，激盪著時代底歡樂和
痛苦，人民底潛力和追求，青年作家自己的痛哭和高歌！」[2]

---

[2]　《青春底詩——路翎著長篇小說〈財主底兒女們〉序》。

魯宇認為:「不論它將接受到什麼樣的驚訝或者冷淡,《財主的兒女們》在它的雄辯的感召裏是應該而且已經被理解為——『五四』以來中國知識份子的感情和意志的百科全書的。同時,主要地,知識份子在從傳統的迷陣頭破血流地突圍出來裏所感到的一切感情和意志的糾紛,在它裏面,都得到了應有的單純的解決。」「《財主底兒女們》熱烈而輝煌帶給我們的,正是這種人生的青春的勝利,希望的雄偉的勝利,蔣純祖憑著灼熱的愛與恨去和五額六色的過去的煉獄共同碎身的勝利。」[3]

胡風撰寫的廣告詞:「約一百萬字的大長篇。是抗戰以來的小說文學中偉大的收穫。時間自『一·二八』戰爭到蘇德戰爭爆發,舞臺由蘇州、上海、南京、江南原野、九江、武漢以及重慶、四川農村,人物有七十個以上(這裏有真的汪精衛和陳獨秀),主要的是青年男女。這些人物如輻射中心,在這部大史詩裏面,激盈著神聖的民族解放戰爭的狂風暴雨,燃燒著青春的熊熊的燃情火焰,躍動著人民的潛在的力量和強烈的追求。而且,作者是向著將來,為了將來的,所以通過這部史詩裏面的那些激盈的境界、痛苦的境界、歡樂而莊嚴的境界,始終流貫著對於封建主義和個人主義的痛烈的批判和對於民族解放、個性解放的狂熱的要求。這是現代中國的百科全書,因為它所包含的是現代精神的一些主要傾向;這是光明和鬥爭的大交響,在眾音的和鳴中間,作者和他的人物是舉起了整個的生命向我們祖國的苦惱而有勇氣的青年兄弟姐妹們呼喚著的。前有胡風先生長序和作者自己的題記。」[4]

---

[3]　《蔣純祖的勝利——〈財主底兒女們〉讀後》,1948 年 11 月《螞蟻小集》之四。
[4]　1945 年 5 月《希望》1 集 2 期。

萬枚子的《時代女兒》（《半新女兒家》）由上海人從眾文化公司出版。

**3月**　周闓風的《堅守》由上海建設評論社出版（建設文藝叢書之一）。

**3月**　無名氏的《海豔》由上海時代生活出版社出版。

何家寧認為：「著者善於幻想，善於抓住青年人的心理，常常是落後心理的一面，以幻想構成險境。……《海豔》裏，構造的是敵偽統治下的恐怖。以熱情和誇大的筆寫出之，放開淺薄的自以為高尚的某些青年讀者喜歡的語言，順利的完成他的小說。真正崇高的思想，為了理想的熱情，可觸摸的有現實感的人物，都是沒有的。」他還認為，小說「把敵偽鬥爭的英雄認錯了」，「所寫的敵偽統治區完全是虛構，沒有一點生活實感。」「稱頌的夏萊的作法，也是錯誤的。」「讚美夏萊這樣的人，他們的荒淫，懦怯，無恥。——這是這三部小說的關鍵。」[5]

陳琨的《花開花落》由上海美倫出版社出版。

**5月**　陸墟的《潘巧雲》由上海明天出版公司出版。

橋下客的《第一塊牌子》由上海蓁蓁出版社出版。

朱平君的《一個苦兒努力記》由上海國光書店出版。

**7月**　沙汀的《還鄉記》由上海文化生活出版社出版（現代長篇小說叢書之十四）。

**8月**　丁玲的《桑乾河上》（《太陽照在桑乾河上》）由哈爾濱光華書店出版。

---

[5]　《略評無名氏的小說——〈北極風情畫〉、〈塔里的女人〉、〈海豔〉》，1946年11月15日《萌芽》第1卷第4期。

作者在《寫在前邊》（前言）中寫道：

「一九四六年七月，我參加了懷來土改工作團，後來我又轉到了涿鹿縣，九月底就忽促的回到了阜平。這一段工作沒有機會很好總結。但住在阜平，我沒有別的工作。同時還覺得還有些人物縈迴腦際，於是就計畫動筆寫這本小說。我當時的希望很小，只想把這個階段的土改工作的過程寫出來，同時還像一個村子，有那末一群活動的人，人物不要太概念化就行了，原計劃分三個階段寫：第一是鬥爭，第二是分地，第三是參軍。寫的當中得到了些桑乾河那邊護地隊的材料，是很生動的材料，護地隊的領導人，就是小說中的縣宣傳部長章品同志，那一帶地方我又走過好些，因此就幻想再回到那裏去，好接著寫第二部，因此我在寫的當中，常常想留些伏筆。文章寫了一半，已經到了一九四七年土地複查的時候，我自己動搖了，我想下去再多經驗些群眾鬥爭，來補我生活和小說中的不夠。於是我擱下了文章，跟著去冀中行唐兜了一個圈子，又回到了阜平，我明白那些生活對我全是有用的。但對這本小書實際材料不多，我便又繼續寫下去，我寫了三個半月，送走了整個夏天，我用了較大的力量寫了第一階段，鬧鬥爭這一部分，剛想寫分土地第二部分，中國土地法大綱頒佈了，便參加了土地會議，對繼續寫下去又發生動搖，我決心先下去參加平分土地工作，我到獲鹿的一個村子工作四個多月，今年四月底才回到聯大來，我原來的計畫因為參加了這次工作有些變更了。我覺得原定的第二部分和第三部分都沒有什麼寫的必要，因為前年的那次分地和參軍，都實在是很不徹底，粗枝大葉，馬馬虎虎了事的，固然由於當時的戰爭環境，但那些工作作風實不足為法，考慮再四，決定壓縮，而別的比較新的材料也無法

堆砌上來，只好另訂計畫。因此後邊便沒有把問題發展開去，加上
國際婦女會召開在即，行期忽促，就更促成了我的草率，如果將來
有空，當再加修改，現在就只好請讀者原諒了。」

　　**10月　李輝英的《霧都》由上海懷正文化社出版。**

　　古波說，李輝英最近「寫了一部長篇小說《霧都》，取材於抗
戰首都重慶，為都中一角，作一解剖。也藉此小說將重慶戰時風光
介紹於東北人士之前。」「該小說已於九月一日在長春中央日報發
表，約三個月可以刊完」。[6]

　　　　　**陶冰的《安蒂小姐》由上海世界文化出版社出版。**

　　　　　**仇章的《香港間諜戰》由上海鐵風出版社出版。**

　　**11月　艾蕪的《山野》由上海文化生活出版社出版（文學叢刊
　　　　　第十集）。**

　　史篤認為《山野》簡直是一幅全面抗戰的縮影。「幾乎可以說，
偉大的抗戰洪流所沖激和淘汰的社會各階層都應有盡有了。更重要
的是這一切階層的刻畫都大體正確而明晰，作者把它們各各安置在
歷史軌道的大體適當的地位，使人讀《山野》彷彿溫習抗戰時期的
歷史。這當然不是說它裏面包含了多少史料，而說是，它概括的表
現了『抗戰』這一階段的本質和指示了發展的前途。」不過，「把知
識階層作為勞動人民參謀的本部或頭腦，這是放錯了在中國它的歷
史軌道上的位置和方向，簡單說是過高估計了它的作用」。當然，《山
野》「還是一部頗為生動的傑作」。「說傑作，是就實際情形而言，不
是就預定的創作標準而言。缺點是盡有的。可是我讀《山野》不能

---

[6] 　《評艾蕪的〈山野〉》，1949年2月1日香港《小說》第2卷第2期。

遏制對作者的技術的贊佩。這樣一個簡單的偏僻的山村，這樣短的時間之內，這樣小的一場戰鬥，卻展開了那樣多的性格（人物），那樣廣大的社會相，那樣複雜的鬥爭。這裏沒有通常的長篇小說那種抓住一兩個人物追究下去弄明白的便利，作者用跳動的然而昭顧全局的筆觸一層一層的畫下去，使一些主要人物逐步凸現出來。你追隨他的領導，就發現他這些從東到西從南到北一幅巨大的畫面上移來移去的筆法，達到了有條不紊、指揮如意，從容不迫的境地。固然還不能說爐火純青。」[7]

---

[7] 《評艾蕪的〈山野〉》，1949 年 2 月 1 日香港《小說》第 2 卷第 2 期。

# 1949 年

**1月　黃谷柳的《山長水遠》（《蝦球傳》第三部）由香港新民主出版社出版。**

周哲認為：「蝦球是全書一個主要的中心人物。作者通過他，展開了殖民地香港各種複雜的腐敗的社會場景——那些被生活壓壞的人，怎樣反撲掙扎，奔走呼號。作者對這些人難免也厭惡，但顯而易見的，他所厭惡甚至憎恨的並不是這些『個人』，而是逼迫他們不得不向這條路走的社會根源。在整個作品中，我們隨處都可以看到這個社會的黑影，隨處都可以感到這個社會的逼人的潛力。」「蝦球在全書中猶如一顆明珠，作者雖然一步一步的把他往險惡的可怕的深淵拖去，但是跨過一道考驗，這顆珠子便越加光亮，我們甚至感到，作者太寵愛了這個孩子了。他好像是真理，力量的化身，他經歷的艱苦，也正是真理，力量通過考驗的成長的具體過程。」以鱷魚頭為中心，作者描繪了另一類型的人物。這是些蛆蟲，他們在舊社會腐爛的糞缸裏擁擠，吸收，並且肥壯起來。作者刻畫了這些人醜惡的嘴臉，那個亦官亦商的的馬專員，在我們這個社會裏是太容易找到了。」「在這本小說中，我們可以看到幾個特點，第一，決定這本小說成功的原因，並不是文字的通俗淺近，章回體形式的適當改造，這些只是輔助的力量，主要的還是在於內容。我們以前已經有過不少描寫人民生活的文藝作品，但大都浮光掠影，一放到真正的人民讀者眼前時，它們便失去感人的力量。這本小說不但夠得

上說『廣』，而且也可以說夠『深』，夠『密』。作者深入了生活的核心，把生活從底裏翻露出來，而不是撕了生活表面一層薄皮，貼在作品上。第二個特點，這本小說雖然採用了一些廣東口語，大體上都是用普通話寫成的。」「這本長篇還沒有全部完成，但從《春風秋雨》看來，它已經為我們的文藝界開始了一個新的起點，這一個起點，對於以後爭取封建文藝的讀者，是有重大意義和幫助的。」[1]

秋雲認為：「這部作品的最大優點是它底深刻的真實性。」其次是「作者在方言的運用上獲得很大的成功。」「再次，在這部作品中，有一種濃郁深沉的人情味流蕩著，這構成它底強烈的感人力量。」「我覺得作者這種人情味倒是健康的，進取的，與人民共鳴的。他所同情的人物都是受苦受難的下層階級，所譴責的人物都是『殘民以逞』的特權階級。對於現實，他的確有點哀愁，但在哀愁中蘊藏著更多的憤恨和摯愛。他雖然還沒有正面地激勵我們動手去改造這個社會，去打倒直接造成人民苦難的壓迫者，……他至少指示了我們這個虛偽無情的，人吃人的社會是應該改造的。而在這個社會未能根本改造之前，人世間唯一的溫暖就是被壓迫者心中一點『互勵互助』的愛情。這種愛的力量，作者是相當重視的。……這是一種新人道主義，一種值得發揚的人道主義。」[2]

適夷認為，蝦球全部生活的理想中沒有絲毫的勞動觀念。「抱著這種生活理想的蝦球，在性格上是表現出懦怯、卑劣、動搖、矛盾的」。然而他又是纏綿多情的。「我們指出蝦球性格上這些弱點，倒並不是硬要作者給我們一位少年先驅者，一位小英雄，而是因為

---

[1] 《春風秋雨》，1948 年 6 月 15 日《讀書與出版》第 3 年第 6 期。
[2] 《讀〈白雲珠海〉》，1948 年 8 月 1 日《青年知識》第 36 期。

作者沒有給我們一位真正的流浪兒，流浪兒之所為流浪兒，必然有其一定的社會生活的根底，和這根底上所生長出來的一定的性格與風貌，但無論在《春風秋雨》或《白雲珠海》中，我們只看見蝦球是一個小所有者的軟弱晦澀的性格，苦難的磨煉並未使他變成執著和堅強，一無所有也未使他成為豪爽而明快，這強韌和豪快是一個可能獲得思想覺醒和走向不屈鬥爭的人所必須具備的性格基礎。蝦球的性格不像一個真正流浪兒，而像一個落魄的公子哥兒，他的一切遭遇與其使他接近到鬥爭去，還是走向隨落更加來得合理。」他還認為鱷魚頭與蝦球的區別是：「一個能夠心安理得的作惡，而且有作惡的能力，一個則可憐得想作惡都不夠能力。」「我想作者的原意是並不打算把蝦球寫成這個樣子的，只因作者只忙著處理新奇的故事，驚險的場面，而沒有深入到生活的真實，沒有深入到人物的內在，不知不覺的把可憐萎縮的小市民的思想感情，裝進到自己主人公的性格中去，使蝦球變成了這樣的一副嘴臉，歪曲了蝦球這個形象。」[3]

　　適夷還認為，作者根據非真實的愛的思想塑造的蝦球的形象是不很真實的。「現實是蝦球這樣的人，不會去當流浪兒的：像鱷魚頭那樣黑社會中老奸巨滑的傢伙，決不會賞識蝦球這樣一個懦弱無用的人，收他當幹部。像蝦球這樣一個沒有理想的無知孩子，在黑社會罪惡生活中，對於罪惡的入汙泥而不染的絕緣體，作者絲毫沒有指出它的來源，僅僅憑『性格的善良』，是沒有抗惡的力量的。如果單純出發於求生存的原始的本能的慾望，則他不可能有強烈的罪惡

---

[3] 《蝦球是怎樣一個人》，1948 年 8 月 1 日《青年知識》第 36 期。

的意識，倒應該給鱷魚頭做一個死心塌地的部下。」「所以蝦球的行為和蝦球的性格，是沒有，或甚少相互關係的，而蝦球的階級出身與生活條件，也並沒有依據必然的規律，反映在蝦球的性格當中。」[4]

琳清認為：「蝦球是以『牢獄為他的大學』的。他只能從現實的社會裏去領受教育。我以為他還要在以後，不斷的給時代的鐵錘來錘煉，給殘酷的現實來磨琢，迂回而曲折地走過一程『山長水遠』的旅程，那才能成為一塊煉就的鋼鐵，成為一個堅實的鬥士。」[5]

陳閉認為，《蝦球傳》是為華南的小市民而寫的，「適應了今天華南小市民的文化水準，既做到了普及，又盡可能盡了提高的作用。」而「蝦球是活生生的形象特別是富有此時華南獨特的流浪漢的形象。」[6]

周鋼鳴認為，小說「開拓了新文藝的視野，暴露出殖民地和半殖民地社會最陰暗的角落裏的生活狀貌。作者這種努力，以及生活知識的豐盛，是值得讚美的。」「看了《春風秋雨》和《白雲珠海》之後，覺得蝦球所說的『我總不會餓死！』和六姑所說的『人是不容易餓死的！』這兩句話最突出，大概作者是以這兩句話作為作品的中心思想，來表現蝦球的苦難經歷和奮鬥經歷吧？」不過，「要把這兩句話作為小說所要表現的中心思想，或是從批評上來肯定它的積極意義，都必須是：要有原則地來表現；要有原則地來肯定；不然的話，在這渾渾噩噩的生活海洋裏，我們就會迷失了明確的方向。

---

[4]　《再談蝦球——兼答史竹琳青二先生》，1948 年 9 月 1 日《青年知識》第 37 期。

[5]　《我看〈蝦球〉——〈蝦球是怎樣一個人〉讀後》，1948 年 9 月 1 日《青年知識》第 37 期。

[6]　《關於〈蝦球傳〉速寫》，1948 年 9 月 15 日《文藝生活》（海外版）第 6 期。

這就是我首先對於這『我總不會餓死的！』生存鬥爭的思想，先提出這一點原則的意見。」首先，作者在表現蝦球這一人物時，對他是同情多而批判少。其次，作者在「描寫這些黑暗社會的新奇生活外，作者本身也被這些新鮮、粗獷、奇趣的生活所俘虜了。」這「是生活的觀照態度和小資產階級的感情，障礙了作者對於這舊社會的批評和暴露的敏銳能力。甚至有些讀者讀了都引起飄飄然之感，也都是這種小市民意識的反應作怪。」他認為：「作者雖然熟悉了這些黑社會的生活狀態，但是說到更深入去熟悉這些性格中所包含的本質關係，以及它的矛盾與根源，似乎還不夠，所以要從這些性格的描寫上，去表現它的社會意義，就感覺不夠充分，批判力的所以感到薄弱，主要是由此而來。」至於「寫蝦球這個人物，我認為《春風秋雨》中比《白雲珠海》中要寫得好。因為那個時期的蝦球的性格特徵，是混沌與倔強；作者緊緊地抓住了他的兩個特徵，來展開他在生活浪潮裏的搏擊姿態，這和作者所寫的香港黑社會生活起著強烈的動人呼應。」「第二部中，蝦球的性格就不如牛仔的性格的突出而顯得真實，——其實牛仔的性格就是以前蝦球的性格的繼續和移植。」他認為，作品的前二部中，鱷魚頭是刻劃得最深刻最生動突出的人物，只是作者對他的批判不夠，甚至有些同情。總之，「我覺得作者的努力，是有了很大的成功。他寫出了別人所未寫過的現實生活的各方面，就廣闊多面地反映了現實。暴露當前黑暗統治者對人民的摧殘，以及統治者喪權辱國媚外出賣華南和黃埔的權益給美帝國主義。」「同樣地作者也寫出了在下層生活中的人民，他們都是善良而具有人類最高的同情心的人……他的獲得廣大讀者，——收到雅俗共賞的積極意義，都是作者敏感地反映現實，而又以最大

的同情心想去和廣大的人民打成一片而所得到的效果。不論在採用
人民語言上，在故事情節的結構組織上，表現形式的創造上，都有
了嶄新的成就」。[7]

蕭乾認為：「《蝦球傳》寫的是兩個中國：一個是腐朽了的，一
個是生氣勃勃的。這兩個從始至終是強烈地對照著。作者鞭笞的對
象是那片腐朽，對於那片腐朽而遭殃的，如用走私來解決失業的退
伍軍人，作者寄予的毋寧是溫愛、同情。對於妓女、扒手，作者也
是本此認識去處理的。把握了襯在人物後面的廣大社會背景，才是
《蝦球傳》成就的主要原因。《蝦球傳》的啟示。」「《蝦球傳》採
用的結構，是古今中外文學方式中最靈活，最有機的，那即是流浪
漢（Picaresque）小說寫法。」「《蝦球傳》的可貴處在於它不同於
一般流浪漢小說。」「換言之，這不是一部漫無組織的『流浪記』，
而是向著革命頂端前進的金字塔；不是東沖西撞的澗溪，而是經過
重岩疊嶺，滾入泛洋裏的大江。」「這個差別，正是因為作者有一個
積極、堅定、活生生的哲學，一把隨時隨地可以使用的尺度，一個
可大可小的鏡頭。有那個，是正義感；沒有那個，最多不過是片牢
騷。有那個，人物便是有目的的鬥士；沒那個，只能是些江湖鏢客。」
「就主題來說，《蝦球傳》寫的可說是革命勢力一面無情地粉碎著封
建勢力，一面對於本質好、能力強的，怎樣克盡最大的容忍等待，
使無紀律的變為有紀律，使無意識的變為有意識；不勉強，也不排
斥；以『條條道路通羅馬』的信念，用『浪子回頭金不換』的寬厚，
引導、迎納一簇孩子們進入革命的懷抱，使沒用的學成有用，又把

---

[7] 《評〈蝦球傳〉第一、二部》，胡繩等著：《魯迅的道路》，香港文藝出版社
1948 年 9 月版，第 55—62 頁。

有用的放在正經用途上。對於今天仍站在革命圈子外面的，它昭示怎樣去掉不必要的戒心，同時，消滅苟且心理，從自己生活裏，去尋找革命的道路。這個題旨，在今日應是夠現實的了。」他還認為，作者有生活又懂得創作，「正是這樣一位持有地圖的旅人。」[8]

霖明等五人認為：「看了蝦球傳第三部《山長水遠》之後，首先使我們得到這樣一個印象：第一部《春風化雨》是介紹殖民地下層社會人物的生猛活躍的生活；第二部《白雲珠海》是暴露華南蔣管區的黑暗腐敗的殘酷現實；第三部《山長水遠》則是反映華南人民的解放鬥爭而說情說理。——這裏所說的是人民解放鬥爭之情；說的是革命翻身的大道理。」「所以我們覺得這部作品他的有意義的地方，還是在他能夠傳遞戰鬥的意義，和引導讀者去面對鬥爭的意向。這就是他成功的第一點。」「其次作者的努力，是處處都顯出他在追求自己生活圈子以外的新天地，——也是他想把讀者引導到新的天地之下，去與千百萬生活在『陸地的海洋』上戰鬥的人民共同呼吸。」「第三作者在這部《山長水遠》裏，通過龍大副對蝦球宣傳革命道理時所說的一句話，暗示出『條條道路通羅馬』，和通到它的艱難曲折的歷程：其實這條條道路也是『山長水遠』可望而不可即的。」「另一方面在這部《山長水遠》裏，作者所要描寫的已不是蝦球個人為中心的情節了，而是增加上堅持發展集體的解放鬥爭的許多英雄們。」「最後總結我們的意見，認為這部作品是很有意義的，有些地方還有點小缺點，但我們體會到作者創作時的許多困難和苦心，和作者企圖密切反映現實的努力，以及他組織題材，安排事件

---

8　《〈蝦球傳〉的啟示》，1949 年 2 月 21 日香港《大公報》。

情節發展的能力，顯出他的博大而又細密的才能。他各方面都想寫
到說到，──過去的和現在的一切；所以在就藝術的剪裁上看，沒
有第一、二部那般精煉。但他在普及意義的作用上，它卻是比第一、
二部還更強。現在它寫新的鬥爭生活和新人物還不免有些生疏，但
在這部《山長水遠》裏作者也刻劃出了很多的生動人物，如開頭幾
章描寫蝦球和龍大副，林四海這一群難友，……這些人物是寫得非
常深刻真實，緊緊地掌握了這些事件的演變和每個人物的心理狀態
的過程，給以活生生地刻劃出來。這都是這部《山長水遠》裏的豐
富光彩。」[9]

茅盾認為：「關於蝦球的性格，作者是寫得頗為鮮明的；但是，
對於蝦球的思想意識，從第一部起，就表現得不夠明確。因此曾引
起了爭論。蝦球從小時起，非農，非工，亦非小販（雖然他幹過一
個短時期的小販），是在流氓群中混大了的，我以為這一點，在研究
蝦球的思想意識時不能輕輕忽略。」[10]

該書《山長水遠》插頁的廣告曰：「《蝦球傳》，寫的是：珠江
人民的愛和恨、生和死的搏鬥；夢想和幻滅和追求；高貴的品質和
卑下的衝擊；失去耕地的農民後裔的翻身苦鬥……整個故事，用少
年蝦球一個人的遭遇體現出來，這不僅是蝦球一個人的歷史，同時
也是珠江苦難人民生活逼真的記錄。」「主人公蝦球的思想的覺醒，
落在他的求生鬥爭的後面。他的成熟是緩慢而又曲折的。他不是一
個少年先驅者，也不是什麼小英雄，他彷彿像我們一個極平凡而又

<hr>

[9] 《評〈山長水遠〉──黃谷柳著〈蝦球傳〉第三部》，1949 年 3 月 15 日《文
藝生活》（海外版）第 12 期。
[10] 《關於〈蝦球傳〉》，1949 年 5 月 26 日《文藝報》。

極可親的小弟弟。他依循著他自己生活的軌跡，一天天接近了火線。他最初還不大明白為什麼而戰，當他一旦明白過來他的所作所為，不單單是為了『活命』時，他已經以一個新人的姿態光榮地站在我們的面前，和舊日偷摸鼠竊的蝦球迥然不同了。」「這是一個由社會的底層，從同伴的血泊中光榮地挺立在我們面前的新人的歷史。」

《白雲珠海》與《春風秋雨》的插頁廣告：「這兩本小說都是講流浪兒『蝦球』所經歷的故事。第一部《春風秋雨》，說蝦球未出世時，父親就過了金山，母親靠做苦工過日，蝦球長大了學做小販，後因生意難撈離家出走，被撈家王狗仔誘去做他的『馬仔』。蝦球開始走入黑社會。過那神奇驚險而又辛酸的生活，這期間他戀愛過蛋家女，做過走私和爆倉大王的什差，坐過監牢，做過扒手……第二部《白雲珠海》說到蝦球在絕望之餘，想和他的結拜兄弟牛仔一同到葵湧找丁大哥當遊擊隊，誰知一到大鵬灣給人當壯丁拉到廣州。當汽車走到沙河時，兩個機靈的小夥伴竟跳車逃脫了，重新過他們流浪的生活。在西濠口碰到丁大哥了，但丁大哥不收容他，他性急起來竟把自己的身體賣給人命販子。後來幸而得鱷魚頭打救，叫他在差艦上當上士文書。『狂嘯的海，奔騰的雲』終於把這只滿載私貨的差艦覆沒了，牛仔也被鱷魚頭打死了！蝦球又和龍大副等一群人去開創他們的活路……這部書寫蝦球的忠貞可愛，鱷魚頭的善撈世界，馬專員的奸詐咸濕，洪少奶的勾勾搭搭……均刻畫入微，在這些人物的瓜葛中，暴露出珠江人民血淚斑斑的真實。」《山長水遠》：「本書是蝦球傳的第三部，寫到蝦球坐的差艦沉沒後，跟龍大副等一群人奔上山去。後來又坐船到廣州，想跟林四海到鶴山開茶館。誰知他們到了鶴山同的三邊墟時，林四海的茶館燒了！他的老婆也

不見了！蝦球偷了龍大副的手槍，心裏想著參加游擊隊，但是兩腳卻毫無目的地走到沙坪，在沙坪很快便認識了一群頑童，並且被他們奉為『大哥』。往後便展開了驚險的故事！這裏有蝦球智奪機槍參加人民隊伍，丁大哥深入敵區計取鱷魚頭，蟹王七死硬頑固卒之被俘，鱷魚頭由威風八面到落荒逃走！……從這些故事的穿插裏表現出人民武裝在游擊區是怎樣地緊靠人民排除患難；而反動軍隊是如何腐敗顢頇殘民以逞。這是一面照妖鏡，使妖魔鬼怪畢露原形；這是一塊指路碑，讓萬千讀者認識方向。」

**2月**　周而復的《白求恩大夫》由上海知識出版社出版。

金斗節仔認為：「故事的開展是平易而嶄新的，生動活潑的氣充滿了全書，小說的結構是廣潤的，把讀者引到崇高的意境中去，體驗著白求恩大夫個性的明朗，思想和嚴肅，意志的積極，態度的認真，工作的謹慎與真切；讀完這本厚裝的《白求恩大夫》之後，第一個留下不可磨滅的影印，便是白求恩大夫的偉大精神。」「總之我們從《白求恩大夫》這小說裏所獲得的是完全呼吸著新鮮而真的『正義人類』的偉大空氣，喚起一種朗亮的共鳴，瞭解白求恩大夫『對中國革命戰爭事業的無限熱忱』，決不是由於偶然的興味的意志的驅從，而是由於馬列主義者的國際主義精神。」[11]

**3月**　陳學昭的《工作著是美麗的》由大連新中國書局出版。

　　　　黃鐮的《動盪的十年》由瀋陽東北書店出版。

**4月**　劉盛亞的《地獄門》由上海春秋出版社出版。

　　　　蕭群的《海洋・土地・生命》由上海春秋出版社出版。

---

[11]　《讀〈白求恩大夫〉》，1949年8月1日香港《大公報》。

**5月　馬烽、西戎的《呂梁英雄傳》（上下）由新華書店出版。**

周文在所撰寫的《呂梁英雄傳・序》中認為，「讀者從這部作品裏，能夠更清楚瞭解敵後抗日人民戰爭的實質，瞭解解放區的人民是怎樣打敗敵人的。因此，它就頗具有歷史意義和價值。」「應當指出，作者不僅是寫出了戰爭的過程，更重要的，是寫出了英雄們的如何覺醒，如何成長——就是寫出了人民是如何組織起來，翻起身來，如何壯大起來的。」「還應當指出的是：作者所寫的這些英雄故事，真實反映了在戰爭、生產、民主等建設中，以及各方面的關係中，人民所具體體現的各種政策，並在這些政策指導之下所發揮的各種創造，因此，故事的發展，英雄的活動和成長，就更真實、更生動、更富有感人力量和教育意義。在今天，讀了這部作品，一方面認識到抗戰勝利得來的並不容易；另一方面，則從其中真正認識人民的力量，人民的智慧，人民的鬥爭精神，特別是解放區人民，在抗日戰爭中，在各種正確政策指揮之下已達到的成果——新民主主義新中國的雛形，來促使全中國的民主建設早日實現，促使獨立、自由、民主，統一與富強的新中國完全實現，那意義是更大得多的。」小說雖然也存在著不足，但「作者組織材料的能力，熟悉群眾生活，語彙的本領，以及對大眾化通俗化的努力，是值得我們學習的。」[12]

解清認為小說的不足主要表現在：「第一、是關於英雄的描寫。作品中的英雄，雖然都是群眾中的一員，都具有著土生土長的老百姓的樸實性格，沒有荒唐無稽的虛構和捏造。但是，這些英雄們，往往是個人突出，行動神秘，作風原始，很容易令人聯想到梁山泊

---

[12] 《周文選集》（下卷），四川人民出版社 1980 年 5 月版，第 497－503 頁。

的英雄好漢來的。」「第二，關於寬大政策問題。」他認為存在著偏向的問題。不過，「縱然如此，也決不妨礙《呂梁英雄傳》是一部反映人民抗日戰爭的不多見的好作品。」[13]

李挺認為：「它用最通俗的語言，寫出了邊區抗戰中最普遍的現實──人民戰爭之一部，就是共產黨所領導下的民兵運動和鬥爭，故事豐富，人物逼真；這故事就是他的、你的、我的、鬥爭生活寫照，這人物就是他、你、我和我們的夥伴同志們。因此，當它一出現在《大眾報》上，就立刻取得邊區人民，特別是民兵們的熱愛和擁護，是很自然的道理。」「農民們和民兵們熱愛它，是因為從裏面重新看見自己，學的政策、辦法，去和進犯者搏鬥，保衛家園；部隊的同志們喜愛它，是因為指揮員和戰士從裏面看見現實的群眾力量，找到自己的左右手，更有信心的與進犯者作戰，並消滅它！各機關各級幹部們熱愛它，是因為他們可以從裏面學得這一行工作的知識，做為工作上領導上的參考，特別是縣區村幹部，真正可以把它當作一部好的文化課本，只要你去接觸它，就會把你吸引住。我們有些幹部正發愁文化無法提高，找不到適當的文化課本，這本書的出版，就給我們填起了一個大空子。」[14]

茅盾認為，《呂梁英雄傳》所要表現的：第一，是人民大眾在抗日戰爭中的英勇鬥爭。第二，是人民大眾覺醒的過程以及八年苦戰中人民的力量如何長成的過程。第三，《呂梁英雄傳》指出了堅持敵後抗戰八年之久而且抗擊了百分之八十的敵人，解放了廣大土地的八路軍的正確領導，是人民勝利的保證。技巧上，「本書是用『章

---

[13] 《呂梁英雄傳》，1946 年 6 月 15 日《解放日報》。
[14] 《推薦〈呂梁英雄傳〉》，1946 年 7 月 3 日《晉綏日報》。

回體』寫的。然而作者對於『章回體』的傳統作風有所揚棄。……
書中對白的純用方言，卻是值得稱道的一個優點。這就大大地補救
了人物描寫粗疏的毛病，而這粗疏的毛病主要是由於未能恰如其份
地刻劃了人物的音聲笑貌。大概作者是顧到當地廣大讀者的水準，
故文字力求簡易通俗，但簡易通俗是一事，而刻劃細膩是又一事，
兩者並不相妨而實相成，為了前者而犧牲後者，未免是得不償失了。
同樣的原因，作者對於每一場面的氛圍的描寫亦嫌不夠。這兩點，
可說是本書的美中不足。[15]

　　呂庸認為：「《呂梁英雄傳》是一部英雄的史詩，作者在這部史
詩裏寫出了堅持不懈的戰鬥過程，更重要的，作者是寫出了英雄們
的如何覺醒，如何成長的湧現在人民面前，不單是寫出了血與火的
鬥爭場景，而是寫出了人民是如何的組織起來，翻起身來，和成長
以致於壯大。」「這裏剖析了一個真理；掌握著一定的正確的指導原
則和鬥爭路線，領導群眾，信任群眾，真正認識群眾的偉大力量，
則人民的智慧和人民的戰鬥力量的發揚，必將能夠達到勝利的成
果，在血與火的鬥爭當中翻身起來，解放了自己。」[16]

　　**周立波的《暴風驟雨》（上下）由瀋陽東北書店出版。**

　　作者在《〈暴風驟雨〉是怎樣寫的？》一文中寫道：

　　「《暴風驟雨》寫的是中央《五四指示》達到東北後，東北局
動員一萬二千幹部下鄉進行土改的事件。開闢群眾工作那一段，我
沒有參加，因此，書裏的工作成熟的程度，是後一階段的情形。人

---

[15]　《關於〈呂梁英雄傳〉》，1946 年 9 月 1 日《中華論壇》第 2 卷第 1 期。
[16]　《讀〈呂梁英雄傳〉》，1947 年 1 月 30 日《新華日報》。

物和打鬍子以及屯落的面貌，取材於尚志。鬥爭惡霸地主以及趙玉林犧牲的悲壯劇，取材於五常。」

「動筆以先，本來計畫還大些。我打算藉東北土地革命的生動豐富的材料，來表現我黨二十多年領導人民反帝反封建的艱辛雄偉的鬥爭，以及當代農民的苦樂和悲喜，用編年史的手法，從一九四六年七月起，分階段寫到現在。照這計畫，得寫四部，八十來萬字。可是由於在鄉下呆的時間還太短，以及三不夠（指氣不夠、材料不夠，語言不夠，編者注。），就只寫了現在這樣草草的一本。」[17]

後又在《現在想到的幾點——〈暴風驟雨〉下卷的創作情形》一文中寫道：

「下卷是把東北的土地改革的幾個主要階段的主要特徵壓縮在裏面的。這個時期的材料比較的多，而我除了到過尚志和五常以外，還到過呼蘭和拉林，印象是十分豐富的。因為材料和印象的豐富，使我有充分的選擇和取捨的餘地，寫初稿時，遇到的困難比上卷要少。」

「寫作的時間不算長，但是搜集和儲備材料的時間卻比較的多。寬一些說，從一九四六年底到一九四八年春，除工作的時間外，都是下卷的積累材料的時間。」

「動筆之先，我把所有材料都溫習了一遍。在研究和回想的當中，人物逐漸的浮起，故事慢慢的形成。往後我就研究中央和東北局的檔，追憶松江省委召開的縣書聯席會議以及好多次的區村幹部會議。借著這些文件和會議的指示和幫助，重新檢驗了材料和構思，不當的刪削，不夠的添加。」

---

[17] 1948 年 5 月 29 日哈爾濱《東北日報》。

「但是所用的材料，都是個人的經歷和見聞，不知是不是典型？我借了東北日報登載土改消息最多的幾本合訂本，把半年多的二版上的文章和消息全部閱讀了，把構思中的人物和故事，又加了一回修正，稀奇的刪削，典型的留存。這樣，下卷裏的情節和人物，雖說不是東北各地一致的典型，至少也是北滿農村普通的事例。」

「北滿的土改，好多地方曾經發生過偏向，但是這點不適宜在藝術上表現。我只順便的捎了幾筆，沒有著重的描寫。沒有發生大的偏向的地區也還是有的。我就省略了前者，選擇了後者，作為表現的模型。關於題材，根據主題，作者是要有所取捨的。因為革命的現實主義的反映現實，不是自然主義式的單純的對於事實的模寫。革命的現實主義的寫作，應該是作者站在無產階級立場上站在黨性和階級性的觀點上所看到的一切真實之上的現實的再現。在這再現的過程裏，對於現實中發生的一切，容許選擇，而且必須集中，還要典型化，一般的說，典型化的程度越高，藝術的價值就越大。」

「有的同志說：土地改革中的黨的領導作用，上卷寫的還不夠。接受了這個意見，下卷比較的強調了黨的領導的作用，工作隊是在土改中實現黨的領導的機構，因此，寫工作隊的領導，就是寫黨的領導。」[18]

周立波在《答霜野同志》一文中寫道：

「第三節是一個失敗的大會。這個會是怎樣失敗的呢？有兩個原因：一個是地主韓老六的陰謀操縱，一個是工作人員的主觀主義。工

---

[18] 1949 年 6 月 21 日瀋陽《生活報》第 76 期。

作隊來到屯子裏，地主當夜就佈置了種種對付的辦法，安排了種種的花招。第二節就正面的寫了地主的預先佈置，描寫了地主韓老六跟富農李振江神神鬼鬼的行為：『韓老六突然笑著爬起來，把他拉到外屋去，跟他悄聲悄氣說了一會話，田萬順還呆呆的站在裏屋，只聽見李振江的壓不底的粗嗓門說道：「六爺的事，就是姓李的我個人的事，大小我都盡力辦。」這一段話，就是第三節的大會的情形的伏筆。到會的人只有老頭和小孩，這是李振江『盡力辦』的結果之一。』

「黑氈帽和白鬍子到底是什麼人呢？是被糊弄的窮人呢？還是地主富農的親親故故，三老四少呢？我沒有寫明。因為不重要，他倆不是破壞會場的主謀人，他們被人當槍使，是地主的腿子的腿子。在土地改革的初期，這種人是有的。在土地改革的初期，地主往往並不親自跟我們對抗，他唆使腿子，而腿子甚至也不親自出馬，也使用著腿子或是被糊弄的窮人們。韓老六就是這樣作了的。工作隊來到元茂屯，最初接觸的是白鬍子和黑氈帽，這些封建的末梢，往後，地主的明顯的腿子和不明顯的腿子才相繼出馬，最後，一切腿子都被打斷了，韓老六才親自出馬。到了韓老六親自出馬的時候，也就到了他垮臺的時候了。」

「打垮幾千年的封建，不是一件簡單容易的事情，一些實際經驗不多的知識份子，常常把這當做簡單容易的事情，因此常常上了當碰破了頭，書裏的劉勝，才下屯子，被包還沒打開，也不調查，更不用說周密的調查，就要開大會，結果失敗了。因此，第三節我所描寫的這個失敗的大會的第二個原因，可以說是急性病和主觀主義。」[19]

---

[19] 1948 年 2 月 23 日《東北日報》。

讀者芝認為：「這是一本好書。」「這書不僅動人的表現了那燃燒起來的復仇的火，也雄渾的表現了那火的偉大氣魂，把幾千年來阻礙中國進步的封建燒毀了。不僅深入的挖出了農民們成年溜輩的冤屈的根，也生動的繪出了那在這火裏產生的新的社會的面貌，新的人物的成長。」而「生活的真實，場面的話潑，故事的緊湊，語言之精練，農村風土的生動描寫，人物形象之具有豐富的生命力，說明作者在選擇和組織他的素材時，達到了真正藝術的境界。他沒有為他的素材所拘束，他有力的創作了他的典型的人物與典型的環境。」[20]

韓進說：「我覺得《暴風驟雨》是目前報導農民土地鬥爭的優秀作品之一。用農民的語言，寫農民的生活，表達農民的感情，特別是表達農民的革命情緒，如此鮮明強烈，如此真實，這是解放區文藝創作的一個基本特色。同時，因為作者真實地表現了農村，所以作品的地方色彩也很豐富，形成了獨特的中國風格。」不足在於：「第一是沒有『突出地』表現當時運動的特點。」「第二是農民群眾的貧困生活與階級仇恨二者之間結合得還不夠，仇恨多半通過訴苦，回憶，以及作品中的敘述表達出來，而對於當時農民群眾驚人的貧困狀態，及由此貧困狀態所激發的階級仇恨，刻畫得稍嫌不夠。……第三是人物還不夠典型，最重要的人物如蕭隊長，思想狀態還是單純了一些，沒有通過這個人物把當時幹部的一般思想狀態表現出來，這是一個遺憾。……幾個農民的出場，分段寫傳，有些『水滸式』，在著重描寫的場合所表現出來的性格與特徵，沒有始終

---

[20] 《推薦〈暴風驟雨〉》，1948 年 5 月 11 日《生活報》。

貫徹，這恐怕主要是由於寫作時間太短促之故。第四是未能多方表現豐富的農村生活，這也使得主人翁的性格與特徵不能在多方面顯露。」[21]

　　林銑認為：「對於該作，這裏首先應該提出來的是作者對於幾個人物明確的階級性的掌握較為不夠。關於這點，我們可將在該作中先後出現的趕大車的老孫頭孫永福，和佃富農李振江兩人作為顯明的例證。」同樣，抹殺了地主惡霸與富農之間所存在的矛盾，也是不符合實際生活的。他還對小說戰鬥場面描寫的不真實性及趙玉林犧牲價值的描寫提出了質疑。他還認為，寫得較為突出的是白大嫂子和白玉山。「而關於趙玉林的寫作，是一個在政治上創作較為突出的典型，但其明顯的個性與性格，以及生活方面的諸多特點，描寫得還不夠深刻。該作對於反面材料的掌握與支配，和反面人物的深刻暴露似較不足，這可能是由於生活接觸面的不同而使其然。」[22]

　　　　潘柳黛的《退職夫人自傳》由上海新奇出版社初版。

**6 月**　王西彥的《微賤的人》由上海晨光出版公司出版。

**8 月**　葉舟的《封鎖線》由上海長風書店出版（長風文藝叢書之一）。

　　　　袁靜、孔厥的《新兒女英雄傳》由河北威縣冀南新華書店出版。

　　郭沫若在《序》中認為，小說「裏面進步的人物都是平凡的兒女，但也都是集體的英雄。是他們的平凡品質使我們感覺親熱，是他們的英雄氣概使我們感覺崇敬。這無形之間教育了讀者，使讀者

---

[21] 《我讀了〈暴風驟雨〉》，1948 年 6 月 22 日《東北日報》。

[22] 《關於〈暴風驟雨〉》，1948 年 7 月 19 日《東北日報》。

認識到共產黨員的最真率的面目。讀者從這兒可以得到很大的鼓勵，來改造自己或推進自己。……不怕你平凡、落後、甚至是文盲無知，只要你有自覺，求進步，有自我犧牲的精神，忠實地實踐毛主席的思想，誰也可以成為新社會的柱石。」小說「人物的刻劃，事件的敘述，都很踏實自然，而運用人民大眾的語言也非常純熟。」

謝覺哉在《序》中認為：「描寫人民英雄的戰鬥史跡像《新兒女英雄傳》一類的文藝作品，又實在還嫌太少。」「孔厥袁靜兩同志為寫這，在冀中待了兩年；熟悉了戰鬥的故事，瞭解了人民的情意，學會了人民的語言。他倆寫作是嚴肅而努力的，因而他倆的作品，是成功的。」[23]

王仲元認為：「首先，我要說，這部書讓我澈底弄清了『誰在抗日』這個問題。」「從作者的筆下，我看到了中國共產黨，怎樣在艱苦殘酷的環境裏，組織與領導著廣大的中國人民，向日寇、漢奸、國民黨反動派頑強鬥爭，終於打敗了敵人，取得了最後的勝利。這一段鐵一般的史實，擺在我的面前，也擺在全中國人民面前，是再也不容許對它有絲毫的歪曲、假借和懷疑了。」「其次，這部作品教育我重新認識了人民底偉大。」「再有一點，就是從這部作品裏，我深切體驗到共產黨的偉大，和作為一個共產黨員的高貴品質。」[24]

炳生認為，《新兒女英雄傳》是一部「多方面運用口語，從而成為一部成功的以人民語言寫人民事蹟的創作。」[25]

[23] 郭序、謝序見《新兒女英雄傳》海燕書店出版社 1949 年 9 月版。

[24] 《〈新兒女英雄傳〉給了我些什麼》，《新兒女英雄傳》海燕書店出版社 1949 年 9 月版，第 319－322 頁。

[25] 《關於群眾語言的運用——讀〈新兒女英雄傳〉後》，(《新兒女英雄傳》海燕書店出版社 1949 年 9 月版，第 325 頁。

**9月　周而復的《燕宿崖》由上海群益出版社出版。**

書後插頁的廣告寫道：「本書是一本用抗日戰爭中中國共產黨領導下的八路軍對日帝國主義的反掃蕩的英勇戰鬥故事做題材的作品。作者用十萬字的巨幅描繪出了在抗日戰爭中人民底軍隊是怎樣地和人民結合起來打垮了瘋狂的侵略者的。這裏，作者成功地創造了優良的戰士和覺醒的，新的農民英雄的典型，也指出了封建的地主和農村流氓階級在革命鬥爭中的妥協，反動的性格。」

**王林的《腹地》由新華書店出版。**

**費林，雲荒的《烽火代》由上海世界譯著出版社出版。**

# 索引

# 參考文獻

## 一、民國報刊雜誌：

《北斗》

《北新》

《鞭策》

《朝花》

《晨報》

《創造》

《創造季刊》

《創造日》

《創造月刊》

《春潮》

《大綱報》

上海《大公報》

天津《大公報》

香港《大公報》

重慶《大公報》

《大連日報》

《大眾文藝叢刊》

《大眾知識》

《刁鬥季刊》

《東北日報》

《東北文學》

《東南日報‧筆壘》

《讀書顧問》

《讀書與出版》

《讀書月刊》

《敦鄰》

《風下》

《戈壁》

《工作與學習叢刊》之三《收穫》

《觀察》

《國民雜誌》

《國聞週報》

《海風週報》

《洪水》

《華北作家月報》

《華商報》

《解放日報》

《晉綏大眾報》

《晉綏日報》

《經世日報》

《開明》

《抗戰文藝》

《魯迅風》

《萌芽》

《民族文學》

《民族文藝》

《木屑文叢》

《南風》

《平原》

《七月》

《前鋒週報》

《僑聲報》

《青年界》

《青年文藝》

《青年與婦女》

《青年知識》

《清華學報》

《清華週刊》

《群眾》

《人民日報》

《人民世紀》

《人民週報》

《人世間》

《上海文化》

《申報》

《生活報》

《生活週刊》

《盛京時報》

《時報》

《時代日報》

《時代文藝》

《時事新報》

《時與潮文藝》

《時與文》

《太陽月刊》

《談風》

《同代人》

《拓荒者》

《文匯報》

《文聯》

《文哨》

《文學》

《文學創作》

《文學集林》

《文學季刊》

《文學批評》

《文學月報》

《文學雜誌》

《文學週報》

《文訊》

《文藝報》

《文藝春秋叢刊》之四《朝霧》

《文藝復興》

《文藝工作》

《文藝列車》

《文藝青年》

《文藝生活》（光復版）

《文藝先鋒》

《文藝新輯》

《文藝月報》
《文藝月刊》
《文藝戰線》
《文藝陣地》
《我們》
《希望》
《現代》
《現代出版界》
《現代評論》
《現代文學》
《現代文學評論》
《現代小說》
《小說》
《小說時報》
《小說月報》
《新地月刊》
《新華日報》
《新疆日報》
《新壘》
《新青年》
《新少年》
《新時代》
《新蜀報》
《新文學史料》
《新月》
《星島日報》

《學風》
《學習生活》
《燕京學報》
《藝術信號》
《藝苑》
《益世報》
《庸報》
《宇宙風》
《月月小說》
《雜誌》
《戰國策》
《真美善》
《知識》
《中國文化》
《中國文藝》
《中國現代文學研究叢刊》
《中國新書月報》
《中國作家》
《中華論譚》
《中華日報》
《中流》
《中心評論》
《中學生》
《中央週刊》
《眾志月刊》

## 二、論著：

《巴金全集》，人民文學出版社 1993 年版。

《東北現代文學史》編寫組：《東北現代文學史》，瀋陽出版社 1989 年 12 月。

《馮至全集》（1－12），河北教育出版社 1999 年版。

《胡風全集》（1－10），湖北人民出版社 1999 年版。

《老舍文集》，人民文學出版社 1980 年版。

《魯迅全集》，人民文學出版社 2005 年版。

《茅盾全集》，人民文學出版社 1991 年版。

《茅盾研究》（2），《茅盾研究》編輯部，文化藝術出版社 1984 年版。

《葉聖陶集》第 18 卷，江蘇教育出版社 1994 年版。

《朱自清全集》（第 11 卷），江蘇教育出版社 1998 年版。

艾以等編：《羅淑羅洪研究資料》，北京十月文藝出版社 1990 年版。

艾以等編：《王西彥研究資料》，北京十月文藝出版社 1996 年版。

巴人：《捫虱談》，上海世界書局 1939 年版。

巴人：《窄門集》，香港海燕書店 1941 年版。

巴人研究會編：《巴人研究》，上海書店 1992 年版。

鮑霽編：《蕭乾研究資料》，北京十月文藝出版社 1988 年 2 月版。

北京圖書館編：《民國時期總書目（1911－1949）文學理論・世界文學・中國文學》（上下），北京圖書館 1992 年版。

北京圖書館書目編輯組編：《中國現代作家著譯書目》，書目文獻出版社 1982 年版。

北京圖書館書目編輯組編：《中國現代作家著譯書目・續編》，書目文獻出版社 1986 年版。

草野：《現代中國女作家》，北平人文書店 1932 年版。

常風：《棄餘集》，新民印書館 1944 年版。

陳平原等《二十世紀中國小說理論資料》（1－5），北京大學出版社 1997
　　年版。

陳思和：《巴金研究的回顧與瞻望》，天津教育出版社 1991 年版。

陳因編：《滿洲作家論集》，大連實業印書館 1943 年版。

成仿吾：《使命》（第三輯），上海創造社出版部 1927 年版。

丁景唐、瞿光熙編：《左聯五烈士研究資料編目》，上海文藝出版社 1981
　　年版。

丁茂遠編：《陳學昭研究專集》，浙江文藝出版社 1983 年版。

杜秀華編：《中國當代文學研究資料・碧野研究專集》，長江文藝出版社
　　1985 年版。

鄂基瑞、王錦園著：《張資平——人生的失敗者》，復旦大學出版社 1991
　　年版。

方銘編：《蔣光慈研究資料》，寧夏人民出版社 1983 年版。

廢名：《橋》，開明書店 1932 年版。

馮光廉、劉增人編：《王統照研究資料》，寧夏人民出版社 1983 年版。

伏志英編：《茅盾評傳》，開明書店 1936 年版。

傅光明、孫偉華編：《蕭乾研究專集》，華藝出版社 1992 年版。

高捷等編：《馬烽西戎研究資料》，山西人民出版社 1985 年版。

葛浩文：《蕭紅評傳》，北方文藝出版社 1985 年版。

郭宏安編：《李健吾批評文集》，珠海出版社 1998 年版。

郭啟宗、楊聰鳳主編：《中國小說提要》，江西人民出版社 1985 年版。

韓日新編：《陳大悲研究資料》，中國戲劇出版社 1985 年版。

賀凱：《中國文學史綱要》，新興文學研究會 1933 年版。

賀玉波：《現代中國作家論》（第 1 卷），上海大光書局 1936 年版。

賀玉波：《現代中國作家論》（第 2 卷），上海大光書局 1936 年版。

賀玉波主編：《中國現代女作家》，四合出版社 1946 年版。

胡繩等著：《魯迅的道路》，香港文藝出版社 1948 年版。。

湖北省圖書館等編：《中國現代文學作家著作聯合目錄（1918－1963.12）》，
　　武漢地區中心圖書館委員會 1964 年版。

華漢：《地泉》，平凡書局 1932 年版。

黃俊英編：《小說研究史料選》，四川教育出版社 1988 年版。

黃曼君、馬光裕編：《沙汀研究資料》，中國社會科學出版社 1986 年版。

黃人影編：《當代中國女作家論》，光華書局 1933 年版。

黃人影編：《茅盾論》，上海光華書局 1933 年版。

黃英編《現代中國女作家》，北新書局 1931 年版。

會林等編：《夏衍研究資料》，中國戲劇出版社 1983 年版。

季進、曾一果著：《陳銓：異邦的借鏡》，文津出版社 2005 年版。

賈植芳、俞元桂主編：《中國現代文學總書目》，福建教育出版社 1993
　　年版。

賈植芳等編：《中國當代文學研究資料·巴金專集》，江蘇人民文學出版
　　社 1981 年版。

孔海立：《憂鬱的東北人：端木蕻良》，上海書店 2005 年版。

李存光編：《巴金研究資料》（上中下），海峽文藝出版社，1985 年版。

李夫澤：《從『女兵』到教授──謝冰瑩傳》，湖南人民出版社 2004 年版。

李華盛、胡光凡編：《周立波研究資料》，湖南人民出版社 1983 年版。

李濟生編著：《巴金與文化生活出版社》，上海文藝出版社 2003 年版。

李士非等編：《李克異研究資料》，花城出版社 1991 年版。

李岫編：《李廣田研究資料》，寧夏人民出版社 1985 年版。

李一鳴：《中國新文學史講話》，世界書局 1943 年版。

林默涵總主編：《中國抗日戰爭時期大後方文學書系》（1－20），重慶出
　　版社 1989 年版。

劉增傑編：《師陀研究資料》，北京出版社 1984 年版。

劉增人、馮光廉編：《葉聖陶研究資料》，北京十月文藝出版社 1988 年版。

羅文源、梵楊主編：《〈一代風流〉的典型性格》，人民文學出版社 1996
　　年版。

馬德俊：《蔣光慈傳》，安徽人民出版社 2001 年版。

馬蹄疾編：《李輝英研究資料》，春風文藝出版社 1988 年版。

毛文等編：《中國當代文學研究資料・艾蕪研究專集》，四川文藝出版社 1986 年版。

孟廣來、牛運清編：《中國當代文學研究資料・柳青專集》，福建人民出版社 1982 年版。

潘光武編：《陽翰笙研究資料》，中國戲劇出版社 1992 年版。

錢杏邨：《現代中國文學作家》（第 2 卷），上海泰東圖書局 1930 年版。

秦林芳：《淺草—沉鐘社研究》，中國社會科學出版社 2002 年版。

沈承寬等編：《張天翼研究資料》，中國社會科學出版社 1982 年版。

沈從文：《沫沫集》，大東書局 1934 年版。

石懷池：《石懷池文學論文集》，耕耘出版社。（原書無出版年月。）

史秉慧編：《張資平評傳》，上海現代書局 1932 年版。

四川省社科院文學研究所編：《抗戰文藝報刊篇目彙編》（續一），四川首社會科學院出版社 1986 年版。

蘇雪林：《新文學研究》，國立武漢大學 1934 年印字第 15 號。

孫中田、查國華編：《茅盾研究資料》，中國社會科學出版社 1983 年版。

唐金海、孔海珠編：《中國當代文學研究資料・茅盾專集》，福建人民出版社 1985 年版。

唐沅等編：《中國現代文學期刊目錄彙編》（上下），天津人民出版社 1988 年版。

田蕙蘭、馬光裕、陳珂玉編：《錢鍾書楊絳研究資料集》，華中師範大學出版社 1997 年 1 月版。

王大明編：《抗戰文藝報刊篇目彙編》，四川首社會科學院出版社 1984 年版。

王豐園：《中國新文學運動述評》，新新學社 1935 年版。

王瑤等《中國新文學大系》（1923－1949），上海文藝出版社 1990 年版。

王哲甫：《中國新文學運動史》，北平傑成印書局 1933 年版。

溫儒敏：《中國現代文學批評史》，北京大學出版社 1993 年版。

吳懷斌、曾廣燦編：《老舍研究資料》（上下），北京十月文藝出版社 1985 年版。

吳騰凰：《蔣光慈傳》，安徽人民出版社 1982 年版。

伍傑、王鴻雁編：《李長之書評》（1－5），河北教育出版社 2006 年版。

徐瑞岳主編：《中國現代文學研究史綱》，江蘇教育出版社 2001 年版。

嚴曉琴主編：《李劼人與菱窠》，四川文藝出版社 1999 年版。

楊家駱：《民國以來出版新書總目提要》，辭典館出版 1936 年 5 月版。

楊義著：《中國現代小說史》（1－3），人民文學出版社 1986 年版。

楊益群等編：《司馬文森研究資料》，北京十月文藝出版社 1998 年版。

姚北華等編：《中國當代文學研究資料・姚雪垠專集》，黃河文藝出版社
    1985 年版。

於可訓、葉立文：《中國文學編年史》（現代卷），湖南人民出版社 2006
    年版。

袁靜、孔厥：《新兒女英雄傳》，海燕書店 1949 年版。

袁良駿編：《丁玲研究資料》，天津人民出版社 1982 年版。

袁湧進編：《現代中國作家筆名錄》，中華圖書館協會 1936 年版。

曾健戎、劉耀華編：《現代中國文壇筆名錄》，四川省中心圖書館委員會
    1980 年版。

張白雲編：《丁玲評傳》，春光書店 1934 年 10 月版。

張懷等編：《路翎研究資料》，北京十月文藝出版社 1993 年版。

張惟夫：《關於丁玲女士》，北京立達書局，1933 年版。

張毓茂主編：《東北現代文學大系》（1－14），瀋陽出版社 1996 年版。

趙家璧主編：《中國新文學大系》（1917－1927），上海良友圖書印刷公
    司 1935 年版。

趙景深：《海上集》，上海北新書局 1946 年版。

鄭學稼：《由文學革命到革文學的命》，勝利出版社 1943 年版。

中國現代文學館編：《中國現代作家大辭典》，新世界出版社 1992 年版。

周揚等《中國新文學大系》（1927－1937），上海文藝出版社 1987 年版。

# 修訂版後記

　　本書曾於二年前由四川大學出版社出版，但由於印數較少，現在很難買到了。然而，史料是無以窮盡的，當初我雖然抱著一網打盡的願望收集資料，但這只能是工作的策略而已。在這本小冊子問世後的二年間，我又發現了一些材料，如冀野發表於 1922 年 3 月 27 日《時事新報‧學燈》上的新文學第一篇長篇小說評論《讀〈沖積期化石〉之後》，以及關於《駱駝祥子》的評介文字等。現借這次修訂的機會補充進來，同時也借此機會改正初版中的錯誤。

　　導師陳美蘭引領我走上長篇小說研究之路，並始終關註支援我的這項工作，撥冗賜序，我唯有努力以回報。

　　本書承蒙龔明德教授推薦，不勝感謝。

　　感謝蔡登山先生提供的出版機會，感謝孫偉迪編輯的精心編輯，使其能以目前的樣式在臺灣奉獻給大家。

陳思廣

2010 年 4 月於四川大學

語言文學類　PG0426

# 中國現代長篇小說編年（1922-1949）

作　　者 / 陳思廣
主　　編 / 蔡登山
責任編輯 / 孫偉迪
圖文排版 / 陳湘陵
封面設計 / 蕭玉蘋

發 行 人 / 宋政坤
法律顧問 / 毛國樑　律師
印製出版 / 秀威資訊科技股份有限公司
　　　　　114 台北市內湖區瑞光路 76 巷 65 號 1 樓
　　　　　電話：+886-2-2796-3638　傳真：+886-2-2796-1377
　　　　　http://www.showwe.com.tw
劃撥帳號 / 19563868　戶名：秀威資訊科技股份有限公司
　　　　　讀者服務信箱：service@showwe.com.tw
展售門市 / 國家書店（松江門市）
　　　　　104 台北市中山區松江路 209 號 1 樓
　　　　　電話：+886-2-2518-0207　傳真：+886-2-2518-0778
網路訂購 / 秀威網路書店：http://www.bodbooks.tw
　　　　　國家網路書店：http://www.govbooks.com.tw
圖書經銷 / 紅螞蟻圖書有限公司
　　　　　114 台北市內湖區舊宗路二段 121 巷 28、32 號 4 樓
　　　　　電話：+886-2-2795-3656　傳真：+886-2-2795-4100

2010 年 12 月 BOD 一版
定價：500 元
版權所有　翻印必究
本書如有缺頁、破損或裝訂錯誤，請寄回更換

國家圖書館出版品預行編目

中國現代長篇小說編年(1922-1949) / 陳思廣著.
-- 一版. -- 臺北市：秀威資訊科技, 2010.12
　　面；　公分. -- (語言文學類；PG0426)
BOD 版
ISBN 978-986-221-622-4(平裝)


1.中國小說　2.現代小說　3.長篇小說　4.文學評論

820.9708　　　　　　　　　　　99019122

# 讀者回函卡

感謝您購買本書，為提升服務品質，請填妥以下資料，將讀者回函卡直接寄回或傳真本公司，收到您的寶貴意見後，我們會收藏記錄及檢討，謝謝！如您需要了解本公司最新出版書目、購書優惠或企劃活動，歡迎您上網查詢或下載相關資料：http:// www.showwe.com.tw

您購買的書名：＿＿＿＿＿＿＿＿＿＿＿＿＿＿＿＿＿＿＿＿＿

出生日期：＿＿＿＿＿年＿＿＿＿＿月＿＿＿＿＿日

學歷：□高中 (含) 以下　　□大專　　□研究所 (含) 以上

職業：□製造業　□金融業　□資訊業　□軍警　□傳播業　□自由業
　　　□服務業　□公務員　□教職　　□學生　□家管　□其它＿＿＿

購書地點：□網路書店　□實體書店　□書展　□郵購　□贈閱　□其他

您從何得知本書的消息？

　　□網路書店　□實體書店　□網路搜尋　□電子報　□書訊　□雜誌

　　□傳播媒體　□親友推薦　□網站推薦　□部落格　□其他＿＿＿＿＿

您對本書的評價：（請填代號　1.非常滿意　2.滿意　3.尚可　4.再改進）

　　封面設計＿＿＿　版面編排＿＿＿　內容＿＿＿　文／譯筆＿＿＿　價格＿＿＿

讀完書後您覺得：

　　□很有收穫　□有收穫　□收穫不多　□沒收穫

對我們的建議：＿＿＿＿＿＿＿＿＿＿＿＿＿＿＿＿＿＿＿＿＿

＿＿＿＿＿＿＿＿＿＿＿＿＿＿＿＿＿＿＿＿＿＿＿＿＿＿＿＿＿＿

＿＿＿＿＿＿＿＿＿＿＿＿＿＿＿＿＿＿＿＿＿＿＿＿＿＿＿＿＿＿

＿＿＿＿＿＿＿＿＿＿＿＿＿＿＿＿＿＿＿＿＿＿＿＿＿＿＿＿＿＿

11466
台北市內湖區瑞光路 76 巷 65 號 1 樓

**秀威資訊科技股份有限公司**　　　收

BOD 數位出版事業部

................................................................................

（請沿線對折寄回，謝謝！）

姓　　名：＿＿＿＿＿＿＿＿　　年齡：＿＿＿＿　　性別：□女　□男

郵遞區號：□□□□□

地　　址：＿＿＿＿＿＿＿＿＿＿＿＿＿＿＿＿＿＿＿＿

聯絡電話：(日) ＿＿＿＿＿＿＿＿＿ (夜) ＿＿＿＿＿＿＿＿＿

E-mail：＿＿＿＿＿＿＿＿＿＿＿＿＿＿＿＿＿＿＿＿＿